Zum Buch:

Nach dem schmerzhaften Ende ihrer letzten Beziehung war für Elisabeth klar, dass sie ganz neu beginnen muss. Ihre täglichen Yogaübungen geben ihr seitdem Kraft. Außerdem hat sie auf Amrum ihr Traumhaus gefunden und fühlt sich dort inzwischen so angekommen wie nie zuvor. Sie hat gute Freunde, die sie in allem unterstützen, mit denen sie ihr Glück teilen kann und die ihr immer zur Seite stehen. Doch sich zu öffnen und Gefühle zuzulassen fällt ihr noch immer schwer. Bis sie Jan besser kennenlernt und es ihr plötzlich wieder möglich scheint, sich zu verlieben. Doch dann steht mit einem Mal ihr Ex vor der Tür und droht alles zu zerstören, was sie sich aufgebaut hat.

Zur Autorin:

Susanne Oswald ist Bestsellerautorin – ihr Traum wurde wahr. Die gebürtige Freiburgerin liebt das Meer. Gemeinsam mit ihrem Mann und Mops Töps am Strand spazieren zu gehen und den Abend vor dem Kamin mit Strickzeug auf dem Schoß ausklingen zu lassen, ist für sie das Schönste. Mit dem Kopf ist sie fast immer bei ihren Heldinnen und Helden und es macht sie glücklich, ihre Fantasie Wirklichkeit und Buchstaben zu ihren Geschichten werden zu lassen.

Lieferbare Titel:

Ein Jahr Inselglück
Verliebt im Café Inselglück
Der kleine Strickladen in den Highlands
Wintertee im kleinen Strickladen in den Highlands
Neues Glück im kleinen Strickladen in den Highlands

Susanne Oswald

Inselglück im kleinen Strickladen

Roman

HarperCollins

1. Auflage 2022
Originalausgabe

Umschlaggestaltung von zero Werbeagentur, München
Umschlagabbildung von Konmac, Juergen Wackenhut, Melica, Silarock,
KPG_Euro, Oliver Hoffmann, Gabriele Maltinti, dabjola,
oksana2010 / Shutterstock
Gesetzt aus der Stempel Garamond
von GGP Media GmbH, Pößneck
Druck und Bindung von GGP Media GmbH, Pößneck
Printed in Germany
ISBN 978-3-7499-0375-7
www.harpercollins.de

Klimaneutral
Druckprodukt
ClimatePartner.com/15109-2009-1001

MIX
Papier
FSC FSC® C014496

Für alle Heldinnen,
die Kraft gefunden haben,
zu sich selbst zu stehen.
Und für jene,
die noch auf der Suche sind
nach dieser Kraft.
Und ganz besonders für Dich –
ja, genau Dich meine ich.
Glaube an Deine Träume!

Kapitel 1

Elisabeth

Gut gelaunt trat ich durch die Tür meines Friesenhauses hinaus und blieb wie jeden Morgen erst einmal auf der Schwelle stehen. Ich gähnte herzhaft, reckte die Arme nach oben und streckte mich. Das tat gut. Morgens früh das Erwachen der Welt erleben zu können, lohnte das frühe Aufstehen für mich. Auch wenn es heute mit kurz nach halb sechs sogar für meine Verhältnisse sehr früh war.

Ich sah mich um. Die Sonne zeigte sich gerade erst zaghaft über der Heide. Auf den Wiesen lag noch der Morgentau und darüber waberten zarte Dunstschleier.

Die Luft hier auf Amrum war besonders. Irgendwie magisch. Frisch und würzig, mit einem Hauch Meer – es war mein Glückselixier.

Morgendliche Rituale taten mir gut. Sie gaben mir Kraft für den Tag. Es hatte eine Zeit in meinem Leben gegeben, da waren sie für mich beinahe überlebenswichtig gewesen. Inzwischen fühlte es sich einfach richtig an, sie beizubehalten.

Noch heute erinnerte ich mich genau an mein erstes Yogaseminar. »Mach es wie eine Katze«, hatte der Kursleiter empfohlen. Zuerst hatte ich gedacht, er wollte, dass wir mitten in der Tür in den Vierfüßlerstand gehen und das Asana *Die Katze* machten. Doch Karl – so hieß der Kursleiter – hatte gelacht und das Missverständnis rasch aufgeklärt: »Nicht *die* Katze, Elisabeth, *wie* eine Katze«, hatte er gesagt und die Worte extra überbetont, damit ich begriff, was er meinte. Auf meinen noch immer verständnislosen Blick hatte er weiter ausgeführt, worauf er hinauswollte: »Wenn sie das Haus verlassen, bleiben Katzen immer erst einmal in der Tür stehen. Sie schauen sich in aller Ruhe um und checken die Lage. Ganz entspannt nehmen sie sich die Zeit, die nötig ist. Erst wenn sie entschieden haben, wohin sie sich wenden wollen, und sicher sind, dass keine Gefahr droht, machen sie sich auf den Weg. Und genau das solltet auch ihr tun.«

Ich hatte seine Worte von damals noch genau im Ohr: »Sich geistig und körperlich zu wappnen ist der erste Schritt, um dem Leben und seinen Herausforderungen gelassen zu begegnen.«

Es war mir absolut logisch und nachvollziehbar vorgekommen, deshalb hatte ich es ausprobiert und praktizierte es bis heute fast immer, wenn ich das Haus verließ.

Da ich in diesem Kurs aber auch das tägliche Yoga für mich entdeckt und bald darauf eine lange yogaintensive Zeit in Indien verbracht hatte, konnte ich bis heute nicht sagen, was mehr dazu beigetragen hatte, meine Gelassenheit zu steigern. Vielleicht war es auch die Kombination aus beidem, die gewirkt hatte und noch immer wirkte. Zumindest aber schadete mir das Innehalten auf der Türschwelle sicher nicht.

Das Seminar war der Startschuss gewesen, nach dem ich vieles verändert hatte. Das Innehalten auf der Schwelle war eine dieser Veränderungen, die mir seit dem Seminar damals eine liebe Gewohnheit geworden war. Ein kleines Wohlfühlritual, das mich in den Tag begleitete. Genau wie das Ziehen einer Tarotkarte immer direkt nach dem Aufwachen. Schließlich wollte ich wissen, was für Energien mich erwarteten.

In der Zeit meiner Selbstfindung hatte ich viel ausprobiert, an etlichen Seminaren teilgenommen und mich auch dem Spirituellen geöffnet. Neben Yoga hatte ich auch Horoskope und eben Tarot entdeckt. Sie hatten mir vor ein paar Jahren, als ich mich sehr verloren fühlte, geholfen, Halt zu finden. Es ging dabei um viel mehr als um alberne Bilder, die einem die Zukunft vorhersagten. Es hatte etwas mit der inneren Einstellung und den Empfindungen zu tun, die man mitbrachte. Ich fühlte mich wohl damit, und es tat mir gut, eine Ahnung von dem zu bekommen, was an diesem Tag auf mich warten mochte.

Heute hatte ich den Narren gezogen. Keine ganz schlechte Karte, aber auch keine ganz gute. Der Tag stand demnach unter dem Zeichen verspielter Leichtigkeit. Das Bild zeigte einen jungen Mann, der sein Bündel an einem Stock hängend über der Schulter trug. Vor einem warmen tiefgelben Hintergrund schien er durch die Welt zu tänzeln. Ich nannte den Jungen immer Hanns Guck-in-die-Luft, weil das Bild mich an diese Geschichte aus dem Struwwelpeter erinnerte. Demnach könnte es heute vielleicht sogar ein bisschen chaotisch werden.

Mein Tageshoroskop hatte obendrein Herausforderungen angekündigt, die sich sogar über diesen Tag hinaus erstrecken könnten. Mit der richtigen Einstellung und etwas Kampfgeist würde sich aber alles zum Guten wenden.

Trubelig mit der Aussicht auf ein Happy End, fasste ich die Botschaft von Karte und Horoskop für mich zusammen und war damit ganz zufrieden. Es konnte schließlich nicht immer nur eitel Sonnenschein geben, das wäre mir auf Dauer sowieso zu langweilig. Welchen Lebensbereich der bevorstehende Trubel betreffen würde, blieb allerdings eine Überraschung.

Zu diesem bewusst entspannten Lebensgefühl, zu dem meine täglichen Routinen beitrugen, kam seit einigen Jahren auch noch mein aktueller Lebensmittelpunkt, der mich jeden Tag aufs Neue glücklich machte.

In diesem Fall hatte ich keine Zweifel: Der Neuanfang auf Amrum hatte mir den letzten positiven Kick gegeben, um wieder in die Spur zu kommen.

Seit ich auf der Insel lebte und obendrein auch noch in meinem Traumhaus, konnte mich nichts mehr so schnell aus der Kurve werfen. Ich war die Gelassenheit in Person. Das hatte ich mir verdammt noch mal so was von verdient. Ich hatte mir nicht nur mein Haus, sondern mein gesamtes neues Leben richtig hart erkämpft.

Mein Friesenhaus stand in dem Inselort Nebel neben der alten Mühle, die ein Wahrzeichen des Eilands war und in der sich ein kleines Museum befand. Ich hatte mich schon in dieses Haus verliebt, als ich es das erste Mal gesehen hatte. Das war bei einem meiner ersten Besuche gewesen, Jahre vor meinem Entschluss, nach Amrum zu ziehen.

Das Haus und sein wunderschöner kleiner Garten hatten mich magisch angezogen. Das Reetdach, die blauen Fensterläden und der weiße Gartenzaun mit allerlei getöpferten Zaunsitzern wirkten auf mich wie aus einem Bilderbuch. Um das Haus herum waberte eine Wolke aus lieblichem Rosenduft. Ich hatte sofort den Wunsch gehabt hineinzugehen, um zu sehen, ob es drinnen ebenso behaglich war, wie es von außen wirkte.

Vom ersten Moment an hatte das Haus mein Herz erobert und mich nicht mehr losgelassen. Ich hatte immer wieder daran gedacht und mir nichts mehr gewünscht, als irgendwann einmal ein Zuhause zu haben, das genauso zauberhaft war.

Dass ausgerechnet dieses wundervolle Anwesen zum Verkauf gestanden hatte, als ich – ein Vermögen auf dem Konto, das mir zu meinem neuen Leben verhelfen sollte – nach einer Heimat suchte, war für mich wie ein Zeichen gewesen. Mein Gefühl hatte mir gesagt, dass das Schicksal mir nach einigen sehr harten Jahren und Erfahrungen die Hand zur Versöhnung reichen wollte, und ich war absolut bereit gewesen, sie anzunehmen.

Doch ganz so einfach, wie ich es erwartet hatte, war es dann doch nicht gewesen. Obwohl ich vor lauter Begeisterung bereit gewesen war, ohne jede Verhandlung den geforderten Preis zu zahlen, hatte der Vorbesitzer das Olsenhaus nicht an mich verkaufen wollen. Es sollte in den Händen echter Insulaner bleiben.

»Wir lassen nicht zu, dass unsere Insel zu einem zweiten Sylt wird«, hatte er gewettert.

»Und genau deshalb möchte ich auch nach Amrum ziehen und nicht nach Sylt«, hatte ich ohne zu zögern erwidert.

Aber meine ersten Versuche, ihn zu überzeugen, waren verhallt. Der Eigentümer war mir gegenüber weiter misstrauisch geblieben. Hauptsächlich hatte er Bedenken gehabt, dass ich das Haus als Feriendomizil nutzen und nur ein paar Wochen im Jahr auf der Insel sein würde. Ich verstand seine Ängste und seinen Wunsch, das unvergleichliche Inselflair erhalten zu wollen. Aber genau das war ja mein Grund, warum ich ausgerechnet dieses Häuschen für mich wollte. Ich war wirklich auf der Suche nach einem neuen Zuhause gewesen.

Aber vermutlich erzählte das jeder zweite Kaufinteressent, und so war es nicht einfach gewesen, dem Verkäufer meine ehrliche Absicht und meine Integrität der Insel gegenüber glaubhaft zu machen. In seinen Augen gehörte ich zu den reichen Festlandschnöseln, die sich auf Amrum breit machen und Profit aus seiner Heimat schlagen wollten.

Doch ich hatte nicht lockergelassen – und irgendwann tatsächlich gewonnen.

Noch heute löste der Gedanke an den Moment, als ich das erste Mal den Schlüssel in das Schloss meines Hauses steckte und die Tür öffnete, wohlige Glücksschauer bei mir aus. Hier hatte ich meinen verlorenen Seelenfrieden endgültig wiedergefunden.

Tief atmete ich ein und aus und füllte mit jedem Atemzug genüsslich meine Lungen. Die letzte Müdigkeit verflog. Jetzt war ich bereit für alles, was heute anlag – einschließlich der kleinen Turbulenzen.

Voller Vorfreude auf den Vormittag holte ich mein Fahrrad aus dem Unterstand und machte mich auf den Weg Richtung Satteldüne und von dort weiter nach Wittdün. Radeln gehörte für mich ganz selbstverständlich zu meinem Inselleben dazu. Früher hätte ich mir nie vorstellen können, ohne Auto zu leben, doch hier auf Amrum vermisste ich es überhaupt nicht.

Während ich schwungvoll in die Pedale trat, war ich in Gedanken schon bei Jan in seiner Zimmererwerkstatt. Ich durfte seine Werkzeuge benutzen und mich in einer Ecke der großen Halle mit meinen Projekten ausbreiten. Mit Holz zu arbeiten war seit einiger Zeit meine zweite große Leidenschaft nach dem Yoga. Kleine Möbel, Spielzeug und Deko, ich ließ meiner Kreativität freien Lauf. Unter Jans Anleitung hatte ich sogar schon mal eine kleine Schüssel gedrechselt, denn auch Drechseln konnte er meisterlich gut.

Neben der Arbeit an meinen eigenen Sachen half ich Jan auch oft bei seinen Aufträgen, die von zu reparierenden Schranktüren über das Piratenschiffbett fürs Söhnchen bis hin zu hölzernen Wendeltreppen reichten. Auf diese Weise konnte ich ihm für den Platz in seiner Werkstatt danken.

Selbstverständlich hatte ich ihm angeboten, etwas für die Mitnutzung der Maschinen zu bezahlen, aber er weigerte sich strikt, Geld von mir anzunehmen. Als ich nicht hatte nachgeben wollen, hatte er mir vorgeworfen, nicht zu verstehen, was Freundschaft bedeutete. Er war richtig sauer geworden und ich hatte meine Versuche, ihn zu überzeugen, vorsichtshalber aufgegeben, um unsere Freundschaft nicht zu gefährden.

Über meine tatkräftige Unterstützung war Jan aber trotzdem froh. Nicht nur, weil es zu zweit wesentlich schneller ging, es machte auch viel mehr Spaß.

Wir arbeiteten ziemlich gut Hand in Hand, das hatten wir inzwischen schon bei einigen gemeinsamen Projekten unter Beweis gestellt. Über Jans Arbeit hatten wir uns überhaupt erst kennengelernt. Damals, als meine Freundin Fenja den Anbau ihres Hauses in ein Atelier mit angrenzendem Laden umgebaut hatte.

Fenja und ich hatten uns auf der Fähre kennengelernt. Ich war nach einem Tag auf Föhr auf dem Rückweg nach Amrum gewesen, als ich sie an Deck hatte sitzen sehen. Traurig und verloren hatte sie gewirkt und sofort meinen Beschützerinstinkt geweckt. Ohne weiter darüber nachzudenken, hatte ich mich zu ihr gesellt und ein Gespräch begonnen. Wir hatten uns im Handumdrehen angefreundet und seither gab es kaum einen Tag, an dem wir uns nicht sahen oder Nachrichten schrieben.

Ganz selbstverständlich war ich Jan beim Umbau von Fenjas Räumen zur Hand gegangen. Als Hannah, die dritte im Bunde unserer Frauenfreundschaft, einige Zeit später ihre Pension in ein Café verwandelt hatte, war schon klar gewesen, dass ich das mit Jan gemeinsam in die Hand nehmen würde.

Jan war ein grandioser Handwerker mit einer sehr künstlerischen Ader. Er baute nicht einfach nur funktional, sondern immer auch mit liebevollen Details, die aus jedem Stück etwas Besonderes machten. Ich war auch nicht schlecht, aber an seine Kunstfertigkeit kam ich nicht heran. Was natürlich absolut okay für mich war. Mehr noch, etwas anderes wäre merkwürdig gewesen. Immerhin hatte Jan eine langjährige Ausbildung absolviert, ich dagegen hatte lediglich Leidenschaft, Ehrgeiz und vielleicht etwas mehr Geschick als der Durchschnitt der Bevölkerung vorzuweisen.

Ich bremste leicht ab und nahm eine Kurve. Dann legte ich wieder Tempo zu. Auf die Arbeit heute freute ich mich besonders, denn Leonies Geschenk sollte den letzten Schliff bekommen. Gerade noch rechtzeitig.

Unser aller Sonnenschein, Hannahs kleine Tochter, wurde heute neun Monate alt, und das wollten wir feiern. Leonie war das erste Kind in unserem Freundeskreis und wir alle waren völlig vernarrt in sie. Ich konnte es kaum erwarten, zu sehen, wie sich mein Leoschätzchen freute. Bestimmt würde sie vor Begeisterung in den höchsten Tönen kieksen und quietschen.

Dieses kleine Menschlein hatte eine enorm kräftige Stimme, und die meiste Zeit nutzte sie ihr Instrument, um ihre Freude kundzutun. Ich hatte noch kein Kind erlebt, das so fröhlich und fast immer gut gelaunt war.

Selbstverständlich hatte ich gleich nach ihrer Geburt ein ausführliches Horoskop erstellt. Leonie hatte die Gunst der Sterne auf ihrer Seite, so viel war sicher. Kein Wunder also, dass die Kleine ein echter Sonnenschein war.

Hannah hatte wirklich Glück, die Mama dieses süßen Goldschatzes zu sein.

Die Augen hatte Leonie von ihrem Papa Lennard, dafür hatte sie Hannahs Stupsnase geerbt. Und sie hatte ein Lächeln, das direkt ins Herz ging. Seit Leonie auf der Welt war, hatte sie unser aller Leben verändert. Ihre Patentante sein zu dürfen war fantastisch. Den Patenjob teilte ich mir mit Fenja und unserem Freund Holke, der in Hamburg lebte.

Fenja nähte viel für Leonie, ich entwarf Holzspielzeug und andere Basteleien und Holke sorgte für Bücher und Musik – so hatte jeder einen Schwerpunkt und alles andere teilten wir auf, wie es sich ergab. Wir waren ein gutes Dreiergespann, nahmen unsere Patenschaft ernst und erfüllten die Aufgabe ziemlich gewissenhaft. Auch wenn Hannah manchmal meinte, wir würden unseren kleinen Schatz zu sehr verwöhnen. Papperlapapp. Als ob das möglich wäre. Und außerdem waren Pateneltern doch genau dafür da, oder etwa nicht?

Vor lauter Träumerei sah ich den Hasen, der vor mir

aus dem Gebüsch heraus und quer über den Weg hoppelte, erst im letzten Moment. Erschrocken riss ich den Lenker herum und hatte Mühe, das Schlingern des Rades abzufangen.

»Pass doch auf, Meister Lampe«, donnerte ich über meine Schulter hinweg dem Hasen hinterher, der inzwischen mit großen Sprüngen über die Wiese setzte und von meinem Anpfiff ziemlich unbeeindruckt schien. Vorsichtshalber beschloss ich, lieber etwas besser auf den Weg zu achten, statt meinen Gedanken nachzuhängen.

Die Route von meinem Haus neben der alten Mühle in Nebel nach Wittdün kannte mein Fahrrad zwar schon fast von allein, aber auf spontane Begegnungen mit der Amrumer Tierwelt war es nicht vorbereitet. Ein Sturz und womöglich gebrochene Knochen standen nicht auf meiner Wunschliste. Diese Art von Turbulenzen konnte ich mir gerne sparen.

In den letzten Monaten hatte es nur wenige Tage ohne Abstecher zu Jan in die Werkstatt gegeben. Oder besser, ohne Jans Gesellschaft. Wenn wir nicht gemeinsam arbeiteten, machten wir Yoga am Strand oder, wenn das Wetter nicht mitspielte, in meinem Yogaraum. Oft verbrachten wir auch Zeit mit den anderen. Fenja und Malte, Hannah, Lennard und Leonie und Tahmineh, die anfangs nur Fenjas Mitarbeiterin gewesen war, inzwischen aber auch fest zu unserer Freundesrunde gehörte. Wir kochten gemeinsam, sahen Filme oder spielten Karten. Natürlich verbrachten wir auch viel Zeit zusammen am Strand. Picknicks mit allerlei Köstlichkeiten gehörten zu diesen Ausflügen dazu.

Jan hatte sich sehr gut in unseren Kreis integriert, alle mochten ihn und seine zurückhaltende höfliche Art.

Mit Jan zusammen zu sein machte mir Spaß, ich fühlte mich wohl in seiner Nähe. Im Lauf der letzten Monate waren wir richtig gute Freunde geworden.

Aber okay, zugegeben. Ein bisschen mehr als nur freundschaftliche Gefühle für Jan konnte ich nicht leugnen. Aber eben nur ein bisschen. Bisher hatte ich mich nicht überwinden können, Jan mein Herz auf dieser anderen Ebene zu öffnen. Obwohl ich ihm als Freund vorbehaltlos vertraute, rannte ich gegen eine innere Wand und drohte meine Gelassenheit zu verlieren, sobald es von der Freundschaft Richtung Beziehung zu gehen drohte.

Ich war nicht zu diesem Schritt bereit und wusste nicht, ob ich es je sein würde. Freundschaft war doch auch etwas Wertvolles und außerdem so viel unkomplizierter als der ganze Beziehungskram.

Ich ahnte, dass es Jan anders ging, dass er gefühlstechnisch schon weiter war. Zum Glück hatte er sehr viel Verständnis. Ohne Details meiner Vergangenheit zu kennen, akzeptierte er, dass ich Zeit brauchte und bedrängte mich nicht, forderte nicht mehr, als ich zu geben bereit war. Er drängte mich auch nie, ihm von dem zu erzählen, was ich erlebt hatte.

Und ich musste mir eingestehen: Es funktionierte. Dieses rücksichtsvolle Verhalten machte es mir umso schwerer, ihm zu widerstehen. Es war zum Verrücktwerden. Einerseits wollte mein Herz nichts anderes, als sich Jan zu öffnen, andererseits brauchte eben genau dieses Herz einen gewissen Sicherheitsabstand und verfiel in Panik, sobald es zu eng wurde.

Die gutmütigen Sticheleien meiner Freundinnen Fenja und Hannah halfen mir auch nicht gerade, meinen Seelenfrieden zu bewahren. Selbst unsere schüchterne Tahmineh hatte mir erst gestern selbst gemachtes Dattelkonfekt zugesteckt und gesagt: »Macht Herz weit, Elisabeth. Ist gut gegen Angst.« Sie war noch nicht lange in Deutschland und ihr Deutsch noch etwas holprig, was alles, was Tahmineh sagte, ganz zauberhaft klingen ließ.

Pah. Als ob ich Angst hatte. Vernunft war das. Reine Vernunft. Aber darüber diskutierte ich nicht mehr. Außerdem war Tahminehs Dattelkonfekt ausgesprochen köstlich. Jan und ich hatten es gestern nach unserem Sundowner-Yoga am Strand zusammen verputzt.

Der Abend war wundervoll gewesen. Wenn der Himmel am Horizont rot leuchtete und der Abend sich langsam über die Insel senkte, lag ein Zauber in der Luft, der mich immer wieder aufs Neue berührte. In diesen Momenten schien alles friedlich und wundervoll.

Jetzt erreichte ich den Waldrand. Wie fast immer fuhr ich auch heute den kleinen Bogen über den westlichen Weg, statt den geteerten Radweg durch die Inselmitte zu nehmen. Seit ich das erste Mal mit Fenja hier entlanggeradelt war, gehörte der Weg durch den Wald zu meinen Lieblingsstrecken. Und genau wie damals kam mir auch heute wieder Rilke in den Sinn. *Vor lauter Lauschen und Staunen sei still, du mein tieftiefes Leben*, hatte ich damals rezitiert und ein Stück weiter des Wegs hatte Fenja den Faden aufgenommen und voller Inbrunst weitergesponnen: *Und dann, meine Seele, sei weit, sei weit. Dass dir das Leben gelinge.*

Unfassbar, was seit damals alles geschehen war. Ich liebte Amrum noch immer mit jeder Faser meines Herzens. Vielleicht heute sogar noch mehr als damals, denn inzwischen hatte ich Freunde, Jan und erste Wurzeln, die mir Halt gaben. Die Schatten meiner Vergangenheit waren so hell geworden, dass ich sie kaum noch wahrnahm.

Die Stimmung im Wald verzauberte mich. Die Bäume und das Unterholz, dahinter die Dünen und der Kniepsand und dann – natürlich vom Weg aus unsichtbar – die alles dominierende Nordsee, die mich von jeher in ihren Bann zog.

Während ich vor mich hinträumte und meinen Gedanken nachhing, machte ich ordentlich Tempo. Die sich schnell drehenden Reifen knirschten leise auf dem Waldweg. Außer mir war hier noch kein Mensch unterwegs. Ganz ungestört zwitscherten die Vögel ihr Morgenlied. Eine Kaninchenfamilie hoppelte aufgeschreckt davon, als ich an ihnen vorbeibrauste. Ich lachte dunkel auf und genoss den kühlen Fahrtwind, der mir über das Gesicht strich. Jetzt wehten die letzten Schlafgeister endgültig davon.

Ohne innezuhalten steuerte ich am Leuchtturm vorbei und fuhr bald darauf auf den Hof von Jans Werkstatt. Das Rad stellte ich direkt neben dem Eingang ab. Ich fühlte mich voller Elan. Die Viertelstunde Frühsport hatte mir gutgetan.

»Moin, Elisabeth«, grüßte Jan und sah mich erstaunt an, als ich die Werkstatt betrat. »Donnerlittchen, bist du früh dran.« Er warf einen Blick auf die Uhr.

»Moin, Jan«, erwiderte ich und lachte. »Weißt du doch: Der frühe Hering fängt die Krabbe.« Er stand an der Werkbank und ich ging zu ihm.

Jan legte das Stück Holz zur Seite, das er gerade begutachtet hatte und umarmte mich zur Begrüßung. Wir gaben uns ein freundschaftliches Küsschen auf die Wange.

»Konntest du nicht schlafen?«, wollte Jan wissen. Er musterte mich prüfend.

»Doch«, brummte ich. »Zumindest bis zu dem Moment, als zwei Möwen sich direkt neben meinem offenen Fenster um ihr Frühstück streiten mussten.« Ich verdrehte die Augen. »Zuerst wollte ich mich noch mal umdrehen. Aber dann dachte ich, da ich schon mal wach bin, kann ich auch zu dir kommen und mich um Leonies Kugelbahn kümmern.«

»Super. Ich muss gleich los, habe heute eine Baustelle in Norddorf. Aber du kriegst das auch ohne mich hin. Sehen wir uns in der Mittagspause am Strand?«

»Zwölf, und ich besorge das Mittagessen?«, fragte ich.

Jan nickte. »Das passt.«

Er hob die Hand zum Gruß und lächelte in meine Richtung. Dann packte er seine Tasche und ging.

Mit einem Klack fiel die Tür hinter Jan ins Schloss, dann wurde es still um mich herum. Jans Abfahrt hörte ich nicht, er hatte sich einen Elektro-Transporter angeschafft, der für die kurzen Fahrten auf der Insel perfekt geeignet war.

***

Die Handflächen legte ich vor der Brust aneinander und hob nun langsam die Arme bis über meinen Kopf. Beim Hochgehen atmete ich tief ein. Am höchsten Punkt verharrte ich ein paar Sekunden, bevor ich die Hände voneinander löste und mit der Ausatmung die Arme in weitem Bogen rechts und links von meinem Körper nach unten nahm. Ich wiederholte die Übung noch zweimal, dann beschloss ich, meine kleine Trainingseinheit zu beenden. Nachher wollte ich schließlich noch mit Jan zusammen üben. Ein letztes Durchatmen und ich ließ mich rücklings in den Sand fallen.

Es war ein perfekter Frühsommertag. Die Sonne wärmte meine Haut, über mir kreischten die Möwen und das Rauschen der Wellen vollendete den Soundtrack Amrums. Ich schloss die Augen und genoss das Gefühl. Vielleicht sollte ich die halbe Stunde, bis Jan kam, nutzen, um ein kleines Nickerchen zu machen.

Ich schlug die Augen wieder auf, um zu sehen, was um mich herum geschah. Ich hatte den Strandabschnitt fast für mich allein. Ein gutes Stück entfernt hatten sich zwei Familien niedergelassen. Die Kinder spielten in den auf den Strand laufenden Wellen und hatten großen Spaß. Immer wieder bückten sie sich, um Muscheln aufzuheben.

Ich könnte auch schwimmen gehen, statt zu dösen, überlegte ich. Die Sonne hatte mich schon ordentlich erhitzt. Ich wägte die Optionen gegeneinander ab und war unentschlossen.

In meiner Tasche blökte ein Schaf. Das gab mir die Gelegenheit, die Entscheidung aufzuschieben. Ich zog die Tasche näher zu mir und kramte das Handy hervor. Fenja hatte mir eine Nachricht geschrieben.

Fenja: Hey, was treibst du? Ich habe für Leonie ein neues Kleid genäht – aus dem Erdbeerstoff. Und das gleiche auch für das Bärchen. Soll ich dich nachher abholen?

Leonie und ihr Bärchen. Unwillkürlich legte sich ein Lächeln auf meine Lippen. Das Bärchen hatte Leonie von Fenja zur Geburt bekommen. Es war ein Bärenkind aus blauem Plüschstoff mit einem sehr niedlichen Gesicht, kleinen Puschelohren und Schlenkerarmen und -beinen. Von Anfang an hatte Fenja sich einen Spaß daraus gemacht, Babykleidung doppelt zu arbeiten – für Leonie und für ihr Bärchen, das keinen Namen hatte, sondern eben einfach Bärchen hieß. Bä, wie Leonie die Schlenkerpuppe nannte, war immer dabei, egal ob es auf den Spielplatz ging oder an den Strand. Fenja war noch online, also tippte ich direkt meine Antwort in das Handy.

Elisabeth: Da wird sie sich bestimmt freuen! Bin am Strand. Die Kugelbahn ist fertig. Komm doch auch. Norddorf an unserer Yogastelle.

Fenja: Ich kann nicht, muss Tahmineh helfen. Zu viel Arbeit. Zwei bei dir?

Elisabeth: Alles klar. Bis nachher.

Ich tippte auf das Display, kontrollierte, ob noch weitere Nachrichten eingegangen waren – nichts. Auch gut. Das Handy wanderte wieder in die Tasche zurück.

Ich konnte es kaum erwarten, Leonie mit den Geschenken zu überraschen. Hannah hatte uns zwar den Vogel gezeigt, weil wir Leonies Neunmonatstag feiern wollten, aber dann hatte sie gelacht und uns zum Kaffee eingeladen. »Machen wir es eben wie Alice im Wunderland und feiern Nicht-Geburtstage«, hatte sie gemeint und sich ihren Pony aus der Stirn gepustet.

Ich ließ mich wieder auf den Rücken fallen, aber schon im nächsten Moment wurde ich unruhig. Ich hatte keine Lust mehr, faul herumzuliegen. Außerdem war mir heiß. Obwohl hier am Strand ein sanftes Lüftchen wehte, standen mir Schweißperlen auf der Stirn. Damit war die Entscheidung gefallen. Ich würde mir ein erfrischendes Bad in den Wellen gönnen, bevor Jan für unser Yogatraining aufkreuzte. Ich setzte mich wieder auf, zog mir das Shirt über den Kopf und schob mir die weichen Yogashorts über die Hüften nach unten. Den Bikini hatte ich in weiser Voraussicht zu Hause schon angezogen. Mit einem Satz kam ich auf die Füße und rannte durch den warmen Kniepsand Richtung Nordsee.

Ich lief in die Wellen hinein und blieb dann stehen. Das Wasser umspülte meine Waden. Im ersten Moment zuckte ich zurück, als das kühle Nass auf meine erhitzte Haut traf. Es war doch noch reichlich kalt. Doch schon Sekunden später hatte ich mich daran gewöhnt und genoss das Prickeln auf meiner Haut. Ich grub meine Zehen in den nassen Sand und drehte die Fersen ein bisschen hin und her, sodass ich einsank.

Trotz der Kälte war das Wasser herrlich und lockte mich. Genug gespielt. Zügig stapfte ich durch den flachen Abschnitt. Die Wellen schwappten mir zuerst gegen die Schienbeine, nach ein paar Schritten plätscherten sie über meine Knie und an den Oberschenkeln hoch. Bevor die nächste Welle meinen Bauch erreichte, blieb ich stehen und atmete tief ein. Mit dem Ausatmen warf ich mich mit über den Kopf gestreckten Armen in die Fluten und tauchte einmal komplett unter. Ich machte zwei kräftige Schwimmzüge und tauchte prustend wieder auf. Auf meinem ganzen Körper hatte sich wohlige Gänsehaut gebildet. Als der Wind über meinen Körper strich, fingen meine Zähne an zu klappern. Schnell ging ich in die Knie und begann zu schwimmen.

»Elisabeth, hallo, warte, ich komme mit«, tönte Jans Stimme vom Strand herüber.

Paddelnd drehte ich mich auf den Rücken, winkte in die Richtung, aus der ich Jans Stimme gehört hatte, und rief: »Dann los, es ist herrlich.«

Doch Jan war nicht mehr zu sehen. Eigenartig. Verwundert schüttelte ich den Kopf. Er konnte sich doch nicht in Luft aufgelöst haben. Oder hatte ich mir sein Rufen nur eingebildet? Ich kniff die Augen zusammen. Nichts. Er war wirklich nicht da. Offenbar hatte ich eine sehr lebhafte Fantasie und hörte Stimmen, wo keine waren. Gerade als ich mich wieder auf den Bauch drehen und jetzt wirklich ein Stück hinausschwimmen wollte, tauchte Jan prustend direkt neben mir auf.

Damit hatte ich nicht gerechnet. Ich schrie erschrocken auf. Im nächsten Moment lachte ich über mich selbst. Ich hätte es eigentlich wissen müssen. Jan war ein ausgezeichneter Taucher und hatte mich schon mehrfach damit erschreckt, plötzlich wie aus dem Nichts aufzutauchen.

»Wolltest du mir etwa davonschwimmen?«, fragte er gespielt empört. Er zog streng die Augenbrauen zusammen und versuchte mich finster anzusehen, aber seine lächelnden Augen verrieten ihn.

»Das würde ich mir doch nie einfallen lassen. Sag mal, wie kannst du denn so lange die Luft anhalten?«, wollte ich wissen. »Hast du etwa Dianthuskraut geschluckt?« Lachend kontrollierte ich seine Ohren und meinte: »Keine Kiemen.«

Anspielungen auf Harry Potter waren so etwas wie ein Running Gag zwischen uns. Mal unterstellte ich Jan Zauberkräfte, und ein anderes Mal er mir.

»Dianthuskraut war aus, ich habe den Luftikuszauber verwendet«, konterte Jan locker. »Aber so lange war das gar nicht. Du hast nur in der falschen Richtung gesucht, sonst hättest du mich entdeckt.«

»Luftikus«, prustete ich und platschte mit der flachen Hand auf das Wasser, dass es nur so spritzte. »Als ob das ein Zauberspruch wäre.« Ich schüttelte energisch den Kopf und ließ meine nassen Haare fliegen. »Du bist echt ein Quatschkopf, Jan«, stellte ich fest und gab ihm einen Schubs. »Los jetzt«, kommandierte ich. »Lass uns mal ein bisschen schwimmen, bevor du mir auch noch die Story vom Weißen Hai erzählst.«

Schon machte ich die ersten Züge und schwamm Jan damit tatsächlich für Sekunden davon. Doch er reagierte schnell und setzte mir nach und verfiel neben mir in gleichmäßige Schwimmzüge.

»Ich muss nachher noch mal zu meinem Kunden«, erzählte Jan, während wir nebeneinander schwammen. »Zum Neunmonatskaffee schaff ich es erst so gegen vier.«

»Kein Problem«, gab ich zurück. »Wir lassen dir ein Stück Kuchen übrig.« Ich grinste. Hannah betrieb das *Café Inselglück*. Sie hatte immer eine tolle Auswahl selbst gebackener Kuchen und tischte immer so viel auf, dass wir regelmäßig stöhnten.

»Da habe ich ja Glück«, feixte Jan. Er nickte Richtung Strand. »Was ist? Zurück und ein bisschen Yoga?«

»Okay«, entschied ich, wendete und legte ein wenig Tempo zu. Im nächsten Moment schoss ein scharfer Schmerz in mein rechtes Bein. Ich schrie erschrocken auf und hatte Mühe, mich über Wasser zu halten. Jan reagierte prompt. Er schnappte mich und legte mir von hinten einen Arm um. »Ruhig, Elisabeth, ich bin da und halte dich. Keine Panik, du bist in Sicherheit. Hast du einen Krampf?«

Ich nickte mit zusammengepressten Lippen. Hölle, tat das weh. »In der Wade«, presste ich hervor.

»Versuch das Bein zu strecken. Zieh die Zehen zu dir, damit der Wadenmuskel gedehnt wird. Keine Angst, Elisabeth, ich halte dich.«

Nachdem ich den ersten Schreck überwunden hatte, konnte ich auch wieder denken. Jans Arm gab mir Sicherheit. Ich konzentrierte mich darauf, den Muskel zu dehnen. Der Schmerz ließ nach, ich konnte mich wieder selbst über Wasser halten.

»Danke«, sagte ich leise und versuchte mich aus Jans Griff zu lösen. Ich spürte, dass er zögerte, mich wieder loszulassen.

»Elisabeth«, flüsterte er nah an meinem Ohr. Seine Stimme klang aufgewühlt und heiser, und er drückte mich noch etwas enger an sich.

»Danke, Jan. Es geht wieder«, sagte ich in energischem Ton. Das wirkte. Jan ließ mich los. Er sah mich an und wirkte, als hätte ich ihm eiskaltes Wasser übergekippt.

»Entschuldige bitte«, murmelte er.

Nachdem er sich überzeugt hatte, dass es mir gut ging und ich wirklich wieder schwimmen konnte, zog er mit kräftigen Zügen davon und war längst aus dem Wasser, als ich das Ufer erreichte.

»Jan«, sagte ich und stockte. Ich wusste nicht so richtig, was ich sagen sollte. Dann entschloss ich mich, über den Moment hinwegzugehen. Darüber zu sprechen würde es nur für uns beide schlimmer machen. »Danke«, sagte ich deshalb mit fester Stimme. »Du hast mir gerade das Leben gerettet und mich davon abgehalten, in Panik zu geraten. Jan, ich danke dir.«

»Ach was«, gab er zurück. »Das war ja nur ein kleiner Krampf. Wahrscheinlich hättest du das auch ohne mich in den Griff bekommen. Wir waren sowieso nicht weit draußen.« Er holte tief Luft, sah auf die Uhr und meinte: »Ich sollte los, es ist doch schon später als gedacht. Wir sehen uns dann nachher. Bis später.«

Ich setzte mich auf meine Yogamatte und sah dem davonstapfenden Jan traurig nach.

Gerade erst hatte ich gedacht, meine Wunden seien inzwischen richtig gut verheilt, aber meine Reaktion auf Jans Nähe erzählte etwas anderes. Verflixt noch mal. »Verfluchter Florian. Ich will nicht, dass du immer noch so viel Macht über mich hast. Ich will das nicht. Nicht alle Männer sind solche Idioten. Und Jan ist ganz sicher keiner«, schimpfte ich halblaut vor mich hin. Aber sosehr ich es mir auch wünschte, mein Herz flatterte ängstlich.

Ich rappelte mich auf und konzentrierte mich auf meine Yogaübungen. Kontemplation. Ich wollte aufhören zu denken und mich nur auf das Jetzt konzentrieren. Vielleicht würde ich so einen Weg finden, meine Angst zu überwinden – ja, Tahmineh hatte recht. Ich hatte eine Heidenangst.

Kapitel 2

Maighread

Nachdenklich trank Maighread einen Schluck Tee und strich sich Butter auf ihr Rosinenbrötchen. Sie fühlte sich erschöpft und irgendwie melancholisch, gleichzeitig ärgerte sie sich über sich selbst. Es war ihr erster Tag auf Amrum. Eigentlich müsste sie übersprühen vor guter Laune und Unternehmungslust. So lange hatten sie und Joshua davon geträumt und sich darauf gefreut. Wieso hatte sie dann plötzlich das Gefühl, diese zwei Wochen Insel könnte ihr zu lang werden?

Wenn sie ehrlich zu sich selbst war, dann wusste sie natürlich, was sie umtrieb – aber es fiel ihr nicht leicht, sich das einzugestehen. Maighread machte einen extratiefen Atemzug, der schon fast wie ein Seufzer klang, und biss ein Stück von ihrem süßen Brötchen ab. Es war total blöd, aber sie hatte Sehnsucht nach Callwell. Ihre Freunde fehlten ihr, ihre Hündin Molly und auch ihr Laden, das *Wolle & Zeit*.

Natürlich hatten Chloe, Elisabeth, Gwendolyn und Eilidh alles im Griff. Darüber musste Maighread sich ganz gewiss keine Gedanken machen. Und sie alle machten das von Herzen gern. Für Chloe als Maighreads beste Freundin war es selbstverständlich gewesen einzuspringen, damit Maighread und Joshua auf Deutschlandtour gehen konnten. Da ihr Kräuterladen direkt neben dem *Wolle & Zeit* lag, war das auch überhaupt kein Problem für sie. Und Maighreads Großmutter Elisabeth hatte das Wollgeschäft viele Jahre selbst geführt. Sie hatte Erfahrung und Spaß daran, mal wieder im Laden zu stehen.

Chloes Großmutter Gwendolyn und Eilidh, die Haushälterin und gute Seele von Callwell Castle, hatten gleich zwei gute Gründe für ihren Einsatz. Sie wollten Maighread und Chloe unterstützen und ihrer Freundin Elisabeth zur Seite stehen. Die drei älteren Frauen klüngelten ohnehin täglich zusammen.

Das Granny-Kleeblatt, wie Maighread und Chloe sie inzwischen nannten, hatte es kaum erwarten können, das Kommando im kleinen Strickladen zu übernehmen. Das war auch gut so. Maighread war von Herzen dankbar für die Unterstützung und die Möglichkeit zu reisen. Aber dennoch. Das Wollgeschäft war nun einmal ihr Baby. Sie litt unter Trennungsschmerz.

»Was ist los, Honey?«, fragte Joshua prompt. Natürlich war ihm aufgefallen, dass Maighread stiller war als sonst. Er fasste über den Tisch nach ihrer Hand und drückte sie. »Geht es dir nicht gut?«

»Alles okay«, beeilte Maighread sich, Joshua zu beruhigen. Das fehlte noch, dass sie ihm mit ihrer albernen Gefühlsduselei die Freude verdarb. Sie warf ihm einen entschuldigenden Blick zu. Doch es half nichts. Sie konnte Joshua einfach nichts vormachen. Als er sie prüfend musterte, wusste sie, dass er keine Ruhe geben würde, ehe sie ihm nicht gesagt hatte, was mit ihr los war.

»Ich fühle mich nur ein bisschen angematscht. Nichts, was Beachtung bräuchte«, erklärte sie deshalb. »Schließlich habe ich überhaupt keinen Grund dafür. Das Hotel ist sehr schön und unser Bett ein Traum. Ich habe ausgezeichnet geschlafen.«

Das hatte sie wirklich. Das Zimmer war ganz nach Maighreads Geschmack sehr liebevoll im Vintagestil eingerichtet. Und das Bett war so perfekt, dass sie sich wie auf Wolken gebettet gefühlt hatte.

»Und das Frühstück ist köstlich. Hier, probier mal«, schob sie hinterher und streckte Joshua ihr mit Butter bestrichenes Rosinenbrötchen hin, um ihn auf andere Gedanken zu bringen. Sie wollte ihm nicht sagen, dass sie Heimweh hatte. Das würde ihn nur unnötig belasten. Und so schlimm war es nicht, sie würde das sicher in den Griff bekommen. Wenn sie gleich den ersten Ausflug machten, würde es ihr schnell besser gehen.

Joshua biss ab und kaute.

»Hm, wirklich lecker«, befand er gleich darauf, nachdem er geschluckt hatte. Doch Maighreads Ablenkungsversuch hatte nicht funktioniert. Joshua kam auf ihr Befinden zurück. »Vielleicht macht dir die Klimaumstellung zu schaffen«, mutmaßte er. »Das Nordseeklima kann anfangs ziemlich müde machen.«

Maighread nickte und war froh, dass Joshua ihr ein gutes Stichwort gegeben hatte. Äußere Einflüsse waren ein guter Erklärungsansatz. »Das könnte es sein. Oder die Fahrt sitzt mir noch in den Knochen.«

Während sie es aussprach, wurde ihr klar, dass es tatsächlich die Ursache für ihre Gefühle sein könnte. Körperliche Erschöpfung zog oft auch emotionale Gewitter nach sich, das war nicht außergewöhnlich. Sie hatte zwar gut geschlafen, aber ihre Muskeln fühlten sich trotzdem noch an wie durch die Mangel gezogen. Vermutlich war ihr Körper noch damit beschäftigt, das ausgeschüttete Adrenalin abzubauen.

»Dieser ewige Stau und der unglaubliche Verkehr gestern. Und obendrein ist der Rechtsverkehr auch für mich als Beifahrerin echt anstrengend. Wir sind zwar schon eine Woche in Deutschland, aber das geht mir immer noch ganz schön auf die Nerven. Ich kann gar nicht mehr zählen, wie oft ich dachte, es kracht. Was für ein Glück, dass wir hier auf der Insel das Auto kaum brauchen werden.«

»Da sagst du was. Es hat zwar bisher super geklappt, aber die ständige Konzentration ist ziemlich anstrengend.«

Maighread und Joshua waren am Abend des Vortags ziemlich erledigt mit der letzten Fähre auf Amrum angekommen. Sie hatten sich vorab in einem hübschen kleinen Hotel in Nebel ein Zimmer gebucht und waren vom Anleger aus, ohne sich großartig umzusehen, direkt dorthin gefahren. Die Insel kennenlernen und alles erkunden wollten sie lieber mit neuer Kraft, wenn sie ausgeschlafen hatten. Die Rundreise durch Deutschland und vor allem die letzte Etappe hatten es in sich gehabt.

Eigentlich war die Fahrt von Vlotho nach Dagebüll gar nicht so lang, sie hätten das ganz locker pünktlich zu ihrer Nachmittagsfähre schaffen können. Aber in Hamburg hatten sie wegen eines Unfalls vier Stunden vor dem Elbtunnel im Stau gestanden. Natürlich hatten sie dadurch ihre Fähre verpasst und dank Joshuas Bleifuß gerade so mit Ach und Krach das letzte Schiff des Tages erwischt.

Aber auch wenn es wirklich super anstrengend gewesen war, hatte das alles Maighread gestern nicht die Laune verhageln können. Ihre letzte Zwischenstation war die Anstrengung allemal wert gewesen.

Sie dachte an das Woolhouse in Vlotho, das sie am Vortag besucht hatten. Dieses zauberhafte Wollgeschäft und die Atmosphäre hatten sie überwältigt. Maighread hatte den Kontakt zum Woolhouse über die West Yorkshire Spinners geknüpft. Nicola, die deutsch-englische Wollhändlerin, war genauso wollverrückt wie sie selbst. Und eine Seele von Mensch. Sie sprudelte nur so über vor Ideen und hatte Maighread direkt in ihr Herz gelassen. Schon Minuten nach dem Kennenlernen hatte Maighread sich wie Nicolas langjährige Freundin gefühlt.

Sie hatten viel gelacht, Strickideen und Wollwissen ausgetauscht und sich ihre Arbeiten gezeigt. Maighread hatte Nicola von ihrem Besuch beim Wollhersteller *Wolle Schaf* erzählt und ihr die Wollproben gezeigt, die sie mitgenommen hatte. Und Nicola hatte ihre Gäste aus Schottland durch ihr Wollparadies geführt. Bei der Bobbelstation hatte Maighread große Augen bekommen. Das Besondere an diesen Wollknäueln war, dass es sich dabei um ein Garn mit Farbverlauf handelte. Das machte es möglich, ein komplettes Strickstück mit speziellem Farbschema zu stricken, ohne zwischendurch einen Faden ansetzen zu müssen.

Nicola wickelte und entwarf eigene Modelle und obwohl Maighread mit Bobbeln noch keine Erfahrung hatte, war sie sofort begeistert von den unglaublichen Möglichkeiten, die sich durch die eigene Wicklung boten.

»Was ist?«, hatte Nicola sie gefragt. »Sollen wir dir einen maritimen Bobbel wickeln? Einen für das Inselglück, das dich auf Amrum erwartet? Dann kannst du dort damit etwas entwerfen, was zur Insel passt. Und es als Erinnerung mit nach Hause nehmen. Hast du Lust? Und wenn es gut ankommt, dann kannst du die Bobbel vielleicht sogar bei dir ins Angebot nehmen.«

Gesagt, getan. Sie hatten sich beraten, die Farben unterschiedlich kombiniert und schließlich hatte Maighread den ersten Bobbel mit ihrer persönlichen Wicklung in Händen gehalten.

Als Maighread und Joshua sich nach ein paar Stunden von Nicola und ihrem Mann Jörg verabschiedeten, waren aus dem einen vier Bobbel geworden, die Maighread im Gepäck hatte. Es waren Probewicklungen mit leichten Unterschieden in der Farbzusammenstellung und im Verlauf. Nicola hatte gesagt, Maighread sollte testen, welcher ihr am besten gefiel. Das würde dann der *Inselglück*-Bobbel werden.

Im Gegenzug hatte Maighread Nicola ein paar von Chloes handgeschöpften Seifen dagelassen und einen Teil der Proben von *Wolle Schaf* – sie hatte sich zum Glück reichlich eingedeckt.

Der Abschied war Maighread schwergefallen. Am liebsten hätte sie ein paar Tage in Vlotho drangehängt, aber das Hotel auf Amrum war gebucht und die Nordsee wartete.

Sie versprachen sich, in Kontakt zu bleiben. Bei ihrem nächsten Besuch in Nicolas englischer Heimat wollten Nicola und ihr Mann Jörg auch auf jeden Fall nach Callwell kommen. Maighread freute sich schon darauf, die beiden ihren Freunden vorzustellen.

Und plötzlich wusste sie, weshalb sie Sehnsucht nach Callwell hatte. Es waren nicht, wie sie gerade vermutet hatte, die Erschöpfung oder das Adrenalin, sondern der Besuch im

Woolhouse gewesen. Dieser zauberhafte Laden hatte sie an ihren eigenen Woll-Shop erinnert und ihr ganz viel Inspiration gegeben. Sie war voller Ideen dort weggegangen und hätte am liebsten direkt damit begonnen, ihre Pläne umzusetzen. Aber genau das ging nicht, weil jetzt zwei Wochen Amrum vor ihr lagen. Und die wollte sie auch genießen. Schließlich war das der erste gemeinsame Urlaub mit Joshua.

Nachdem ihr klar war, wo der Knoten in der Wolle steckte, konnte sie auch gleich besser damit umgehen. Gedankenverloren nippte Maighread an ihrem Tee. Die Unterhaltung mit Joshua und das Reflektieren des letzten Tages hatten ihr geholfen. Sie hatte ihre gute Laune fast komplett wiedergefunden und konnte endlich auch wieder von innen heraus lächeln.

Außerdem würde sie sich nachher irgendwo am Strand ein gemütliches Plätzchen suchen und ein wenig stricken, das würde ihre Laune ganz sicher endgültig heben.

Joshua nahm den letzten Schluck Kaffee aus seiner Tasse. Er tupfte sich mit der Serviette die Lippen ab und legte sie auf den Teller.

»Ich war vorhin übrigens kurz an der Rezeption. Unsere Fahrräder stehen bereit.« Sein Gesicht strahlte vor Vorfreude. Er sah Maighread an und hob mahnend den Zeigefinger. »Denk dran, mit dem Fahrrad gilt genauso Rechtsverkehr wie mit dem Auto.«

Maighread verdrehte die Augen und grinste. Daran würde sie sich nie gewöhnen.

»Ich fahre einfach hinter dir her«, meinte sie. »Du hast das bisher ja super hinbekommen.«

»Dann komm, lass uns losziehen. Die Insel wartet. Und wenn wir am Strand sind, machen wir einen Videocall zu Chloe und den anderen.«

Was für einen klugen Verlobten sie doch hatte. Maighread stand auf und gab Joshua einen Kuss. Er hatte es zwar nicht gesagt, aber sie war ziemlich sicher, dass er ahnte, dass sie ein Anflug von Heimweh überfallen hatte. Ein Videocall vom Strand aus war ganz sicher das perfekte Heilmittel.

Während sie im Zimmer ihre Tasche für den Ausflug packte, verflogen auch die letzten Schatten. Maighread fühlte sich wieder leicht und fröhlich. Jetzt konnte sie es kaum erwarten, endlich diesen legendären Kniepsand zu sehen.

Genau wie Miriam, die junge Frau an der Rezeption, es ihnen empfohlen hatte, radelten sie quer über die Insel Richtung Westen. Da wenig los war, konnten sie gemütlich nebeneinanderher fahren. Sie trödelten nicht und achteten nur wenig auf die Landschaft, durch die sie fuhren. Das Inselinnere wollten sie bei einer anderen Gelegenheit erkunden. Jetzt lockte der großartige Strand, für den Amrum so berühmt war. Am Waldrand stoppten sie.

»Jetzt kann es nicht mehr weit sein«, meinte Joshua. Er hob die Nase Richtung Westen und schnupperte. »Fast kann man das Meer schon riechen. Was meinst du? Stellen wir die Fahrräder hier ab und gehen das letzte Stück zu Fuß?«

»Gute Idee«, stimmte Maighread ohne lang zu überlegen dem Vorschlag zu. Sie ging ohnehin lieber zu Fuß, da musste sie nicht darauf achten, auf der richtigen Seite zu bleiben.

Joshua nahm die große Strandtasche über die Schulter. Maighread hatte einen Rucksack dabei.

»Dann los«, sagte sie. »Lass uns herausfinden, ob der Märchenstrand wirklich so märchenhaft ist.« Übermütig klatschte sie ihrem Liebsten auf den Po.

»Hey«, rief er und grinste sie an. »Ich glaube, die Inselluft tut dir nicht gut.«

Als Revanche fuhr Joshuas Hand unter Maighreads leichtes Shirt und strich kurz über ihren Bauch und streifte dabei sanft mit den Fingerspitzen den unteren Rand ihres Bikinioberteils. Ein heißer Schauer zog von Maighreads Brust in Richtung Schoß. Jetzt war es an ihr, ein »Hey« auszustoßen. Es war unglaublich, aber Joshua schaffte es mit so einer kleinen Berührung, Maighreads Sinne in Alarmbereitschaft zu versetzen. Sie konnte nicht genug von ihrem Highlander bekommen.

Händchenhaltend spazierten die beiden Verliebten den Waldweg entlang. Es dauerte nicht lange, bis sie den Strandaufgang erreichten. Sie überquerten die Stelle zwischen den Dünen und schon der Ausschnitt, der sich ihnen hierbei zeigte, war atemberaubend. Als sie aber aus den Dünen heraustraten, erwartete sie ein unglaubliches Bild. Vor ihnen breitete sich weit und weiß der Kniepsand mit seiner ganzen Magie aus. Überwältigt blieben sie stehen.

»Oh wow!«, hauchte Maighread.

Mehr konnte sie im ersten Moment gar nicht sagen, es hatte ihr die Sprache verschlagen. Joshua schien es ähnlich zu gehen. Schweigend zog er Maighread an sich und legte ihr den Arm um die Schultern. Sie lehnte ihren Kopf gegen Joshuas Brust und genoss seine Nähe. In dieser Stellung verharrten sie eine ganze Weile. Maighread konnte sich kaum sattsehen an der schieren Unendlichkeit dieses Strandes.

»Wirklich märchenhaft«, meinte Joshua und Maighread hörte seiner Stimme an, dass er ebenso beeindruckt war wie sie selbst.

Natürlich hatten sie sich vor ihrer Reise Filme über Amrum angesehen und viele Bilder. Aber jetzt hier zu stehen und diesen Inselzauber selbst zu erleben überstieg Maighreads ohnehin schon hohe Erwartungen noch einmal deutlich.

Sie ließ die Weite auf sich wirken. Ein ziemliches Stück entfernt sah sie die Wellen der Nordsee im Sonnenlicht glitzern. Der Himmel wölbte sich tiefblau über alles und verstärkte das Gefühl der Unendlichkeit bei Maighread noch.

»Wow«, sagte sie noch einmal. Jetzt hatte sie ihre Sprache wiedergefunden. »Das ist unfassbar schön. Und so wahnsinnig weit.«

Glücklich hob Maighread Joshua ihr Gesicht entgegen und gab ihm einen innigen Kuss. Sie spürte Joshuas Hände, die über ihren Rücken wanderten und ließ sich in die Zärtlichkeit fallen. Wenn wir jetzt allein wären … ging es ihr durch den Kopf.

Doch trotz aller Weite hörte man Kinderlachen und Hundegebell. Es kostete sie Überwindung, aber Maighread löste sich von Joshua.

»Sonst werden wir noch verhaftet«, sagte sie leise und kicherte, als sie in Joshuas Augen wie in einem Spiegel ihre eigene Erregung sah und sein bedauerndes Seufzen hörte. Aber er ließ sie los, denn natürlich wusste er, dass sie recht hatte.

Maighread stapfte ein paar Schritte Richtung Wasser. Dann blieb sie wieder stehen. Sie legte den Kopf in den Nacken, streckte ihre Arme zur Seite und drehte sich im tiefen Sand im Kreis. Wieder und wieder und immer schneller.

»Hier wird das Herz ganz weit!«, rief sie. Als ihr schwindlig wurde, ließ sie sich lachend in den Sand fallen.

Jetzt wusste sie, dass sie die Tage auf Amrum würde genießen können. Der Inselzauber hatte sie in seinen Bann gezogen.

Joshua hatte sie amüsiert beobachtet und setzte sich jetzt neben sie.

»Die Berichte über die Insel waren nicht übertrieben«, sagte er. Andächtig nahm er eine Handvoll Sand und ließ ihn durch die Finger und über Maighreads Bein rieseln. »Weiß und fein, man könnte wirklich glauben, man ist in der Karibik.«

»Und so unfassbar viel«, staunte Maighread. Sie legte sich die Hand als Sonnenschutz wie einen Schirm über die Augen und ließ den Blick über die scheinbare Unendlichkeit des Kniepsandes wandern. »Ich habe noch nie so einen fantastischen Strand gesehen.«

»Es ist die perfekte letzte Station unserer Deutschlandreise, findest du nicht?«

»Oh ja, absolut«, stimmte Maighread ihrem Liebsten zu. Sie vermisste Callwell zwar immer noch, aber jetzt wusste sie, dass diese zwei Wochen für dieses Inselparadies kaum ausreichen würden. Vermutlich würde sie von nun an immer wieder nach Amrum kommen wollen. Der Inselzauber hatte sie komplett gefangen. Und sie hatte viele Pläne.

»Ich möchte den Strand genießen, aber auch die Insel entdecken. Das Watt soll auch sehr besonders sein. Wanderst du mit mir um die – wie heißt es – Odde? Das ist diese nördlichste Spitze der Insel. Ich habe gelesen, es soll ein Paradies für Vögel sein. Genau wie die Vogelkoje. Und auf den Leuchtturm müssen wir unbedingt. Und …«

»Du bist zauberhaft, wenn du vor lauter Plänen übersprudelst«, sagte Joshua und seine Stimme klang heiser. In dem Kuss, den er Maighread gab, lag ein Versprechen. Später. Wenn sie in ihrem Zimmer allein waren.

»Und jetzt rufen wir Chloe an«, krächzte Maighread, bevor sie Gefahr lief, von Joshuas Leidenschaft komplett mitgerissen zu werden.

***

Auf dem Weg zurück ins Hotel ließen sie sich mehr Zeit. Sie waren glücklich und erschöpft nach ein paar Stunden Strand. Das Wasser war herrlich erfrischend gewesen und die Sonne hatte dafür gesorgt, dass ihnen danach nicht kalt geworden war. Maighread hatte zuerst Muscheln gesucht – das hatte sie Chloe bei dem Videotelefonat versprochen – und dann angefangen, mit ihren Bobbeln zu experimentieren. Aber sie hatte den richtigen Dreh noch nicht raus und am Ende alles wieder aufgeribbelt, was sie in der Zeit am Strand gestrickt hatte. Es sollte ein extra großes Strandtuch werden. Nicht zu kompliziert und das Muster sollte sich möglichst dem Farbverlauf anpassen.

Obwohl sie sich auf eine Dusche freuten, hatten sie nicht widerstehen können und einen Abstecher zum Leuchtturm gemacht. Das hatte Maighreads Wunsch, ganz nach oben zu klettern, nur noch bestärkt. Sie hatte das Schild mit den Öffnungszeiten fotografiert und den Turm ausgiebig bewundert.

Jetzt fuhr Maighread langsam hinter Joshua her. Sie hatten den westlich liegenden Waldweg Richtung Norden genommen. Nebel lag etwa in der Mitte der Insel auf der östlichen

Seite. Irgendwann mussten sie also rechts abbiegen, aber laut ihrer Handykarte ging es noch ein Stück weiter, bevor der Abzweig kommen sollte.

Ganz gemütlich trödelten sie vor sich hin und fuhren gerade so schnell, dass sie das Gleichgewicht auf den Fahrrädern nicht verloren. Als sie an einem Straßenschild vorbeikamen, entzifferte Maighread den Namen. Tanenwai stand da. Was für ulkige Bezeichnungen das waren. Maighread amüsierte sich. Sie mochte die norddeutschen Worte. Auch das hier allgemein übliche Moin als Gruß fand sie ganz entzückend.

Als sie am ersten Haus vorbeikamen, entdeckte Maighread ein Schild, das ihre Neugier weckte. Sie bremste ab.

»Joshua, warte bitte«, rief sie. »Sieh mal, was für ein wunderschönes Friesenhaus. Und da ist ein Laden drin. Dogissimo – Mode und Kunst«, las Maighread vor. Ob es da um Hundemode ging? Maighread hatte keine Ahnung, aber der kleine Laden zog sie magisch an. Sie hatte das Gefühl, unbedingt dort hinein zu wollen. Jetzt hatte sie das Geöffnet-Schild entdeckt, das an der Ladentür etwas seitlich neben dem Eingang zum Wohnhaus hing, damit war ihr Entschluss gefasst. »Lass uns bitte reingehen, das interessiert mich.«

Joshua, der sein Fahrrad bereits abgestellt hatte, sagte geflissentlich: »Aye, ganz wie Mylady wünschen.« Er ließ wieder einmal den Klischeschotten durchblitzen, wie es ihn in den alten Filmen der Highlander zu bewundern gab, oder in der beliebten Serie *Outlander*.

Maighread fand das normalerweise ziemlich niedlich, es passte nach Callwell Castle und zu Joshua, besonders, wenn er dabei seinen Kilt trug. Heute aber prustete sie amüsiert los.

»Du solltest deine Kleidung kontrollieren, bevor du den Highlander gibst, mein Schatz«, neckte sie ihn. »Die ausgefranzten Jeansshorts und dein blaues Ringelshirt machen die Vorstellung etwas unglaubwürdig.«

»Soll ich mich ausziehen?«, witzelte Joshua und tat, als würde er den ersten Knopf der Leiste öffnen. »Bedenke aber, was man über die Schotten und das Darunter munkelt.«

»Joshua«, entfuhr es Maighread. Wider Willen musste sie lachen, trotzdem schimpfte sie halbherzig. »Hey, du bist unmöglich. Ich glaube, dir ist der Urlaub zu Kopf gestiegen. Wenn das jemand mitkriegt.«

Vorsichtshalber sah sie sich um, aber weit und breit war kein Mensch zu sehen. Sie waren allein. Dachte sie zumindest – bis ihr Blick zum Fenster des kleinen Ladens fiel. Dort entdeckte sie das Gesicht einer jungen Frau, das im nächsten Moment aus ihrem Blickfeld verschwand.

»Jetzt lass uns reingehen«, bat Maighread. »Ich möchte gern sehen, was für Kunst hier angeboten wird.«

»Buddelschiffe vielleicht«, gab Joshua einen Tipp ab.

Doch Maighread schüttelte den Kopf und zeigte auf das Ladenfenster, hinter dem gerade die junge Frau verschwunden war. »Da hängt ein Mobile. Und Treibholz liegt auch da. Ich glaube, es geht um Strandgut. Los, komm, lass es uns herausfinden.«

Zielstrebig steuerte Maighread über den Gartenweg auf die Ladentür zu. Ihr Instinkt hatte sie nicht getäuscht, das wusste sie schon, als sie die Tür öffnete und das gleiche Glockenspiel sie begrüßte, wie sie es im *Wolle & Zeit* hängen hatte. Ein Glücksschauer rieselte durch sie hindurch. Das konnte doch kein Zufall sein!

»Moin«, sagte sie, als sie den kleinen Laden betrat. Und gleich darauf erklang auch Joshuas Gruß.

Eine junge Frau – es war dieselbe Frau, die sie gerade schon am Fenster gesehen hatte – kam ihr mit einem offenen Lächeln entgegen.

»Guten Moin«, sagte sie. »Schön, dass Sie sind da. Schauen Sie um und wenn Fragen, ich helfe gern.« Dabei machte sie eine einladende Geste.

Maighread blieb zuerst stehen und ließ ihren Blick wandern. Sie gab ein begeistertes Wow von sich, als sie sah, was für schöne Dinge hier ausgestellt waren. Sie entdeckte vielerlei Mobile, Mosaikbilder aus matt geschliffenem Glas und Muscheln mit Rahmen aus Treibgut.

»Sieh nur, Joshua«, sagte Maighread und deutete auf ein Bild, das einen Kraken zeigte, der gerade eine Flaschenpost entkorkte. Für den Kraken hatte die Künstlerin blaue und grüne Glasstücke verwendet und die Saugfüße mit winzigen Muscheln nachgearbeitet. Die Flaschenpost war aus braunen und helleren Glasscherben und sogar den Brief, der durch das Glas der Flasche sichtbar erschien, hatte sie ganz fantastisch mit anderen Farbnuancen eingefangen.

»Ist das Ihr Werk?«, wollte Maighread nun von der jungen Frau wissen, die gerade einige Kleidungsstücke an einem Ständer ordnete.

»Schön?«, fragte sie und strahlte. Dann schüttelte sie den Kopf. »Nicht mein Werk. Ich bin Tahmineh. Ich verkaufe und helfe nähen. Fenja ist Künstlerin. Aber gerade sie ist nicht da, leider.«

Maighread nickte begeistert. »Es ist fantastisch. Ganz außergewöhnlich, voller Gefühl und Liebe. Wenn ich das Bild betrachte, frage ich mich unwillkürlich, was für eine Botschaft wohl in der Flasche steckt? Wer hat sie geschrieben?«

»Es ist wirklich außergewöhnlich. Die Künstlerin«, Joshua stockte einen Moment, dann fiel ihm der Name wieder ein. »Diese Fenja hat ein besonderes Gespür für Nuancen. Was ist, Maighread? Wollen wir es mitnehmen? Für uns? Und vielleicht findest du auch noch andere schöne Sachen für Chloe und unser Granny-Kleeblatt. Wir sind zwar noch ein paar Tage hier und fangen gerade erst an, das Angebot auf der Insel zu erkunden, aber wieso warten, wenn wir so begeistert sind?«

Maighread nickte. »Recht hast du. Wozu warten? Lass uns noch durch die Reihen gehen, wir haben ja längst nicht alles gesehen.«

Eine Stunde später verließen Maighread und Joshua das Dogissimo mit dem Krakenbild, einer Strandgutlampe und einem blauweiß geringelten Sommerkleid. Es war ein Latzkleid, das Maighread sehr gut nur mit einem Bikinioberteil am Strand tragen konnte, oder mit einem unifarbenen Shirt darunter auch als Alltagskleid. Sie hatte es gar nicht nehmen wollen. »Wir haben doch schon den tollen Kraken, Joshua. Und ich habe genug Kleider dabei. Ich brauche es nicht.«

»Ach, was heißt denn schon brauchen?«, hatte Joshua dagegengehalten und so lange gesäuselt, bis Maighread Ja gesagt hatte. »Dann gehen wir im Ringelpartnerlook«, hatte er gesagt und das Kleid an sein Shirt gehalten. »Sieh nur, wie gut das aussieht.«

»Ich bin gespannt, ob Fenja bis Ende nächster Woche noch zwei Lampen fertig bekommt«, sagte Maighread, während sie ganz vorsichtig die große Strandtasche in ihrem Fahrradkorb sicherte. Dort war in Papier und das Strandtuch gewickelt das Krakenbild verpackt.

»Das wäre wirklich super. Dann würden alle drei Grannys eine bekommen«, antwortete Joshua. »Aber wenn nicht, dann ist diese hier auf jeden Fall für Eilidh und wir suchen für Elisabeth und Gwendolyn ein anderes tolles Geschenk. Es gibt vermutlich noch andere zauberhafte Läden hier auf Amrum. Aber ganz ehrlich, das hier hat mich schon ziemlich beeindruckt. Wir müssen unbedingt noch mal wiederkommen und mit dieser Fenja sprechen. Unsere Hunde brauchen zwar keine Pullis, aber so einen Amrumer Regenmantel fände ich zumindest überdenkenswert. Lennox wird nicht jünger, er wäre vielleicht froh, wenn seine alten Knochen ein wenig Schutz vor der Nässe hätten. Bonny ist sowieso wasserscheu und vermutlich begeistert und Molly kennt es schon, Kleidung zu tragen. Sie hat ja hin und wieder einen Pullover an.«

»Vielleicht treffen wir Fenja an, wenn wir die nächsten Tage noch einmal wiederkommen, um zu stöbern«, stimmte Maighread zu. »Oder wenn wir die Lampen abholen.«

Joshua klemmte den großen Karton mit der Lampe auf den Gepäckträger und sicherte ihn mit der Schnur, die Tahmineh ihnen mitgegeben hatte. Probehalber bewegte er das Rad ein wenig hin und her. Dann schüttelte er den Kopf. »Das ist riskant. Ich glaube, wir sollten besser zum Hotel laufen und schieben. Nicht, dass wir etwas kaputt machen.«

»Das war ein ganz wunderwunderwunderbarer erster Tag«, sagte Maighread sehr viel später, als sie sich erhitzt und sehr glücklich in Joshuas Arm kuschelte. »Amrum ist wirklich eine wunderschöne Insel. Ich kann die Leute verstehen, die immer wiederkommen.«

»Und du bist eine tolle Frau, Maighread.« Joshua gab ihr einen Kuss. »Ich liebe dich, habe ich dir das heute überhaupt schon gesagt?«

»Gesagt und auf die schönste Art gezeigt«, gab Maighread zurück. »Und ich liebe dich, Joshua McLoughlin. Wenn du mich nicht schon gefragt hättest, würde ich dich jetzt fragen, ob du mich heiraten möchtest.«

»Dann frag doch«, gab Joshua zurück.

In seinen Augen sah Maighread den Schalk blitzen. Sie ging auf das Spiel ein und nahm seine Hand in ihre. Liebevoll küsste sie jede Fingerspitze und erzählte Joshua zwischen den Küssen, was sie an ihm liebte und schätzte und wie unglaublich glücklich sie mit ihm war.

»Also gut. Du hast es so gewollt. Joshua McLoughlin, du bist ein wunderbarer Mann und mein absoluter Herzensmensch. Und deshalb, lieber Joshua, frage ich dich jetzt: Willst du mich heiraten?«

Joshua sah ihr tief in die Augen. Dann lächelte er und sagte ohne große Emotion: »Okay.«

Maighread zog sich das Kissen über den Kopf, um nicht das ganze Hotel mit ihrem lauten Lachen aufzuwecken. Dieser Kerl war so ein Quatschkopf.

Diese Reaktion war nicht auf seinem Mist gewachsen. Sie hatten vor einiger Zeit eine herrlich skurrile und ziemlich alte Serie angesehen, die hieß »Ausgerechnet Alaska«. Dort gab es eine Szene mit Heiratsantrag und eben genau diesem trockenen *Okay* als Antwort. Sie hatten Tränen gelacht. Genau wie Maighread jetzt gerade.

Nachdem sie wieder Luft bekam, kletterte sie auf den auf dem Rücken liegenden Joshua und begann sein Gesicht und seinen Oberkörper mit Küssen und Streicheleinheiten zu bearbeiten.

»Du hast es so gewollt«, sagte sie genau wie gerade eben schon mal und kicherte. »Dann will ich doch mal sehen, ob ich dich zu mehr verführen kann als nur zu einem Okay.«

Und dann blieb ihr keine Gelegenheit mehr, etwas zu sagen, denn Joshua hatte sie ganz unvermittelt unter den Armen gepackt, hochgehoben und neben sich auf die Matratze befördert. Er revanchierte sich so gekonnt für die Zärtlichkeiten, dass Maighread nicht mehr denken konnte. Nur noch fühlen.

Kapitel 3

Fenja

Es war halb fünf als Fenja, Hannah und Elisabeth zielstrebig barfuß durch den warmen weißen Sand Richtung Meer stapften. In der linken Hand hielt Fenja Cocos Leine. Die Mopsdame wackelte schwanzwedelnd voraus und zog ihr Frauchen vorwärts. Sie konnte es kaum erwarten, ans Wasser zu kommen. Mit der rechten Hand hatte Fenja den Griff des Bollerwagens umfasst, in dem Leonie fröhlich glucksend und plappernd auf der Decke saß. Rechts und links hatte Hannah Handtücher neben ihre Tochter gestopft, so konnte die Kleine nicht umfallen, wenn es etwas schaukelte.

Leonie spielte mit ihrem Sandelgeschirr – das hieß, sie nahm immer ein Teil des Geschirrs in ihre kleinen Hände, drehte es hin und her, bestaunte es oder schob es sich auch mal in den Mund. Irgendwann warf sie es dann über den Rand des Bollerwagens hinaus in den Sand und grapschte sich das nächste Teil. Hannah und Elisabeth durften auch mitspielen. Sie bückten sich abwechselnd und legten die Förmchen in den Wagen zurück. Nebenbei plauderten Fenja und Hannah munter über Neues vom Inselleben, Leonies Entwicklung, ihre Männer, das Wetter und was ihnen sonst noch in den Sinn kam. Der Gesprächsstoff ging ihnen nie aus.

Gerade erzählte Hannah, dass sie einen neuen Kuchen ausprobiert hatten, eine Schokoladentorte mit Whisky. Das Ergebnis war aber noch nicht berauschend. Lennard hatte versprochen, noch an dem Rezept zu feilen. Die beiden teilten sich die Arbeit. Für das *Café Inselglück* hatten sie zwei feste Mitarbeiterinnen und zusätzlich Saisonkräfte, die in den Hauptmonaten mithalfen. Da sie ein echt gutes Team waren, bekamen sie das ganz gut hin, auch mit Baby. Während Hannah von der Schoko-Whisky-Torte erzählte, warf sie Elisabeth erwartungsvolle Blicke zu. Bei Whisky war Elisabeth normalerweise immer dabei. Heute allerdings nicht. Es schien, als hätte sie gar nicht mitbekommen, was Hannah erzählte.

Elisabeth war den ganzen Nachmittag über schon auffällig wortkarg. Sie hatte sich zwar gefreut, dass ihre selbst entworfene und, wie alle fanden, absolut geniale Kugelbahn bei Leonie lautstarke Begeisterung ausgelöst hatte, aber Fenja hatte sehr wohl gespürt, dass etwas ihre Freundin bedrückte. Ihr sonst dröhnendes Lachen war heute weniger kraftvoll und deutlich seltener als sonst. Bisher hatte Fenja es aber noch nicht angesprochen. Sie wollte den passenden Moment erwischen, damit Elisabeth den Vorstoß nicht gleich abblockte.

Fenja wusste, dass Elisabeth nicht so gern über ihr Seelenleben sprach. Dafür liebte sie es umso mehr, andere zu umsorgen und zum Sprechen zu bringen. Aber Fenja würde sich heute nicht so leicht abschmettern lassen. Manchmal musste man jemanden zwingen, da hinzusehen und hinzufühlen, wo es wehtat.

Das hatten Hannah und Elisabeth bei ihr auch so gehandhabt, als sie in ihrem ersten Jahr auf Amrum beinahe den

Boden unter den Füßen verloren hatte. Es war eine harte Zeit gewesen. Die Trauer um ihre Tante Trude, Liebeskummer und Herzensverwirrungen und der berufliche Neustart hatten Fenja einiges abverlangt. Heute war Fenja den beiden Freundinnen für ihren Einsatz von Herzen dankbar. Ohne sie hätte sie diese Zeit bestimmt nicht so gut überstanden. Die beiden hatten ihr beigestanden und ihr nicht erlaubt, sich in ihrem Schmerz zu vergraben. Und genau so würde sie es mit Elisabeth auch machen. Ganz sicher würde Hannah Fenja dabei unterstützen, wenn es so weit war. Zusammen würden sie Elisabeth dazu bringen, ihrem Glück die Tür zu öffnen. Dafür waren Freundinnen schließlich da.

»Ich glaube, Leonie findet, ich brauche mehr Bewegung«, feixte Hannah in Fenjas Überlegungen über Elisabeth und das Freundinnensein hinein. Gerade hatte sie das Gugelhupfförmchen aus dem Sand geklaubt.

»Schätzchen, nicht werfen«, rief sie, da Leonie schon wieder ausholte. Doch zu spät. Das nächste Teil flog durch die Luft. Schnaufend hob Hannah auch das auf. Dieses Mal legte sie es aber nicht zurück in den Wagen, sondern behielt es in der Hand. »Was ich halte, kann unser Frechdachs schon mal nicht werfen«, meinte sie.

Hannah ging vorsichtshalber neben dem Bollerwagen her, da Leonie mit ihrem überschießenden Bewegungsdrang so unberechenbar war wie eine wuselnde Krabbe. Es konnte jederzeit passieren, dass sie versuchte, sich am Rand des Bollerwagens hochzuziehen. Stehen konnte sie zwar schon, aber auf dem wackelnden fahrenden Wagen würde sie das Gleichgewicht sicher nicht halten können. Schlimmstenfalls konnte sie sogar hinausfallen. Lennard hatte gerade erst ein

Babysicherungsgeschirr bestellt, das er am Wagen befestigen wollte. Dann müsste Hannah Leonie nicht mehr ständig im Auge behalten.

Im Moment aber dachte Leonie nicht ans Aufstehen. Sie musterte ihre Mama und schien zu überlegen, was sie von deren neuer Strategie, die Förmchen nicht mehr zurückzulegen, halten sollte. Dann wandte sich wieder ihrem Spielzeug zu, als hätte sie beschlossen, dass es okay war. Schließlich gab es im Wagen noch genug Nachschub.

»Das war eine super Idee, unsere Neunmonatsfeier nach dem Kaffee und Kuchen an den Strand zu verlegen, Hannah«, lobte Fenja. »Es ist herrlich!« Ihre schwarze Mopsdame sah zu ihr hoch, machte »Wuff« und zerrte ungeduldig an der Leine. »Coco findet es auch klasse.«

Fenja sah sich kurz um. Es waren kaum andere Menschen am Strand, deshalb entschied sie sich, Frau Mops sausen zu lassen. Das war zwar nicht erlaubt, und normalerweise hielt Fenja sich auch daran, aber wo kein Kläger …

»Na, dann lauf, du verrückter Feger«, sagte sie und ließ Coco von der Leine. Solange der Mops weder Mensch noch Tier störte, erlaubte Fenja sich hin und wieder eine Ausnahme von der Regel. »Aber lieb sein«, schickte sie vorsichtshalber noch hinterher.

Cocos Ohren flatterten, als sie in wildem Galopp Richtung Wasser fegte. Der Sand unter ihren Pfoten stob nach hinten weg. Fenja sah ihr hinterher und lachte. »Dieser Mops hat echt einen Knall, oder?«

Hannah hatte die Szene amüsiert beobachtet. Sie schüttelte den Kopf und stimmte in Fenjas Lachen ein.

»Coco tut so, als wäre sie schon hundert Jahre nicht mehr

am Strand gewesen. Dabei darf sie doch fast jeden Tag durch Sand und Wasser toben, ihr wohnt ja nur zwei Mopssprünge davon weg. Und gestern warst du mit ihr in Steenodde im Watt. Dein Mops ist echt eine Schwindlerin. Genau wie sie immer, wenn sie zu mir kommt, behauptet, sie würde nie gestreichelt werden und bekäme null Komma null Feinis. Nur gut, dass ich nicht auf den treuen Mopsblick reinfalle.«

»Abgesehen von den Zusatzfeinis, die du ihr zusteckst. Schon klar, du fällst nicht rein«, neckte Fenja ihre gutmütige Freundin. Aber sie konnte Hannah verstehen. Wer Cocos Blick widerstehen wollte, musste starke Nerven haben. Für jemanden wie Hannah, die ein extraweiches Herz hatte, war das quasi unmöglich.

»Aber apropos schwindeln«, griff Hannah den Faden wieder auf. »Die Idee, an den Strand zu gehen, war nicht von mir. Lennard hat es vorgeschlagen«, gab sie zu und zog ihre Stupsnase kraus. »Ich glaube, er wollte uns nur aus dem Haus haben, damit er sich in der Küche austoben kann. Vermutlich macht er eine Ziegenkäsegranatapfelquiche mit grünem Pfeffer oder etwas in der Art. Zumindest sind das Zutaten, die ich im Kühlschrank gesehen habe.«

Lennard liebte es zu kochen. Er musste oft für seine Kochbücher experimentieren und Rezepte ausprobieren. Für die Freunde war das immer spannend und meistens absolut köstlich. Manchmal erwiesen sich seine Versuche aber auch als … interessant. Hin und wieder kam es sogar vor, dass ein Experiment so in die Hose ging, dass die Testesser streikten. Zuletzt hatte Fenja bei einem Salat aus roter Bete mit kandierten Essiggurken und Lavendel die Gabel aus der Hand gelegt und dankend verzichtet. Dieser parfümige

Lavendelduft hatte ihr widerstrebt und die Idee von süß umhüllten Essiggurken ihr Geschmackszentrum ebenfalls deutlich überfordert.

Inzwischen waren sie nur noch ein paar Meter vom Wasser entfernt. Fenja blieb stehen und ließ den Handgriff des Bollerwagens los.

»Hier bleiben wir, ich habe keine Lust mehr weiterzugehen«, verkündete sie. Leonie streckte erwartungsvoll die Ärmchen nach oben und Fenja hob sie aus dem Wagen. »Na, Schätzchen, was ist? Bauen wir eine Sandburg?«

Coco, die vorausgelaufen war, sauste längst durch die auslaufenden Wellen und tobte noch immer außer sich vor Freude herum. Endlich wieder einmal mit dem ganzen Rudel am Strand, mehr Glück konnte es für die Mopsdame kaum geben.

»Ich geh mich abkühlen und hole Wasser, damit Leonie gleich matschen kann.« Schon schlüpfte Elisabeth aus ihren Shorts. Sie schnappte sich einen der Sandeimerchen und lief ans Ufer und ein Stück in die Wellen hinein. Leonie quietschte vergnügt. Sie streckte ihre Hand, die sie immer auf und zu machte, in Elisabeths Richtung. Zu matschen war eins ihrer liebsten Vergnügen.

»Sag mal, was ist denn mit Elisabeth los?«, fragte Hannah Fenja leise. »Sie wirkt bedrückt. Ist es, weil Jan abgesagt hat? Er hat mir geschrieben, dass der Termin auf der Baustelle sich in die Länge zieht.«

»Ja, sie wirkt traurig, das ist mir auch aufgefallen. Vielleicht hat sie sich mit Jan gestritten«, überlegte Fenja halblaut. »Würde ja zu seiner kurzfristigen Absage passen. Möglich, dass er den Termin nur vorgeschoben hat.«

»Wenn sie doch nur nicht so stur wäre«, seufzte Hannah. »Von wegen keinen Mann mehr in ihr Leben lassen und so. Das sieht doch eine blinde Muschel, dass sie bis über beide Ohren in Jan verknallt ist.« Hannah rollte mit den Augen und machte einen Schmollmund.

»Nein, Coco, pfui«, schrie Fenja unvermittelt, als Frau Mops eine tote Krabbe abschlecken wollte. Coco hob den Kopf und legte ihn schief. Ganz offensichtlich überlegte sie, ob sie gehorchen sollte oder nicht. »Ich meine es ernst, Coco«, setzte Fenja nach. »Pfui«, wiederholte sie mit Nachdruck.

Jetzt gab Coco nach. Sie wedelte mit ihrem Schwanz und drehte Fenja den Hintern zu, während sie neugierig weiter im feuchten Sand schnüffelte. Es gab schließlich noch mehr spannende Dinge zu entdecken, da kam es auf eine halbe Krabbe nicht an.

Leonie dauerte das alles viel zu lange. Sie begann auf Fenjas Arm zu zappeln. Sie wollte jetzt endlich in den Sand und spielen.

»Lass uns mal abwarten, ob Elisabeth mit der Sprache rausrückt – jetzt wo wir unter uns Frauen sind. Wir tasten uns an das Thema heran.«

In diesem Fall war es gut, dass die Männer anderweitig verplant waren. Malte hatte einen Termin, Lennard arbeitete an seinem neuen Kochbuch und bereitete vermutlich schon das Essen für später vor. Er hatte die Freunde zum Abendessen eingeladen. Holke war zurzeit gar nicht auf der Insel. Er hatte Drehwoche, da konnte er sich nicht freinehmen. Nächste Woche wollte er ein paar Tage nach Amrum kommen. Doch nicht nur die Männer fehlten. Leider konnte auch Tahmineh nicht dabei sein. Jemand musste im Laden bleiben.

Fenja hatte überlegt, das Dogissimo für diesen Nachmittag zu schließen, aber das hatte Tahmineh auf keinen Fall zulassen wollen. Sie fand es auch gar nicht schlimm, die Stellung zu halten, denn sie liebte ihren Job bei Fenja.

»Du mir kannst bringen ein Stück Kuchen«, hatte sie vorgeschlagen. »Dann ich bin glücklich.«

Den Kuchen hatte Malte ihr vorhin auf dem Weg zu seinem Termin in den Laden gebracht. Zwei Stücke. Ein Stück Streuselkuchen mit Apfel und Sanddorn und ein Stück Käsesahnetorte mit Baisertupfen.

»Was ist los?«, fragte Elisabeth, die vom Wasser zurückkam. »Ihr schaut so bedröppelt.« Sie hatte nicht nur Wasser geholt, sondern auch eine Handvoll Muscheln gesammelt. »Deko für unsere Kuchen«, meinte sie und Leonie klatschte vergnügt in die Hände. Fenja hatte sie inzwischen in den Sand gesetzt und drückte ihr jetzt ein Schäufelchen in die Hand.

»Ach, nichts«, sagte Fenja.

»Wir machen uns Sorgen um dich«, platzte Hannah jedoch im gleichen Moment heraus.

So war sie. Von wegen vorsichtig herantasten. Hannah trug das Herz auf der Zunge.

Doch Elisabeth reagierte genau so wie Fenja es befürchtet hatte. Sie war nicht bereit, sich auf ein solches Gespräch einzulassen.

»Papperlapapp«, möffte sie und ließ sich neben Leonie in den Sand fallen. Damit war für sie ganz offensichtlich das Thema erledigt.

Fenja und Hanna warfen sich einen kurzen Blick zu und zuckten mit den Schultern. Elisabeth zu bedrängen war ungefähr so erfolgversprechend, wie eine Auster durch Streicheln öffnen zu wollen. Die Energie konnten sie sich sparen. Für den Moment war es besser, das Thema fallen zu lassen und zur Tagesordnung überzugehen.

Fenja nahm die große Picknickdecke aus dem Bollerwagen und versuchte sie auszubreiten. Doch der Wind hatte Spaß daran, sie ihr immer wieder vor die Füße zu wehen. Erst als Hannah mit anpackte, klappte es. Kaum lag die Decke, ließen sie sich beide schnell darauf fallen. Jetzt hatte der Wind keine Chance mehr.

Minutenlang genossen sie es, einfach nur dazuliegen, während Elisabeth und Leonie mit großem Vergnügen matschten. Leonies helles Lachen und Elisabeths dunkles Brummen harmonierten perfekt.

Die beiden hatten bereits eine ganze Sammlung an Sandkuchen und Sandtieren hergestellt und mit Muscheln verziert. Die Kuchen, die Leonie verziert hatte, sahen ziemlich platt und zerbröselt aus, aber das störte den gut gelaunten Sonnenschein nicht.

Nach einer Weile kam Coco hechelnd angetrabt. Fenja hob den Kopf, blinzelte ins Sonnenlicht und drehte sich ihrer Mopsdame entgegen.

»Na Süße, genug gespielt? Hast du Durst?«, fragte sie.

Das laute Hecheln deutete darauf hin. Ächzend hievte Fenja sich hoch und kramte in ihrer Tasche nach dem Faltnapf und Cocos Wasserflasche. Kaum hatte sie eingegossen, schlabberte Coco auch schon gierig das frische Wasser.

Hannah hatte den Oberkörper etwas angehoben und stützte sich auf die Ellbogen. Sie ließ ihren Blick über das Wasser Richtung Horizont schweifen. Es war wieder einmal ein Bilderbuchfrühsommertag. Der Himmel und das Meer trafen sich irgendwo weit draußen, wo das Auge den Übergang gar nicht mehr ausmachen konnte.

»Rüm hart – klaar Kiming«, sagte Hannah voller Inbrunst und seufzte wohlig.

»Absolut«, stimmte Fenja zu. »Es muss wohl ein Tag wie dieser gewesen sein, an dem dieser Spruch entstanden ist«, überlegte sie und beschloss, Hannahs Vorlage für einen weiteren Vorstoß in Elisabeths Richtung zu nutzen.

Den Unwillen ihrer Freundin abzubekommen war ihr das Risiko wert. Vielleicht geschah auch ein Wunder. Fenja holte tief Luft und redete weiter: »Zumindest der klare Horizont ist heute definitiv gegeben. Und bei den meisten von uns auch das weite Herz. Aber nur bei den meisten. Mensch Elisabeth, jetzt komm, gib dir einen Ruck. Rede mit uns. Was ist denn los? Ist es wegen Jan?«

Sie hielt die Luft an und beobachtete jede Regung ihrer Freundin. Doch kaum hatte sie die Worte ausgesprochen, wusste sie, dass es nicht klappen würde. Elisabeths Miene zeigte Fenja ganz klar, dass diese Auster weiter verschlossen bleiben würde.

Stattdessen sagte Elisabeth: »Hannah, übernimm du mal die Backstation mit Leonie. Ich muss ein bisschen Yoga üben.« Fenja würdigte sie keines weiteren Blickes.

»Einen Versuch war es wert«, murmelte die derart Abgeblitzte. Sie sagte es vorsichtshalber so leise, dass Elisabeth, die sich ein paar Schritte von ihrem Liegeplatz entfernt hatte, es nicht hören konnte. Falls sie überhaupt hinhörte, denn sie war schon in ihre erste Übung vertieft.

Die Hände vor der Brust aneinandergelegt und den Fuß des rechten Beines gegen den linken inneren Oberschenkel gestellt, stand Elisabeth regungslos da. Diese Übung hieß *Der Baum*, so viel wusste Fenja, viel mehr allerdings nicht. Ihr fehlte die Geduld für Yoga. Und vermutlich auch die Selbstdisziplin. Bislang war sie nicht über die Basisübungen hinausgekommen, zu denen Elisabeth ihre Freundinnen manchmal zwang.

Fenja sah Elisabeth zu und staunte über die Gelenkigkeit und den enormen Gleichgewichtssinn ihrer Freundin. Eine Weile beobachtete sie Elisabeth, die noch immer wie festgewachsen in der gleichen Position verharrte. Aber immer nur auf einen reglosen Baum zu schauen wurde Fenja irgendwann langweilig. Außerdem ging ihr zu viel im Kopf herum. Sie beschloss, den Freundinnen von ihren Plänen zu erzählen und hoffte auf deren Ideen.

»Ich habe mir übrigens Gedanken gemacht über meinen Laden«, sagte sie deshalb an Hannah gewandt. Damit Elisabeth mithören konnte, wenn sie denn wollte, sprach Fenja etwas lauter, als für Hannah nötig gewesen wäre.

Fenjas Worte zeigten prompt die erhoffte Wirkung. Hannah ließ das Förmchen sinken, das sie gerade hatte stürzen wollen und sah mit großen Augen gespannt zu Fenja hinüber.

»Was denn für Gedanken?«, fragte sie neugierig.

»Na ja, das …«, weiter kam Fenja nicht.

»Hey, da seid ihr ja«, tönte Jans Stimme quer über den Strand, gerade als sie Hannah antworten und ihre Gedanken erläutern wollte.

Ein paar Meter vor ihr gab es einen Aufschrei und gleich darauf einen dumpfen Aufprall. Der Baum hatte das Gleichgewicht verloren und war auf dem Hintern gelandet.

Fluchend rappelte Elisabeth sich wieder hoch und kam auf die Füße. Energisch klopfte sie sich den Sand von Hintern und Beinen.

Jan joggte das letzte Stück bis zu ihrem Platz und begrüßte die drei Freundinnen strahlend. Über Elisabeths Missgeschick ging er höflich hinweg. Auch Coco bekam ihre Begrüßung und obendrein natürlich Streicheleinheiten. Dann ging Jan neben Leonie in die Hocke.

»Hallo, Leonie. Herzlichen Glückwunsch zum Neunmonatstag«, sagte er und hielt ihr ein kleines Schaf aus Holz entgegen. »Das ist für dich. Das kleine Lämmchen heißt Lilli.« Statt Füßen hatte das Schäfchen Gummirollen und eine Schnur, um es zu ziehen.

»Iii«, kommentierte Leonie und nahm das Spielzeug in die Hand. Das L konnte sie noch nicht aussprechen. Sie drehte die Rädchen und lachte. »Iii«, rief sie noch einmal und schob sich eines der Räder in den Mund.

Jans Hand schnellte vor, um sie davon abzuhalten.

»Nicht essen, Leonie. Das schmeckt nicht«, sagte er. »Aber schau mal, wir können es ziehen.« Er nahm das Lämmchen, setzte es auf den Sand und drückte Leonie die Schnur in die Hand. Mit seiner Hilfe schaffte sie es, dass Spielzeug ein Stück auf sich zurollen zu lassen und kiekste begeistert. Jans Augen strahlten vor Freude.

»Vielleicht sollte ich mich auf Holzspielzeug spezialisieren«, überlegte er. »Es macht so viel Spaß, wenn die Kundschaft glücklich quietscht.« Er hob den Blick und sah zu Elisabeth, die bisher noch kein Wort gesagt hatte. »Ich spring kurz ins Wasser, dann übe ich mit, Elisabeth. Bin gleich da.«

Jetzt hatte Elisabeth ihre Sprache wiedergefunden.

»Wo kommst du denn überhaupt her? Und wieso?«, fragte sie und klang ziemlich brummig dabei. »Du hast mir doch geschrieben, dass du es nicht schaffst.«

Ihre extratiefe Stimme verriet, wie aufgewühlt sie war. Offenbar hatte sie – wieso auch immer – Jans Nachricht sehr persönlich genommen.

»Was habe ich?«, fragte Jan und sah Elisabeth einen Moment verständnislos an. Dann schüttelte er den Kopf. »Das musst du falsch verstanden haben. Ich habe nur geschrieben, dass ich es nicht rechtzeitig schaffe und es noch etwas später wird, als ich es ohnehin schon angekündigt hatte«, korrigierte Jan. »Und das war ja leider auch so. Aber ich habe mich extra beeilt, um wenigstens noch den Rest der Feier mitzukriegen. Als ich zu Hannah kam, wart ihr schon ausgeflogen. Lennard hat mir verraten, wo ich euch finde.«

Wie angekündigt, sprang Jan aus seinen Klamotten. Er sprintete in der Badehose ans Ufer, lief ohne anzuhalten direkt hinein in die Wellen und warf sich mit einem Hechtsprung in die Fluten.

»Herrlich«, rief er, als er gleich darauf prustend wieder auftauchte. Er schüttelte den Kopf und die Wassertröpfchen flogen nur so davon. Fast wie wenn Coco sich nach dem Baden schüttelte, dachte Fenja und grinste.

Keine fünf Minuten später kam Jan bereits wieder an den Platz zurück. Er trocknete sich flüchtig ab und sagte: »Wollen wir?« Elisabeth nickte. Schon standen zwei *Bäume* im Sand.

Die Verwandlung bei Elisabeth war außerordentlich. Plötzlich leuchteten ihre Augen wieder und ihr Gesicht wirkte viel heller, ohne den dunklen Schatten der Traurigkeit.

Jetzt war es eindeutig bewiesen – irgendetwas musste zwischen ihr und Jan vorgefallen sein. Irgendwann würde Fenja rausfinden, was da losgewesen war. Das schwor sie sich.

Nachdenklich kraulte Fenja Cocos Bauch, während Hannah mit Leonie im Sand spielte. Frau Mops lag neben ihrem Frauchen und schnarchte leise. Sie hatte sich müde getobt und schlief jetzt tief und fest. Ihre Pfoten zuckten im Schlaf. Vermutlich sauste sie im Traum noch immer durch die auf den Strand laufenden Wellen. Coco liebte das Meer. Allerdings nur den flachen Strand oder das Watt. Da war sie immer vorne mit dabei und konnte kaum genug bekommen. Bei tiefem Wasser hingegen war sie eine richtige Bangbüx, wie Malte sie gern nannte.

Ganz unberechtigt war Cocos Angst nicht. Einmal hatte Malte Coco nachts bei stürmischer See aus den Fluten gerettet. Wenn Fenja daran dachte, schüttelte es sie noch immer vor Entsetzen. Sie hatte solche Angst gehabt, Coco zu verlieren. Doch stattdessen hatte sie in dieser Nacht nicht nur ihre Mopsdame unversehrt zurückbekommen, sondern auch Malte. Seit damals waren sie nach einer sehr langen Beziehungspause wieder ein Paar und glücklich bis in die Nasenspitze hinein.

Fenjas verstorbene Tante Trude kam ihr in den Sinn. Ihr hatte sie alles – das Haus und ihr neues Leben auf Amrum und ihre große Liebe – zu verdanken. Trude hatte sich so sehr gewünscht, dass ihr Fenchen glücklich werden würde. Und sie war der festen Überzeugung gewesen, dass echte Liebe alle Krisen überstand. Gleichzeitig hatte sie aber auch immer gesagt, wahre Liebe sei so selten wie eine Perle im Tintenfisch. Fenja jedenfalls hatte ihre Perle gefunden.

»Jetzt aber. Los. Gedanken …«, brachte Hannah das Gespräch wieder an die Stelle zurück, an der Jans Auftauchen sie unterbrochen hatte. »Was ist mit deinem Laden? Es läuft doch prima, oder?«

»Ja, absolut. Es ist fantastisch und Tahmineh hat großen Spaß im Verkauf. Wenn es nach ihr ginge, hätten wir noch öfter auf. Das ist auch der Grund meiner Überlegungen. Ich würde gern den Laden vergrößern.«

»Anbauen?«, fragte Hannah. »Aber dein schöner Garten«, protestierte sie.

»Seit ich zu Malte gezogen bin, wird das Wohnzimmer kaum noch genutzt. Tahmineh hat oben ihr Zimmer und unten die Küche und das Esszimmer. Sie braucht den Raum nicht. Wenn wir einen Durchbruch machen würden, könnten wir das Wohnzimmer vom Laden aus zugänglich machen. Die Frage ist nur, was nehme ich in das erweiterte Sortiment. Ich brauche dann irgendetwas zusätzlich. Aber es muss natürlich auch zu Dogissimo passen. Ich habe an Stoffe gedacht. Vielleicht Nähzubehör.«

Eine Spaziergängerin hatte sich ihnen genähert. Als sie bei Elisabeth und Jan ankam, blieb sie stehen.

»Guten Tag«, sagte die blonde Frau. Fenja schätzte sie auf Mitte dreißig. »Entschuldigen Sie«, fuhr dic Fremde fort. »Ich möchte nicht aufdringlich sein, aber das sieht so professionell aus. Geben Sie zufällig Yogakurse?«, fragte sie Elisabeth, die gerade Jan beim Kopfstand Hilfestellung gab. Elisabeth sah die Frau überrascht an. Sie schüttelte den Kopf und sagte: »Nein. Das ist nur für uns privat.«

»Wie schade«, sagte die Frau. Sie unterhielt sich noch kurz mit Elisabeth über Yoga und dass ein Angebot für Kurse am

Strand für viele Urlauber sicher reizvoll wäre. Dann verabschiedete sie sich.

Elisabeth sah ihr nachdenklich hinterher. Dann beendete sie mit Jan ihre Übungen und setzte sich zu den anderen auf die Picknickdecke. Hannah hatte Leonie im Arm und gab ihr Tee aus dem Fläschchen. Die frische Luft und das viele Spielen hatten sie schläfrig gemacht. Die Kleine rieb sich die Augen und konnte sie kaum offen halten.

»Anscheinend finden viele Leute Yoga spannend«, sagte Elisabeth. »Manchmal überlege ich, ob ich nicht vielleicht ein eigenes Yogastudio eröffnen sollte. Yoga am Strand. Und bei Schietwetter bei mir zu Hause. Platz habe ich genug.«

»Ernsthaft?«, fragte Fenja.

Elisabeth zuckte mit den Schultern und meinte: »Wieso nicht? Es käme auf einen Versuch an. Nur so in den Tag gelebt habe ich jetzt lange genug. Eine neue Aufgabe könnte mir gefallen. Außerdem scheint es Bedarf zu geben, so oft wie ich angesprochen werde.« Sie grinste zu Fenja hinüber. »Natürlich mache ich das erst, wenn Jan und ich deine Ladenerweiterung fertig haben. Coole Idee, übrigens.«

»Finde ich auch«, mischte sich Jan ein. »Und das sage ich nicht nur als Inseltischler, dem ein neuer Auftrag winkt«, schob er hinterher.

»Leute, das ist es«, rief Fenja und schlug sich sofort die Hand vor den Mund. Leonie war erschrocken zusammengezuckt und fing an zu weinen. Hannah wiegte sie hin und her und machte »Schhhh«. Leonie beruhigte sich und nuckelte wieder an ihrem Tee.

»Ich entwerfe eine Yogakollektion für dich, Elisabeth«, sagte Fenja jetzt deutlich leiser. »Was braucht man? Shorts und bequeme lange Hosen. Shirts und auch Sweatshirts. Socken. Hey, wieso bin ich nicht früher auf die Idee gekommen? Yogasocken! Ich hasse es, Spitzen zu stricken, aber so ist es easy. Keine Ferse, keine Spitze. Das geht ratzfatz. Na, was sagst du, Elisabeth? Ist das eine Idee?«

»Und die neue Kollektion nimmst du dann in deinen neuen Ladenraum?«, fragte Elisabeth skeptisch. »Ich weiß nicht, ob das reicht. Yoga ist zwar weitverbreitet, aber der Bedarf an spezieller Yogakleidung ist doch vermutlich nicht so groß, dass es einen ganzen Raum rechtfertigt.«

»Warte, warte«, sagte Fenja und hob die Hand. Sie überlegte fieberhaft. Ein Gedanke schwirrte ihr wie ein kleiner Fisch im Kopf herum und wollte sich nicht fangen lassen. Dann endlich erwischte sie ihn. »Wolle«, sagte sie und fühlte sich, als hätte sie das Rätsel um das Ei des Columbus persönlich gelöst.

»Für die Yogasocken brauche ich Wolle. Also wieso nicht direkt Wolle ins Sortiment nehmen? Das passt thematisch perfekt zu Dogissimo und ist ein absolut spannendes Thema, in das ich mich sehr gern einarbeiten werde. Natürlich möchte ich nichts anbieten, was man an jeder Straßenecke bekommt. Es gibt so viele tolle Qualitäten und Hersteller. Oh, ich werde gleich anfangen, im Netz zu stöbern, wenn ich zu Hause bin. Seide, Leinen, Alpaka … Vielleicht gibt es auch Wolle von besonderen Schafen? Oh ja, ich weiß, die Falklandwolle zum Beispiel. Die ist doch sehr bekannt.«

Je mehr Fenja aufzählte, desto aufgeregter wurde sie. Sie sah den neuen Ladenraum schon vor sich. Wolle würde mit Sicherheit bei den Kunden Anklang finden. Gerade im Urlaub hatte man doch Zeit zu stricken. Und dann strahlte sie

Elisabeth an. »Und für deine Yogaschule werde ich dir Kissen entwerfen und für eine gemütliche Ausstattung sorgen. Darf ich?« Sie hatte auch schon eine Idee im Kopf. Sie wollte ihre Freundin Heidrun fragen, ob sie ihr Stoffe für Meditationskissen weben würde. Das wäre das perfekte Geschenk für Elisabeth zur Eröffnung der Yogaschule. Heidrun lebte in Viernheim. Sie hatten sich vor Jahren auf einem Designseminar kennengelernt und hielten seither einen lockeren Kontakt. Sie würde Heidrun gleich nachher anrufen und das mit ihr besprechen.

»Leute, das ist alles absolut fantastisch«, meldete sich Hannah mit leiser Stimme. »Aber was meint ihr, könnten wir langsam aufbrechen? Leonie braucht Abendessen, eine frische Windel und ihr Bett.«

Kapitel 4

Elisabeth

Es war Abend geworden. Leonie schlummerte längst friedlich in ihrem Bettchen und wir saßen bei Hannah und Lennard im Esszimmer. Die ganze Bande. Wir ließen es uns richtig gut gehen. Der Raum summte vor Worten, Lachen und Besteckklappern. Coco lag neben Fenjas Stuhl in ihrem Körbchen und behielt uns fest im Blick. Sie wusste genau, dass früher oder später jemand etwas fallen lassen würde. Dann wollte sie zur Stelle sein.

Gerade hatten wir eine köstliche Selleriecremesuppe mit Parmesancroûtons verspeist. Jetzt standen eine große Schüssel Salat und eine Quiche auf dem Tisch. Lennard hatte tatsächlich für sein Kochbuch testgebacken und eine Ziegenkäsegranatapfelquiche gezaubert. Genau wie Hannah es vorausgesagt hatte. Nur, soweit ich es erkennen konnte, ohne grünen Pfeffer. Alles sah ausgesprochen appetitlich aus und duftete absolut köstlich. Als Nachtisch wollte Lennard Kokos-Vanille-Eis mit selbst gemachtem Krokant servieren – das hatte er mir vorhin schon verraten. Mir lief jetzt schon das Wasser im Mund zusammen, wenn ich nur daran dachte. Lennard machte das beste Eis der Insel. Aber auch die ofenfrische Quiche, von der köstliche Duftwölkchen aufstiegen, versprach tanzende Engel auf der Zunge. Voller Vorfreude fing mein Magen an zu knurren. So laut, dass Coco erstaunt den Kopf schief legte und lauschte.

»Es geht mir wie dir, Coco«, witzelte ich in ihre Richtung. »Ich habe heute noch null Komma keine Feinis bekommen. Jetzt wird es aber Zeit.«

»Wird das ein Schwindelwettbewerb?« Die Frage kam von Hannah, die gerade einen Wasserkrug und eine neue Flasche Wein auf den Tisch stellte.

»Feinis?«, fragte Fenja. »Möchtest du eins?« Sie zauberte einen von Cocos Hühnchensnacks aus der Hosentasche und streckte ihn über den Tisch zu mir hin. Schon stand Frau Mops erwartungsvoll neben ihr.

»Das ist lieb, aber lass mal besser«, lehnte ich das freundliche Angebot ab. »Ich will es mir ja nicht mit Coco verscherzen, indem ich ihr die Feinis wegknabbere.«

Fenja grinste und ließ die Hand neben sich hinunterhängen. Coco verstand sofort. Zack, da hatte sie sich das getrocknete Hühnchenstück auch schon geschnappt. Sie schmatzte lautstark und setzte sich wieder auf ihren Platz zurück.

Ich ließ meinen Blick über die Runde schweifen und genoss das Glücksgefühl, von diesen lieben Menschen umgeben zu sein. Mit an dem großen Tisch saßen Fenja und Malte, Tahmineh, Lennard und Hannah und Jan und ich.

Früher waren wir an unseren gemeinsamen Abenden meistens in Süddorf bei Fenja gelandet. Dort hatte kurz nach ihrer Ankunft alles angefangen. Auch mit einem köstlichen Essen. Damals hatte Lennard gerade ein Kakao-Kochbuch geschrieben und mich mit seinen feurigen Kakaomandeln im Friséesalat begeistert. Seit diesem Abend war die Freundschaft zwischen uns stetig gewachsen. Zuerst zwischen Fenja, Hannah,

Lennard und mir. Im Laufe der Monate waren die anderen in unseren Kreis dazugekommen.

Fenja hatte ein großes Esszimmer und einen tollen Garten mit einer gemütlichen Terrasse. Dort ließ es sich prima feiern. Mein Haus war zwar auch nicht gerade klein, aber ich war nicht für so viele Besucher eingerichtet. Ich hatte kein separates Esszimmer, weil ich sowieso meistens in der Küche aß oder im Wohnzimmer auf dem Sofa. Mein größtes und liebstes Zimmer war mein Yogaraum. Aber dort gab es natürlich so gut wie keine Möbel, dafür Matten, ein Yogatuch und ein paar Sitzkissen. Das war mein Raum für Zen. Hier fand ich Ruhe und mein inneres Gleichgewicht.

Bei Hannah und Lennard war es früher immer zu beengt gewesen für gemeinsame Treffen. Wir hätten uns stapeln müssen. Das hatte sich geändert, als Hannah ihre Pension in ein Café umgebaut hatte. Ein Teil der früheren Fremdenzimmer war zu ihrer damals sehr winzigen Wohnung dazugekommen. Jetzt hatte sie genug Platz und wir konnten uns ohne Gedränge bei ihr treffen. Das war praktisch, denn so konnte Leonie immer direkt in ihr eigenes Bett, was es für Hannah und Lennard viel einfacher machte. In ihrer gewohnten Umgebung schlief unser Leoschätzchen viel leichter ein und sie musste nicht mitten in der Nacht gestört und umgebettet werden.

Es war wunderbar, hier mit allen am Tisch zu sitzen, zu schmausen, zu trinken und Pläne zu schmieden. Vor allem aber war es wunderbar, Jan neben mir zu haben. Ich war so erleichtert, dass er nachmittags doch noch aufgetaucht war. Heute konnte mir garantiert nichts mehr die Laune verhageln. Über meine dumme Reaktion mittags am Strand schüttelte ich inzwischen den Kopf.

Würde ich es je schaffen, über meinen Schatten zu springen? Ich wusste es nicht. Aber ich wollte jetzt auch lieber nicht darüber nachdenken. Das musste wirklich nicht heute entschieden werden. Wir waren gute Freunde, das hatte doch die ganze Zeit über genügt, weshalb jetzt plötzlich nicht mehr? Außerdem gab es gerade Wichtigeres. Fenjas Ladenerweiterung zum Beispiel. Oder meine Yogaschul-Pläne, die seit dem Nachmittag in meinem Kopf noch ein wenig weitergereift waren. Und das Essen natürlich!

Ich schob die Nase über meinen Teller, auf den Lennard gerade ein großes Stück Quiche gepackt hatte, und sog das Aroma ein. Hmm. Es duftete absolut umwerfend. Neugierig pikte ich ein erstes Stück auf die Gabel und schob es mir in den Mund.

»Donner und Doria, ist die Quiche gut«, schmetterte ich vollkommen hingerissen über den Tisch in Lennards Richtung. Jan saß neben mir und nickte zustimmend. Sagen konnte er gerade nichts, er hatte den Mund voll.

»Was schmeckst du?«, wollte Lennard wissen und sah mich gespannt an.

»Moment«, antwortete ich und nahm einen weiteren Happen. Andächtig kaute ich und konzentrierte mich auf die Geschmacksnuancen, die meinen Gaumen kitzelten. Die Augen hielt ich geschlossen, um nicht abgelenkt zu sein. Zuerst nahm ich den herzhaften, aber nicht zu strengen Geschmack des Ziegenkäses und den köstlichen Teig wahr. Er wurde von einer leichten Schärfe begleitet – aha, vielleicht doch der grüne Pfeffer. Aber nur dezent, sehr angenehm. Dann knackte es in meinem Mund. Es wurde fruchtig und frisch. Das war der Granatapfel. Eindeutig. Aber es gab noch eine weitere fruchtige Note. Etwas herber als der Granatapfel, mit deutlicher Säure. Das Aroma kam mir bekannt vor, doch ich kam nicht drauf. Ich schluckte und öffnete meine Augen wieder.

»Ziegenkäse und Granatapfel ist klar«, sagte ich. »Hast du für den Boden Dinkelmehl verwendet?«, wollte ich als Nächstes wissen. »Sehr feines Aroma. Vollmundig. Viel aussagekräftiger als einfaches Weizenmehl.«

Lennard nickte. »Du bist gut«, sagte er deutlich beeindruckt. »Weiter.«

»Ich schätze mal, du hast einen Hauch grünen Pfeffer in den Käse gemischt. Und dann ist da etwas, was ich nicht benennen kann. Vielleicht Alkohol? Hattest du die Granatapfelkerne in Kognak eingelegt? Oder Grand Marnier?«

»Ganz kalt.« Zufrieden lehnte Lennard sich auf seinem Stuhl zurück. »Komm schon, streng dich mal ein bisschen an. Oder tut das viele Yoga deinen Geschmacksnerven nicht gut?«, neckte er mich.

Na warte. Das wollte ich nicht auf mir sitzen lassen. Also nahm ich ein weiteres Stück Quiche, kaute und versuchte dem Geschmack auf die Spur zu kommen. Endlich klickte es. Das Aroma und mein Gedächtnis hatten ein Match. »Quitte«, rief ich. Jetzt war es an mir, mich zurückzulehnen. Und zwar hochzufrieden mit vor der Brust verschränkten Armen. »Na, was sagst du jetzt? Von wegen zu viel Yoga.«

Doch die erwartete Anerkennung blieb aus. Lennard zog die Augenbrauen hoch und grinste. »Entweder zu viel oder zu wenig trainiert, würde ich sagen. Jedenfalls liegst du falsch.«

»Pff«, machte ich und schüttelte den Kopf. »Ich gebe auf. Spuck es aus, was ist es?«

»Sanddorn«, rief Fenja, die sich gerade genüsslich den Finger leckte, an dem etwas von der Quiche klebte. »Hast du den Boden mit Gelee bestrichen?«

»Na also«, sagte Lennard zufrieden. »Geht doch. Fenja, du bekommst zur Belohnung das letzte Stück.«

»Hey!« Ich protestierte lautstark. »Und was ist mit mir? Soll ich etwa hungern?«

»Keine Angst, du bekommst auch noch was. Ich habe eine zweite Quiche im Ofen. Es ist genug für alle da. Aber es dauert noch ein paar Minuten. Fenja bekommt ihren Nachschlag als Erste.«

»Wer kann, der kann«, feixte Fenja in meine Richtung. »Hältst du es aus, bis Nachschub da ist, oder soll es doch eins von Cocos Hühnerstückchen sein?«

»Ein Whisky, um den Magen warm zu halten, wäre mir lieber«, konterte ich.

»Da kann ich weiterhelfen«, meldete sich jetzt Malte zu Wort. »Als hätte ich es geahnt, habe ich eine Flasche Aberfeldy mitgebracht. Tolles Stöffchen, sechzehn Jahre alt. Ein Single Malt Scotch Whisky. Was ist? So als Gaumenputzer zwischendurch?«

»Das fragst du noch?«, rief ich und leckte mir über die Lippen.

»Ich hole Gläser«, meldete Lennard.

»Nein, das mache ich«, warf Hannah ein. »Du gehst lieber in die Küche und siehst nach der Quiche. Ich finde, das duftet, als wäre sie demnächst so weit.«

Lennard hob die Nase, schnupperte und war mit einem Satz

auf den Beinen und auf dem Weg zur Küche. Gleich darauf hörte man es scheppern und Lennard fluchte. Wasser rauschte. Dann rief er: »Alles okay. Habe sie gerade noch erwischt.«

Wir lachten und Malte goss uns einen ordentlichen Schluck ein.

»Auf uns«, riefen wir und hoben unsere Gläser Richtung Tischmitte.

»Tut das gut!« Ich nahm einen ordentlichen Schluck und genoss das Aroma, das sich in meinem Mund ausbreitete. Die anderen nippten nur und stellten ihre Gläser weg. Ich behielt meins in der Hand, nippte immer wieder – bis zum letzten Tropfen. Zufrieden seufzend stellte ich mein leeres Glas auf den Tisch und nickte, als Malte fragend die Flasche hob. Auf einem Bein stand ich nur, wenn ich Yoga machte, nicht beim Whiskytrinken.

Die anderen winkten ab und hielten sich lieber weiter an Wasser und Wein. Ich lachte. »Wird Zeit, dass ich mal wieder zu Jan in die *Blaue Maus* gehe, auf einen ordentlichen Whiskyabend. Ihr macht ja schon schlapp, wenn ihr nur den Dunst inhaliert.«

Mit Jans Namensvetter, dem Inhaber von der Inselkneipe *Blaue Maus,* hatte ich schon einige feuchtfröhliche Abende verbracht. Fenja und Hannah hatten anfangs versucht mitzuhalten, aber sie waren kläglich gescheitert.

Besonders lustig war immer der Tag danach. Keine Ahnung weshalb, aber mir machte das überhaupt nichts aus. Keine Kopfschmerzen, kein Kater – allenfalls die Katze auf der Schwelle, bevor ich aufbrach. Meine lieben Freundinnen dagegen überlebten den Tag nach einem Whiskyabend nur mithilfe von Kopfschmerztabletten und viel Ruhe. Wenn ich dann auftauchte und mein zugegeben nicht ganz leises Lachen ertönte, erntete ich jedes Mal schmerzverzerrte Gesichter und vorwurfsvolles Stöhnen.

Ich gönnte mir das zweite Glas, das Malte mir eingegossen hatte, ebenfalls zügig, aber in genüsslichen kleinen Schlucken und rieb mir den Bauch. »Jetzt ist alles wieder aufgeräumt und Platz für Quiche und Nachtisch«, verkündete ich gerade, als Lennard mit der zweiten Quiche ins Zimmer kam. Er hatte auch noch ein Glas Wasser mit Eiswürfeln dabei. Das stellte er vor sich auf den Tisch, setzte sich und steckte mit einem erleichterten Seufzen seinen Mittelfinger in das Eiswasser. »Brandblase«, erklärte er.

»Soll ich schneiden?«, fragte Jan und Lennard nickte dankbar.

»Jan, wie sieht es denn bei dir aus?«, wollte Fenja nun wissen. »Hast du Zeit für meinen geplanten Umbau? Wenn es wichtig ist, quietsche ich auch vor Begeisterung, wenn die Arbeit erledigt ist«, neckte sie ihn.

»Wenn das so ist, nehme ich mir natürlich Zeit«, feixte Jan zurück.

Es war wirklich erstaunlich, wie aufgeschlossen und gesellig er geworden war, seit er mit uns befreundet war. Ich konnte mich noch gut daran erinnern, wie schüchtern und leise er gewesen war, als ich ihn das erste Mal traf. Er hatte kaum den Mund aufgekriegt. Davon war nicht mehr viel übrig. Wobei er verglichen mit mir natürlich noch immer leise und zurückhaltend wirkte, das war mir schon klar. Ich konnte gar nichts dafür, das lag an meiner dunklen Stimme. Außerdem liebte ich es zu lachen und das konnte ich nicht leise. Das musste donnern.

»Und nebenbei werden wir alles für Elisabeths Yogaschul-Start vorbereiten. Irgendwie schaffen wir das schon parallel. Es sind ja beides keine Riesenumbauten, oder?«, fragte er und sah mich jetzt an. Hatte ich die Entscheidung zu meiner Yogaschule wirklich einfach so heute am Strand getroffen? Meine Freunde gingen davon aus, dass es, nachdem ich es laut ausgesprochen hatte, beschlossene Sache war. Mit Jan hatte ich noch nicht weiter über die Umbaupläne gesprochen, aber warum eigentlich nicht? Was hielt mich davon ab, diesen Plan in die Tat umzusetzen? Wenn ich ehrlich war, nichts, denn in meinem Kopf gediehen die Pläne schon seit einer ganzen Weile.

Deshalb nickte ich zustimmend und ergänzte: »Nein, sind es wirklich nicht. Ich möchte sowieso hauptsächlich Yoga am Strand anbieten. Lediglich bei sehr schlechtem Wetter könnte ich auch Kurse bei mir zu Hause geben. Mein Yogaraum ist zwar groß, aber ich würde gern die Wand zu dem kleinen Zimmer direkt daneben herausnehmen. Im Moment ist das ein Lagerraum für allerlei Kram, das verstaue ich anderweitig oder sortiere endlich mal aus, was ich nicht mehr brauche. Wir müssten den Boden am Übergang anpassen und vielleicht alles neu streichen. Und ich brauche eine Toilette für meine Kursteilnehmer. Das musst du dir mal ansehen, Jan. Ich denke, im Gästezimmer sollte es möglich sein. Vielleicht lässt es sich sogar unterteilen, groß genug sollte es sein. Ansonsten bleibt nicht viel zu tun. Im Prinzip muss ich nur das Gewerbe anmelden, Werbung machen und sehen, was passiert.«

»Brauchst du eigentlich eine Genehmigung, um eine Yogaschule zu eröffnen?«, wollte Hannah wissen.

Und Tahmineh, die noch gar nichts von meinen Plänen gewusst hatte, strahlte und sagte parallel zu Hannahs Worten: »Ich lerne Yoga bei dir, Elisabeth. Darf ich?«

Das haute mich jetzt allerdings aus den Socken. Tahmineh und Yoga? Wieso hatte sie nicht längst gesagt, dass sie es gern lernen würde?

»Tahmineh, aber klar. Hey, das ist mir eine Ehre. Wenn ich gewusst hätte, dass du Lust auf Yoga hast, hätte ich dich längst eingeladen, mit mir am Strand zu üben.«

Tahmineh wurde ein bisschen rot. »Ich will mich nicht aufdrängen«, sagte sie und schlug die Augen nieder.

Sie hatte sich inzwischen zwar sehr gut auf Amrum eingelebt, aber in manchen Situationen blitzte die scheue junge Frau mit der schlimmen Vergangenheit noch durch. Tahmineh hatte so viel durchgemacht. Krieg. Verfolgung. Flucht. Und bei all dem Leid, das ihr widerfahren war, hatte sie sich immer ihre liebenswürdige Art bewahrt. Sie hatte in meinem Herzen einen besonderen Platz.

»Quatsch, aufdrängen. Ich freu mich. Weißt du was? Wir starten direkt morgen. Wann fängst du an zu arbeiten?«

»Acht Uhr«, sagte Tahmineh.

»Na also. Dann um sieben am Strand. Ach was, ich komme dich abholen und wir gehen direkt bei euch an den Strand. Um diese Zeit ist noch nichts los, da haben wir überall auf dem Kniepsand unsere Ruhe.«

»Danke, Elisabeth«, sagte Tahmineh und schenkte mir ein Lächeln.

»Da nich' für«, gab ich zurück und wandte mich an Hannah, deren Frage noch in der Luft hing. »Yogalehrer ist kein geschützter Beruf, von daher kann im Prinzip jeder Kurse anbieten, der sich berufen fühlt. Aber ich habe in meiner Zeit in Indien die Kursleiterausbildung gemacht, von daher habe ich eine gute fachliche Basis. Alles andere sollte sowieso kein Problem sein. Ich muss es nur als Gewerbe anmelden und meine Einnahmen versteuern.« Ich hielt inne und überlegte kurz. Dann fiel mir ein, was noch fehlte. »Und ich brauche einen Namen für mein Unternehmen. Etwas, womit ich werben kann und was den Leuten Lust macht, einen Kurs bei mir zu buchen.« Ich dachte darüber nach. Was machte Yoga am Meer für mich aus? »Es ist das Praktizieren am Strand. Das Rauschen der Brandung, während es in mir ganz ruhig wird, ist für mich ein Geschenk. Es macht mich glücklich. Jeden Tag aufs Neue.«

»Brandungsrauschen«, schlug Hannah vor. »Oder Wellen, Sand und Yoga.«

Das war es noch nicht. »Im Prinzip bin ich komplett bei dir und deinem Café«, gab ich zu. »Allerdings natürlich nicht als Café, sondern als Yogaschule. *Yogaschule Inselglück*. Was meinst du? Ist dir das zu nah?«

»Quatsch, zu nah«, fegte Hannah meine Zweifel vom Tisch. »Es ist perfekt. Was sagt ihr?«, fragte sie in die Runde. Allgemeines Nicken war Antwort genug. »Da siehst du es. Alle sind begeistert.«

»Dann also *Yogaschule Inselglück*. Wir brauchen ein paar Slogans. Entspannung am Strand. Oder was du vorhin sagtest: Wellen, Sand und Yoga. Das können wir dann immer noch überlegen. Aber über den Namen freue ich mich. Sehr sogar!«

Ich war richtig elektrisiert. Energisch kratzte ich den letzten Krümel Quiche von meinem Teller und kippte einen großen Schluck Weißwein hinterher.

»Ich helfe dir gern bei Anzeigen und Flyern und selbstverständlich werde ich einen Artikel für die *Möwenshiet* schreiben«, sagte Lennard.

Ich warf ihm eine Kusshand zu. »Ich hatte gehofft, dass du das sagst, mein Lieber«, verriet ich. Mit dem Verleger der Inselzeitung befreundet zu sein hatte natürlich durchaus Vorteile. »Aber ich möchte dann auch eine bezahlte Anzeige bei dir buchen. Sonst mache ich nicht mit«, meldete ich sofort meinen Standpunkt an, damit keine Zweifel aufkamen. Er sollte nur ja nicht auf dumme Gedanken kommen. Freundschaft war eine Sache, Geschäft eine andere.

»Wir können Flyer im Café auslegen«, schlug Hannah vor.

»Und im Dogissimo«, ergänzte Fenja. »Direkt bei der neuen Yoga-Kollektion. Ich fange morgen an, daran zu arbeiten.«

»Darf ich dir eine Webseite gestalten?«, wollte Hannah nun wissen. Das war ihr Steckenpferd. Mit Webdesign vertrieb sie sich die Zeit im Winter, wenn wenig Touristen auf der Insel waren. Sie hatte auch Fenja eine großartige Seite gezaubert.

»Ich wäre glücklich, wenn du das machen würdest«, erklärte ich deshalb, ohne lang drumherum zu reden. »Hach, Kinners, sind wir nicht ein fantastischer Haufen?«, rief ich und atmete tief durch, um nicht vor lauter Glück loszuheulen.

In diesem Zimmer war tatsächlich geballte Kreativität vorhanden. Jeder hatte ein spezielles Talent und brachte die Bereitschaft ein, mich zu unterstützen. Plötzlich hatte ich das Bedürfnis, mein Glück in Worte zu packen. Ich sortierte kurz meine Gedanken und Gefühle, dann war ich bereit.

»Freunde
Große Herzen
Überschäumend viel Talent
Seele, brauchst du mehr?
Angekommen.«

Einen kleinen Moment war es ganz still im Raum. Dann brach Jubel los. Besonders Hannah und Fenja klatschten begeistert in die Hände.

»Nixchenzeit«, riefen sie und hüpften vor Begeisterung auf ihren Stühlen.

Nixchen waren am Meer entstandene Versionen der Gedichtform Elfchen. Ihr Merkmal war der immer gleiche Aufbau aus elf Wörtern, wovon sich auch der Name ableitete. Ein Wort im ersten Vers, zwei Worte im nächsten, dann drei Worte, vier Worte, und zuletzt noch einmal ein einzelnes Wort. Inhaltlich hatten sie idealerweise einen Ausgangspunkt, einen aktiven Mittelteil und ein Fazit – das Wort am Ende.

Ich hatte diese Art der Dichterei in einem Buch über das Meer entdeckt, das Fenja mir geschenkt hatte. *Strandgut – Mein Buch vom Meer.* Geschrieben hatte es Mara Andeck. Eine Schriftstellerin, die nicht nur Sachbücher, sondern auch wunderschöne historische Romane und sehr lustige Kinderbücher schrieb. Sie hatte den Begriff Nixchen erfunden und wir hatten ihn wie selbstverständlich in unseren Alltag übernommen, weil er einfach so perfekt zu uns passte.

Sobald Leonie im Vorlesealter war, würde ich ihr auf jeden Fall Bücher von der Autorin schenken. Apropos Bücher. Meine Gedanken machten einen Sprung. Ich war viel zu lange nicht mehr bei Quedens gewesen. Das würde ich schnellstmöglich ändern. Ich liebte es, dort zu stöbern und neue Geschichten zu entdecken. Ob es wohl schon einen neuen Anne-Barns-Roman gab? Ich würde es rausfinden. Bald.

»Freundschaft.
Oder Liebe?
Angst im Herzen
Lässt Glück nicht zu.
Einsam.«

Nicht Hannah und auch nicht Fenja hatten das rezitiert. Die Härchen auf meinen Unterarmen standen senkrecht. Ich fuhr herum und starrte Jan an. Er hielt meinem Blick stand. Ich konnte Trotz in seinen Augen entdecken.

Und Angst.

Mut. Hoffnung. Liebe.

Mein Mund war auf einen Schlag staubtrocken. Ich nahm mein Whiskyglas an die Lippen und kippte es. Aber es war leer.

Für den Bruchteil einer Sekunde war es so still im Zimmer, dass man das Atmen einer Stubenfliege hätte hören können. In meinen Ohren brauste es.

Lennard stand auf und kam gleich darauf mit dem Eis zurück.

»Zeit für Nachtisch«, verkündete er.

Alle anderen bemühten sich, möglichst normal weiterzusprechen. Doch ich konnte ihre Blicke auf mir spüren. Ich hörte ihre Gedanken und hatte plötzlich große Lust, einfach aufzuspringen und wegzurennen. Stattdessen blieb ich sitzen und löffelte stumm das Eis, das Lennard servierte. Es schmeckte süß und köstlich und ganz fürchterlich.

Atme, Elisabeth, befahl ich mir selbst. Atme diese verflixten Tränen weg!

Hatte ich wirklich vorhin gedacht, nichts könnte mir heute noch die Laune verhageln?

Kapitel 5

Fenja

Fenja hatte vor lauter Vorfreude auf die bevorstehenden Abenteuer nicht mehr schlafen können und war schon seit kurz nach sieben an der Arbeit. Zwischen all dem Trubel hatte sie es gestern trotzdem noch geschafft, Heidrun eine Nachricht zu schicken. Sie hatte ihr erklärt, was sie sich vorstellte, welche Größe, Farben und welche Art von Muster. Heidrun hatte ihr bereits geantwortet. Genau wie Fenja es gehofft hatte, war ihre Freundin begeistert und hatte versprochen, sich gleich an die Arbeit zu machen und ihr so bald wie möglich Stoffe zu schicken. Das Eröffnungsgeschenk war damit so gut wie fertig. Die Kissen letztendlich zu nähen und zu füllen war ein Klacks. Das durfte Tahmineh übernehmen, dann konnten sie Elisabeth die Kissen gemeinsam schenken.

Jetzt musste Fenja sich auf die neue Kollektion konzentrieren. Sie hatte bereits mehrere Blätter mit Ideenskizzen vor sich ausgebreitet. Es waren unterschiedlichste Entwürfe, natürlich immer mit Bezug zum Thema Yoga.

Bei ihren Modellen versuchte Fenja durch den Schnitt und durch kleine Details das Fließende der Yogaübungen in die Form aufzunehmen. Zusätzlich spiegelten an manchen Stücken sparsam gesetzt schmale Volants oder wellenförmige Ziernähte die Wellen des Meeres wider – schließlich war es genau diese Verbindung, die Elisabeth so wichtig war. Yoga und Meer.

Noch während sie das dachte, hatte Fenja eine Idee. Sofort nahm sie ihr Handy und tippte.

Fenja: Yogaschule Inselglück – Yoga und Mee(h)r
Wie findest du das?

Die Nachricht schickte sie sowohl an Hannah als auch an Elisabeth. Sie hielt das Handy in der Hand und beobachtete gespannt die Häkchen. Bei Hannah verdoppelten sie sich sofort und färbten sich Sekunden später blau. Sie hatte Fenjas Nachricht direkt gelesen. Elisabeth dagegen hatte ihr Handy wohl aus, das Häkchen blieb grau und allein. Dafür antwortete Hannah prompt, Fenja sah, dass sie etwas tippte.

Hannah: Super Slogan. Bist du aus dem Bett gefallen?

Fenja: So in der Art. Ich bin viel zu aufgeregt, um zu schlafen. Hey! Umbau. Neustart. Actiooon! Ich liebe es ☺

Hannah: Du spinnst. Aber ich freu mich auch. Muss jetzt. Leonie ist wach. Bis später!

Zufrieden legte Fenja das Handy auf den Tisch und wandte sich wieder ihrem Block zu, um die Skizzen auszuarbeiten. Sie wollte die Zeit nutzen und Tahmineh und Elisabeth nachher schon ihre ersten Ideen präsentieren.

Als Fenja vorhin beim Dogissimo angekommen war, waren die beiden schon weg gewesen. Heute war Elisabeths Feuertaufe als Yogalehrerin. Aber in diesem Punkt machte Fenja sich keine Sorgen. Elisabeth beherrschte ihr Metier, sie konnte gut erklären und sie war einfühlsam. Ganz bestimmt war sie eine super Kursleiterin.

Pünktlich kurz vor acht kehrte Tahmineh vom Strand zurück. Sie tänzelte richtiggehend ins Atelier hinein. Fenja sah von ihrem Zeichenblock hoch und warf ihr ein freundliches »Moin« entgegen.

»Guten Moin, Fenja«, trällerte Tahmineh fröhlich und strahlte, als wolle sie der Sonne Konkurrenz machen. »Es war sooo schön!«

Fenja staunte. So übersprudelnd kannte sie Tahmineh gar nicht. Das musste wirklich besonders gut gewesen sein.

»Super, das freut mich. Wo hast du Elisabeth gelassen?«, wollte sie wissen. »Ich dachte, sie kommt mit rein. Sie und Jan wollten doch gleich die Lage inspizieren und den Umbau besprechen.«

»Schon weg. Sie sagt, hat viel Arbeit,«, erklärte Tahmineh und zuckte mit den Schultern. »Mehr weiß ich nicht.« Dann lachte sie und drehte sich vor lauter Glück einmal um sich selbst. »So ganz ganz schön war das«, schwärmte sie noch einmal.

Gut gelaunt schnappte sie sich den Stoff für ein Sommerkleid, den sie am Vortag bereits zugeschnitten hatte und vertiefte sich in ihre Arbeit. Es dauerte nicht lange, dann ratterte die Nähmaschine.

Automatisch flog ein kurzer Gedanke von Fenja zu ihrer verstorbenen Tante Trude. *Immer wenn du die Nähmaschine surren lässt, bin ich bei dir*, hatte sie in dem Brief geschrieben, den sie kurz vor ihrem Tod verfasst hatte. Seit damals war dieses Geräusch für Fenja wie eine liebevolle Umarmung. Wenn sie traurig war, fand sie darin Trost. Aber heute musste sie nicht getröstet werden. Ihre Trudehude war sicher glücklich, zu sehen, wie gut es ihrem Fenchen ging.

Akribisch übertrug Fenja einen ersten Entwurf auf einen Schnittmusterbogen. Es war ein einfaches Wickelshirt in Universalgröße, die Trägerin konnte den Sitz über die Schnürung ganz einfach anpassen. So etwas hatte Fenja noch nie entworfen, sie war sehr gespannt, ob die Wirklichkeit mit ihrer Vorstellung würde mithalten können.

»Wenn du das Kleid fertig hast, kannst du dich an das erste Shirt der Yogakollektion machen. Ich habe das Schnittmuster gleich fertig«, sagte Fenja laut, damit Tahmineh sie trotz Nadelsurren verstehen konnte.

Tahmineh hob den Kopf und nickte. Die Maschine ratterte derweil munter weiter. Die gerade Naht schaffte die geübte Näherin sogar, ohne hinzusehen.

Fenja lächelte zu ihr hinüber. Ihre Freundin und Mitarbeiterin war ohnehin immer freundlich, aber heute konnte sie gar nicht aufhören zu strahlen. Sie schien an diesem Vormittag wie auf Wolken zu schweben. So unbeschwert glücklich hatte Fenja sie noch nie erlebt.

Was Tahmineh besonders auszeichnete, war ihr liebevolles Wesen. Sie wollte, dass es jedem Menschen in ihrem Umfeld gut ging und reagierte sehr sensibel auf Schwingungen. Es war ein Wunder, dass sie so offen und herzlich geblieben war, bei allem, was sie hatte durchmachen müssen. Zum Glück war das alles Vergangenheit.

Tahmineh hatte inzwischen ein unbefristetes Bleiberecht und ihren Platz auf dieser Welt genau hier, bei Fenja, gefunden. Sie lebte in dem Haus, das Fenja von ihrer Tante Trude geerbt hatte, und arbeitete sehr engagiert für Fenjas Modelabel Dogissimo. Tahmineh konnte nicht nur ausgezeichnet nähen, sie hatte auch Spaß im Verkauf und half begeistert bei den Arbeiten an der Strandgutkunst. Sie waren ein super Team und viel mehr als Arbeitgeberin und Angestellte. Sie waren Freunde.

»Yoga ist toll. Ich liebe«, verkündete Tahmineh nach einer Weile unvermittelt. Offensichtlich war sie in Gedanken noch immer mit Elisabeth am Strand.

Na, wenn das kein gutes Omen war. Wenn all ihre Schüler nach einer Stunde Yoga mit Elisabeth am Strand so drauf waren, wäre der Kniepsand bald voller Bäume und heraufschauender Hunde.

Fenja grinste, als sie das dachte. Wer hatte sich nur diese merkwürdigen Bezeichnungen ausgedacht? Nein, sie und Yoga, das war keine Liebe auf den ersten Blick. Und auch nicht auf den zweiten. Diese Verrenkungen waren ihr suspekt. Allein der Gedanke daran ließ ihre Muskeln ächzen. Da ging sie lieber am Strand laufen oder mit Coco durchs Watt toben, bis sie nicht mehr konnte.

Trotzdem hatte sie Spaß daran, die Yogakollektion zu entwerfen. Damit war sie voll in ihrem Element. Seit die Idee geboren war, sprühten in Fenjas Kopf die Ideen nur so. Sie hatte nachts dreimal das Licht anmachen müssen, um schnell ein Detail zu zeichnen, damit sie es nicht bis zum nächsten Tag vergessen hatte.

»Jetzt ist es aber genug«, hatte Malte um halb vier in der Nacht gebrummelt. Um seine Liebste auf andere Gedanken zu bringen, hatte er sie auf angenehmste Weise abgelenkt. Wenn er schon nicht schlafen konnte, dann wollte er wenigstens die Zeit genießen, hatte er gemeint und sich ausgiebig Fenjas Körper zugewandt. Er hatte sich vom Mund abwärts geküsst. Ein wohliger Schauer durchfuhr Fenja, als ihre Erinnerung an diesen Punkt sprang. Schnell konzentrierte sie sich wieder auf den Stift in der Hand und das Blatt Papier auf dem Tisch. Das half.

Schwungvoll zeichnete Fenja Formen und Farben, notierte Maße, rechnete und übertrug ihre Ideen schließlich auf Schnittmusterpapier. Sie hatte es eilig, wollte ihren Freunden so schnell wie möglich die ersten Entwürfe präsentieren. Tahmineh hatte das Kleid inzwischen fertig und sich Fenjas erstes Schnittmuster genommen. Sie rädelte, zeichnete mit Schneiderkreide, schnitt mit sicherer Hand den Stoff zu, heftete und nähte. Sie und Fenja arbeiteten ohne viele Worte Hand in Hand.

»Moin«, klang es durch den Raum. Es war Punkt neun und wie verabredet stand Jan in der Tür. »Dann lass uns mal sehen, was du dir vorstellst«, sagte er knapp.

»Moin, Jan. Bist du allein?«, fragte Fenja. Sie hatte gehofft, dass Elisabeth nur ein paar Besorgungen machen würde.

»Elisabeth hat zu tun«, antwortete Jan. »Sie will sich um die formellen Dinge für die Yogaschule kümmern.«

Es war offensichtlich, dass er keine Lust hatte, das Thema zu vertiefen. Fenja tat ihm den Gefallen und konzentrierte sich auf den Umbau. »Na dann los, gehen wir es an«, sagte sie.

Für sie lag es auf der Hand, dass Elisabeth die formellen Dinge nur vorgeschoben hatte. In Wirklichkeit hatte sie den gestrigen Abend noch nicht verdaut.

Die notwendigen Maßnahmen und Fenjas Vorstellungen zum neuen Ladenraum waren schnell besprochen. Jan war ziemlich wortkarg und wirkte bedrückt. Er hörte sich Fenjas Ideen an, nickte hin und wieder und notierte sich ein paar Eckdaten und Maße.

»Sie kriegt sich wieder ein, Jan«, sagte Fenja irgendwann und legte Jan aufmunternd die Hand auf die Schulter. Er tat ihr schrecklich leid. Die Traurigkeit in seinen Augen schnitt ihr ins Herz.

Es wurde wirklich Zeit, dass Elisabeth ihrem Herzen einen Stoß gab. Oder dass ihre Freunde ihr einen ordentlichen Schubs in Richtung Glück verpassten. Jan liebte Elisabeth seit Jahren und sie empfand auch etwas für ihn, das hatte sie selbst in einer schwachen Sekunde schon zugegeben. Irgendwann musste man die Schatten der Vergangenheit doch hinter sich lassen. Fenja nahm sich vor, das mit Hannah zu besprechen. Sie mussten sich einen Schlachtplan zurechtlegen und durften sich nicht mehr immer von Elisabeth abschmettern lassen. Sie würden diese Auster schon knacken.

Aber gut. Eins nach dem anderen. Jetzt mussten sie sich erst mal um den Umbau und Elisabeths Yogaschule kümmern.

Jan hatte sein Metermaß und den Notizblock inzwischen wieder eingepackt.

»Also dann«, sagte er, nickte Fenja zu und zog ab. Er wollte die notwendigen Materialien zusammensuchen und am nächsten Tag direkt mit der Arbeit loslegen.

Fenja ging ins Atelier zurück, wo unter Tahminehs fachkundigen Händen das erste Shirt langsam Form annahm.

Bevor sie sich wieder an ihre Skizzen setzte, sah Fenja zum Fenster hinaus in den Garten, wo Coco und Pablo den Vormittag genossen. Coco gönnte sich ein Sonnenbad und der Kater hatte es sich in seiner Hängematte bequem gemacht.

Natürlich war Pablo auch mit Fenja zu Malte gezogen, aber sie hatte sich angewöhnt, nicht nur Coco, sondern auch den Kater morgens mit ins Atelier zu nehmen. Für Pablo wäre es vermutlich kein Problem gewesen, aber Fenja wollte nicht, dass er den ganzen Tag allein blieb. Und der Kater hatte dieses Arrangement inzwischen bestens akzeptiert. So gut, dass er sich nach dem Frühstück für ein Verdauungsschläfchen oft direkt in seinen Transportkorb legte. Fenja brauchte dann nur noch das Türchen zu schließen und konnte los.

Wenn es nach Tahmineh gegangen wäre, hätte Pablo auch bei ihr wohnen bleiben können, aber das hatte Fenja nicht übers Herz gebracht. Pablo gehörte zu ihr.

Da die beiden Räuber friedlich dösten, setzte Fenja sich wieder an ihren Zeichentisch. Sie musste dauernd an Elisabeth denken. Die Idee mit dem Schlachtplan hatte sie wieder verworfen. Sobald sie hier wegkonnte, würde sie zu ihr radeln und ihr geradeheraus den Kopf waschen. Sie hatte die Faxen jetzt langsam dicke. Sic dachte daran, was Elisabeth gestern von ihren Eröffnungsplänen erzählt hatte. Dabei wurde ihr auf einmal klar, dass etwas Wesentliches fehlte.

»Von wegen nur das Gewerbe anmelden und abwarten, was passiert«, sagte Fenja unvermittelt. »Das kommt überhaupt nicht infrage. Elisabeth glaubt ja wohl nicht ernsthaft, dass wir das zulassen. So gut müsste sie uns eigentlich kennen.«

»Nicht gut, Gewerbe anmelden?«, fragte Tahmineh und sah erschrocken von der Nähmaschine auf. »Yoga war sehr gut. Wirklich. Hat großen Spaß gemacht mit Elisabeth«, erklärte sie. »Ich glaube, sie wird viel Erfolg haben.«

Fenja schmunzelte. »So habe ich das nicht gemeint. Ich finde ihre Idee fantastisch und bin auch überzeugt, dass sie sehr erfolgreich sein wird. Aber sie hat etwas Wichtiges vergessen.« Sie zwinkerte Tahmineh zu.

Sie und Elisabeth, das war eine besondere Beziehung. Als für Tahmineh noch alles neu gewesen war und sie noch sehr schüchtern, fast schon verschüchtert ihr Umfeld beobachtet hatte, hatte Elisabeths herzlich-burschikose Art sie manchmal fast aus den Schuhen kippen lassen.

An einem Abend hatte Elisabeth von der *Blauen Maus* gesprochen und Tahmineh hatte sie mit weit aufgerissenen Augen angestarrt und gefragt: »Du hast eine Maus, Elisabeth?« Als ihr klar geworden war, worum es wirklich ging, hatte Tahmineh in das Lachen der anderen eingestimmt.

Elisabeth hatte ein riesengroßes Herz. Wenn jemand Probleme hatte, war sie zur Stelle. So war es gewesen, als Fenja damals sehr verzweifelt auf Amrum angekommen war und eigentlich nur fliehen wollte. Vom ersten Kennenlernen auf dem Schiff an hatte Elisabeth sie ganz selbstverständlich unterstützt und war an ihrer Seite gewesen. Das war der Beginn ihrer tollen Freundschaft gewesen. Und auf ähnliche Weise hatte Elisabeth auch Tahmineh in ihr Herz geschlossen. Abgesehen von dem Schutzbedürfnis, auf das Elisabeth ansprang, war Tahmineh aber auch ein Mensch, mit dem man einfach gern befreundet sein wollte. Und Tahmineh war vollkommen fasziniert von Elisabeths

Art. Ihre dunkle Stimme, das donnernde Lachen und ihre Direktheit hatten es Tahmineh leicht gemacht, Vertrauen zu fassen.

»Schau mal, Tahmineh«, sagte Fenja jetzt und hielt ein Bild hoch. Sie hatte ein Wickeltuch gezeichnet, das mit einem Klettverschluss in unterschiedlicher Weite geschlossen werden konnte. »Das ist ähnlich wie das Shirt, aber für drüber. Für kühlere Tage am Strand. Und kein Knoten, sondern Klettverschluss. Ich mag die Idee, aber ich bin noch nicht ganz überzeugt. Was meinst du?«

Tahmineh kam zu Fenja an den Zeichentisch und studierte den Entwurf. »Vielleicht besser Knöpfe statt Klettverschluss. Der ist steif und kann piken. Ist auch nicht schön, so ratsch«, schlug Tahmineh nach etwas Überlegen vor. »Oder ein Knopf und eine Borte mit vielen Schlaufen, dann kann man zuknöpfen, dass es passt.«

»Spitzen Idee, Tahmineh. Das ist es, was mich unterschwellig gestört hat. Du hast recht, Klettverschlüsse sind nicht besonders schön und oft kratzig. Knöpfe sind die Lösung!«

Fenja war dankbar, so eine begabte Mitarbeiterin mit einem guten Gespür für Design zu haben.

In ihre Überlegungen zum Entwurf mischte sich lautes Magenknurren. Fenja sah auf die Uhr und stellte erschrocken fest, dass es schon Mittag war.

»Lass uns etwas essen, einen Tee trinken und ein bisschen Pause machen«, schlug sie vor.

»Moin, ihr zwei«, grüßte Hannah. Sie war mit Leonie im Sportwagen durch den Garten gekommen und stand nun in der Terrassentür. »Scheint, wir kommen genau richtig«, stellte sie fest und freute sich. »Lennard hat mir Quiche eingepackt, er hat heute Morgen schon wieder gebacken. Kommt, lasst uns den Tisch decken und Tee kochen. Und dann müssen wir reden. Elisabeth hat die Einweihungsparty entweder vergessen oder unterschlagen. Als ob wir das zulassen würden.« Sie schnaufte empört.

»Ha!«, entfuhr es Fenja. »Du hast es also auch gemerkt. Genau das ist mir heute Vormittag nämlich auch schon aufgefallen.«

***

Fenja saß mit Hannah auf einer großen Decke am Kniepsand. Sie hatte ihr Strickzeug in der Hand und eine erste Yogasocke angeschlagen.

Leonie schlief in ihrem Sportwagen und Coco lag im Schatten des Wagens zusammengerollt und schlummerte erschöpft, nachdem sie wieder einmal mit großem Vergnügen Möwen gejagt hatte. Es war eigenartig, Frau Mops interessierte sich für keine anderen Tiere und käme nie auf die Idee, einen Vogel zu jagen. Es sei denn, es war eine Möwe. Die konnte sie nicht leiden.

»Die arme Tahmineh. Ich habe ein schlechtes Gewissen, weil sie immer die Stellung halten muss und ich mich vergnüge«, sagte Fenja.

»Ich finde es auch immer schade. Aber andererseits bin ich sehr froh, dass du dir zwischendurch freinehmen kannst. Und Tahmineh liebt es, die Verantwortung zu haben. Sie ist mega stolz, dass du ihr so viel Vertrauen schenkst.«

»Auf Tahmineh kann ich mich absolut verlassen. Ich

glaube, sie würde sich lieber umbringen, als mich zu hintergehen. Und die Kundschaft liebt sie.«

»Ganz genau. Also schieb jetzt dein schlechtes Gewissen beiseite und lass uns auf den Punkt kommen. Was wollen wir für die Einweihungsparty der Yogaschule planen?«

»Sollen wir nicht besser auf Elisabeth warten? Immerhin muss sie sagen, was ihr gefallen würde.« Fenja hielt den Blick auf ihr Strickzeug gesenkt, während sie redete. Jetzt sah sie kurz auf. Zuerst hatte Elisabeth gebockt und vorgeschoben, sie hätte keine Zeit. Aber Fenja und Hannah hatten ihr klargemacht, dass sie keine andere Wahl hatte, es gab viel zu besprechen und ein Nein würden sie nicht akzeptieren. Letztlich hatte Elisabeth es eingesehen und versprochen, an den Strand zu kommen.

Hannah zog ihre Nase kraus, überlegte und holte ihren Notizblock hervor. »Aber Ideen sammeln können wir ja schon mal.« Sie schaute auf die Uhr. »Elisabeth müsste jeden Moment hier sein.«

»Auf jeden Fall muss die Eröffnung ordentlich Wellen schlagen.« Fenja schob die Stricknadel nach und drehte das Strickzeug. »Wer Leute erreichen möchte, muss klappern.«

»Wie wäre es mit einer Modenschau?«, schlug Hannah vor.

»Hm«, machte Fenja. »Aber es geht doch nicht um mich, sondern um Elisabeth und Yoga.«

»Schon klar, du sollst auch nur deine Yogakollektion präsentieren. Vielleicht könnten wir Models finden, die nicht nur über den Laufsteg gehen, sondern die Kollektion auch bei den Übungen zeigen.«

»Hey, das ist gar nicht schlecht. Das könnte funktionieren.« Fenja nickte Hannah anerkennend zu.

»Was hast du denn bisher für Ideen für deine Yoga-Linie?«, wollte Hannah wissen.

»Shirts, Hosen, Stirnbänder. Ich bin gerade irgendwie auf dem Wickeltrip. Ich habe Wickelshirts, ein Wickeltuch und möchte mich an einer Wickelhose ausprobieren. Enge Bündchen an den Füßen, dann weite Beine, und der Bund wird gewickelt. Das muss ich aber noch eingehender durchdenken. Für Elisabeth bekommen die Stücke dann das Logo ihrer Schule drauf. Das müssen wir aber noch entwerfen – auch ein Punkt, den ich mit ihr besprechen muss.«

»Na, da bin ich ja froh, dass ich auch noch ein Wörtchen mitreden darf«, brummte es von hinten. Fenja und Hannah hatten gar nicht gemerkt, dass Elisabeth bei ihnen angekommen war.

»Hier, schau mal«, sagte Fenja und tat, als sei nichts gewesen. Elisabeths Rückzug am Vormittag würde schon noch zur Sprache kommen. Sie wollte sie nicht direkt überfallen. »Deine ersten Yogasocken. Ich habe vorhin erst angefangen, das geht ganz flott.«

»Gar nicht schlecht. Auch alles andere, was ihr besprochen habt«, sagte Elisabeth und ließ sich neben Fenja auf die Decke fallen.

»Wie lange hast du denn schon hinter uns gestanden?«, wollte Hannah wissen.

»Lange genug, um zu ahnen, dass da eine Flut auf mich zukommt«, antwortete Elisabeth trocken. Aber ihre Augen funkelten, sie konnte nicht verheimlichen, wie sehr sie sich über das Engagement ihrer Freunde freute. »Yoga und Mee(h)r gefällt mir übrigens ziemlich gut«, sagte sie jetzt. »Ich hatte dir gar nicht auf deine Nachricht geantwortet.«

»Ja, oder?«, jubelte Hannah. »Ich habe vorhin schon ein bisschen damit gespielt. Für die Webseite.« Dann rief sie unvermittelt: »Schaut mal, da drüben strickt auch jemand. Ist ja witzig, ich habe schon lange niemanden mehr mit Strickzeug gesehen und heute gleich zwei.«

Hannah staunte und verrenkte sich den Kopf, um zu sehen, was die Frau im Strandkorb, der nur ein paar Meter entfernt stand, denn auf den Nadeln hatte.

»Selektive Wahrnehmung«, sagte Elisabeth. »Das ist ganz normal.«

»Oder einfach Zufall«, kommentierte Fenja, die jetzt auch neugierig geworden war. Sie sah zu der Frau hinüber. Neben ihr saß ein Mann, er hatte den Arm um sie gelegt. Ein Pärchen also. Sie hatte schulterlange dunkelbraune Locken und war ausgesprochen hübsch. Er sah auch nicht schlecht aus. Seine Haare schimmerten rötlich in der Sonne und er trug einen Dreitagebart.

»Der sieht fast aus wie Ed Sheeran«, sagte Fenja und für einen Moment war sie sich nicht ganz sicher. »Allerdings hätte er dann die falsche Frau an seiner Seite«, bemerkte sie dann.

Die Frau von Ed Sheeran, Cherry hieß sie, wenn Fenja sich richtig erinnerte, sah ganz anders aus.

»Was durchaus vorkommen soll«, kommentierte Elisabeth. »Aber das ist er nicht, Fenja. Im ersten Moment vielleicht, aber sieh mal genauer hin, dann erkennst du die Unterschiede.«

»Das Strickzeug sieht jedenfalls ziemlich interessant aus. Was das wohl wird«, überlegte Hannah, von der Diskussion über Ed Sheeran gänzlich unbeeindruckt.

Fenja begutachtete, soweit das auf die Entfernung möglich war, die Form des Strickstücks. »Vermutlich ein Tuch«, sagte sie dann.

»Wenn wir noch länger da rüber starren und über die beiden reden, können wir sie gleich einladen, sich zu uns zu setzen. Das wäre dann weniger unhöflich«, sagte Elisabeth. »Was ist, wollen wir jetzt über die Eröffnungsfeier sprechen, oder wollt ihr euch ein Opernglas besorgen und dieses Pärchen stalken?«

»Eröffnungsfeier«, sagten Hannah und ich gleichzeitig und kicherten.

»Kindsköpfe.«

Kapitel 6

Maighread

Maighread hatte es sich zusammen mit Joshua im Strandkorb bequem gemacht. Sie schob die letzte Masche der Reihe von der linken auf die rechte Nadel, legte das Strickzeug in den Schoß und begutachtete ihre Arbeit eingehend. Sie hatte wieder einen der Bobbel begonnen, die sie vom Woolhouse mitgenommen hatte, und dieses Mal schon ein ordentliches Stück geschafft.

Während sie mit ihrer Strickerei beschäftigt war, nahm sie im Hintergrund wahr, wie ein kleiner Hund übermütig an der Wasserkante entlangfetzte und Möwen jagte. Für einen kurzen Augenblick beobachtete sie das ausgelassene Treiben. Es war ein schwarzer Mops, der da seinen Spaß hatte. Ach, wie schön wäre es jetzt, Molly, Bonny und Lennox hier zu haben.

Um den kleinen Anflug von Sehnsucht loszuwerden, konzentrierte Maighread sich wieder auf ihre Arbeit.

Dieses gefachte Garn lag ganz wunderbar auf den Nadeln und strickte sich fast von allein. Trotzdem runzelte Maighread unwillig die Stirn. Die Farben wirkten zwar maritim, aber nicht harmonisch. Die roten Zwischenstreifen waren zu wuchtig und dominierten den Rest. Außerdem kam das Hellbraun, das den Sand darstellen sollte, zu dunkel heraus. Das waren zwei Kritikpunkte, die sie sofort ausmachen konnte. Aber da es gab noch mehr. Was genau sie alles störte, konnte Maighread nicht auf Anhieb greifen. Sie fühlte nur, dass es alles in allem noch nicht das war, was sie sich erhofft hatte. Mit der flachen Hand strich sie über das gestrickte Stück, ließ es auf sich wirken und entdeckte dabei immer mehr Stolperstellen.

Nicht nur die Farben, auch das Muster war falsch. Es sollte ein luftiges Sommertuch werden. Sie hatte sich für eine Kombination aus einfachem Schachbrett, kraus rechts und dazwischen Lacereihen entschieden.

Leider spiegelte das überhaupt nicht die Leichtigkeit wider, die Maighread erreichen wollte. Es wirkte streng und statisch. Beim Betrachten kam kein Strandgefühl auf, das Inselglückfeeling fehlte. Der Farbwechsel, der sehr ungünstig mitten im Muster platziert war, verschlimmerte den Eindruck noch. Dadurch wurde alles zusätzlich unruhig. Wie gewollt, aber nicht gekonnt. Ganz sicher aber nicht wie von einem Profi ersonnen.

Maighread atmete durch und grub gedankenverloren ihre Zehen in den Sand. Sie nahm ihre Arbeit wieder in die Hand. Es half alles nichts – da gab es nur zurück an den Start und das Ganze von vorn. Mit neuen Mustern, die besser zum Strand passten. Beim nächsten Versuch würde sie auch direkt einen der anderen Bobbel ausprobieren, um zu sehen, wie sich die leicht angepassten Farben gestrickt entwickelten.

Wenn sie sich richtig erinnerte, hatten die anderen Wicklungen ein etwas helleres Beige, statt Hellbraun. Vielleicht war das der Knackpunkt. Amrums Strand war hell, im grellen Sonnenlicht fast schon weiß. Das wollte sie einfangen.

Wenn es so rauskam, wie sie es sich erhoffte, dann könnte man den Kniepsand ahnen und im weiteren Farbverlauf mit dem Blick über den Spülsaum ins Wasser gehen. Entschlossen zog Maighread die Nadel aus den Maschen und begann zu ribbeln.

Joshua, der entspannt neben ihr saß, sah von seinem Buch hoch. »Echt?«, fragte er überrascht.

Während Maighread gestrickt hatte, war er in seine Inselgeschichten abgetaucht gewesen. Das Buch, das er sich vormittags gekauft hatte, war offenbar ein Volltreffer gewesen. Sie waren in Wittdün in der Buchhandlung gewesen. Maighread hatte sich einen Amrumroman ausgesucht und Joshuas Beute hieß *Amrum erzählt – Sagen, Geschichten, Düntjes und wahre Begebenheiten.* Dabei waren sie mit dem Buchhändler ins Gespräch gekommen und hatten ein bisschen über den Autor und dessen Familie erfahren. Georg Quedens gehörte einer alteingesessenen Amrumer Familie an, deren Ahnentafel weit in die Vergangenheit reichte. Er war der Onkel von Leif Quedens, dem die Buchhandlung gehörte.

Der Familienname war Maighread und Joshua bereits einige Male begegnet, als sie sich auf die Reise vorbereitet und dazu auch Dokumentationen über Amrum angesehen hatten. Der Vater des Buchhändlers, Jens Quedens, hatte den *Öömrang Ferian* gegründet, einen Verein, der sich um Naturschutz und Inselgeschichte kümmerte. Das Naturzentrum in Norddorf, das vom Verein geführt wurde, mussten sie auch unbedingt noch besuchen.

Joshua beobachtete Maighread, die energisch an dem Faden zog und wickelte. Eine Masche nach der anderen löste sich auf.

»Machst du alles wieder auf?«, wollte er nun wissen. Er schüttelte den Kopf. »Die viele Arbeit, ach je, das tut mir leid.«

Aber Maighread nahm es gelassen. Natürlich tat es ihr auch leid, aber darüber ging sie locker hinweg. Sie zuckte mit den Schultern und meinte: »Das ist schon okay, es gehört eben dazu. Ich buche es unter Erfahrung. Beim nächsten Mal wird es bestimmt besser.« Um Joshua zu zeigen, dass sie es auch wirklich so meinte, wie sie es sagte, lächelte sie ihn offen an.

Vielleicht hätte sie sich mehr geärgert, wenn sie nicht gerade hier an diesem idyllischen Strand säße. Mit der Nordsee, die ihre Sinne betörte, konnte sie gar nicht anders, als gelassen zu bleiben. Es waren der Geruch nach Meer und das Salz auf ihren Lippen. Das Rauschen der Wellen. Das Glitzern der Wellen im Sonnenlicht und der warme Sand unter ihren Füßen. Es war ein Rundum-Wohlfühlpaket, viel zu schön, als dass sie sich von ein bisschen Ribbeln die Laune verderben lassen würde. Und außerdem: Wenn Design einfach wäre, würde es jeder machen.

»Du bist wirklich unglaublich. Ich bewundere deine Geduld«, sagte Joshua. Sein Blick sagte Maighread darüber hinaus, dass ihre Geduld nicht das Einzige war, was er an ihr bewunderte. Unwillkürlich beschleunigte sich ihr Herzschlag.

»Lies weiter«, forderte sie ihn auf und musste lachen. Dieser Kerl war wirklich unmöglich.

Mit einem theatralischen Seufzer steckte Joshua seine Nase wieder in das Buch. Maighread wickelte noch immer.

Sie hatte wirklich schon ein ordentliches Stück gestrickt gehabt. Dabei sah sie über den Strand zum Wasser und sog die würzige Luft tief ein. Diese Kulisse war so himmlisch, die musste sie einfach genießen. Es fiel ihr schwer, etwas anderes zu denken und zu fühlen als: Ach, ist das schön!

Zwischendurch warf sie aber immer wieder einen Blick auf das Strickzeug, das jetzt ziemlich schnell kleiner wurde. Masche für Masche zog sie gleichmäßig und unerbittlich auf.

Nach wie vor war Maighread begeistert von diesen Bobbeln und überzeugt davon, dass etwas Wunderbares daraus entstehen würde. Sie musste es nur herauslocken. Auf jeden Fall würde sie sich nicht eher zufriedengeben, bis es ihren Erwartungen entsprach. Und wenn sie noch fünfmal aufziehen musste, sie würde den Zauber, den die Bobbel versprachen, in dieses Tuch bannen.

Vielleicht war heute nicht der richtige Zeitpunkt. Die Muster, die sie im Kopf hatte, passten nicht zu der Stimmung, die sie erzeugen wollte. Da war sie sich inzwischen sicher. Um das Ergebnis zu bekommen, das sie sich wünschte, musste sie vermutlich einen komplett neuen Ansatz finden. Aber nicht sofort. Sie würde sich Zeit nehmen. Die richtige Idee war in ihr, sie konnte es schon spüren, aber noch nicht greifen.

Nachdem die letzte Masche aufgezogen und der Bobbel wieder aufgewickelt war, wanderte er in ihre Projekttasche zurück und sie zog stattdessen ein Nadelspiel und ein Knäuel Sockenwolle hervor. Es war eine Novitawolle – die hatte Maighread zwar selbst im Laden, aber als sie die Knäuel im Woolhouse entdeckt hatte, hatte sie einfach zugreifen müssen.

»Springwolle«, hatte Nicola gesagt und gelacht. »Sie springt quasi von selbst in den Einkaufskorb. Dagegen ist man machtlos.« Und genau so war es. Es beruhigte Maighread nur, dass es Nicola genauso ging, wenn sie irgendwo Wolle entdeckte.

Ohne lange darüber nachzudenken, schlug Maighread die Maschen an. Socken strickte sie fast im Schlaf. Jetzt verflog auch der letzte Rest Anspannung wegen des verpatzten Entwurfs des *Inselglück*-Tuchs.

Ein paar Runden arbeitete Maighread konzentriert. Als das Muster aber gesetzt war, musste sie nicht mehr ständig auf das Strickzeug schauen, jetzt lockte die Aussicht. Sie hob den Blick und sah über die Wellen gen Horizont, während sie ohne hinzusehen Masche um Masche weiterstrickte. Dabei atmete sie tief durch. Nach dem ziemlich aktiven Vormittag war es jetzt wunderbar, im Klang der im Sand auslaufenden Wellen im Strandkorb zu sitzen und die Seele baumeln zu lassen.

Eigentlich hatten sie nur einen kurzen Spaziergang vorgehabt, aber nach einer kleinen Radtour und dem Abstecher in die Buchhandlung hatten sie die Räder auf der Ostseite der Insel stehen lassen und von dort aus die Nordspitze umrundet. Weil Maighread das Gefühl so liebte, mit den Füßen im Schlick zu versinken, hatten sie obendrein auch noch einen großen Bogen durch das Watt gemacht.

Dieser Nordseeschlamm war wie eine heilsame Packung für die Füße, dazu würde sie Joshua in den nächsten Tagen sicher noch ein paarmal überreden. Allerdings beanspruchte das Gehen durch Watt und Sand andere Muskeln als eine Wanderung über die Hochebenen der Highlands. Maighread hatte das Gefühl, als wäre da ein ordentlicher Muskelkater im Anmarsch. Aber das war es ihr wert. Sie würde um nichts auf der Welt auf das Glück verzichten wollen, das sie bei der Wanderung erfüllt hatte.

»Diese Weite, der unfassbar helle und weiche Sand und natürlich das Meer. Die Luft riecht so anders als bei uns in Schottland. Und die Nordsee spielt eine ganz andere Melodie als der Loch Lomond. Ich liebe Callwell, aber ich glaube, ab jetzt habe ich eine zweite Liebe.«

»Und was ist mit mir?«, protestierte Joshua prompt. »Ich dachte, ich bin deine einzige wahre Liebe.« Er beugte sich zu Maighread hinüber und küsste sie in die Halsbeuge, knabberte sanft an ihrer Haut. Von der Stelle aus, an der seine Lippen sie berührten, zogen Schauer durch ihren Körper.

»Ich schätze mal, das habe ich dir letzte Nacht ausführlich bewiesen«, kokettierte Maighread zurück.

Zwischen ihr und Joshua war es schon immer leidenschaftlich gewesen, aber seit sie hier auf Amrum waren, hatte sich das intensiviert. So ganz ohne Alltagsablenkung gab es mehr Raum für Zärtlichkeit und Nähe. Maighread nahm sich vor, von nun an öfter für einen Tapetenwechsel zu sorgen und damit die Leidenschaft wach zu halten. Es konnte ja auch nur ein Wochenende sein, das ließ sich leichter organisieren.

»Ich kann mich nicht mehr genau erinnern«, spielte Joshua das Spiel noch weiter. »Ob du mir das wohl noch einmal zeigen könntest?«

»Vielleicht sollten wir eine Runde schwimmen, um dich ein bisschen abzukühlen«, schlug Maighread vor, statt auf seine Frage einzugehen.

Doch Joshua hatte anderes im Sinn. »Ich glaube, ich bleibe lieber noch ein bisschen hier sitzen und bewundere die Aussicht.« Sein Blick klebte an Maighreads Dekolleté.

»Das könnte dir so passen«, protestierte Maighread. »Nichts da!«

Sie sprang auf die Füße und schnappte sich Joshuas Hand. »Hoch mit dir, du Lustmolch. Ab ins kalte Wasser.«

In der nächsten Sekunde verlor Maighread ihren Halt, denn Joshua, an dessen Hand sie gezogen hatte, war unvermittelt aufgesprungen. Bevor sie nach hinten fallen konnte, hatte er aber schon zugegriffen. Er ging in die Knie, beugte sich etwas nach vorn und schon hing Maighread kopfüber über seiner Schulter. Zielstrebig stapfte Joshua samt seiner Fracht auf das Wasser zu.

Maighread quietschte, lachte, strampelte mit den Beinen und klopfte Joshua mit den Händen auf den Rücken.

»Joshua, was machst du denn?«, rief sie. »Lass mich sofort runter.«

»Was sagst du?«, fragte er und lachte. »Ich kann dich nicht verstehen, irgendjemand hat mir so laut ins Ohr gequietscht, dass ich jetzt einen Tinnitus habe.«

»Du Schuft«, keuchte Maighread. Sie hatten die Wasserkante erreicht. Joshua stapfte weiter. Die Wellen wallten an ihm hoch und auch Maighread bekam die ersten Schauer ab.

»Dann wollen wir mal«, verkündete Joshua, nachdem er hüfthoch im Wasser stand. »Achtung!«, rief er noch und schon landete Maighread in den Fluten.

»Ohhh, ist das kalt«, schnappte sie, nachdem sie wieder aufgetaucht war. Auf ihrem ganzen Körper hatte sich Gänsehaut gebildet. Das würde Rache geben. Mit beiden Händen schöpfte sie Wasser und warf es in Joshuas Richtung. Doch er war schneller und tauchte nun ebenfalls unter. Sekunden später kam er wieder hoch und klatschte mit der flachen Hand auf das Wasser, dass die Tröpfchen nur so flogen. Er legte seinen Kopf erst nach rechts und dann nach links und schüttelte sich Nordseewasser aus den Ohren.

»Was ist jetzt?«, wollte er dann wissen. »Ich dachte, du wolltest schwimmen?«

»Wollte ich gar nicht.« Maighread legte sich ins Wasser und machte erste Schwimmbewegungen. »Aber da ich nun schon mal nass bin. Dann los, zeig mal, was du draufhast«, rief sie lachend und schwamm mit kräftigen Zügen davon.

Ein Handtuch um die nassen Haare geschlungen und eins um den Körper gewickelt, saß Maighread nach ihrem unfreiwilligen, aber herrlich erfrischenden Bad wieder im Strandkorb. Sie nahm die Nadeln auf und begann erneut zu stricken.

Joshua hatte sich trocken gerubbelt und ein Shirt übergezogen. Er hatte die Beine angezogen, das Buch aufgeklappt und vertiefte sich wieder in seine Lektüre.

Ein Stück von ihrem Strandkorb entfernt saßen drei Frauen mit einem Baby, das gerade aufgewacht war. Der Mops, der vorhin so ausgelassen am Wasser gespielt hatte, lag auch bei ihnen. Sie hatten offenbar Spaß miteinander, der Wind trug ihr fröhliches Geplauder und Lachen über den Strand. Automatisch ging Maighreads Blick zu der Gruppe. Eine der Frauen hatte ebenfalls Strickzeug in der Hand. Maighreads Herz machte einen freudigen Satz. Gleichgesinnte!

Jetzt merkte Maighread, dass auch die drei Frauen immer wieder sehr interessiert zu ihr und Joshua hersahen.

»Schau mal, Joshua«, sagte Maighread und deutete mit dem Kinn in Richtung der drei Frauen. »Wir scheinen irgendwie interessant zu sein.«

»Die sind wahrscheinlich neidisch, weil du so einen gut aussehenden Kerl an deiner Seite hast«, ulkte Joshua und lachte, als Maighread ihn mit dem Ellbogen anstupste und sagte: »Eingebildeter Kerl.«

Vermutlich hatten die Frauen entdeckt, dass sie auch strickte. Irgendwie waren Menschen mit dem gleichen Hobby doch auch direkt verbunden. Oder nicht? Maighread beschloss, es herauszufinden.

»Ich geh mal Hallo sagen«, verkündete sie.

»Hm«, kam von Joshua, der den Blick nicht von den Buchstaben lösen konnte.

Maighread legte ihren angefangenen Socken auf das Polster des Strandkorbs und marschierte zielstrebig zu den Frauen hinüber.

»Moin«, grüßte Maighread, als sie bei den Frauen ankam.

»Moin«, schallte es dreifach zurück. Das Baby sah nicht auf, es war damit beschäftigt, im nassen Sand zu matschen.

»Entschuldigt, dass ich euch einfach anspreche, aber ich habe gesehen, dass du strickst, da war ich neugierig«, erklärte sie.

»Neugier ist immer gut«, meinte die junge Frau mit dem Strickzeug. »Ich habe Yogasocken auf den Nadeln. Das soll eine Kollektion geben, die Socken sind nur ein Teil davon. Normalerweise nähe ich mehr, als dass ich stricke.« Die junge Frau sah zu Maighread hoch und sah sie freundlich an. »Ich bin übrigens Fenja. Das sind Elisabeth, Hannah, Leonie und Coco«, stellte sie alle vor.

»Ich bin Maighread«, stellte Maighread sich ebenfalls vor. »Mein Verlobter Joshua und ich machen zwei Wochen Urlaub hier auf Amrum.«

»Wie schön. Gefällt es euch? Wo kommt ihr her?«, sprudelte Hannah jetzt los.

»Wie wäre es, wenn du dich zu uns setzt«, sagte Elisabeth, und Maighread staunte über deren dunkle Stimme. Alle drei machten einen sehr sympathischen Eindruck.

Im nächsten Moment fiel Maighread etwas auf. »Fenja?«, fragte sie, jetzt noch neugieriger. »Bist du etwa die Künstlerin, die so wunderschöne Strandkunst und Mode macht?«

Bevor Fenja antworten konnte, übernahm Hannah das Sprechen. »Ja, fantastisch, oder?«, sagte sie. »Dann wart ihr schon im Dogissimo?«

Maighread nickte. »Wir waren dort und haben ordentlich eingekauft und auch etwas vorbestellt.«

»Die Lampen«, meldete sich jetzt Fenja. »Ich habe schon angefangen.« Jetzt klopfte sie neben sich auf die Decke. »Setz dich doch zu uns«, wiederholte sie Elisabeths Einladung.

»Wenn ich euch nicht störe.« Einen Moment zögerte Maighread noch. Sie wollte sich nicht aufdrängen.

»Ach was, setz dich. Wir freuen uns immer über neue Kontakte«, erklärte Fenja. »Wie schön, dass ihr meinen Laden entdeckt habt. Dann kennst du Tahmineh auch schon.«

»Sie ist so lieb«, strahlte Maighread. »Wir haben uns richtig wohl gefühlt in deinem Dogissimo.«

Maighread freute sich unglaublich, wie einfach es war, mit echten Insulanern ins Gespräch zu kommen. Sie plauderten eine ganze Weile. Zuerst über Amrum, was die Insel so besonders machte und was sie unbedingt gesehen haben sollte, dann erzählte Maighread, dass sie aus Schottland kam und dort am Loch Lomond einen kleinen Strickladen hatte. Auch von ihren Strickdesigns erzählte sie.

Fenja schlug sich vor Begeisterung auf den Oberschenkel. »Das ist ja phänomenal! Dann sind wir ja quasi Kolleginnen«, jubelte sie. »Wir sind beide Designerinnen. Und stell dir vor, ich bin gerade dabei, meinen Laden zu vergrößern und möchte Wolle ins Sortiment nehmen. Vielleicht kannst du mir ein paar Tipps geben«, sagte sie. »Das wäre fantastisch.«

»Was ist, habt ihr noch Platz für einen einsamen Schotten?«, tönte es da plötzlich direkt neben Maighread. »Ich bin Joshua und würde mich freuen, wenn ich auch mitlachen dürfte.«

»Einsame Schotten, die gern lachen, sind uns immer willkommen«, dröhnte Elisabeth. »Setz dich, Joshua.«

Coco, die bis jetzt tief geschlafen hatte, hob verwundert den Kopf. Als sie merkte, dass die Runde sich vergrößert hatte, war sie im Nu auf den Pfoten und tapste schwanzwedelnd zu Maighread.

»Hallo, Coco, na, ausgeschlafen?«, fragte Maighread und hielt der Mopsdame ihre Hand hin, damit sie schnuppern konnte. Damit hielt sich Coco allerdings nicht lange auf. Sie setzte sich und grapschte mit ihrer Pfote sehr energisch nach Maighreads Hand. Die lachte. »Ich glaube, eure Coco mag mich«, sagte sie und kam der Aufforderung zu streicheln selbstverständlich nach.

Joshua hatte sich neben Maighread gesetzt und plauderte mit Elisabeth, die Leonie auf dem Schoß hatte, über das Inselklima. Hannah und Fenja konzentrierten sich auf Maighread.

»Was für Wolle hast du denn in deinem Strickladen im Angebot?«, wollte Fenja wissen. »Gibt es Hersteller, die du mir besonders empfehlen kannst?«

Irgendwann hatte Leonie genug von Sand und Matsch und wurde quengelig.

»Ich glaube, für uns wird es Zeit«, sagte Hannah. »Meine kleine Maus braucht ein Bad, Abendessen und eine Gutenachtgeschichte.«

»Abendessen ist eine prima Idee. Ich habe gar nicht gemerkt, wie spät es schon ist. Mein Magen hängt mir bestimmt gleich in den Kniekehlen, wenn ich aufstehe«, sagte Elisabeth.

»Was ist«, fragte Fenja in Maighreads und Joshuas Richtung. »Habt ihr Lust, mich morgen im Atelier zu besuchen? Dann zeige ich euch, wie weit ich mit euren Lampen bin und was euch sonst so interessiert. Meine neue Kollektion dreht sich ums Yoga, weil Elisabeth gerade ihre *Yogaschule Inselglück* eröffnet. Machst du auch Yoga?«, wollte sie von Maighread wissen.

»Nein, ich muss zugeben, damit habe ich keine Erfahrung. Ich glaube, Stricken ist mein Yoga.«

»Wenn ihr Lust habt, treffen wir uns am Strand und ich mache eine Schnupperstunde mit euch«, schlug Elisabeth vor.

»Was für ein tolles Angebot!« Joshua nickte begeistert. »Ich bin dabei. Das wollte ich schon immer mal ausprobieren. Und ja, ein Treffen morgen im Atelier ist eine fantastische Idee. Wir kommen gerne.«

Kapitel 7

Elisabeth

Gedankenverloren kochte ich mir einen Kaffee und setzte mich damit in meinen Yogaraum. Es war erst kurz nach sechs und ich schon wieder viel zu früh wach. Manchmal war ich auf die Menschen neidisch, die acht Stunden und mehr schlafen konnten und auch mal einen Vormittag gemütlich in den Federn lümmelten. Ich brauchte höchstens sechs Stunden Schlaf, dann war ich wach und hatte keine Geduld mehr, mich noch mal umzudrehen und vor mich hin zu dösen.

Heute schon gar nicht. Jan und ich wollten die letzten Details für den Umbau besprechen und auch direkt mit der Arbeit beginnen. Es war selbstverständlich für mich, dass ich möglichst viele der anfallenden Arbeiten selbst erledigen würde. Aber es gab doch einige Punkte, da brauchte ich einen Profi an meiner Seite, um mich sicher zu fühlen.

Als Erstes mussten wir die Zwischenwand einreißen, so etwas konnte besonders in einem alten Haus, wie meins eines war, unliebsame Überraschungen zutage fördern. Da half nur Daumen drücken und mutig voran. Wenn alles gut und ohne Zwischenfälle lief, konnten wir vielleicht heute auch schon mit der zusätzlichen Toilette für die Kursteilnehmer beginnen. Dazu wiederum musste eine Wand eingezogen werden.

Vor allem aber mussten Wasser- und Abwasser-Anschlüsse verlegt werden, das würde ich Jan überlassen. Die Fliesen in schlichtem Weiß hatte er bereits besorgt und wollte sie heute mitbringen. Ich hatte mich dazu entschlossen, es einfach zu halten. Schnickschnack konnte ich mit der Dekoration herbeizaubern.

Das Verlegen der Fliesen würde ich übernehmen. Darin war ich ziemlich gut, das hatte ich schon in Hannahs neuer Café-Küche unter Beweis gestellt. Dafür hatte ich damals, als ich ein Loch in die Wand schlagen wollte, versehentlich eine Wasserleitung getroffen und uns damit ziemlich viel zusätzliche Arbeit beschert. Ohne Jans schnelles Eingreifen hätte Hannah statt des Cafés wohl ein Schwimmbad eröffnen können.

Während ich das Kaffeearoma einsog, wanderte mein Blick durch das Zimmer. Ich freute mich auf die Veränderung. Das würde meinem Haus guttun und ein bisschen Leben hineinbringen. Manchmal hatte ich das Gefühl, die Räume langweilten sich mit nur einer Bewohnerin.

In meinen Fingern juckte es. Am liebsten wäre es mir gewesen, Jan wäre gleich in der Früh gekommen und wir hätten direkt mit der Arbeit loslegen können. Aber er hatte noch einen Auftrag in Wittdün und konnte erst gegen neun Uhr bei mir sein. Und obwohl ich es kaum erwarten konnte, war ich gleichzeitig dankbar für den Aufschub. Paradox, aber meine Gefühle scherten sich eben nicht um Logik.

Ich war nervös.

Normalerweise genoss ich es sehr, mit Jan zusammenzuarbeiten. Aber jetzt gerade war ich mir nicht ganz sicher, wie es werden würde. Seit diesem Moment am Strand war es zwischen uns nicht mehr so unbeschwert, wie ich es mir wünschte. Wir müssten darüber sprechen, das war mir klar. Aber verflixt, ich hatte keine Lust. Ich müsste ihm meine Geschichte erzählen, ihm gegenüber zugeben, was ich mir von meinem Ex-Mann hatte bieten lassen. Ich gab es nicht gerne zu, auch nicht vor mir selbst, aber ich schämte mich.

Obwohl mein Verstand selbstverständlich wusste, dass es Quatsch im Quadrat war – ich war das Opfer gewesen –, fühlte ich mich durch die Geschehnisse noch immer merkwürdig beschmutzt. Jan würde mich nie wieder ansehen können, ohne daran zu denken. Dieser Preis war mir zu hoch. Und außerdem, ging es mir trotzig durch den Kopf, würde es auch nichts an der jetzigen Situation ändern. Geständnis hin oder her – ich wollte keinen Mann mehr in mein Leben lassen. Punkt. Wozu also das trübe Wasser aufrühren und den Dreck wieder nach oben holen?

Energisch schob ich die Gedanken weg und konzentrierte mich lieber wieder auf meinen Übungsraum. Wie es wohl wäre, wenn hier Gruppen von Menschen sich versammelten und gemeinsam Yoga machten? Ich stellte es mir sehr schön vor, aber ich war auch ein wenig aufgeregt.

Als Lehrerin hatte ich schließlich eine Verantwortung für meine Schüler. Ich musste einerseits darauf achten, dass sie die Übungen richtig ausführten, um körperliche Probleme zu verhindern. Je nach Asana konnte man sich durchaus Zerrungen oder Rückenprobleme zuziehen, wenn die Haltung nicht korrekt war. Andererseits musste ich auch auf die emotionale Wirkung achten.

Denn Yoga betraf nicht nur eine Ebene. Die Übungen wirkten nicht nur auf den Körper, sondern auch auf die Seele und den Geist. Es war möglich, dass sich emotionale Blockaden lösten. Was natürlich am Ende ganz wunderbar war. Aber bis dahin konnte es Traurigkeit und Ängste auslösen, bevor die positive Wirkung einsetzte. Wenn sich alles beruhigt hatte, wurde man im Idealfall mit einer Stärkung des inneren Gleichgewichts belohnt.

Ich hatte selbst erlebt, dass ich mich besonders als Anfängerin nach dem Yogatraining manchmal aufgewühlt und durcheinander gefühlt hatte. Hin und wieder waren sogar bei mir Tränen geflossen, obwohl ich eher selten weinte. Als Kursleiterin musste ich in der Lage sein, die Teilnehmer in schwierigen Situationen aufzufangen und ihnen zu helfen, sich wieder zu stabilisieren. Das gehörte für mich zu einem guten Yogakurs auf jeden Fall dazu. Hoffentlich wurde ich diesem Anspruch gerecht.

Am liebsten hätte ich mit Fenja, Hannah und Tahmineh über meine Gedanken und Gefühle gesprochen, aber die drei waren viel zu lieb. Die sahen mich nur durch die Freundschaftsbrille an und würden mir einreden, dass ich mir ganz umsonst Sorgen machte und alles gut werden würde. Es war zwar wunderbar, Freunde zu haben, die so sehr an einen glaubten, aber es war nicht zielführend, wenn man, wie ich jetzt, ein Thema wirklich kritisch beleuchten wollte. Auch Jan war in diesem Punkt keine große Hilfe. Wenn es nach ihm ging, gab es wohl nichts, was er mir nicht zutraute. Da meine Freunde in diesem Punkt als Ratgeber ausfielen, beschloss ich, eine übergeordnete Stelle zu fragen.

Ich zog die Tarotkarten aus meiner Jackentasche und mischte sie. Dabei dachte ich an die Fragen, die mich bewegten. Eigentlich hätte ich mich gern rein auf die Zukunft meiner Yogaschule konzentriert, aber ich schaffte es nicht. Jans Name tauchte immer wieder in meinen Gedanken auf. Deshalb fragte ich allgemeiner: Wie wird sich die Zukunft entwickeln?

Schon als ich die Karten ausfächerte, hatte ich ein ungutes Gefühl. Vielleicht war ich zu durcheinander und hatte mich nicht genug konzentriert. Ich beschloss eine Dreierlegung, die mir anzeigen sollte, von wo ich kam, welche Energien gerade vorherrschten und wo das hinführen würde. Nachdem ich die drei Karten gezogen und verdeckt vor mich gelegt hatte, fühlte ich mich sehr flau im Magen. Eigenartig. Normalerweise liebte ich es, meine Karten zu befragen und fühlte mich während einer Legung immer geborgen. Heute dagegen war es fast, als läge eine Bedrohung in der Luft.

Entschlossen atmete ich tief ein und aus und deckte die Karte in der Mitte auf. Sie stand für die aktuelle Situation. *Der Teufel* zeigte mir seine hässliche Fratze und ich bekam Gänsehaut.

Was hatte das denn zu bedeuten? War das mit der Yogaschule eine schlechte Idee? Oder stand die Karte als Warnung, Jan nicht in mein Leben zu lassen? Sie konnte auch mir selbst gelten. Verstrickte ich mich in Teufeleien, wenn ich Vergangenes und Gegenwärtiges nicht trennen konnte? Normalerweise hatte ich immer eine gute Intuition und spürte das Thema, das mit der Karte verbunden war. Heute war nichts davon da. Mein Bauchgefühl hatte mich verlassen. Ich wusste nicht, worauf die Karte sich bezog und das verunsicherte mich zutiefst.

Fast schon überstürzt wendete ich die Karte links neben dem Teufel, um mich nicht mehr damit beschäftigen zu müssen. Hierbei ging es um die Vergangenheit. Das Bild zeigte die *Acht Schwerter.* Eine gefesselte Frau, deren Augen verbunden waren, war umgeben von Schwertern. Ich nickte. Ja, genau so fühlte ich mich. Die Vergangenheit reichte offenbar in die Gegenwart hinein. Aber wenn es der Teufel wäre, den ich sehen würde, wenn ich die Fesseln abstreifte, blieb zu überlegen, ob ich die Augen nicht lieber verbunden lassen sollte. Blöder Teufel! Ich war so aufgeregt, dass mein Herz raste. In meinen Ohren sauste es.

Bevor ich die dritte Karte und damit den Ausblick auf die nähere Zukunft umdrehte, musste ich mich erst etwas sammeln. Ein derart düsteres Kartenbild hatte ich noch nie gelegt. Mich schauderte.

Um mich wieder zu zentrieren, stand ich auf. Utkatasana – die Übung *Der Stuhl* – würde mir bestimmt guttun. Damit ließ sich Stress sehr gut abbauen.

Mit geschlossenen Füßen stand ich aufrecht. Ich atmete ein und hob die Arme nach oben. Beim Ausatmen beugte ich die Knie, genau wie man es macht, wenn man sich auf einen Stuhl setzt. Den Bauchnabel nach innen gezogen hielt ich die Stellung über drei tiefe Atemzüge hinweg. Mit der nächsten Einatmung streckte ich meine Beine wieder, schloss die Hände mit gegeneinandergelegten Handflächen vor der Brust und kam auf die Zehenspitzen. Auch diese Position hielt ich über drei tiefe Atemzüge hinweg. Dann begann die Übung von vorn. Nach dem dritten Durchgang spürte ich, dass die Anspannung nachließ. Ich beendete das Asana und setzte mich wieder vor meine Karten.

Jetzt also die Zukunft.

Es kostete mich Überwindung, die Karte umzudrehen. Aber ich konnte es auch nicht nicht tun. Es würde mich verrückt machen, wenn ich nicht nachsah, welches Bild sich darunter verbarg. Also gab ich mir einen Ruck, drehte die Karte und konnte den Schrei nicht zurückhalten, der mir über die Lippen kam. Die *Neun Schwerter*. Das war eine der dunkelsten Karten. Gezeichnet von Albträumen und Ängsten. Verflixt. Das durfte doch nicht wahr sein. Wo war denn die Vorfreude auf die Yogaschule? Wo war mein zufriedenes Leben? Mein Inselglück?

Um den Hintergrund dieser Ängste näher zu beleuchten, beschloss ich, eine weitere Karte zu ziehen, die mir zeigen sollte, was es mit den Ängsten auf sich hatte. Das half manchmal, wenn man mit der Deutung eines gezogenen Kartenbildes nicht weiterkam. Meine Hände zitterten, als ich den Kartenfächer zusammenschob und neu mischte. Was hat es mit diesen Ängsten auf sich? fragte ich stumm. Dieses Mal hatte ich kein Problem, mich auf die Frage zu konzentrieren.

Erneut fächerte ich das Blatt halbrund vor mir auf, streckte meine linke Hand aus und zog intuitiv eine Karte. Ich legte sie nicht erst vor mich, sondern drehte sie sofort um. Es war *Der Turm*.

Donner und Doria! Ich prustete halb erleichtert, halb besorgt den Atem aus. Der Turm stand für große Sprengkraft. Es konnte sowohl eine explosionsartige Befreiung anzeigen als auch eine Zerstörung. Auch wenn ich mit diesem Symbol positive Gefühle verband, konnte ich mich darauf nicht verlassen. Außerdem hatte ich noch immer keine Ahnung, auf welches Thema sich die Legung überhaupt bezog. Ich war verwirrt.

Ging es wirklich um Jan, oder gaben die Karten mir doch Hinweise darauf, dass ich mit der Eröffnung der Yogaschule einen Fehler machte? Aber was daran konnte schon so bedrohlich werden, wie dieses Kartenbild es mir anzeigte? Wenn es schiefging, würde ich wieder schließen. Bis auf die kleinen Umbauten im Haus musste ich keine großen Investitionen tätigen. Meine Existenz hing nicht davon ab.

Reichlich durcheinander schob ich die Karten zusammen und steckte sie weg. Sie brachten mich heute nicht weiter, so viel hatte ich jedenfalls kapiert.

Mein Blick ging zur Uhr. Es war gerade mal kurz nach sieben. Ich hatte noch fast zwei Stunden Zeit, bis Jan kam. Um an den Strand zu gehen, war es mir zwar zu knapp, aber an die frische Luft musste ich, sonst würde ich durchdrehen. Ich beschloss, dem Friedhof der Namenlosen einen Besuch abzustatten. Der lag nur wenige Schritte von meinem Haus entfernt. Das würde mir guttun. Ich mochte die Stimmung dort. Es war ein Ort der stillen Trauer, aber auch der Mitmenschlichkeit. Man hatte den Toten, die das Meer an Land trug, einen Platz gegeben, um ihre letzte Ruhe zu finden. Seit ich auf Amrum lebte, hatte ich auf diesem Friedhof schon etliche Stunden verbracht. Ich konnte dort sehr gut nachdenken.

Das Türchen quietschte leise, als ich durch das Portal trat. Ich ging unter dem Schriftzug *Es ist noch eine Ruhe vorhanden* durch. Zielstrebig durchquerte ich den kleinen Friedhof und setzte mich hinten ins Eck auf meine Lieblingsbank. Dort verharrte ich still, ließ die friedliche Stimmung auf mich wirken und meine Gedanken und Gefühle fließen.

Dieser Friedhof war etwas Besonderes. Auf den Gräbern standen namenlose Holzkreuze, auf denen nur das Datum der Auffindung festgehalten war. Mehr wusste man von den Toten nicht. Und obwohl das traurig war, lag eine gute Energie über diesem Ort. Denn zu der Trauer kam die Hoffnung.

Es gab Menschen, die sich um Fremde kümmerten. Die sie zur letzten Ruhe betteten und ihren Seelen Frieden wünschten. Deshalb passte auch die Stele mit den Worten *Freut euch*, auf die ich gerade sah, genau hierher.

Meine Gedanken wanderten zu Jan und mir. Wieso schaffte ich es nicht, ihm einfach zu sagen, was ich fühlte? Wieso konnte ich es nicht einfach zulassen? Es gab keinen vernünftigen Grund für mein Zögern. Die Leute dachten ohnehin längst, dass wir zusammen waren und ich konnte es ihnen nicht verdenken. Von außen betrachtet gaben wir ein perfektes Paar ab. Wir verstanden uns hervorragend, hatten die gleichen Interessen und in vielen Punkten des täglichen Lebens ähnliche Ansichten und Bedürfnisse – und dennoch …

Das Problem war eindeutig ich selbst, das war mir schon klar. Ich stand mir selbst im Weg. Immer wenn ich so weit war, mein Herz zu öffnen, kam dieses Gefühl der Angst. Was, wenn Jan sich nur so lieb und nett gab? Was, wenn er im Fall einer Beziehung sein wahres Gesicht zeigte? Im gleichen Moment, in dem diese Ängste in mir aufkamen, meldete sich auch das schlechte Gewissen. Ich war Jan gegenüber sehr ungerecht. Er hatte mir nie Anlass gegeben für meinen Argwohn. Nicht jeder Mann war schließlich so ein Arschloch wie mein Ex-Mann Florian. Aber selbst wenn Jan nicht so war. Ich hatte mir geschworen, nie wieder einem Mann zu vertrauen.

Und wieso mussten wir das, was wir hatten, denn unbedingt aufs Spiel setzen? Wieso konnten wir nicht einfach den Status quo beibehalten? Ich war glücklich, so, wie es war. Ich liebte meine neue Heimat auch nach den ersten Jahren noch immer wie am ersten Tag. Vielleicht sogar noch mehr, denn inzwischen genoss ich nicht mehr nur das Inselflair, den weißen unendlich scheinenden Strand, die wunderbare und sehr abwechslungsreiche Natur, sondern war aufgenommen worden in den Kreis der Insulaner. Ich hatte Freunde und Bekannte und gehörte ganz selbstverständlich dazu.

»Moin. Hü gong't?«, riss mich eine männliche Stimme aus meinem Gedankenkarussell. Ich hob den Kopf und nickte im nächsten Moment freundlich.

»Moin, Olaf. Danke. Und bei dir? Alles klar?«

»Gongt al«, kam es von dem alten Fischer zurück. Er hob die Hand und mit einem weiteren »Adjis« wandte er sich ab und schlurfte davon. Ich war wieder allein.

***

Wir hatten schon einiges geschafft. Die Wand im Yogazimmer lag in einzelnen Brocken in Jans Lieferwagen und mein Yogaraum war jetzt ein Yogasaal. Als Nächstes stand der neue Toilettenraum auf dem Plan.

»Halte den Meterstab etwas höher«, bat Jan. »Jaaa, Moment …« Er beugte sich nach vorn, versuchte von unten die

Zahl abzulesen. Er beugte sich noch etwas tiefer, verlor das Gleichgewicht und fiel gegen mich.

»Entschuldige«, murmelte er und rappelte sich so schnell wie möglich wieder auf. Er senkte verlegen den Blick, sein Gesicht hatte sich rot gefärbt.

Diese unvermittelte Nähe haute mich um. Vor allem meine Reaktion auf Jans Berührung. Ich fühlte mich wie elektrisiert. Bevor mein Verstand sich einmischen konnte, sagte ich mit meiner tiefsten Brummstimme: »Ich entschuldige gar nichts.«

Jan zuckte zusammen, doch ich ließ nicht zu, dass er sich in sein Schneckenhaus zurückzog. Entschlossen packte ich ihn am T-Shirt und zog ihn zu mir her. Zum Teufel mit meinen Ängsten! In diesem Moment wollte ich nur noch eins: Jans Lippen spüren.

Jan riss die Augen auf und sah mich an. Zuerst erstaunt, dann vollkommen überwältigt. Ein Strahlen zog über sein Gesicht, als er begriff, dass es mir ernst war.

Als wäre ich aus hauchdünnem Porzellan, legte Jan seine Hand auf meine Wange und streichelte darüber. Mein Körper stand in Flammen. Keine Ahnung, wie ich dieses Feuer so lange hatte zurückhalten und wie ich noch vor wenigen Stunden hatte glauben können, ich wollte, dass alles blieb, wie es war. Jetzt loderte es lichterloh.

Jans Lippen auf meinen zu spüren stillte meine tiefste Sehnsucht und entfachte sie gleichzeitig neu. Ich wollte mehr. Jetzt. Sofort. Es gab kein Zurück mehr. Es war mir egal, was später werden würde. Darüber konnte ich immer noch nachdenken. Jetzt wollte ich fühlen.

Jans Hände wanderten von meinem Gesicht abwärts. Ich klammerte mich an ihn, versuchte ihm sein Shirt über den

Kopf zu zerren, wollte ihn aber nicht loslassen. Es gab ein Kuddelmuddel und wir mussten lachen. Für endlose Sekunden setzte er mich der Kälte ohne seine Berührung aus, zog sich mit einem schnellen Griff den Stoff über den Kopf und war wieder bei mir.

»Komm«, sagte er und seine Stimme klang, als wären die Töne über ein Reibeisen gezogen.

Eng umschlungen stolperten wir in das Yogazimmer und ließen uns auf eine der Matten fallen. Gierig küsste ich Jans Bauch, fuhr mit der Hand über seine unglaublichen Muskeln und zitterte.

»Hey«, sagte er. Er schob seine Hand unter mein Kinn und zwang mich, ihn anzusehen. »Bist du sicher?«, fragte er.

»Ja«, antwortete ich. Und es stimmte. In diesem Moment war ich mir so sicher wie noch nie in meinem Leben.

Inzwischen war es nach Mittag, ich lag an Jan gekuschelt und konnte nicht aufhören zu lächeln. Seine Hand fuhr zärtlich über meinen Rücken.

»Du bist wundervoll, Elisabeth«, sagte er leise.

»Wohl eher eine ziemliche Idiotin«, antwortete ich trocken.

Jan gab mir einen kleinen Klaps. »Wirst du wohl sofort aufhören, meine Freundin zu beleidigen«, forderte er empört und brachte mich damit zum Kichern.

Seine Freundin, dachte ich. Wie verdammt gut das klang und sich anfühlte. Mein Magen knurrte. Jan reagierte prompt.

»Es wird Zeit, dass du etwas zu essen bekommst«, sagte er. »Hast du was im Haus? Oder soll ich uns was besorgen?«

»Glaub nur nicht, dass ich dich jetzt gehen lasse«, neckte ich ihn und zog sein Gesicht zu mir hinunter. Erst nach einem langen Kuss ließ ich ihn wieder los.

»Das war überzeugend«, sagte er und grinste. »Dann also hoch mit dir und ab in die Küche. Irgendwas werden wir sicher finden, um uns ein Mittagessen zu kochen.«

Gesagt, getan. Es dauerte nicht lange und jeder von uns hatte einen Teller Spaghetti mit Pesto vor sich. Ich hatte sogar noch Salat im Kühlschrank gehabt.

»Magst du mir jetzt erzählen, was passiert ist, Elisabeth?«, fragte Jan vorsichtig. »Ich will mich nicht beschweren, aber woher dieser plötzliche Sinneswandel?«

Es war klar gewesen, dass diese Frage kommen musste. Und Jan hatte jedes Recht, mich zu fragen. Trotzdem zuckte ich im ersten Moment innerlich zurück. Langsam rollte ich ein paar Spaghetti auf meine Gabel, schob sie mir in den Mund und kaute, während ich versuchte, meine Gedanken zu sortieren, einen Anfang für dieses für mich schwierige Gespräch zu finden.

Jan beobachtete mich. Er bedrängte mich nicht, sondern wartete ganz geduldig.

Ich gab mir einen Ruck. Eine Geschichte erzählte man am besten von Anfang an.

»Ich war bereits einmal verheiratet«, sagte ich also ganz direkt. Jan hob erstaunt die Augenbrauen, unterbrach mich aber nicht.

»Mein Ex-Mann Florian schien perfekt zu sein – bis zu dem Tag, als ich Ja gesagt habe. Danach blätterte die freundliche Fassade jeden Tag etwas mehr von ihm ab. Übrig blieb eine hässliche Fratze.« Ich hielt inne. Die Karte von heute

Morgen fiel mir ein. Der Teufel. War es das gewesen? Hatten die Karten gewusst, dass ich mein Schweigen brechen würde?

Meine Hand zitterte, als ich nach dem Wasserglas griff und gierig einen großen Schluck nahm. Ich suchte Jans Blick, holte mir bei ihm die Sicherheit, dass es richtig war weiterzusprechen.

»Lass es mich ganz kurz machen«, sagte ich und holte noch einmal tief Luft. »Er trank immer mehr, ging fremd und behandelte mich fürchterlich schlecht, als sei ich sein Eigentum«, zählte ich die Fakten meiner Ehe auf. »Ich habe mir viel, oder besser viel zu viel, gefallen lassen. Aber als er mir den Unterkiefer brach, war Schluss. Ich habe die Notbremse gezogen. Da Florian aus einer sehr reichen Familie stammt, hat man es sich einiges kosten lassen, den feinen Sohn und die gesamte Familie vor der Schande einer Gerichtsverhandlung zu bewahren. Nach reiflicher Überlegung habe ich das Geld angenommen und entschieden, dass es der Grundstein für mein neues Leben und Glück werden sollte, dass ich es mir verdient hatte. Alles, was ich in jenem Moment wollte, war, weit weg von ihm zu sein. Deshalb bin ich eine Weile durch die Welt gereist, habe mich in Indien intensiv mit Yoga beschäftigt und darin meine innere Ruhe und Selbstachtung wiedergefunden. Irgendwann hat das Heimweh mich zurück nach Deutschland gezogen und bei einem Besuch auf Amrum war es wie eine Fügung, dass ausgerechnet dieses Haus, das ich ohnehin so gern mochte, zum Verkauf stand. Et voilà – hier bin ich.«

Jan war während meines Berichtes immer blasser geworden. In seinem Blick, den er nicht von mir abgewendet hatte, hatte ich erst Erleichterung und Neugier erkannt und die Freude darüber, dass ich mich öffnete. Doch sie waren schnell Entsetzen und Hass gewichen. Jetzt presste er seine Lippen aufeinander und sah mich mit zornblitzenden Augen an. »Wie gern würde ich diesen …«

»Nicht«, sagte ich und legte Jan besänftigend meine Hand auf den Unterarm. Ich schüttelte den Kopf. »Bitte nicht«, wiederholte ich. »Es ist vorbei. Vergangenheit. Eine Erinnerung, die keine Kraft mehr hat«, versuchte ich zu erklären und plötzlich war mir klar, dass es stimmte. In diesem Moment hatte ich keine Angst mehr. Ich fühlte mich vollkommen sicher und aufgehoben.

»Eine Erinnerung, die noch genug Kraft hat, dass sie dich monatelang gehindert hat, eine neue Beziehung einzugehen«, antworte Jan.

»Das stimmt fast«, gab ich zu. »Aber es muss hatte heißen, nicht hat. Ich habe das überwunden und jetzt ist alles gut. Ich bin so glücklich, Jan. Das kannst du dir gar nicht vorstellen.«

Jan schenkte mir einen innigen Blick. Er beugte sich zu mir und küsste mich. »Ich weiß, wie glücklich ich bin, Liebes, und glaub mir, das ist nicht zu überbieten.«

Eine ganze Weile später wanderten Jan und ich Händchenhaltend über den Kniepsand. Immer wieder blieben wir stehen, um uns zu küssen. Ich hatte den Strand schon immer geliebt, aber heute war er so schön wie noch nie.

»Was ist, wollen wir schwimmen?«, rief ich übermütig. »Wer zuerst im Wasser ist!« Schon rannte ich los. Shorts und Shirt ließ ich an, die würden später schnell trocknen.

Jan war schneller, aber er überholte mich nicht, sondern schnappte sich meine Hand und rannte das letzte Stück mit mir zusammen.

Wir tobten, tauchten, bespritzten uns mit Wasser und spielten wie kleine Kinder. Es war wunderbar.

Irgendwann stapften wir schwer atmend an Land und ließen uns einfach in den Sand fallen. Jan drehte sich vom Rücken auf den Bauch. Ich kicherte, er war über und über mit Sand bedeckt.

»Heute gibt es panierten Zimmermann«, sagte ich.

Jan hob den Kopf. »Aber nur für dich«, antwortete er.

Ich legte mich flach hin und drehte mich vom Rücken auf den Bauch und wieder zurück. »Dann bekommst du panierte Yogalehrerin«, verkündete ich. Wir lachten und gaben uns einen Kuss. Es knirschte zwischen den Zähnen, was uns nur erneut zum Lachen brachte.

Irgendwann hatten wir genug Blödsinn gemacht und ruhten uns ein bisschen aus. Ich lag auf dem Bauch und hatte das Kinn in die Hände gestützt. Nur vereinzelt entdeckte ich ein paar Menschen. Wieder einmal staunte ich. Selbst in der Saison mit vielen Gästen verliefen sich die Massen an dem weiten Strand und jeder hatte genug Raum. Natürlich gab es auch Strandabschnitte mit mehr Betrieb, aber im Grunde blieb es immer entspannt.

Ich sah eine Familie mit zwei kleinen Kindern. Ein Pärchen, eine Gruppe Jugendlicher. Und etwas weiter weg bei den Dünen einen Mann.

Mein Herzschlag setzte aus und gleich darauf raste mein Puls. Ich keuchte. Florian!

»Alles okay?«, wollte Jan wissen.

»Alles okay«, presste ich hervor. Ich blinzelte in die Richtung, in der ich den Mann gesehen hatte. Er war weg.

Ganz bestimmt hatte mein Gehirn mir etwas vorgegaukelt. Durch unser Gespräch über meine Vergangenheit hatte Florian sich wieder in den Vordergrund geschoben. Es war eine Sinnestäuschung. Mehr nicht. Amrum war nicht der Ort, an den sich ein Mensch wie Florian verirrte. Ihn zog es eher nach Monaco.

Ausgerechnet jetzt schob sich das Bild der Tarotkarten wieder in mein Bewusstsein. Der Teufel zeigte mir seine hässliche Fratze.

Ich setzte mich auf, zog die Beine an und umschlang meine Knie. Mit einem Mal war die Leichtigkeit, die ich eben noch verspürt hatte, verflogen.

Kapitel 8

Fenja

Es war noch sehr früh am Tag, als Fenja das leise Klacken der Haustür hörte. Im Halbschlaf huschte ein Lächeln über Fenjas Gesicht. Wie schön, Malte war nach Hause gekommen.

Er war wegen einer Fortbildung zum Thema Umweltschutz und Verschmutzung der Nordsee auf Föhr gewesen. Eigentlich hatte er am frühen Abend zurück sein wollen, doch der Austausch nach Ende des offiziellen Teils hatte sich ungeplant in die Länge gezogen. Kurz nach zehn hatte Malte Fenja eine Nachricht geschickt.

Malte: Mist! Vor lauter Quasseln die Fähre verpasst. Schwimmen ist mir zu nass. ☺ Ich bleibe bei Knut und nehme die erste Fähre morgen früh. Schlaf schön. Und stell nichts an! Kuss ❤

Fenja: Anstellen? Ich? Hey, ich bin ein Engel, schon vergessen? Aber was ist mit dir? 😋 Liebe Grüße an Knut. Gute Nacht, ich habe dich lieb ❤

Knut lebte auf Föhr. Er war Maltes Freund und Kollege und hin und wieder auch bei ihnen auf Amrum zu Besuch. Fenja mochte ihn. Knut und Malte hatten es sich sicher gut gehen lassen und die zusätzliche Zeit für einen ausgiebigen Schnack genutzt. Gemeinsame Themen hatten sie genug. So wie Fenja die beiden kannte, würde ihnen nicht langweilig werden.

Nachdem sie erfahren hatte, dass Malte nicht nach Hause kommen würde, hatte Fenja es sich mit einer Tasse Tee und ihrem Strickzeug im Wohnzimmer gemütlich gemacht. Sie hatte sich einen Film ausgesucht, sich in eine Decke eingekuschelt und beschlossen, den Abend so richtig zu genießen.

Der Plan hatte allerdings nur leidlich funktioniert. Der Abend und vor allem die Nacht ohne Malte waren ungewohnt einsam gewesen.

Fenja hatte lange wach gelegen und über die neue Kollektion nachgedacht. Die gefüllten Seiten ihres Skizzenblockes erzählten davon. Es war merkwürdig gewesen, so allein im Bett. Malte hatte ihr gefehlt. Das leise Atmen. Seine Wärme. Seine Nähe. Die Hand, die sich zu ihr unter die Decke schob und sie sanft streichelte. Das Kribbeln ihrer Haut, das seine Berührung auslöste. Seit Fenja zu Malte gezogen war, war das die erste Nacht gewesen, die sie ohne ihn verbracht hatte. Wenn es nach ihr ging, musste das auch nicht öfter vorkommen. Einzig Coco hatte sich über den freien Platz neben ihrem Frauchen gefreut. Sie war nachts aus ihrem Körbchen ins Bett gehüpft und schnarchte jetzt leise auf Maltes Kissen.

Fenja gähnte und kämpfte mit sich, ob sie wach werden wollte oder doch lieber noch ein bisschen dösen. Sie lag auf der Seite, hatte ein Bein angewinkelt und das Deckbett bis zum Kinn hochgezogen. Zehn Minuten, dachte sie und mummelte sich noch etwas tiefer in ihr Kissen.

Doch die Entspannung hielt nicht lange an. In der Küche hörte sie es klappern. Bald darauf zog Kaffeeduft ins Schlafzimmer. Fenja schnupperte. Es roch verführerisch, aber noch war sie nicht bereit dazu, die Augen aufzumachen.

»Guten Morgen, Schlafmütze«, erklang da aber schon Maltes Stimme von der Tür her. Er kam zu ihr ans Bett, setzte sich auf die Kante und hielt ihr eine Tasse Kaffee unter die Nase.

»Hmm.« Jetzt konnte Fenja nicht mehr widerstehen. Sie öffnete die Augen, räkelte sich und murmelte: »Moin. Kaffee, wunderbar!« Schlaftrunken streckte sie ihre Hand nach der Tasse aus, griff aber ins Leere.

Malte hatte blitzschnell seinen Arm hochgenommen, sodass die Tasse für Fenja außer Reichweite war. Offensichtlich hatte er andere Pläne.

»Nicht so hastig, mein Schatz. Ist das etwa die Begrüßung für deinen wieder nach Hause zurückgekehrten Liebsten? Du hast mich wohl gar nicht vermisst, oder?«, fragte er und versuchte ein empörtes Gesicht zu machen. Es gelang ihm nur mäßig, das Lächeln, das in seinen Mundwinkeln saß, konnte er nicht verscheuchen.

»Doch, natürlich. Sehr.« Und das war nicht geflunkert. Sie würde es ihm gleich beweisen, aber erst einmal wollte sie ein anderes Gelüst stillen. »Kaffee«, forderte sie deshalb mit ausgestreckter Hand.

»Erst einen Kuss«, stellte Malte die Gegenforderung. »Das ist ja wohl das Mindeste.«

Fenja gab ein dumpfes Murren von sich. Sie ließ ihren Kopf auf das Kissen sinken, schloss ihre Augen und spitzte die Lippen. Wenn Malte einen Kuss wollte, sollte er ihn sich holen und staunen, was für ein Kussfeuerwerk gleich starten würde. Sollte der Kaffee doch kalt werden. Sie konnte sich nachher auch einen neuen kochen.

Allerdings hatte Fenja die Rechnung ohne Coco gemacht. Die Mopsdame bezog die Einladung ganz offensichtlich auf sich. Kurzentschlossen machte sie einen Satz und landete mit allen vier Pfoten gleichzeitig auf Bauch und Brust ihres Frauchens.

Die überrumpelte Fenja gab ein dumpfes »Mpf« von sich und versuchte die Arme hochzureißen. Sie wusste genau, was kommen würde. Doch es war zu spät. Schon hatte Frau Mops ihr über die Nase geleckt. Sie hatte großen Spaß und erwischte Fenjas Nase auch beim zweiten Mal.

»Coco, nicht«, rief Fenja und drehte das Gesicht zur Seite. Vergebens. Coco war in ihrem Element. Abschlabbern, was nicht bei drei auf den Bäumen ist, war ihr Motto. Und so fuhr die Zunge statt über die Nase nun eben ziemlich feucht über Fenjas rechtes Ohr.

»Wuä, Coco, stopp, das reicht!« Um der langen und sehr nassen Mopszunge zu entkommen, setzte Fenja sich hastig auf. Jetzt war sie jedenfalls wach.

Malte hatte das Spektakel beobachtet und sich dabei, dem Funkeln in seinen Augen nach, bestens amüsiert.

»Du Schuft«, grummelte Fenja. »Du hättest mich ruhig retten können.«

Sie wischte sich Nase und Ohr an ihrer Bettdecke trocken. Coco stand derweil wild mit dem Schwanz wedelnd mitten auf dem Bett und wirkte sehr mit sich zufrieden. Als Fenja zu ihr hinübersah, bellte Coco und ging mit dem Vorderkörper nach unten. Ganz klar, sie wollte weiter toben.

»Ach, ich wollte euch den Spaß nicht verderben«, sagte Malte immer noch grinsend. »Ihren Job als Weckmops macht Coco jedenfalls ziemlich gut.«

Immerhin bekam Fenja jetzt ihren Kaffee und Malte holte sich endlich seinen Begrüßungskuss ab. Angesichts der auf Krawall gebürsteten Coco und des nach Frühstück maunzenden Katers blieb es aber bei diesem einen Kuss. Das Feuerwerk musste warten.

»Wie war denn deine Fortbildung?«, fragte Fenja etwas später, als sie frisch geduscht zusammen mit Malte das Frühstück vorbereitete.

Mops und Kater hatten ihre Mahlzeiten bereits verschlungen. Coco tobte hinter dem Haus im Garten, Fenja konnte die Mopskapriolen durch das Küchenfenster beobachten. Coco schleuderte ihre Stoffrobbe und jagte zwischendurch Möwen. Pablo dagegen war weniger aktiv. Er lag im Transportkorb und machte ein Verdauungsschläfchen.

»Es hat sich auf jeden Fall gelohnt«, sagte Malte und schlug Eier in eine Schüssel.

»Zumindest nach dem Seminar muss es ziemlich nett gewesen sein. Wenn du sogar die Zeit vergessen hast und dir die Fähre vor der Nase weggefahren ist«, sagte Fenja. Sie zwinkerte Malte zu und fragte: »War sie hübsch?«

Malte prustete los und schüttelte den Kopf. »Schönheit liegt zwar bekanntlich im Auge des Betrachters. Aber ausgesprochen hübsch finde ich Knut jetzt nicht«, antwortete er.

»Och«, meinte Fenja. »So schlecht ist er nun auch nicht. Ich würde sogar sagen, durchaus ein Schnuckelchen.«

Malte wedelte mit dem Zeigefinger vor Fenjas Nase.

»Was sind denn das für Töne?«, wollte er wissen. »Und was bin dann ich?« Doch bevor Fenja sich eine Antwort überlegen konnte, schwenkte Malte um. »Aber ernsthaft«, sagte er. »Es war wirklich richtig gut. Sehr informativ. Ich habe ein paar neue Impulse mitgenommen. Knut und ich planen ein inselübergreifendes Projekt. Aber das ist noch nicht ausgegoren. Ich zeige dir heute Abend die Unterlagen, wenn du magst.«

»Klar mag ich.« Fenja nickte. Sie fand es immer spannend, mit Malte über Umweltschutz und Nachhaltigkeit zu diskutieren und nach Lösungsansätzen für die vielen damit in Zusammenhang stehenden Probleme zu suchen. Schließlich ging es darum, ihre Insel zu schützen. Sie war nicht nur der Lebensraum für eine wunderbare Tierwelt, sondern auch für die Insulaner und auf Zeit auch für die Besucher. Den Zauber der Insel zu erhalten war immens wichtig.

»Und wie war es hier?«, wollte Malte jetzt wissen.

Das war Fenjas Einsatz. »Der Abend war langweilig, aber ansonsten war ziemlich viel los. Wir haben uns um die Eröffnung der Yogaschule gekümmert. Du hast echt was verpasst«, sagte sie.

»Das kann ich mir vorstellen. Wenn Hannah, Elisabeth und du ein Event vorbereitet, seid ihr nicht mehr zu halten«, kam es prompt von Malte. »Vermutlich habt ihr Elisabeths Eröffnungsfeier schon komplett durchgeplant. Komm, erzähl! Große Party?«, fragte er.

Malte stand an die Arbeitsplatte gelehnt, hielt die Schüssel mit den verquirlten Eiern in der Hand und wartete darauf, dass die Butter in der Pfanne schmolz. Er sah umwerfend aus mit seinen wie immer leicht strubbligen blonden Haaren, den blauen Augen, die ihr die Knie weich werden ließen und dem durchtrainierten Körper. Sie riss sich von dem Anblick los und konzentrierte sich auf die Unterhaltung.

»Was glaubst du denn? Na klar! Also noch nicht durchgeplant, aber so gut wie«, schränkte sie dann ein. »Aber auf alle Fälle Party. Das wird super. Zuerst wollten wir es in Elisabeths umgebautem Yogastudio machen. Aber das haben wir wieder verworfen. Wir wissen ja nicht, wie viele Leute kommen. Es könnte ein unschönes Gedränge geben. Und außerdem will Elisabeth ohnehin nur im Notfall Indoor-Yoga anbieten. Ein Großteil ihrer Kursteilnehmer wird die Räume nie sehen. Deshalb sollen sie am Eröffnungstag auch nicht im Mittelpunkt stehen.«

Während Fenja Malte auf den neuesten Planungsstand brachte, holte sie Teller aus dem Schrank und deckte den Tisch. Sie betrachtete das Obst in der Schale und beschloss, auch noch einen Obstsalat zuzubereiten. Sie hatte heute ziemlich viel vor, da tat so ein kleiner Vitaminschub sicher gut. Ihrem Redefluss tat das allerdings keinen Abbruch.

»Wir laden zu einer Strandparty mit Kniepsandyoga ein«, erzählte sie.

Malte nickte. »Das passt. Mit Events am Strand haben wir ja schon Erfahrung. Soll ich mich wieder um die Erste-Hilfe-Station kümmern?«

Fenja strahlte zu Malte hinüber. »Das wäre meine nächste Frage gewesen«, gab sie zu. »Wenn du das machen könntest, wäre es klasse.«

Malte war Kommandant der Freiwilligen Feuerwehr. Er hatte sich auch bei Fenjas Dogissimo-Start um die Sicherheit gekümmert.

»Gebongt«, sagte Malte. »Erzähl weiter«, forderte er Fenja auf. »Wie wird es ablaufen? Gibt es Catering? Habt ihr ein Programm?«

»Elisabeth wird mit ein paar Leuten Yogaübungen vorführen. Du weißt schon, den Tiger mit gefeilten Krallen, die buckelnde Katze und so was.« Sie kicherte.

Malte musste ebenfalls lachen und schüttelte gleichzeitig den Kopf. »Du bist unmöglich, Fenja, echt. Lass das nicht Elisabeth hören, sonst donnert sie dir die richtigen Bezeichnungen um die Ohren«, sagte er. »Aber die buckelnde Katze ist gut, die würde ich auch gern mal sehen. Eine Yogavorführung ist jedenfalls keine schlechte Idee. Dann sehen die Leute gleich, was sie erwartet.«

»Es wird noch besser«, bemerkte Fenja. »Elisabeth und ihre Truppe – sie wird sich einige Freiwillige zusammensuchen, die mitmachen wollen – tragen bei ihrer Vorführung nämlich Teile der neuen Kollektion. Es ist also eine indirekte Modenschau. Wir werden Flyer verteilen mit kombinierter Yogaschulen- und Dogissimo-Werbung. Zuerst wollte ich einen Verkaufsstand machen, aber das wird zu knapp. Die Entwürfe brauchen Feinschliff, Tahmineh und ich geben alles, aber es braucht seine Zeit. Wir können froh sein, wenn wir die Ausstattung für das Schau-Yoga fertig bekommen.«

Inzwischen waren Banane, Orange, Birne, Apfel und Ananas kleingeschnippelt in der Glasschüssel gelandet. Fenja gab noch ein paar Cashewnüsse dazu und vermischte alles. Das Rührei und der Toast waren auch fertig und auf zwei Teller verteilt. Malte und Fenja setzten sich.

»Hannah und Lennard kümmern sich um die Verpflegung. Sie lassen das Café an dem Tag zu und übernehmen mit ihrer

Mannschaft das Catering. Außerdem haben wir den Shantychor gefragt, ob sie Lust hätten, ein paar Lieder zu singen. Die Line-Dancers fragen wir dieses Mal nicht, weil wir nicht von der Yogatruppe ablenken wollen.«

Fenja schob sich eine Portion Rührei in den Mund, kaute und schluckte. Währenddessen überlegte sie, was es noch zu berichten gab. »Nach der Vorführung wird Elisabeth einen kostenlosen Schnupperkurs anbieten. Ganz ungezwungen. Wer Lust hat, macht mit.« Jetzt grinste sie. »Ich weiß auch schon, wer sich das ganz sicher nicht entgehen lässt«, sagte sie und machte eine Pause.

Malte überlegte. »Sag jetzt nicht, du«, meinte er dann, beantwortete sich das aber gleich selbst. »Nein, ziemlich sicher nicht. Hannah?«, fragte er.

»Tahmineh«, verriet Fenja. »Sie kam nach ihrer ersten Yogastunde wie auf Wolken daher. Du hättest sie sehen sollen. Total süß.«

»Hey, das ist super. Eigentlich verrückt, dass sie Elisabeth nicht längst gefragt hat, ob sie mit ihr üben darf.«

»Ja, sie ist so unfassbar rücksichtsvoll. Immer darauf bedacht, dass es anderen gut geht. Ich glaube, Elisabeth und Tahmineh werden sich gegenseitig guttun.« Fenja seufzte. »Ich hoffe es jedenfalls.«

Malte hatte sein Rührei schon aufgegessen und machte sich über den Obstsalat her. »Das klingt insgesamt schon alles ziemlich prima. Vielleicht sollte ich öfter nach Föhr fahren, wenn ihr dann so fleißig seid.«

»Untersteh dich«, protestierte Fenja sofort. Malte grinste zufrieden. Offenbar war es genau das, was er hatte hören wollen.

»Und wann soll die Party steigen?«, wollte er jetzt wissen.

Fenja schluckte. Damit hatte Malte punktgenau den wunden Punkt ihrer Planung getroffen. Eigentlich brauchte so ein Event eine gewisse Vorlaufzeit. Allein bis die Flyer designt, gedruckt und verteilt waren.

Angesichts der bereits begonnenen Saison hatten sie aber beschlossen, keine Zeit zu verlieren.

»Ende nächster Woche«, sagte Fenja und schlug sich die Hände vors Gesicht. »Sag nichts. Es ist Wahnsinn, das ist mir klar. Keine Ahnung, wie wir das alles schaffen wollen.«

Doch Malte blieb gelassen.

»So wie immer«, sagte er. »Eins nach dem anderen und mit der geballten Kraft von uns allen. Wäre ja gelacht.«

Fenja nahm ihre Hände wieder hinunter. Malte war wirklich unglaublich. Während sie bereit war, sich gepflegt in eine kleine Panik hineinzusteigern, saß er ganz entspannt da, kaute Ananas und war nicht aus der Ruhe zu bringen. Das war einer der Gründe, warum sie ihn so liebte. Auf Malte war immer Verlass.

»Heute ist Jan jedenfalls bei Elisabeth, um den Umbau dort voranzutreiben. Morgen macht er bei mir weiter. Er meinte, drei Tage höchstens, bis er fertig ist.«

»Jan ist wirklich super. Und wenn Elisabeth ihn unterstützt, läuft das. Die beiden sind ein klasse Team. Wenn es zwischen ihnen nicht so knirschen würde, wären sie bestimmt noch besser. Was meinst du, wird Elisabeth irgendwann über ihren Schatten springen? Hat er eine Chance, dass sie ihn eines Tages doch erhört?«

»Haben Schafe Locken?«, fragte Fenja zurück. »Es ist echt zum Verrücktwerden, aber Hannah und ich lassen nicht locker. Wir werden unsere störrische Auster schon knacken. Elisabeth muss endlich mit der Vergangenheit abschließen und neu beginnen. Deswegen denke ich, dass Tahmineh ihr vielleicht guttun könnte. Weißt du, das Schlimme ist, sie müsste nur auf ihre eigenen guten Ratschläge hören, dann wäre alles kein Problem. Aber sie steht sich selbst im Weg.«

Auch Fenja hatte ihre Portion Obstsalat verputzt. Sie stand auf. Malte tat es ihr gleich. Er begann die Spülmaschine einzuräumen. Dabei schwenkte das Gespräch wieder zu Elisabeths Yogaschule und dem Start.

»Hannah hat die Webseite schon so weit vorbereitet, dass sie bald online gehen kann. Es fehlen nur noch Inspirationsbilder. Darum wird Lennard sich kümmern. Er will ein Shooting machen mit Elisabeth am Strand. So ganz romantisch. Yoga im Schein der untergehenden Sonne.« Fenja sah es schon vor sich und konnte sich ein Seufzen nicht verkneifen.

»Vielleicht fängst du ja doch noch an?«, sagte Malte und grinste. »Wir können Elisabeth ja fragen, ob sie auch Kurse für Pärchen anbietet.«

Fenja prustete. »Das könnte dir so passen. Am besten gleich Tantra-Yoga, oder?«

»Was denn sonst?«, fragte Malte prompt und präsentierte seine unschuldigste Miene.

Fenja blieb unbeeindruckt und tippte sich an die Stirn. »Da musst du dir eine andere Partnerin suchen«, sagte sie. »Ich bin raus.« Ihr Blick fiel auf die Küchenuhr. »Hoppla«, rief sie überrascht. Fenja warf den Lappen, mit dem sie gerade den Tisch abgewischt hatte, in die Spüle. »Apropos raus. Es ist ja schon halb neun. Jetzt wird es aber Zeit für mich, sonst wird das nichts mit der Kollektion. Außerdem wollten

Maighread und – oh, das habe ich dir noch gar nicht erzählt! Okay, ganz kurz.«

Vor lauter Yogaevent hatte Fenja vergessen, Malte von Maighread und Joshua zu berichten. Das holte sie jetzt hastig nach und erzählte auch, dass die beiden nachher zu ihr ins Atelier kommen wollten.

Sie freute sich schon auf den Besuch und darauf, mit Maighread über Wolle zu quatschen. Und auch Joshua mit seinem schottischen Humor war ihr total sympathisch.

»Ich glaube, du würdest die beiden auch mögen. Ach, mal sehen, vielleicht lernt ihr euch ja kennen. Sie sind noch eine Weile hier. Aber jetzt muss ich los.«

Mit einem schnellen Kuss verabschiedete Fenja sich, pfiff Coco herbei und war auch schon samt Kater und Mops zur Tür hinaus.

***

»Hey, wie schön, dass ihr da seid«, begrüßte Fenja Maighread und Joshua, als sie kurz nach zehn das Dogissimo betraten.

»Guten Moin«, tönte es von Tahmineh. »Ich geh kochen Tee. Gut?« Tahmineh sah Fenja fragend an.

Sie gab die Frage weiter an ihre Besucher. »Tee?«

»Gern«, kam es ohne lange zu überlegen von den beiden. »Aber wir wollen euch nicht von der Arbeit abhalten. Ihr habt doch bestimmt viel zu tun.«

»Ach was.« Fenja winkte ab. »Ich hänge das Bin-im-Garten-Schild an die Tür, dann können wir uns auf die Terrasse setzen. Ich habe zwar wirklich viel zu tun, aber genau genommen gehört euer Besuch ja auch zu meiner Arbeit. Immerhin habe ich vor, Maighread über ihr …« Sie hielt kurz inne und kramte in ihrem Gedächtnis. »*Wolle & Zeit*, richtig? Also darüber möchte ich dich ausquetschen. Wenn ich schon die Chance habe, jemanden mit Erfahrung im Wollhandel hier zu haben, muss ich das doch ausnutzen. Denkt also nicht, das wird gemütlich.«

Joshua lachte. »Da kennst du Maighread schlecht. Für sie fängt Gemütlichkeit erst an, wenn Wolle ins Spiel kommt.«

»Joshua übertreibt«, protestierte Maighread. Ihre Wangen bekamen einen Hauch von Rot. »Na ja, ein bisschen.«

»Da siehst du, wie schwer ich es habe.« Joshua fasste sich theatralisch mit beiden Händen an die linke Brust. »Ich armer Mann muss die Liebe meines Lebens mit Wolle teilen.«

»Solange Maighread dir kein Schaf ins Bett legt«, stieg Fenja auf Joshuas Albernheit ein.

»Nicht, dass ich nicht schon drüber nachgedacht hätte«, griff Maighread diese Vorlage auf und prustete los, als Joshua empört nach Luft schnappte.

»Kommt, ich zeige euch das Atelier«, sagte Fenja jetzt gut gelaunt in das Lachen hinein. Sie hängte noch schnell das Schild in die Tür, dann gingen sie nach hinten.

»Es ist fantastisch«, bestätigte Joshua, nachdem Fenja ihnen das Atelier und das Erdgeschoss des Hauses samt künftigem neuen Ladenraum gezeigt hatte. »Ein echtes Juwel. Du bist ein Glückspilz, Fenja. Es ist schon etwas Besonderes, ein Haus auf dieser wunderbaren Insel zu haben. Und dann auch noch so ein richtiges Friesenhaus. Genial.«

»Ja«, stimmte Fenja ohne Zögern zu. »Das ist es wirklich.« Es war nicht immer so gewesen, aber heute wusste sie zu schätzen, was sie an dem Haus und ihrer Insel hatte. Sie würde um nichts auf der Welt woanders leben wollen als auf Amrum.

»Aber du wohnst nicht hier?«, wollte Maighread nun wissen.

»Nein, nicht mehr. Ich bin zu meinem Freund Malte gezogen. Aber ich bin hier aufgewachsen, bei meiner Tante Trude«, erzählte Fenja, während sie ihre Gäste auf die Terrasse geleitete.

Als sie durch die Küche kamen, nahm Fenja Tassen mit. Maighread und Joshua fassten auch mit an und so war der Tisch draußen im Handumdrehen gedeckt. Zum Tee gab es Knopfkekse, von Hannah nach dem Rezept von Fenjas Tante Trude gebacken.

Tahmineh kam mit dem Tee und schenkte ein. »Alles da? Etwas fehlt?«, wollte sie wissen.

»Alles da, danke dir«, sagte Fenja. Sie zeigte auf den freien Stuhl ihr gegenüber und sagte: »Setz dich.« Aber Tahmineh schüttelte den Kopf.

»Danke, aber ich setze nicht. Ich möchte fertig haben das Wickelshirt und Elisabeth zeigen.« Damit machte sie kehrt und ging ins Haus zurück.

Fenja sah Tahmineh nach und musste an Elisabeth denken. Sie war gespannt, wie es ihr heute mit Jan und dem Umbau gehen würde – na ja, die Neugier lag mehr bei Jan. Seit seinem Nixchenauftritt hatte Fenja das Gefühl, dass die Spannung zwischen ihm und Elisabeth so hoch war, dass es jeden Moment zu einem Knall kommen könnte. Die Frage war nur, in welche Richtung dieser sich wenden würde. Wenn Elisabeths Mauern zu stark waren, könnte er alles um sie herum zerstören oder aber sie zum Einsturz bringen. Sie würde Elisabeth nachher mal eine Nachricht schreiben. Doch jetzt wollte sie erst einmal die Zeit mit ihren schottischen Gästen genießen.

Maighread nahm einen Schluck Tee, dann griff sie in ihre Tasche und holte ihr Strickzeug heraus.

»Was für eine schöne Wolle.« Fenja nahm das Knäuel und studierte die Angaben auf der Banderole.

»Die ist aus der Seven-Brothers-Kollektion von Novita«, erklärte Maighread. »Novita ist ein finnischer Wollhersteller, aber sie sind eng verbunden mit den West Yorkshire Spinners. Und sie haben tolle Qualitäten. Nicht nur für Socken.«

»Wie gehst du an deine Designs heran?«, wollte Fenja nun wissen und legte das Knäuel auf den Tisch zurück. Sie warf einen kurzen Blick zu Joshua. Er tat ihr schon ein wenig leid, denn für ihn waren diese Fachsimpeleien sicher langweilig. Aber Joshua saß sehr entspannt auf seinem Stuhl, hatte die Hände um seine Teetasse gelegt und das Gesicht der Sonne entgegengereckt.

Wieder überlegte Fenja, wie schön es wäre, wenn Malte ihre Besucher kennenlernen könnte. Sie mochte die beiden richtig gern und konnte sich vorstellen, dass aus diesem Kennenlernen ein freundschaftlicher Kontakt wachsen könnte, der über den Urlaub hinaus Bestand hatte.

»Ich habe eine Idee«, rief Fenja. »Wart ihr schon in der *Blauen Maus*?«

»Noch nicht«, sagte Joshua. »Aber ich habe davon gelesen und bin schon sehr gespannt. Wir müssen da unbedingt die nächsten Tage irgendwann hin.«

»Wie wäre es mit morgen?«, fragte Fenja. »Ich würde die anderen informieren, dann könnt ihr die ganze Inselbande kennenlernen. Was sagt ihr?«

Joshua nickte zustimmend. »Super Idee! Banden kennenlernen ist immer gut.«

Und auch Maighread nickte. »Sehr gern«, sagte sie. »Das wird bestimmt lustig.«

»Und feuchtfröhlich«, ergänzte Fenja. »Und Achtung, legt euch nicht mit Elisabeth an. Die säuft euch locker unter den Tisch – mit Whisky.«

Schallendes Lachen von Joshua war die Antwort auf Fenjas Warnung. »Ist das Friesischer Humor?«, wollte er wissen. »Du meinst doch die Elisabeth, die wir am Strand kennengelernt haben?«, vergewisserte er sich.

»Ja, genau die«, bestätigte Fenja. Sie wusste genau, was jetzt kommen würde.

»Du willst mir doch nicht ernsthaft erzählen, dass diese zarte Frau mehr verträgt als ein gestandener Schotte? Noch dazu einer, dessen Freund eine Whiskybrennerei führt.«

Joshua reagierte genau, wie Fenja es erwartet hatte. Sie hob die Hände und grinste. »Sag hinterher nur ja nicht, ich hätte dich nicht gewarnt«, antwortete sie. Dann schnappte sie sich das Handy. »Entschuldigt bitte kurz. Ich schreib eben Hannah und Elisabeth, damit sich alle drauf einstellen können, was sie morgen erwartet und das mit der Maus auch klappt.«

Fenja: Blaue Maus? Morgen Abend? Wäre echt mal wieder Zeit, oder? Maighread und Joshua kommen auch.
Hannah, vielleicht hat Ronja Zeit, auf Leonie aufzupassen.

Die Nachricht schickte sie nicht nur an Elisabeth und Hannah, sondern gleich auch noch an Malte. Lennard und Jan überließ sie den Mädels.

Hoffentlich klappte es mit der Babysitterin. Ronja war die Tochter von Hannahs Nachbarin Annabell. Sie war siebzehn und hatte schon einige Male für Hannah auf Leonie aufgepasst. Sie musste nur Zeit haben.

»Erledigt«, verkündete Fenja und klatschte in die Hände. »Morgen ist gebongt. Und jetzt möchte ich gern das Geheimnis guter Wolle und aufregender Designs erfahren. Weihst du mich ein, Maighread?«

Kapitel 9

Elisabeth

Die Sonne stand hoch über dem Kniepsand, kein einziges Wölkchen war zu sehen. Ein zarter Windhauch streichelte mich sanft und kühlte meine Haut gerade so weit ab, dass mir warm, aber nicht heiß war. Das hier waren der perfekte Ort und der perfekte Moment, um glücklich zu sein.

Jan saß neben mir. Mein Jan! Ganz nah.

Auch jetzt noch konnte ich es kaum glauben. Wie war das eigentlich passiert? Ich wusste es nicht. Ich wusste nur noch, dass ich auf einmal absolut sicher gewesen war, das Richtige zu tun und nur noch eines wollte: Jan spüren.

Der Turm fiel mir ein, den ich bei meiner Tarotlegung gezogen hatte. War das die angekündigte Sprengkraft gewesen? Hatte ich es deshalb geschafft, die Mauer einzureißen, die mich so lange von Jan getrennt hatte? Oder hatte ich einfach für einen kurzen Moment den Verstand verloren? Wie auch immer. Es hatte sich wunderbar angefühlt. Warm, weich und geborgen. Ich hatte meine Angst besiegt.

Doch statt das Glück zu genießen, starrte ich so angstvoll auf die Wellen, als würde ich jeden Augenblick damit rechnen, dass ein Meeresungeheuer in den Fluten auftauchte. Schuld daran war der Schreck der vermeintlichen Beinahe-Begegnung, der mir noch in den Knochen saß. Als ich dachte, ich hätte Florian gesehen, war die gerade erst besiegte Angst schlagartig wieder über mich geschwappt und hatte das frisch gewonnene Glücksgefühl gnadenlos verscheucht. Dieser eine Moment hatte sich in meine Seele gebrannt, als hätten die Tentakel einer Feuerqualle sie gestreift. Mir tat alles weh. Das Atmen fiel mir schwer.

»Ist es nicht herrlich, einfach nur dazusitzen und die Wellen in ihrem Auf und Ab zu beobachten? Die Gischt auf der Haut, das Salz auf den Lippen und das Lied des Wassers«, fragte Jan. Er hatte die ganze Zeit aufs Meer hinausgesehen. Jetzt drehte er sein Gesicht zu mir und strahlte mich an.

Er war so süß. Es war kein Wunder, dass ich mich in ihn verliebt hatte. Ginge es mir gerade gut, könnte ich seinen romantischen Ansatz weiterführen. Hier, ganz nah am Meeressaum, wurden alle Sinne angesprochen. Genau wie Jan sagte: die Gischt auf der Haut, das Salz auf den Lippen und das Lied des Meeres, das ich so liebte. Der feinherbe Duft der Nordsee lag in der Luft. Aber ich blieb stumm.

Jan streichelte mir über den Rücken. Er beugte sich zu mir und gab mir einen Kuss in den Nacken. Obwohl ich mich gerade erbärmlich fühlte, prickelte die Stelle wohlig und die Härchen auf meinen Armen stellten sich auf. Ich schluckte. Mein Puls beschleunigte sich.

»Besonders mit dir hier zu sitzen macht es wertvoll, Elisabeth«, fügte Jan leise hinzu. Er holte tief Luft und begann ganz nah an meinem Ohr leise zu rezitieren.

»Freundschaft
Und Liebe!
Glück im Herzen
Macht die Welt wundervoll

Perfekt.«

Ich spürte heiße Tränen, die sich in meine Augen drängten. Energisch zwang ich mich, tief ein- und wieder auszuatmen, um die Kontrolle nicht zu verlieren. Ohne es zu wollen, formten sich Worte in meinem Kopf zu einem anderen Nixchen. Oder eher zu einem Unglückschen, wie Fenja traurige Elfchen scherzhaft getauft hatte.

Vergangenheit
Lauert überall
Schatten machen Angst
Gönnen mir kein Glück
Monster

Nein, das war kein Gedicht, das Jan würde hören wollen. Es fiel mir unsagbar schwer, aber ich gab mir allergrößte Mühe, mir nichts anmerken zu lassen. Ich wollte Jan diesen bis dahin so unfassbar schönen Tag nicht mit meiner übersprühenden Fantasie verderben. Entschlossen versuchte ich die dunklen Gedanken niederzukämpfen.

Mein Glück war perfekt. Endlich! Wenn ich mich doch nur auch so fühlen würde. Stattdessen ging es mir elend. Ich bekam diese Gestalt von gerade eben nicht aus dem Sinn.

»Es ist fantastisch«, sagte ich, weil ich spürte, dass Jan auf meine Reaktion wartete. Meine Stimme klang, als würden die Töne über Sand knirschen. Ich zwang mich zu einem Lächeln. Es tat weh, meine Wangenmuskeln sperrten sich. Um meine Unsicherheit zu überspielen, gab ich ein kleines Lachen von mir und verfiel in meinen energischen Kommandoton: »Aber es hilft nichts, wir sollten langsam los. Wenn keine Heinzelmännchen eingesprungen sind, und ich fürchte, die hatten etwas anderes zu tun, wartet da ein Umbau auf uns.«

Das war nicht einmal gelogen. Wenn wir nicht noch ein bisschen arbeiteten, wurde es bis zur Eröffnung nächste Woche zu eng – zumal Jan geplant hatte, morgen bei Fenja anzufangen, sich um die Ladenerweiterung zu kümmern. Und ich wollte die Räume schon gern bereit haben – nur für den Fall, dass der eine oder andere neugierige Teilnehmer an der Eröffnungsfeier doch einen Blick in mein Studio werfen wollte. Und auch für Pressefotos. Abgesehen davon würde mir die Ablenkung sicher guttun. Aber das sagte ich natürlich nicht.

»Du hast leider recht«, stimmte Jan mir zu. »Na dann, hoch mit uns. Die Arbeit ruft.«

Mit einem Satz war er auf den Beinen und hielt mir die Hand hin, um mir aufzuhelfen. Ich nahm sie und er zog so schwungvoll, dass ich ihm praktisch in die Arme flog. Bevor ich reagieren konnte, hatte er mich an sich gezogen, mir einen flüchtigen Kuss auf die Lippen gedrückt und mich bereits im nächsten Moment wieder freigelassen. Er ließ meine Hand aber nicht los, als ich neben ihm stand. Hand in Hand marschierten wir über den Sand Richtung Strandübergang.

Wir schwiegen. Für Jan war das zum Glück vollkommen in Ordnung, er war kein großer Redenschwinger. Und ich war dankbar, Zeit mit mir selbst und die Chance zu haben, mich neu zu sortieren.

Wieder dachte ich über den Mann nach, in dem ich kurz gedacht hatte, Florian zu erkennen. Hatte mein Unterbewusstsein mir etwas vorgegaukelt, weil ich heute seit Langem mal wieder über meine Ehe und meinen Ex-Mann gesprochen hatte? Oder war er es tatsächlich gewesen? Aber das ergab so überhaupt keinen Sinn. Wieso sollte Florian auf Amrum sein? Er hatte immer nur die Nase gerümpft. Wenn schon eine deutsche Insel, dann doch bitte Sylt. Aber eigentlich lieber Monaco oder Saint Tropez. Im Winter selbstverständlich Sankt Moritz.

Amrum stand sicher nicht auf seiner Liste auserkorener Lieblingsziele. Aber selbst wenn er da wäre – was hätte das mit mir zu tun? Es ging mich überhaupt nichts mehr an. Florian und ich – das war schon lange vorbei. Wir waren ein kurzes Stück des Wegs gemeinsam gegangen und dann unterschiedlich abgebogen. Wir lebten jeder unser eigenes Leben.

Ich verstrickte mich immer mehr in Erinnerungen und Überlegungen und wurde dadurch immer nervöser.

Jetzt reiß dich endlich zusammen, du dumme Nuss, schalt ich mich in Gedanken selbst. Ich fürchtete, dass Jan mein inneres Chaos spürte. Vor wenigen Stunden noch hatte ich ihm versichert, dass die Unsicherheit, die Florian in mir auslöste, mich nicht mehr gefangen hielt, sondern der Vergangenheit angehörte. Ich wollte ihm nicht das Gefühl geben, dass ich ihn nur hatte beruhigen wollen. Ich war selbst überzeugt von dieser Aussage gewesen und jetzt holte es mich doch wieder ein.

Jan hatte feine Antennen, es war klar, dass ich ihm nicht lange würde etwas vorspielen können. Eigentlich ein Wunder, dass er nicht längst etwas gemerkt hatte. Das schrieb ich seinem eigenen emotionalen Ausnahmezustand zu und einen kurzen Moment war ich auf die Klarheit und Sorglosigkeit seiner Gefühle ein bisschen neidisch.

Die Stille zwischen uns, die ich gerade noch angenehm empfunden hatte, begann sich ungut anzufühlen. Ich sollte etwas sagen. Aber was? Gefühle waren im Moment ein heißes Eisen. Vielleicht sollte ich über den Umbau sprechen? Das war unverfänglich. Doch Jan kam mir zuvor.

»Dieser Tag war der schönste, seit ich mich erinnern kann«, sagte Jan und drückte meine Hand. »Sag mir, dass ich nicht träume, Elisabeth. Oder anders: Falls ich träume, weck mich bitte auf keinen Fall auf.«

Das lautstarke Blöken, das aus meiner Tasche tönte, enthob mich einer Antwort. Ich schenkte Jan ein Lächeln und kramte das Handy hervor.

Fenja: Blaue Maus? Morgen Abend? Wäre echt mal wieder Zeit, oder? Maighread und Joshua kommen auch.
Hannah, vielleicht hat Ronja Zeit, auf Leonie aufzupassen.

Was für eine prima Idee. Ich drehte das Handy in Jans Richtung und sagte: »Fenja fragt, ob wir morgen Abend in die *Blaue Maus* gehen. Bist du dabei?«

»Ach je«, sagte Jan und grinste. »Ich ahne schon, was das geben wird. Kreuzfeuer. Sagen wir es ihnen vorher oder erst in der Maus?«, wollte er wissen. Bevor ich antworten konnte, sagte er: »Egal wie, ich bin dabei.«

Schon tippte ich.

Elisabeth: Jan und ich sind dabei. Super!

Während Jan im Raum nebenan den Streifen am Boden schliff, wo wir die Wand weggenommen hatten, flieste ich die Wand, an der Jan die Installation der Toilette vorbereitet hatte. Den Rest des Raums hatte ich bis auf die Fugen schon fertig.

Mit jedem Klecks Fliesenkleber, den ich verteilte, ließ meine Anspannung etwas nach und meine Laune stieg. Inzwischen war ich ziemlich sicher, dass ich mich vertan hatte. So außergewöhnlich war Florian schließlich nicht. Es gab genug Männer in seiner Größe und mit seiner Statur.

Im Raum nebenan wurde es still. Gleich darauf streckte Jan den Kopf zur Tür herein.

»Elisabeth, ich muss noch mal in die Werkstatt«, verkündete er. »Ich brauche neue Schleifscheiben. Bin in spätestens einer halben Stunde wieder da.«

Ich hatte inzwischen meine Leichtigkeit zurück und genoss das verliebte Kribbeln im Bauch, das mich bei Jans Anblick überfiel. Als hätte ich Brausepulver geschluckt. Übermütig legte ich den Kopf in den Nacken und spitzte die Lippen. Jan wollte ja wohl nicht ohne einen Abschiedskuss aus dem Haus.

»Oh, eine Spitzmaulauster.« Mit zwei Schritten war Jan bei mir. »Na, mal sehen, ob ich eine Perle finde.«

»Frecher Kerl«, donnerte ich. »Von wegen Auster. Wenn, dann mindestens Seehund. Die sind wenigstens niedlich.«

»Und haben fürchterlichen Mundgeruch«, gab Jan zu bedenken und küsste mich. »Hm«, machte er. »Das muss ich noch mal testen.« Schon gab er mir noch einen Kuss. Dann lachte er, stellte sich vor mich und schüttelte den Kopf. »Kein Seehund. Eindeutig. Du schmeckst nach Pfefferminz, nicht nach altem Fisch.« Er zwinkerte mir zu und entschied: »Ich gehe jetzt besser, sonst muss ich das gleich noch mal testen und kann nicht garantieren, dass ich heute noch zu Ende schleifen werde.«

Er war schon fast zur Tür hinaus, als er noch einmal stoppte und sich zu mir umdrehte. »Soll ich noch eben etwas zum Abendessen einkaufen?«, wollte er wissen.

Mein Herz stolperte ein bisschen, weil ich nervös war. Aber ich hielt seinem Blick stand und sagte: »Das wäre super. Und vielleicht auch gleich noch was fürs Frühstück, wenn du möchtest.«

Als die Worte Jan erreicht hatten, zog ein Leuchten über sein Gesicht. Ich konnte meine eigene Aufregung in seiner Miene wiederfinden. Aber er versuchte es sich nicht zu sehr anmerken zu lassen. Stattdessen nickte er, als hätte ich nur gesagt, er solle zwei Fischbrötchen mitbringen, dann war er auch schon draußen.

Lächelnd klatschte ich eine Portion Fliesenkleber auf das nächste Stück Wand und verteilte den Batzen. Fast schon routiniert drückte ich die Fliese an die Wand und schob die Fliesenkreuze in die Fugen. Dabei konnte ich nicht aufhören zu lächeln.

Ich hatte gar nicht mehr gewusst, wie schön es sein konnte, mit einem Mann zusammen zu sein. An das Leben mit Jan würde ich mich gern gewöhnen. Da hatte ich wohl die Perle im Tintenfisch gefunden, wie Fenjas Tante Trude die echte Liebe gern bezeichnete.

Als mir klar wurde, was ich da gerade gedacht hatte, stockte mir der Atem. Ich lauschte dem Echo meiner eigenen Gedanken hinterher. Es stimmte. Genau so fühlte es sich an – wie echte Liebe.

Ein Klopfen riss mich aus meiner Tagträumerei. Erstaunt sah ich auf. Es klopfte erneut. Das kam von der Haustür. Wer konnte das denn sein? Jedenfalls sicher niemand, den ich kannte. Insulaner würden eintreten und im Flur ein knappes Moin schmettern, um zu sehen, von wo die Antwort kam und ob jemand zu Hause war.

Vielleicht waren es Touristen, die nach einer Ferienwohnung fragen wollten. Ich hatte zwar keinerlei Schilder aufgestellt und hatte auch nicht vor, etwas zu vermieten, aber hin und wieder kamen solche Anfragen. Keine Ahnung, was die Leute sich dabei dachten. Ich käme nie auf die Idee, einfach bei jemand Wildfremdem an der Haustür zu klingeln und nach einer Unterkunft zu fragen. Aber sobald einige Menschen zu Touristen wurden, tickte in ihren Köpfen offensichtlich einiges anders. Und jeder Fisch war anders und so nahm ich solche Situationen nordfriesisch gelassen. Allzu oft kam es glücklicherweise nicht vor.

Während ich durch den Flur ging, klopfte ich mir den Staub vom Shirt. Dann war ich da und öffnete.

»Moin«, grüßte ich direkt höflich. »Kann ich …« Ich hörte mich selbst keuchen und klammerte mich an den Türgriff, weil mir schwindlig wurde.

Mein Herz wummerte so laut, dass es in meinen Ohren dröhnte. Ich wollte die Tür wieder zuschlagen, aber ich konnte mich nicht bewegen. Mein Körper gehorchte mir nicht.

»Moin, Lizzy«, schnarrte da auch schon Florians Stimme an mein Ohr.

Mir wurde schlecht und ich konnte nur mit Mühe ein Würgen unterdrücken. Der Teufel, dachte ich. Da ist er.

»Na, was ist das denn für eine Begrüßung?«, fragte Florian, nachdem ich ihn immer weiter mit aufgerissenen Augen anstarrte. »Willst du mich nicht hereinbitten?«

Endlich kehrte die Kontrolle zurück. Ich spürte meinen Körper wieder.

»Nein«, antwortete ich prompt und absichtlich so tief, dass es klang, als würde ein Grizzly brummen.

Florian versuchte, sich nichts anmerken zu lassen, aber sein Augenlid flatterte. Das kannte ich. Das passierte immer, wenn er nervös war. Sehr gut, dachte ich. Und vor allem sehr richtig. Er hatte allen Grund, nervös zu sein. Was für eine Frechheit, hier aufzutauchen und in mein Leben hineinzurumpeln. Mein hochkochender Ärger vertrieb den Schock.

»Ach Lizzy, komm, jetzt sei nicht so zickig. Du könntest mir ruhig ein bisschen dankbarer sein.« Seine Stimme klang so schmierig, dass ich das Bedürfnis hatte, mir meinen Gehörgang zu waschen. »Immerhin hast du deine Hütte mit meinem Geld gekauft.«

Verdammt. Es half nichts. Ich musste diesen Mistkerl hereinlassen, um herauszufinden, was er von mir wollte. Ich hatte keine Lust, unschöne Details unserer Scheidung an der Haustür zu diskutieren. Außerdem würde ich keine Ruhe finden, wenn ich den ganzen Abend darüber nachdachte, was der Grund für Florians Anwesenheit auf der Insel war.

»Hör gefälligst auf, mich Lizzy zu nennen. Mein Name ist Elisabeth.« Ich trat einen Schritt zur Seite und zeigte in den Flur. »Ich bin beschäftigt. Fünf Minuten, dann gehst du wieder.«

»Was für ein Sonnenschein du doch bist, Li…« Als er den Ausdruck in meinem Gesicht sah, korrigierte er sich vorsichtshalber sofort. »… Elisabeth.«

»Ob Sonne oder Mond, kann dir vollkommen egal sein«, gab ich zurück und ging voraus in die Küche. Dort lehnte ich mich gegen den Tisch, verschränkte die Arme vor meinem Körper und sagte: »Los jetzt. Komm zur Sache. Was willst du?«

»Darf ein Mann etwa nicht seine Frau besuchen?«, fragte Florian und nahm sich einen Apfel aus der Obstschale. Er biss ein großes Stück ab und kaute. »Vitamine«, nuschelte er mit halb vollem Mund. »Ich habe dich vermisst, Elisabeth. Und da ich gerade in der Gegend war, dachte ich …«

Jetzt musste ich laut auflachen. »Du warst gerade in der Gegend?«, echote ich seinen Satz. »Ja, ne, ist klar. Was auch sonst.« Ich tippte mir mit dem Zeigefinger gegen die Schläfe, um keinen Zweifel aufkommen zu lassen, was ich von solch einer idiotischen Aussage hielt.

»Ich bin mit einem Freund unterwegs, auf seiner Segelyacht. Er zeigt mir das Schiff, weil ich überlege, mir auch so eins zu kaufen. Und da haben wir eben eine Spritztour von Sylt hier rüber gemacht. Also, du siehst, es war wirklich Zufall.«

Und am Strand kotzen die Muscheln, dachte ich. Das konnte er seiner nächsten Ex erzählen, die würde sich viell…

»Ach«, machte ich. Jetzt hatte ich kapiert, was los war. Das war typisch Florian. »Wann hat sie dich verlassen?«, fragte ich auf gut Glück.

Treffer! Ich sah es ihm an der Nasenspitze an. Auch wenn er sich noch ein wenig wie ein Aal wand, hatte er doch keine Chance.

»Trixie, die blöde Kuh, kann mich mal. Ich bin froh, dass ich die los bin. Die hat nur genervt.« Florian kam zu mir rüber. Er stellte sich nah vor mich und sah mir ganz fest in die Augen. »Elisabeth, ich weiß, dass du nichts von mir hältst.

Aber hey, ich habe mich verändert. Sieh nur, hier stehe ich. Auf Amrum. In einer Hütte mit Museumswert. Und das nur, weil ich mit dir sprechen will.«

Ich sah Florian an und versuchte zu verstehen, was ich je an ihm geglaubt hatte zu lieben. Wie er so vor mir stand, fand ich ihn einfach nur abstoßend. Ich mochte seine Stimme nicht. Seine Haare. Seinen Geruch. Ich mochte nichts an ihm. Und ich wollte, dass er endlich wieder ging.

Stattdessen schob ich ihn beiseite, stieß mich vom Tisch ab und ging zur Arbeitsplatte, um meine Hände zu beschäftigen und seiner Nähe zu entkommen.

»Gut. Du wolltest also mit mir sprechen. Das hast du ja nun getan. Und jetzt geh. Wir haben uns nichts zu sagen.«

»Es ist dieser blonde Inselheini, richtig?«, fragte Florian und in seinen Augen erkannte ich ein Funkeln, das mich in Alarmbereitschaft versetzte.

Im nächsten Moment bemerkte Florian seinen Fehler. Er wurde wieder kleinlaut. »Du kannst doch nicht ernsthaft mit so einer Tüte Milch was anfangen wollen, Elisabeth. Wer nimmt denn die Krümel, wenn er die Torte haben kann?«

»Ich steh nicht auf Torte«, konterte ich trocken. »Und jetzt geh bitte, Florian. Dieses Gespräch ist beendet. Spring auf deine Yacht und segle davon. So weit der Wind dich trägt.«

»Moin«, kam es von der Küchentür. Jan war wieder zurück. Mit einem Satz war ich bei ihm und fiel ihm um den Hals.

»Wie schön, dass du wieder da bist«, sagte ich. »Stell dir vor, mein Ex-Mann Florian ist gerade auf Amrum zu Besuch und hat mir kurz Hallo gesagt. Er wollte aber gerade wieder gehen.«

Himmel, bitte lass nicht zu, dass Jan einen Fehler macht, flehte ich. Wenn er auf Florian losging, würde der ihn so lange verklagen, bis Jan nur noch der Dreck unter den Fingernägeln blieb.

»Ich habe Elisabeth gerade gefragt, was sie mit einem wie dir will. Sie ist doch viel zu mondän, als dass sie hier auf dieser mickrigen Insel glücklich werden könnte. Sie braucht einen Mann, der ihr etwas bietet. Der ihr die Welt zu Füßen legt. Ich habe Tickets für die Met in New York für nächste Woche. Was ist, Elisabeth? Wie lange ist es her, dass du richtig gute Musik gehört hast?«

»Geh jetzt, Florian. Geh und verschenke deine Konzertkarten an wen auch immer du möchtest. Ich will sie jedenfalls nicht.«

»Elisabeth, wir waren doch verheiratet. Bedeutet dir das denn überhaupt nichts?«

»Was mir wirklich etwas bedeutet, Florian, ist die Unterschrift des Richters unter unseren Scheidungspapieren. Und mein Leben hier auf Amrum. Ohne dich.«

Energisch packte ich Florian am Arm und zog ihn in Richtung Tür. Er war so überrumpelt, dass er mir folgte. Ich ließ ihn nicht los, bis ich ihn in den Vorgarten hinausgeschoben hatte.

»Auf Nimmerwiedersehen, Florian«, pfefferte ich ihm ins Gesicht. »Wir sind geschieden und ich will nicht, dass du hier noch einmal aufkreuzt. Ich erteile dir hiermit Hausverbot. Hast du mich verstanden?«

»Hausverbot in einem Haus, das von meinem Geld …«

Den Rest des Satzes hörte ich nicht mehr, denn ich knallte die Tür mit solch einer Wucht ins Schloss, dass die Fenster schepperten. Mit bebenden Händen drehte ich den Schlüssel im Schloss. Zweimal.

Ich ließ mich gegen die Haustür fallen und legte die Hände vors Gesicht. Das durfte doch alles nicht wahr sein.

»Elisabeth, alles in Ordnung mit dir? Wieso taucht dieser Florian hier auf?«, wollte Jan wissen. »Was will er von dir? Hat er dir etwas getan?«

Jan nahm meine Hände und zog sie von meinem Gesicht weg. Er sah mich forschend an. Ich fühlte mich so schrecklich, dass mein Kinn zitterte, im nächsten Moment hing ich schluchzend in Jans Armen. Er hielt mich, streichelte meinen Rücken und ließ mir Zeit, um mich wieder zu beruhigen.

Als ich endlich aufhören konnte zu weinen, gingen wir eng umschlungen in die Küche. Jan schob mich auf einen Stuhl und kochte Tee. Während er darauf wartete, dass das Wasser heiß wurde, holte er die Einkäufe aus den Tüten, die er vorhin einfach auf den Boden gestellt hatte. Er stapelte alles auf der Arbeitsplatte, nur die Sachen, die in den Kühlschrank mussten, räumte er direkt ein.

In meinem Kopf ratterte es. Wieso war Florian aufgetaucht? Und wieso ausgerechnet heute? Ein schlechteres Timing hätte er nicht haben können.

Jan stellte zwei Tassen auf den Tisch und setzte sich neben mich. »Besser?«, wollte er wissen.

Ich nickte und lächelte ihn dankbar an.

»Glaubst du, es ist vorbei? Hat er kapiert, dass du ihn nicht sehen willst?«

Ich hielt meine Tasse mit beiden Händen umfasst. Mir war plötzlich eisig kalt. Nachdenklich schüttelte ich den Kopf.

»Florian ist ein verwöhntes Kind. Ich bin sein Spielzeug und auch wenn er mich lange nicht beachtet hat, jetzt ist ihm eingefallen, dass ich noch irgendwo bin und er will mich wiederhaben, schließlich gehöre ich ihm ja. Also, wenn du mich so fragst: nein. Es ist nicht vorbei. So gut kenne ich Florian.«

»Und wieso kommt er gerade jetzt?«, wollte Jan wissen. »Hast du eine Idee?«

Ich schnaubte. »Ich habe viele Ideen. Es kann Zufall gewesen sein. Er hat etwas von einer Probefahrt mit einer Yacht erzählt. Es wäre möglich, dass er mitbekommen hat, dass ich eine Yogaschule eröffne und neugierig geworden ist. Ich habe ein paar Leute in Hamburg informiert, wäre möglich, dass er es so erfahren hat. Oder aber …« Ich nahm einen Schluck Tee und holte tief Luft. Der Gedanke war ungeheuerlich. Aber auf Florian und seine Familie bezogen vielleicht doch nicht ganz abwegig. »Er könnte auch einen Detektiv auf mich angesetzt und sich so regelmäßig Informationen beschafft haben. Doch. Je länger ich darüber nachdenke, desto wahrscheinlicher wird es für mich, dass es mit meinem Yoga zu tun hat. Vielleicht hat er ein Problem damit, dass ich etwas auf die Beine stellen will, dass ich aus eigener Kraft etwas erreiche. Oder er ist gerade frustriert, weil ihm wieder einmal eins seiner Häschen davongehoppelt ist. Das tun sie nämlich über kurz oder lang alle. Die Schlaueren früher, die weniger Schlauen später – ich habe wohl eher zu Letzteren gehört.«

»Und wenn er sich geändert hat?«, fragte Jan. Seine Stimme klang gepresst. »Was, wenn er kapiert hat, was er verloren hat und nun um deine Liebe kämpft?«

»Hast du schon mal versucht, eine tote Krabbe wiederzubeleben?«, stellte ich die Gegenfrage. »Ich muss Fenja und Hannah informieren. Nicht, dass er am Ende bei denen auftaucht und ihnen irgendein Märchen auftischt. Keine Ahnung, was, aber bei Florian muss man auf der Hut sein. Er spielt, um zu gewinnen. Die Mittel sind ihm dabei egal.«

Elisabeth: Treffen bei mir. Gleich. Bitte!

Die Nachricht schickte ich an Fenja und Hannah. Kurz überlegte ich, ob ich auch Tahmineh bitten sollte, aber ich entschied mich dagegen. Sie hatte so viel Schlimmes durchgemacht, ich wollte sie nicht mit meiner Vergangenheit und meinen Sorgen belasten.

Es dauerte keine fünf Minuten, dann kamen fast zeitgleich die Antworten an.

Hannah: Bin gleich da.

Fenja: Ich beeile mich!

Ich nickte. »Sie kommen«, sagte ich. Dann merkte ich, dass mir flau im Magen war. Ich hatte den ganzen Tag kaum etwas gegessen. »Wollen wir etwas kochen, bis die beiden da sind?«, fragte ich. »Ich bin schon zittrig vor Hunger.«

Kapitel 10

Fenja

Ach, was war das für ein vergnüglicher Vormittag gewesen. Ganz beseelt von den guten Gesprächen, der Flut an Informationen zum Thema Wolle und der warmherzigen Atmosphäre, stand Fenja in der Ladentür und sah Joshua und Maighread nach. Sie winkte, lachte und rief ihnen noch ein »Tschüss« hinterher. Die beiden drehten sich im Weggehen zu ihr um und winkten zurück.

Sie hatten sich gerade erst kennengelernt, aber es fühlte sich so vertraut und gut an, als wären sie seit Jahren Freunde. Das war kein vorsichtiges Kennenlernen, kein gegenseitiges Herantasten gewesen. Gesehen und gemocht, könnte man es kurz und knackig zusammenfassen.

Maighread und Joshua schoben ihre Räder auf den Weg, stiegen auf und radelten in Richtung Wittdün davon. Sie wollten auf den Leuchtturm.

»Rechts!«, hörte Fenja Joshua nur Sekunden später rufen. Maighread hatte einem entgegenkommenden Radler instinktiv nach links ausweichen wollen. Sie schrie auf, bremste und riss kurz vor dem Zusammenstoß ihren Lenker herum.

»Es tut mir so leid«, rief sie dem Radfahrer nach, der erschrocken abgebremst hatte, jetzt aber kopfschüttelnd schon wieder Tempo machte.

Puh! Fenja hatte sich die Hand vor den Mund gelegt. Sie hatte die beiden schon ineinander verheddert auf dem Radweg liegen sehen. Jetzt atmete sie erleichtert aus. Das war noch mal gut gegangen.

»Nichts passiert«, rief Maighread ihr jetzt auch zu. »Alles okay.« Sie zuckte mit den Schultern. »Rechts! Immer rechts. Ich passe jetzt auf!« Dann trat sie wieder an und holte Joshua ein, der schon ein Stück weitergefahren war.

Fenja seufzte ein bisschen wehmütig. Am liebsten hätte sie die beiden begleitet. Sie waren so unfassbar nett. Und sie würden dort oben auf dem Turm garantiert ziemlich viel Spaß haben. Die Aussicht von der Plattform aus war wundervoll. Einfach phänomenal. Wem da das Herz nicht weit wurde, der hatte keins.

Und sie würden keuchen, dachte Fenja im nächsten Moment und grinste. Die Leuchtturmstufen hatten es in sich. Einhundertzweiundsiebzig. Je höher man kam, umso fieser wurde es. Aber das Erlebnis war die Mühe allemal wert. Fenja beschloss, demnächst auch mal wieder auf den Leuchtturm zu steigen. Mit Malte. Das hatten sie viel zu lange nicht mehr gemacht. Sie überlegte, aber sie konnte sich gar nicht erinnern, wann sie das letzte Mal oben gewesen waren. Es war echt höchste Zeit.

Um es im ständigen Trubel ihres Alltags nicht wieder zu vergessen, tippte sie eine kurze Nachricht in ihr Handy.

Fenja: Was sagst du zu einem Date? Nur du und ich, wenn Elisabeths Eröffnungsparty geschafft ist. In schwindelnder Höhe mit der schönsten Aussicht Amrums. Bist du dabei?

Maltes Handy war aus, das Häkchen bei der Nachricht verdoppelte sich nicht. Fenja wusste, dass heute eine Feuerwehrübung auf dem Plan stand. Okay, sie brauchte die Antwort nicht sofort. Irgendwann würde er es lesen. Wichtig war ihr nur, dass sie es aufgeschrieben hatte, so konnte die Idee nicht unbeachtet wieder abtauchen. Fenja machte das Handy aus und schob es sich in die Hosentasche. Sie war sicher, dass Malte sich freuen würde. Er mochte den Leuchtturm ebenso gern wie sie. Eigentlich merkwürdig, dass man die Dinge, die einem Spaß bereiteten, so selten machte. Viel zu oft kamen das Leben und der Alltag dazwischen. Und genau der rief jetzt auch lautstark nach Fenja.

Sie musste dringend ran und die Liste ihres Tagwerks abarbeiten. Es gab so viel zu tun, dass ihr ganz schwummrig wurde, wenn sie nur daran dachte. Aber der nette Vormittag mit ihren Gästen war ihr den Stress jetzt wert gewesen.

Neben der neuen Kollektion musste sie sich an die bestellten Lampen für Maighread und Joshua machen und sich auch um die Strandgutkunst kümmern. Tahmineh hatte in den letzten Tagen einiges verkauft, die Regale im Shop zeigten erste Lücken.

»Na dann, auf in den Kampf, die Arbeit ruft«, trällerte sie gut gelaunt.

Wie gut ihr die kleine Auszeit getan hatte, merkte Fenja schnell, als sie an ihrem Zeichentisch saß und den Stift in der Hand hielt. Sie fühlte sich wie beflügelt. Ihre Hand flog nur so über den Block. Bevor sie überlegen konnte, was genau sie eigentlich zeichnen wollte, hatte sie schon ein Ensemble aus Stirnband, Handstulpen und Yogasocken auf das Papier gezaubert. Ganz offenbar hatte ihr Herz eine Abkürzung direkt zur Hand genommen und den Verstand außen vor gelassen. Das war toll, nur … Fenja betrachtete die Skizze.

Verflixt noch mal. Offenbar hatte sie im Gespräch mit Maighread eine zu große Dosis Wollenergie abbekommen. Jetzt hatte sie doch glatt ein Strickensemble designt. Was war nur in sie gefahren? Sie brauchte eine Kollektion, die genäht werden konnte. Die Yogasocken sollten nur eine Ergänzung sein. Mehr Verkaufsware zu stricken dauerte viel zu lange, darauf konnte sie nicht bauen. Um das leisten zu können, müsste sie eine Strickmaschine anschaffen, aber das war überhaupt nicht geplant und würde irgendwie auch nicht zu ihrem bisherigen Weg passen. Nein. Sie hatte mit den Näharbeiten und ihrer Strandgutkunst genug zu tun. Sie brauchte keine zusätzliche Herausforderung.

»Sehr hübsch«, befand Tahmineh, die gerade vorbeiging. »Aber nicht nähen, oder?«

»Ich habe nicht nachgedacht«, gab Fenja zu. »Der Stift war schneller als mein Verstand.«

Sie nahm das Blatt und wollte es vom Block reißen. Doch Tahmineh legte ihre Hand auf Fenjas Hand und stoppte sie.

»Warte«, bat sie. »Vielleicht habe ich eine Idee.«

Sie besah sich Fenjas Skizze, dann ging sie zu dem großen Schneidetisch in der Mitte des Raums und bückte sich zu den Stoffen, die sie darunter aufbewahrten. Sie zog verschiedene Ballen raus und schob sie wieder zurück. Dann hatte sie offensichtlich gefunden, was sie gesucht hatte. Sie holte einen roten Jerseystoff mit goldenen Sternen hervor.

»Wie wäre es mit Stoff für Stirnband und Handanzug?«, fragte sie.

Über den Handanzug musste Fenja schmunzeln. Was für eine kreative Umschreibung.

»Stulpen aus Stoff?«, fragte sie und legte die Stirn kraus. Sie überlegte.

Tahmineh kramte in der Zwischenzeit in Fenjas Wollbox. Ein großes Sortiment hatte sie nicht, aber das eine oder andere Knäuel und vor allem einige Ufos – so nannte Fenja ihre unfertigen Strickobjekte – förderte Tahmineh zutage.

»Hier«, sagte sie, nachdem sie etwas gewühlt hatte, und hielt sehr zufrieden lächelnd einen angefangenen Socken hoch. »Die Farbe passt perfekt. Handanzug und Stirnband nähen, Yogasocken stricken und oben an die Socken ein kleiner Streifen mit gleichem Stoff. Dann ist alles passt und Ensemble. Gut?«

»Nein«, sagte Fenja und schüttelte den Kopf. »Nicht gut, fantastisch!«

Sie schob das Lob schnell hinterher, weil sie wusste, dass Tahmineh ein sehr empfindliches Seelchen war und schnell verletzt werden konnte. Das wollte sie auf keinen Fall.

»Ach«, machte Tahmineh auch prompt und schnaufte erleichtert aus. »Ich dachte schon …«

»… dass du genial bist?«, ergänzte Fenja und schenkte Tahmineh ein herzliches Lächeln. »Das denke ich schon lange. Du willst mir nur nicht glauben. Die Idee, Strick und Stoff zu kombinieren, ist wirklich pfiffig. Ich sehe es schon vor mir.«

Während sie sprach, hatte die Hand mit dem Stift bereits begonnen, die Gedanken auf das Bild zu transportieren.

»Weißt du was, Tahmineh?«, fragte Fenja, denn gerade hatte sie einen Geistesblitz. »Das bauen wir aus. Wir brauchen dringend eine breitere Auswahl an Wolle, um frei kombinieren zu können. Und Ware für den neuen Ladenraum brauchen wir ja auch. Komm, wir schauen uns die Webseite an, die Maighread mir empfohlen hat. Dieses Woolhouse. Und dann rufe ich da an und frage, ob sie mich als kleines Wollgeschäft beliefern würden. Ich muss dringend auch Wolle für Maighread besorgen. Hast du mitbekommen, in was für einem Affentempo sie strickt? Sie hat so ganz nebenbei vorhin schon einen Yogasocken zu Ende gestrickt.«

»Maighread auch strickt Yogasocken?«, wollte Tahmineh jetzt wissen. »Auch verkauft?«

Ach so, Fenja fiel ein, dass Tahmineh das gar nicht mitbekommen haben konnte, sie hatte ja nicht mit am Tisch gesessen.

»Nein«, erklärte Fenja deshalb. »Sie verkauft sie nicht, sie strickt sie für das Dogissimo. Maighread ist echt unglaublich. Sie hat gemerkt, dass ich Zeitdruck habe, um die Socken – zumindest die für die Teilnehmer an der Yogavorführung – rechtzeitig fertig zu bekommen. Und da hat sie einfach Wolle und Nadeln genommen und strickt jetzt für uns. Unglaublich, oder?«

»Das ist sehr nett«, stimmte Tahmineh Fenja etwas verhalten zu. Sie war blass geworden, kaute auf ihrer Lippe. Fenja konnte sehen, dass sie etwas beschäftigte.

»Was?«, fragte sie. »Komm, raus damit.«

Tahmineh gab sich einen Ruck. »Aber Maighread will nicht hier arbeiten, oder?«

Im ersten Moment wollte Fenja die Frage lachend abtun, aber dann erkannte sie die Angst in den Augen ihrer Freundin und wusste, dass Tahmineh Angst um ihre Arbeitsstelle hatte. Fenja sprang auf und umarmte sie.

»Süße, bist du verrückt? Wie kommst du denn auf so eine Idee? Du bist die beste Mitarbeiterin, die ich mir wünschen könnte. Niemand wird dir deine Arbeit wegnehmen, das verspreche ich dir.«

»Danke. Dann alles ist gut.« Das Rot kam schüchtern wieder auf Tahminehs Wangen zurück. »Ich hatte Angst, ein kleines bisschen.«

»Vergiss das ganz schnell, ja?« Fenja sah Tahmineh fest in die Augen. »Das wird nicht passieren. Nie. Ich verspreche es dir.«

Erst als Tahmineh nickte, ließ Fenja sie wieder los.

»So, jetzt komm, lass uns Wolle shoppen.«

Die Zeit flog nur so. Fenja und Tahmineh hatten lange im Onlineshop von Woolhouse gestöbert. Sie hatten alles, was ihnen passend schien, in den Warenkorb gelegt und dabei auch nur ein kleines bisschen übertrieben.

Aber wenn sie schon dabei war, dann konnte sie doch auch gleich Wolle für einen Pullover für Malte mitbestellen. Und sie hatte sich seit Langem ein Tuch gewünscht. Es sollte weich und warm sein, aber nicht zu dick. Eher für Frühjahr und Herbst, nicht für den Winter. Eine Wolle mit dem Namen *Exquisite* von den West Yorkshire Spinners hatte es ihr angetan. Das war eine Wollmischung aus Maulbeerseide und Falklandwolle. Allein der Name klang schon so verführerisch, da musste sie einfach zuschlagen. Und aus dieser *Bo Peep Pure* – von der hatte Maighread ihr vorgeschwärmt – wollte sie sich eine Jacke stricken. Und Mützen für sich und all ihre Freunde. Und natürlich Yogasocken.

Es war ein Glück, dass sie all ihre Wollwünsche in einen virtuellen Warenkorb legen konnte, ein physischer Korb wäre längst übergequollen.

Und dann rief Fenja im Woolhouse an und sprach mit Nicola. Sie erzählte ihr, wer sie war, was sie vorhatte und von Maighread natürlich. Nicola war begeistert und genauso lustig und übersprudelnd, wie Maighread sie beschrieben hatte. Fenja hatte Bauchweh vor Lachen, als sie nach einer halben Stunde das Gespräch beendete.

»Geschafft! Tahmineh, wir haben die erste Ware für unseren zweiten Verkaufsraum bestellt. Ohhh, ich freu mich«, quietschte Fenja. Vor lauter Aufregung sprang sie auf und hüpfte ein bisschen auf der Stelle. »Das wird so toll! Nicola will noch Proben mitschicken, von denen sie denkt, dass sie zu uns passen könnten. Ich bin total gespannt.«

Tahmineh, die inzwischen wieder an der Nähmaschine saß, beobachtete Fenja bei ihrer kleinen Hüpfeinlage.

»Ich glaube, Wolle macht glücklich, ja?«

»Oh ja, auf jeden Fall. Aber es ist nicht nur die Wolle. Es ist diese Energie des Neubeginns. Es liegt ein neues Abenteuer in der Luft. Ich liebe das. Raus aus der Komfortzone zu kommen macht das Leben irgendwie bunt.« Fenja setzte sich wieder. »Aber jetzt werde ich mich um diesen Entwurf kümmern. Es ist doch schon reichlich spät geworden. In einer halben Stunde muss ich los. Malte will heute kochen.«

Frau Mops hatte fast den ganzen Tag im Garten gefaulenzt, sie brauchte noch etwas Bewegung. Und Fenja war auch froh, ein paar Schritte gehen zu können und sich wieder zu erden. Dieses konzentrierte Zeichnen neuer Entwürfe war ziemlich anstrengend. Es laugte sie regelrecht aus. Kurz musste sie an Harry Potter denken, der während einer Strafarbeit mit einer speziellen Feder schreiben musste, die die Worte mit dem Blut des Schreibers aufs Papier brachte und sie gleichzeitig in seinen Handrücken einritzte. Gut, ihr Zeichenprozess war nicht ganz so schmerzhaft, aber sicher nicht weniger magisch. Es war ein Teil von ihr, den sie auf das Papier bannte.

Deshalb war Fenja nur ein Stück geradelt und ging den Rest des Wegs zu Fuß nach Hause. Das Rad samt Mopsmobil schob sie.

Während sie langsam den Weg entlangschlenderte und Coco ausgiebig schnüffeln ließ, war Fenja in Gedanken wieder bei Maighread und Joshua. Ihre neuen Freunde aus Schottland hatten sie ziemlich beeindruckt. Allein Maighreads Hilfsbereitschaft, die Selbstverständlichkeit, mit der sie ihr eigenes Strickzeug weggepackt und sich an die Arbeit gemacht hatte, um Yogasocken für quasi wildfremde Menschen zu stricken, überwältigte Fenja noch immer. Genauso Maighreads Bereitschaft, Fenja beim Start ihres Wollverkaufs zu beraten. Einfach so, ohne dass sie daraus einen Vorteil würde ziehen können. Es war wunderbar, dass es solche Menschen gab. Fenja war enorm dankbar, dass das Schicksal ihre Wege hatte kreuzen lassen. Als hätte das Leben ihr ein Geschenk gemacht.

»Ach, die beiden sind klasse«, hatte sie vorhin erst Tahmineh vorgeschwärmt, als sie zwischendurch von ihrem Skizzenblock aufgesehen hatte. »Irgendwann fahre ich mal nach Schottland und sehe mir Maighreads Wollgeschäft an. Und Joshuas Schafe.«

Tahmineh fand die Vorstellung, ihre neue Heimat zu verlassen, nicht sehr reizvoll. »Ich fahre nicht in fremdes Land«, hatte sie erklärt. »Ich bleibe, arbeite und passe gut auf. Und du und Malte macht große Reise.«

So schlecht fand Fenja den Vorschlag gar nicht. Sie würde bestimmt darauf zurückkommen.

Im Moment steckten allerdings alle – nicht nur Fenja und Tahmineh – ihre Kraft in Elisabeths Neubeginn. Das sollte ein gelungener Start werden. An der Kollektion würden die Pläne sicher nicht scheitern. Tahmineh und Fenja waren heute sehr gut vorangekommen. Fenja war schon gespannt, wie weit die anderen waren. Mit etwas Glück würde sie Testessen dürfen, fürs Catering. Bei dem Gedanken meldete sich sofort ihr Magen. Sie hatte heute nicht sehr viel gegessen, es war zu viel Umtrieb gewesen. Und wenn sie ihre kreative Phase hatte, vergaß sie oft, dass sie essen und trinken musste.

Ihr Handy meldete eine neue Nachricht und während sie langsam weiterging, fischte sie es aus der Tasche und sah drauf.

Malte: Leuchti? Genial! Klar bin ich dabei ☺

Prima. Fenja freute sich. Aber sie hätte sich auch gewundert, wenn Malte anders reagiert hätte. Wie es Maighread und Joshua wohl auf dem Turm gefallen hatte? Hoffentlich war ihnen nicht schwindlig geworden. Es war schon verflixt hoch. Morgen konnten sie ja in der Maus von ihren Turmabenteuern erzählen. Das würde bestimmt ein vergnüglicher Abend werden. Hoffentlich hatte Joshua ihre Warnung ernst genommen und legte sich beim Whiskytasting nicht mit Elisabeth an.

Obwohl sie im Schneckentempo schlenderte, wurde Fenjas nächster Schritt unsanft von der stramm ziehenden Leine gebremst. Bei all der Träumerei hatte sie gar nicht auf Coco geachtet.

»Ach Coco, komm jetzt bitte. Trödle doch nicht so«, schimpfte Fenja halbherzig, weil Frau Mops sich schon wieder an einem Grasbüschel festgeschnuppert hatte. »Ich weiß, dass du genau diese Stelle gestern Abend schon eingehend analysiert hast. Glaub mir, Coco, so viel kann seither nicht passiert sein. Mach jetzt dein Pipi und komm.«

Fenja versuchte streng zu sein, aber es fiel ihr schwer. Dieser Mops hatte so ein Komiktalent, dass sie wider Willen lachen musste.

Coco ließ das alles kalt, sie hatte auf Durchzug gestellt. Das kannte Fenja schon. Sie seufzte. Nach einem weiteren erfolglosen Versuch, Coco zum Weitergehen zu bewegen, gab sie ein kurzes Knurren von sich. Na also, das half. Endlich ließ Coco von dem Grasbüschel ab. Sie hob den Kopf und nieste. Das machte sie immer, wenn sie entrüstet war.

»Okay, du bist also empört«, antwortete Fenja und nickte. »Aber weißt du was? Ich auch. Ich möchte jetzt nämlich weiter.« Sie hob den Korb, in dem der Kater saß und maunzte. »Und Pablo auch. Also los jetzt.«

Fenja ging ein paar Schritte und zog an der Leine. Endlich setzte Coco sich in Bewegung und kam hinter ihrem Frauchen her getrappelt. Die letzten Meter schaffte sie dann tatsächlich ohne weiteren Grasbüschelstopp.

Kaum hatte Fenja die Haustür geöffnet und war mit Mops und Kater eingetreten, empfing sie ein köstlicher Duft nach gebackenem Hähnchen. Fenja hob die Nase und schnupperte genüsslich. Ihr lief das Wasser im Mund zusammen. Maltes Hähnchen war legendär. Auch Coco hob die kleine Nase und schnüffelte. Sie wedelte wild mit ihrem Schwanz und stürmte Richtung Küche davon. Als sie die Kurve nahm, schlidderte sie mit dem Hinterteil gegen den Türrahmen. Das stoppte sie allerdings nur kurz. Fenja lachte.

»Wir sind da-ha«, rief sie und schob ein lang gezogenes »Hmmm« hinterher.

»Guten Abend, mein Schatz«, begrüßte Malte seine Liebste. Er zog sie in seine Arme und gab ihr einen innigen Kuss. Fenja war allerdings nur halb bei der Sache. Sie lächelte entschuldigend und sagte: »Lass mich mal kosten. Ich habe ein Loch im Bauch vor Hunger.«

»So ist das also«, seufzte Malte. »Kaum kommt ein Backhähnchen ins Spiel, bin ich aus dem Rennen. Aber gut, du hast es ja nicht anders gewollt. Dann nimm das.« Bei den letzten Worten streckte er ihr eine Gabel hin. »Aber nur ein bisschen Gemüse. Das Hähnchen braucht noch etwa zehn Minuten. Gerade genug. Ich habe uns nämlich eine Vorspeise gemacht. Na ja, ich habe eingekauft und angerichtet. Aber das ändert nichts daran, dass es jetzt Antipasti gibt. Eingelegte Aubergine, Oliven, Peperoni, Schafskäse …«

»Stopp«, flehte Fenja. »Willst du mich umbringen? Rede nicht, gib mir zu essen!«

Sie hatte gerade eine Olive in den Mund gesteckt, da klingelte ihr Handy.

Elisabeth: Treffen bei mir. Gleich. Bitte!

Fenja starrte auf die Nachricht. Solch eine Dringlichkeit kannte sie von Elisabeth nicht. Sie legte die gefüllte Peperoni auf den Teller zurück und seufzte.

»So ein Mist. Malte, es tut mir leid. Ich muss noch mal los. Bei Elisabeth scheint es einen Notfall zu geben. Darf Coco bei dir bleiben? Würdest du ihr was zu essen geben?«

»Was ist denn? Jetzt sofort? Wo brennt's?«

»Bei Elisabeth«, kam Fenjas Antwort prompt. »Mehr kann ich dir nicht sagen. Aber es scheint dringend zu sein.«

»Einen Kuss, dann lass ich dich gehen. Und falls was ist, melde dich. Coco und ich kommen euch umgehend zu Hilfe.«

Coco, die schon bei der ersten Erwähnung ihres Namens die Ohren gespitzt hatte, kam herbei und legte erwartungsvoll den Kopf schief.

»Schön brav sein, Schätzchen. Du bleibst bei Malte und passt auf ihn auf. Okay?« Fenja kraulte Coco kurz das Kinn, dann packte sie ihre Tasche am Henkel und war auch schon zur Tür hinaus.

***

»Okay, ich bin da«, rief Fenja schon an der Tür. Sie stürmte ins Haus und in den Yogaraum. Doch Elisabeth war nicht da. Fenja stutzte kurz, machte auf dem Absatz kehrt und versuchte es in der Küche.

»Gut, dass du da bist, Fenja«, begrüßte eine ungemein blasse Elisabeth sie dort. Ihre Augen waren gerötet. »Setz dich. Jan und ich haben einen großen Topf Nudeln und Tomatensoße gekocht.«

Fenja stockte. Was sollte das denn? War das eine Esseneinladung, getarnt als Notfall? Aber wieso? Nein, so etwas würde Elisabeth nicht tun. Das wäre idiotisch. Und die verweinten Augen sahen nicht nach Tarnung aus. Hatten sie sich gestritten? Oder …

»Okayy«, sagte Fenja gedehnt. »Wollt ihr mir vielleicht sagen, was hier gespielt wird?«, fragte sie. »Gibt es Ärger wegen der Yogaschule?«

»Ich bin da-ha!«, tönte es vom Flur her. Im nächsten Moment stürmte Hannah auch schon zur Tür hinein. »Hm, hier riecht es aber gut«, sagte sie. »Also. Was ist los? Wo brennt der Strandhafer?«

Sie ließ sich auf einen Stuhl fallen und sah erwartungsvoll von einem zum anderen. Ihr Blick fiel auf das gut mit Nudeln gefüllte Sieb in Elisabeths Hand. »Hmm, Essen, fantastisch! Ich habe einen riesigen Hunger!«

Sie ließ ihren Blick noch einmal über die Szene wandern und stand dann ohne lange zu fackeln auf, ging an den Küchenschrank und holte Teller heraus.

»Ich schreib mal eben Malte, dass er nicht mit dem Essen auf mich wartet. Vielleicht hat er auch Lust, rüberzukommen«, sagte Fenja. Sie tippte, wartete kurz und zuckte dann mit den Schultern. »Er bleibt mit Coco zu Hause und liest. Ich soll euch grüßen.«

Fenja steckte das Handy weg, tat es Hannah gleich und übernahm Gläser und Besteck. Elisabeth und Jan kamen mit Topf und Schüssel. Jan holte noch ein Stück Parmesan aus dem Kühlschrank und Elisabeth kramte in der Schublade fahrig nach der Käsereibe, bis Jan eine Hand auf ihre legte, sie sanft zu einem Stuhl schob und die Reibe selbst aus dem Schrank holte.

»Also«, sagte Hannah. »Was ist jetzt? Ihr habt uns doch sicher nicht hierher rasen lassen, um uns Spaghetti zu servieren«, sagte sie und schob sich die erste Gabel voll zwischen die Lippen. »Aber schehr gute Schpaghetti«, nuschelte sie mit halb vollem Mund.

»Jetzt raus mit der Sprache«, forderte Fenja, die ihre Nudeln bisher nicht angerührt hatte. Hier stimmte etwas ganz und gar nicht. Obwohl sie gerade noch Hunger gehabt hatte, brachte sie keinen Bissen hinunter. In ihrem Magen saß wieder das Gefühl, als hätte sie eine Muschel samt Schale verschluckt. Das kannte sie schon von sich. Sie musste erst wissen, was los war, bevor sie etwas würde essen können.

Elisabeth gab sich einen Ruck. Sie legte ihr Besteck weg und zerknüllte die Papierserviette mit beiden Händen.

»Die kann nichts dafür«, kommentierte Fenja trocken. »Raus damit, was ist los?«

»Florian ist auf Amrum«, presste Elisabeth mit ihrer dunkelsten Stimme hervor. »Er war hier.« Ihre Lippen waren ein einziger blassrosa Strich. Ihre Augen funkelten fast schwarz und Fenja erkannte Panik darin.

»Krass«, kam es von Hannah. Vor lauter Aufregung schob sie sich eine ziemlich große Portion Nudeln in den Mund. Sie kaute und sah von einem zum anderen.

»Was will er?«, fragte Fenja. »Er kommt doch bestimmt nicht ohne Grund zu dir.«

Elisabeth gab ein abfälliges Schnauben von sich. »Mich

zurück«, brummte sie. »Zumindest behauptet er das.« Sie schüttelte energisch den Kopf.

»Tickt der nicht ganz richtig?«, entfuhr es Fenja.

»Und?«, fragte Hannah, die inzwischen geschluckt hatte. »Was hast du gesagt?«

»Was glaubst du wohl?« Elisabeths Frage dröhnte, weil sie fast geschrien hatte, vor lauter Aufregung.

»Du hast ihm in die Eier getreten?«, fragte Hannah trocken und zog einen Flunsch. »Ich finde, das wäre eine ziemlich gute Reaktion gewesen.«

Fenja fuhr herum. Hannah! So derb kannte sie ihre Freundin gar nicht.

Die bemerkte Fenjas staunenden Blick und kicherte. »Na ja, so eine Situation erfordert doch außergewöhnliche Maßnahmen, oder nicht?«, fragte sie und rümpfte ihre Stupsnase.

»Du hast einen Knall«, kommentierte Fenja. Dann sah sie zu Elisabeth rüber. »Und? Hast du ihm in die Eier getreten?«, fragte sie und zwinkerte Hannah kurz zu.

»Fast«, kam es jetzt von Elisabeth. »Ich habe ihm jedenfalls deutlich gemacht, dass er hier nicht erwünscht ist. Wir sind geschieden und das ist gut so. Es gab einen Grund dafür und ich will diesen Typen nicht in meinem Leben haben.«

»Und er hat sich die Abfuhr angehört und ist gegangen?«, fragte Hannah staunend.

»Jan kam. Das hat mir sehr geholfen. Ich konnte Florian vor die Tür geleiten und hab sie ihm dann vor der Nase zugeschlagen. Aber ich mache mir Sorgen, dass er bei euch vor der Tür stehen und … was auch immer tun könnte. Deswegen war es mir wichtig, dass ihr sofort davon erfahrt und wisst, was Sache ist.«

»Wieso taucht der so plötzlich hier auf? Und wie kommt er darauf, dass du ihn zurückhaben wollen würdest?«

»Jedenfalls hat er ein saumäßiges Timing«, sagte Elisabeth jetzt. Sie griff zu Jan hinüber, der neben ihr saß, und nahm seine Hand. Dann beugte sie sich zu ihm und gab ihm einen Kuss. »Ein richtig, richtig schlechtes Timing«, sagte sie noch einmal.

Es klapperte, als Hannahs Gabel erst auf dem Tisch und dann auf dem Boden landete.

»Na, das wurde aber auch Zeit«, sagte Fenja.

Zufrieden grinsend nahm sie ihr Besteck und begann zu essen. Die Muschel in ihrem Magen hatte sich in Luft aufgelöst, zurückgeblieben war ein mächtiges Loch, das jetzt dringend mit Pasta gefüllt werden wollte.

»Ohhh, ist das schön«, quietschte Hannah. »Ich freu mich so. Herzlichen Glückwunsch, ihr beiden.«

»Ja«, sagte Fenja. »Herzlichen Glückwunsch!«

Kapitel 11

Maighread

»Ich bin schon so aufgeregt.« Vor lauter Vorfreude zappelte Maighread auf ihrem Fahrrad herum und fuhr aus Versehen mit einem Schlenker Joshua knapp vor sein Vorderrad.

»Ups«, machte sie. »Sorry.«

»Hey!«, rief Joshua und lachte etwas erschrocken. »Du bist heute ja gemeingefährlich. Du, ich brauche dich noch, ich möchte nicht, dass dir etwas passiert.«

Maighread zuckte kurz zusammen, dieser Satz hatte eine wunde Stelle in ihrer Seele berührt. Doch Joshua sprach, nachdem er sie kurz ernst angesehen hatte, auch schon weiter. »Vielleicht sollten wir auf ein Tandem umsteigen, dann hätte ich dich unter Kontrolle.« Jetzt lächelte er wieder und der kurze Schmerz in Maighreads Brust war wieder weg.

Sie brachte das Rad zurück in die Spur und lachte bei der Vorstellung, dass Joshua sie an die Kandare nehmen wollte. »Davon träumst du«, sagte sie.

»Nur, wenn es um den Straßenverkehr geht«, gab Joshua zurück und das Grinsen, das jetzt auf seinen Lippen lag und in seinen Augen funkelte, sagte alles.

»Na dann ist ja gut«, neckte Maighread zurück.

Es war wundervoll für sie, Joshua an ihrer Seite zu haben. Sie verliebte sich jeden Tag ein bisschen mehr in ihn. Aber bei allem Spaß konnte sie auch gut nachvollziehen, was er meinte, wenn er sagte, er brauchte sie noch. Sein Satz von gerade hallte doch noch in ihr nach.

Es war noch nicht lange her, da war sie fast gestorben vor lauter Angst um ihn. Joshua war mit seinem Boot auf dem Loch Lomond in einen Sturm geraten und verschollen gewesen. Ganz Callwell war in Aufruhr gewesen. Suchmannschaften hatten das Ufer nach ihm abgesucht, Schiffe hatten den See durchkreuzt auf der Suche nach einem Anhaltspunkt. Und genau in dieser Zeit war ihr erstes Callwell Yarn Festival gestartet. Es war eine Katastrophe gewesen – besonders für Maighread, aber auch für ihre Familie und die Freunde. Maighread hatte so unter Stress gestanden, dass sie sich kaum noch an die Stunden und Tage erinnern konnte. Ihr Gehirn war im Notfallmodus gewesen und hatte das meiste so schnell wie möglich wieder verdrängt.

Und dann war er zurückgekommen. Er war zwischen den Ständen hindurch auf sie zugegangen und hatte sich mitten in der Menschenmasse des Wollfestivals vor ihr in den Matsch gekniet. Später hatte sie erfahren, dass er den Heiratsantrag lange im Voraus geplant hatte, damit er perfekt und romantisch war, aber im Überschwang des Glücks, gerettet und wieder mit ihr vereint zu sein, hatte er alle Pläne über Bord geworfen und sie direkt an Ort und Stelle gefragt, ob sie ihn heiraten wollte.

Mein Verlobter, dachte Maighread glückserfüllt, als die Bilder von diesem Tag in ihrer Erinnerung auftauchten. Es war wie in einem Märchen gewesen.

Vielleicht würden sie an Weihnachten heiraten und ihre Flitterwochen auf Amrum verbringen. Das stellte sie sich romantisch vor. Arm in Arm im Mondschein unter hell funkelnden Sternen am Strand spazieren zu gehen. Nur das Tosen der winterlichen Nordsee als Begleitmusik. Und später durchgefroren nach Hause zu kommen, vor dem Kamin zu kuscheln und sich wieder aufzuwärmen – gemeinsam und gegenseitig. Eine Tasse Tee oder einen Grog bereit.

»Wie es hier auf der Insel wohl im Winter ist?«, fragte Maighread spontan. »Könntest du dir das vorstellen?«

»Das wäre bestimmt sensationell. Vielleicht kann man sogar Bernstein finden, wenn die Winterstürme die Nordsee peitschen, sind die Chancen glaube ich am besten.« Joshua warf Maighread einen fragenden Blick zu. »Wie kommst du jetzt darauf?«, wollte er wissen. »Planst du schon, während wir noch hier sind, den nächsten Urlaub?«

»Nein, nur so«, sagte Maighread.

Sie wollte Joshua nicht erzählen, dass seine Sorge um sie sie getriggert, ihre Erinnerung an seinen Bootunfall wieder hochgespült und sie deshalb an den Heiratsantrag und die Hochzeit gedacht hatte. Lieber wollte sie das alles wieder abstreifen und genießen, was sie jetzt gerade erlebte. Dieser Wald, zum Beispiel wirkte wie ein Märchenwald.

Maighread bremste ab, rutschte vom Sattel und legte den Kopf in den Nacken. Zwischen den Zweigen und Blättern sah man immer wieder den blauen Himmel durchblitzen. Vögel trällerten, pfiffen und klackerten. Es war ein richtiges Konzert. Hier zwischen den Bäumen war es angenehm kühl und es roch würzig nach Moos und Rinde.

»Ich hätte nie gedacht, dass Amrum neben dem traumhaft schönen Kniepsand landschaftlich so abwechslungsreich ist. Allein dieser märchenhafte Wald. Aber es gibt noch so viel mehr. Die Heide, das Watt, Moor, Salzwiesen. Sogar Ackerflächen gibt es einige.«

»Und Pferde«, ergänzte Joshua, der ebenfalls angehalten hatte. »Vielleicht könnten wir zusammen ausreiten, was meinst du? Sollen wir uns erkundigen, ob das möglich ist?«

»Was für eine tolle Idee, da hätte ich wirklich Lust drauf. Vielleicht kommst du auf den Geschmack und schaffst für Callwell Castle doch ein paar Pferde an. Die Stallungen warten nur darauf, aus ihrem Dornröschenschlaf geweckt zu werden.«

»Schauen wir mal. Aber vor alldem steht jetzt erst einmal eine andere Besteigung an. Komm schon. Der Leuchtturm wartet. Wir sind fast da.«

Maighread stieg wieder auf den Sattel und trat in die Pedale. Während sie neben Joshua den Waldweg entlang Richtung Leuchtturm radelte, waren ihre Gedanken jetzt wieder bei dem, was sie vorhatten. Den Leuchtturm besteigen. »Hoffentlich wird mir nicht schwindlig.« Sie hatte zwar nicht direkt Höhenangst, aber so ganz schwindelfrei war sie auch nicht. Vielleicht war es sogar doch Höhenangst. Sie war sich nicht sicher.

»Falls doch, werde ich dich halten, mein Schatz. Keine Angst. Die Aussicht von dort oben muss atemberaubend sein. Wir können uns ansehen, wo wir schon überall gewesen sind und was noch auf unsere Entdeckung wartet.«

Sie hatten in den vergangenen Tagen schon einiges unternommen und verschiedenste Orte der Insel erkundet, dennoch gab es so viel, was noch auf ihrer Liste stand. Die Zeit würde garantiert nicht ausreichen. Zumal alles so schön war, dass Maighread es mehr als einmal erleben wollte. Die Vogelkoje, die Nordspitze, Nebel mit den hübschen kleinen Geschäften, die Buchhandlung Quedens und auch die vielen Shops mit Inselschnickschnack. Nur das Wollekuscheln fehlte ihr. Wie gut, dass sie selbst einen ziemlich großen Vorrat dabeihatte, sonst wäre sie längst auf Entzug.

»Ich finde es großartig, dass Fenja Wolle in ihr Sortiment aufnimmt. Ist es nicht eine glückliche Fügung, dass ich ihr den Kontakt zum Woolhouse vermitteln konnte? Weißt du, Joshua, ich glaube, wir werden noch einiges zusammen auf die Beine stellen und ich kann es kaum erwarten.«

»Schon verrückt, oder?«, sagte Joshua nachdenklich. »Die Welt ist dank der Technik wirklich klein geworden. Stell dir das doch mal vor, sagen wir, zwanzig Jahren vor. Da wärt ihr euch begegnet, hättet euch gemocht und vielleicht sogar hin und wieder einen Brief geschrieben, aber ein Netzwerk, die Möglichkeit, über die Grenzen hinweg etwas zusammen zu planen, die wäre doch sehr begrenzt gewesen.«

»Was für ein Glück, dass es heute anders ist. Aber auf jeden Fall hat mir der Kontakt zu Nicola und Fenja den Schubs gegeben, endlich mehr im Internet zu machen. Wenn wir wieder zu Hause sind, werde ich mir eine Film-Ecke einrichten und einen Youtubekanal eröffnen. *Der kleine Strickladen* werde ich ihn nennen. Ach, das wird toll. Ich seh es schon vor mir. Anleitungsfilme, Plaudereien aus dem Nähkästchen – nein, warte, Wollkörbchengeplauder, das klingt besser. Ich kann meine Anleitungen vorstellen, mich mit Strickerinnen und Strickern weltweit vernetzen …«

»Und jetzt mit mir diesen Leuchtturm besteigen«, sagte Joshua mit einem amüsierten Lächeln auf den Lippen. »Weißt du eigentlich, wie zauberhaft du bist, wenn du nur so vor Ideen und Begeisterung sprühst?«

»Ach was«, gab Maighread zurück. »Das liegt an deiner Sonnenbrille.«

»Du bist wunderschön, Maighread, das sehe ich mit und auch ohne Sonnenbrille.« Er stellte sein Rad ab und legte den Kopf in den Nacken, um am Turm hochzusehen.

»Dann los. Wem geht wohl zuerst die Puste aus?« Maighread schnappte Joshuas Hand und zog ihn hinter sich her.

»Erbarmen«, japste Joshua, kurz bevor sie es geschafft hatten.

»Gewonnen«, jubelte Maighread, allerdings klang auch sie ziemlich kurzatmig. Sie lachte und zuckte mit den Schultern. »Sagen wir: Gleichstand«, schlug sie vor und erlaubte sich jetzt auch, stehen zu bleiben um wieder etwas zu Atem zu kommen. Als sie wieder Luft bekamen, eroberten sie die letzten Stufen über eine eiserne Treppe, vorbei an der Lichtquelle und dem großen Glasprisma, gemeinsam. Dann drückte Maighread die schwere Stahltür auf und stand wenige Sekunden später auf der schmalen Aussichtsplattform, die rund um den Leuchtturm führte.

»Ohhh!« Maighread hatte völlig vergessen, dass sie eben noch überlegt hatte, ob sie Höhenangst hatte. Sie war viel zu beeindruckt, um an irgendetwas anderes zu denken als an diesen Moment.

Der Wind zerrte an ihren Haaren und der Blick, der sich ihnen bot, war sensationell. Die Insel war unten schon beeindruckend, besonders wenn man auf den Dünen spazieren ging, eröffneten sich immer neue Perspektiven. Aber von hier oben wirkte Amrum nahezu magisch.

Die scheinbare Unendlichkeit der Dünenlandschaft und des daran angrenzenden Strandes berührte Maighread tief im Herzen. Aber auch das Inselinnere hatte einen besonderen Reiz. Die weit gezogenen Grünflächen in unterschiedlichen Schattierungen – das dunkle Grün des Waldes und die hellgrünen Wiesen- und Weideflächen – wurden durchbrochen vom bräunlichen Ton der Heide. Es musste zauberhaft aussehen, wenn sie im Spätsommer in voller Blüte stand und die Landschaft in ein sanftes Lila tauchte. Wie ein graues Band zog sich die Hauptstraße vom Fähranleger im Süden bis in den Norden der Insel über das Land. An ihr entlang sammelten sich die Häuser zu den kleinen Orten zusammen. Von hier oben wirkten sie verspielt und einladend. Wie gern hätte Maighread die Menschen hinter all den Türen und Fenstern kennengelernt, hätte sich mit ihnen unterhalten und eine gute Zeit zusammen gehabt. Es war ein bisschen wie in Callwell. Hier auf Amrum schien es fast, als würde jeder jeden kennen und wenn es darauf ankam, dann stand man zusammen.

All das wurde umschlossen vom bis zum Horizont reichenden Meer, das um die Insel herum zu tanzen schien. Über ihnen wölbte sich der Himmel strahlend blau. Einige Schäfchenwolken waren unterwegs, die so nah schienen, dass Maighread dachte, sie müsste nach ihnen greifen können.

»Schau dir das an«, sagte Joshua. Er trat neben Maighread und legte den Arm um sie. Mit der freien Hand zeigte er Richtung Strand. »Kein Wunder, dass er einem so unendlich vorkommt, wenn man unten steht«, sagte er. »Er ist wirklich unglaublich breit. Und die Dünen sind magisch. Ich finde, ihr Zauber wird von hier oben erst richtig sichtbar.«

Langsam gingen sie ein Stück weiter und ließen den Blick dabei immer wieder schweifen. In Richtung Nebler Strand entdeckte Maighread zwischen all den weißen Schäfchenwolken eine kleine dunkelgraue Wolke.

»Ein schwarzes Schaf«, sagte sie und machte Joshua darauf aufmerksam.

»Ein nasses schwarzes Schaf, wie es aussieht«, befand er.

Maighread sah genauer hin. Joshua hatte recht. Unter der kleinen grauen Wolke konnte man wie Bindfäden den Regen strömen sehen.

Die Wolke bewegte sich langsam auf sie zu. Rundherum schien die Sonne. Die Menschen flanierten, fuhren Fahrrad oder streckten ihre Gesichter Richtung Himmel. Nur unter dieser kleinen Wolke wurde es nass. Als hätte jemand einen Joystick in der Hand und würde sie steuern, kam das Wölkchen immer näher.

»Sollten wir nicht besser reingehen?«, fragte Maighread. Doch Joshua drückte sie an sich und fragte: »Wasserscheu?«

Das war sie selbstverständlich nicht und das wusste er auch ganz genau. Sie wäre eine schlechte Schottin, wenn so ein bisschen Nass sie schrecken würde. Also blieben sie stehen und sahen dem schwarzen Schäfchen zu, wie es auf sie zugeweht wurde. Als die Wolke über ihnen war, ging ein feiner Sprühschauer über sie hinweg. Maighread überlegte, einen Schritt zur Seite zu machen. Nur einen Meter neben ihr blieb der Boden trocken. Doch dann entschied sie sich anders und hielt ihr Gesicht nach oben, genoss die sommerliche Kühle, die der Regen hinterließ, bevor die Wolke ihren Weg in Richtung Wittdün fortsetzte.

Kapitel 12

Elisabeth

Mit sicheren Bewegungen zog ich den Gummispachtel über die Fliesen und verteilte die Fugenmasse möglichst gleichmäßig in den Zwischenräumen. An der anderen Wandseite, wo die Fugenmasse schon etwas angetrocknet war, hatte Hannah begonnen, die Fliesen mit einem Schwamm zu säubern. Sie stöhnte, gähnte und wischte sich mit dem Unterarm den Pony aus der Stirn.

»Also wirklich, Elisabeth, wenn ich gewusst hätte, dass du uns zum Arbeiten herbeizitierst, hätte ich mich nicht so beeilt«, murrte sie.

Ihre grinsende Schnute zeigte allerdings, dass sie es nicht halb so schlimm fand, wie sie gerade tat. Im Gegenteil. Seit Leonie auf der Welt war, nahm Hannah sich nur noch selten die Freiheit, einen Abend einfach für sich zu haben. Oft trafen wir uns bei ihr und Lennard zu Hause – oder sie hatten Leonie dabei, worüber wir uns selbstverständlich alle immer freuten. Wir liebten unseren kleinen Schatz.

Aber Mama Hannah war im Prinzip immer auf Stand-by und das war sicher manchmal auch anstrengend. Deshalb war ich mir sicher, dass sie diesen unerwarteten Freundinnenabend sogar sehr genoss. Freundinnen plus, besser gesagt, korrigierte ich meine Gedanken. Jan war schließlich auch noch hier. Aber er arbeitete nebenan im Übungsraum und ließ sich nicht blicken. Ich ahnte auch, weshalb und gönnte ihm die Rückzugsmöglichkeit. Dreifache Frauenpower konnte auch einen gestandenen Mann einschüchtern.

Obwohl mir nicht danach zumute war, stieg ich auf Hannahs scherzhaften Protest ein. Schließlich waren sie und Fenja da, um mich zu unterstützen. Dazu gehörte auch, mich auf andere Gedanken zu bringen. Und was Hannah konnte, konnte ich schon lange.

»Hättest du mich gefragt, hätte ich dir vorher die Karten gelegt. Selbst schuld«, konterte ich, wohl wissend, was ich damit auslösen würde.

»Karten legen.« Hannah schnaubte empört. »Da kannst du drauf warten, bis Kugelfische Plattfische werden. Behalte deinen Hokuspokus lieber für dich und kümmere dich um die Fugen«, kommandierte sie.

Hannah wischte energisch über die Fliesen und ich grinste. Es war immer wieder lustig, wie einfach sich Hannah auf die Palme bringen ließ.

Ihre Aversion gegen Esoterik war zwar etwas weniger ausgeprägt, seit sie durch unsere Freundschaft quasi einer kostenlosen Konfrontationstherapie von mir ausgesetzt war, aber vom Kartenlegen wollte sie noch immer nichts wissen. Gerade deshalb machte es mir Spaß, sie damit aufzuziehen. Ich mochte es, wenn sie empört ihre Nase krauszog und eine Schnute machte. Sie sah niedlich aus, wenn sie sich aufregte.

Hannah war schon eine süße Maus, ich konnte Lennard verstehen, dass er sie so anhimmelte. Würde mir vermutlich auch so gehen, wenn ich auf Frauen stehen würde.

Die kleine Ablenkung hatte mir geholfen, das ungute Gefühl, das mich in den Klauen hatte, etwas abzuschwächen. Es war noch da, aber nicht mehr so schlimm wie gerade eben noch.

»Motz nicht, Hannah, und wirf den Putzschwamm weg«, kommandierte Fenja, die gerade mit einer Flasche Sekt unter dem Arm und vier Gläsern in das neue Klo kam und Hannahs Empörung mitbekommen hatte. »Hier. Nimm mal und lass den Korken knallen. Elisabeth, holst du Jan? Und macht hinne, ihr zwei, es ist gleich Mitternacht.«

»Du hast doch einen Knall«, prustete Hannah. »Willst du Silvester vorziehen?« Aber sie nutzte die Chance, der Putzarbeit zu entkommen, warf den Schwamm in das Putzwasser und schnappte sich den Sekt.

»Ich habe es gleich«, sagte ich und beeilte mich, die letzten Zwischenräume zu verfugen.

»Wer bitte sagt denn, dass man nur an Silvester um Mitternacht Sekt trinken darf?«, verteidigte sich Fenja. »Ich finde, der nächste Tag hat es verdient, dass wir auf ihn anstoßen.«

»Aha.« Hannah zog ihre Nase kraus und überlegte. »Sorry, ich komme nicht drauf. Was ist denn morgen? Auf was genau stoßen wir an?«

»Darauf, dass ich diesen Tag überlebt habe«, schlug ich trocken vor. »Und auf die Hoffnung, dass ich den nächsten auch überstehe. Wer weiß schon, was kommt.« Ich dachte an den Teufel, an die Albtraumkarte und die Explosion. Mein Hals wurde eng.

»Auf die nächsten wunderbaren vierundzwanzig Stunden«, schmetterte Fenja gut gelaunt. »Ist das nicht genug? Hey, es ist Sommer. Wir sind gesund und stecken voller

Pläne. Wir sind verliebt«, sie warf mir einen Blick zu. »Alle!«, betonte sie und lachte, als ich unwillig brummte.

Dieses Thema hatten Fenja und Hannah jetzt echt ausgiebig genug breitgetreten. Vorhin, nach Jans und meiner Eröffnung, hatten sie sich gar nicht mehr eingekriegt vor lauter Begeisterung. Deshalb hatte Jan sich auch irgendwann in den Yogaraum verzogen.

»Ich muss den Boden unbedingt fertig machen, sonst können wir die Arbeiten nicht abschließen. Wir sollten versuchen, den Zeitplan zu halten.« Mit dieser fadenscheinigen Ausrede war er verschwunden. Eine blinde Muschel hätte erkannt, dass ihm die viele Aufmerksamkeit unangenehm gewesen war, aber ich hatte ihm seinen Rettungsring gelassen und mich brav für seinen Einsatz bedankt.

Jan war zwar nicht mehr der schüchterne Kerl, den ich vor Jahren kennengelernt hatte, aber ganz hatte er sein Wesen nicht umgekrempelt, ein bisschen introvertiert war er immer noch und das war auch gut so. Schließlich liebte ich ihn genau so, wie er war.

Bei diesem Gedanken machte mein Magen einen überraschten Hüpfer. Unfassbar, wie selbstverständlich ich das denken konnte.

Ich liebe Jan. Ich liebe Jan. Ich liebe Jan.

Es machte so viel Spaß, dass der Gedanke wild in meinem Kopf herumsprang und ein Freudentänzchen aufführte. Genau das hatte ich gebraucht. Das Glück verscheuchte den Rest dieses beklemmenden Gefühls, das mich seit Florians Auftritt im Griff gehabt hatte. Ich schnappte mir den Lappen, der neben der Fugenmasse auf dem Boden lag, wischte meine Hände ab und sauste davon, um Jan zu holen.

Hinter mir hörte ich den Korken knallen und Fenja aufschreien. »Ihh!«

»Ups.« Das kam von Hannah. Sie kicherte.

Wie sich das anhörte, hatte Hannah Fenja geduscht. Na ja, aber eine Sektdusche war bestimmt gesund. Gut für die Haut oder die Haare. Für die Laune auf jeden Fall.

»Hey, wie läuft es bei dir?«, fragte ich Jan Sekunden später. Er kniete auf dem Boden und polierte das neu eingepasste Holz. Er hatte es so perfekt verlegt, dass es den Boden aufwertete. Es wirkte nicht wie hineingeflickt, sondern wie ein edler Zierstreifen.

Jan hob den Kopf und lächelte mich an. »Gut. Ich bin gerade fertig.«

»Perfektes Timing.« Ich hielt ihm die Hand hin, zog ihn auf die Füße und direkt in meine Arme hinein.

Einen kurzen Moment sperrte Jan sich und ich sah ihn überrascht an. Hatte ich irgendwas nicht mitbekommen? Sein Lächeln wirkte schmal.

»Ich habe ein bisschen nachgedacht«, sagte er da auch schon. Seine Stimme wackelte. In seinen Augen flackerte Unsicherheit – oder Angst? Aber er hielt meinem Blick stand.

»Aha.« Ich wusste nicht, was ich sonst sagen sollte.

»Dieser Florian. Bist du sicher, dass er sich nicht doch geändert hat und bereut, was er damals getan hat? Ich meine, du warst mit ihm verheiratet, das heißt, du musst ihn einmal so sehr geliebt haben, dass du den Rest deines Lebens mit ihm verbringen wolltest – und er mit dir. Was, wenn ihm klar geworden ist, was er verloren hat? Habe ich ein Recht, mich eurem Glück in den Weg zu stellen?«

Jan machte eine kurze Pause, um zu atmen. Er hatte das alles nur so herausgesprudelt – vollkommen untypisch für ihn.

Ich konnte kaum glauben, was ich da gerade gehört hatte. Jan hatte sich richtig in diese Sache hineingesteigert. Offenbar war es ein Fehler gewesen, ihm seine Ruhe zu lassen. Die schlechten Gedanken hatten die Zeit genutzt und eine wilde Orgie in Jans Kopf gefeiert.

Bevor ich mich gefangen hatte und etwas erwidern konnte, legte Jan nach.

»Er will dich nach New York einladen, einfach so, weil es Spaß macht. An seiner Seite würde sich dir eine ganz andere Welt eröffnen. Ist dir klar, was du da ausschlägst?« Jan senkte den Blick. »Ich kann dir eine Tagesfahrt nach Pellworm anbieten«, fügte er kleinlaut hinzu.

Im ersten Moment wollte ich Jan küssen und ihn fragen, wann wir losfahren. Doch dann meldete sich ein anderes Gefühl. Wie sehr konnte Jan mich wohl lieben, wenn er bereit war, mich derart schnell aufzugeben und einem anderen kampflos den Platz an meiner Seite zu überlassen? War ihm mein Leben zu kompliziert, um sich damit auseinanderzusetzen und er machte deshalb lieber so schnell wie möglich einen Rückzieher? War ich vom Watt in einen Priel gestolpert und Jan am Ende doch genau wie alle Kerle?

Es tat schrecklich weh. Ich verfluchte diesen Moment des Einknickens. Hätte ich doch diese verdammte Tür in meinem Herzen nicht geöffnet, dann gäbe es jetzt nicht solch ein Drama. Was erwartete Jan denn von mir? Dass ich ihn anbettelte, mich nicht zu verlassen? Wer konnte schon sagen, was in so einem Männerhirn vor sich ging? Vielleicht war Florian für Jan gerade im richtigen Moment gekommen und er war froh, meinen Ex-Mann jetzt als Schuldigen vorschieben zu können. In Wahrheit hatte er mit mir geschlafen und wahrscheinlich gemerkt, dass er mich doch nicht liebte.

Noch ein paar Sekunden und ich würde heulen. Aber diese Genugtuung gönnte ich keinem Kerl mehr. Keinem Florian. Keinem Jan und keinem anderen, wie auch immer er heißen mochte.

Die konnten mich doch alle mal kreuzweise.

Wortlos drehte ich auf dem Absatz um und stürmte zum Studio hinaus und in das neue Klo hinein. Dort schnappte ich mir das Glas Sekt aus Fenjas Hand und kippte es auf ex hinunter.

»Sag mal«, schnaufte Fenja, aber als sie mein Gesicht sah, legte sie sofort den Arm um mich und hielt mich ohne lange zu fragen einfach nur fest.

Hannah hatte ihre Augen erschrocken aufgerissen. Sie versuchte einzuordnen, was los war. Ich klammerte mich an Fenja, rang um Atem und kämpfte so sehr gegen die Tränen an, dass ich fast erstickte.

»Fenja, kannst du bei Elisabeth bleiben?«, drang Jans Stimme in mein Bewusstsein. »Ich glaube, sie braucht jemanden zum Reden und ich bin der Falsche.«

»Hä?«, machte Hannah. »Sagt mal, seid ihr alle durchgeknallt? Gerade war doch noch alles in Ordnung.«

»Ich fahr dann jetzt«, sagte Jan leise. »Bis dann.« Er flüsterte es fast. Seine Stimme klang erstickt.

Er drehte sich zur Tür, blieb aber stehen. Er wartete. Worauf, verflixt noch mal, wartete er denn? Er hatte mich doch weggestoßen.

»Hat er das wirklich?«, meldete sich ein zaghaftes Stimmchen. Es schien direkt aus meinem Herzen zu sprechen. »Wäre es vielleicht möglich, dass du überreagierst?«

Ich wusste keine Antwort. In mir herrschte das totale Chaos. Windstärke zwölf auf offener See.

Ein lautes Klopfen an der Haustür donnerte durch den Flur und ließ uns alle gleichzeitig heftig zusammenzucken.

»Wer …« Bevor Fenja ihre Frage formulieren konnte, tönte auch schon eine Männerstimme stumpf durch die Tür.

»Elisabeth, mach auf! Ich weiß doch, dass du wach bist. Denkst du, ich bin doof? Du hast Licht an. Los jetzt, mach auf. Stell dich doch nicht so mädchenhaft an. Ich sehne mich nach dir. Und du willst es doch auch. Komm schon, lass uns Spaß haben, Süße!«

Als mir klar wurde, wer da vor der Tür stand, wurde mir schlecht. Mein Magen drehte sich und ich musste würgen. Hannah reagierte blitzschnell und hielt mir den Eimer mit dem Putzwasser hin. Aber ich schaffte es gerade noch, mein rebellierendes Inneres zu beruhigen, ohne mich zu übergeben. Stattdessen überkam mich ein unkontrolliertes Zittern. Mein ganzer Körper vibrierte. Ich versuchte mich wieder zu fangen, aber es dauerte ewig, bis das Klappern meiner Zähne aufhörte und meine Hände nicht mehr flatterten.

Wieder donnerte Florian gegen die Tür. Offenbar schlug er mit den Fäusten dagegen. Dieser Idiot! Es war mitten in der Nacht. Wollte er ganz Amrum wecken? Und was glaubte er, was ich tun würde? Zur Tür eilen und selig in seine Arme sinken?

Hast du ihm in die Eier getreten? Hannahs und Fenjas

Frage fiel mir ein. Nein. Hatte ich nicht. Aber vielleicht wurde es höchste Zeit, genau das zu tun.

Wieso nur fühlte ich mich wie ein Lämmchen, das gleich geschlachtet werden sollte? Jan war hier. Fenja und Hannah ebenso. Kurz überlegte ich, ob wir Malte und Lennard auch noch um Hilfe bitten sollten, aber dann schüttelte ich über mich selbst den Kopf. Vor meiner Tür stand mein Ex-Mann, nicht Rambo.

»Ich krall mir das Bürschchen«, sagte Fenja und wollte losmarschieren.

Jan hatte mich nicht aus den Augen gelassen. Offenbar hatte ihm meine Reaktion deutlich gemacht, wie idiotisch und verletzend seine Überlegungen gewesen waren.

»Ich geh an die Tür«, sagte er.

Doch ich war schneller. »Gar nichts tut ihr. Das ist meine Sache. Florian muss es von mir gesagt bekommen, sonst hört er nicht auf, mich zu belästigen.«

Aber zumindest ließen Jan, Fenja und Hannah es sich nicht nehmen, mir Rückendeckung zu geben. Sie standen so dicht, dass ich Jans Atem im Nacken spüren konnte, wo er ein angenehmes Kribbeln auslöste.

Ich holte noch einmal tief Luft und öffnete, gerade als Florian die geballte Faust erhoben hatte, um erneut gegen das Türblatt zu schlagen.

»Lizzy«, rief er. »Da bist du ja.«

Er hatte Bier getrunken, der fahle Geruch schlug mir entgegen. Ich fächelte angewidert den Gestank vor meiner Nase weg.

»Was verdammt noch mal willst du, Florian?«, fragte ich. »Ganz Amrum wecken?«, fügte ich zynisch hinzu.

»Wieso brauchst du so lange, bis du zur Tür kommst?«, genau wie früher ging er auf nichts ein, was ich sagte, sondern schlug sofort zurück. Das kannte ich noch zur Genüge. Damit würde er heute nicht mehr durchkommen.

»Hättest du keinen solchen Krawall gemacht, wäre ich gar nicht zur Tür gekommen. Und weißt du, warum?« Ich sah ihm fest in die Augen. »Weil ich dich nicht mehr sehen will und auch nicht mit dir sprechen. Hör mir genau zu, Florian. Ich sage es jetzt noch einmal ganz deutlich und extra langsam, damit auch du es verstehst: Verschwinde! Ich will nichts mit dir zu tun haben und ich verbitte mir weitere Belästigungen. Du hast hier bei mir Hausverbot. Solltest du weitere derartige Auftritte planen, rechne damit, dass die Polizei kommt.«

Ich hätte das auch der Nordsee erzählen können. Er interessierte sich einen Dreck dafür, was ich zu sagen hatte. Ich spürte Jan hinter mir, der sich bereit machte, einzugreifen. Doch ich fasste nach seiner Hand, drückte sie und schüttelte kurz den Kopf. Dieses Drama an der Haustür würde ich zu Ende bringen.

»Wie verdammt heiß du bist, wenn du so dominant auftrittst. Echt geil. Okay. Jetzt hast du es mir gezeigt, jetzt kannst du deine Krallen wieder einziehen und mir einen Kuss geben.« Er wollte einen Schritt ins Haus machen, doch ich streckte meine Hand aus und hielt ihn zurück.

»Geh zum Arzt, mit dir stimmt doch was nicht. Aber nicht hier auf Amrum. Verschwinde von der Insel. Das ist mein Zuhause, du hast hier nichts zu suchen. Gute Nacht, Florian. Geh jetzt.«

Florian sah mich an, wägte ab, scannte meinen Begleitschutz, den er offenbar gerade erst wahrgenommen hatte. Er zuckte mit den Schultern und wandte sich zum Gehen. »Das ist nicht das letzte Wort. Du könntest es uns beiden einfacher machen, Schätzchen, aber gut. Du willst es auf die harte Tour. Kriegst du, Liebling. Ich verspreche es dir.«

»Wenn ich nur wüsste, wieso er gerade jetzt auftaucht und was er wirklich will«, sagte ich eine Weile später. Ich hatte den zweiten Whisky im Glas und meine Nerven wieder unter Kontrolle.

»Wie gut, dass wir hier gewesen sind«, sagte Hannah. »Du solltest auf keinen Fall allein im Haus bleiben, solange dieser Mensch auf der Insel ist.«

»Ich bin hier«, sagte Jan und sah mich unsicher an. »In Ordnung?«, fragte er.

»Ich bin froh, so gute Freunde zu haben«, antwortete ich etwas ausweichend. Und das stimmte auch. Ich war sehr dankbar und wollte mir nicht vorstellen, was hätte passieren können, wenn ich allein gewesen wäre. Und was mit Jan und mir war, das stand auf einem anderen Blatt. Ich musste mich erst sortieren und in aller Ruhe über das nachdenken, was geschehen war. Vor allem musste ich seinen Vorstoß, mich für Florian freizugeben, einordnen. Wir würden sicher darüber sprechen, aber nicht heute. Ich war erschöpft, fühlte mich vollkommen ausgelaugt.

Jan nickte und lächelte mich an. Er verstand, dass ich einen kleinen Schritt rückwärts machen musste, und akzeptierte meinen Wunsch.

Fenja war bei Sekt geblieben und hatte gerade in ihr Handy getippt. »Ich habe Malte ein paar Stichworte geschrieben. Er kommt gleich und holt mich und Hannah ab. Er will nicht, dass wir allein nach Hause gehen. Und Lennard kann Leonie ja nicht allein lassen.«

»Gut«, stimmte ich zu.

Ich wollte mich nicht in die Angst von damals zurückdrängen lassen, aber Vorsicht war bei einem jähzornigen Menschen wie Florian auf jeden Fall angebracht.

Hannah hickste. »Entschuldigung, das ist die Mischung aus Sekt und Aufregung«, erklärte sie und hickste erneut.

Fenja sinnierte und bevor sie anfing zu sprechen, ahnte ich schon, was kommen würde. Sie hatte diesen besonderen Nixchenblick, wenn sie poetisch wurde.

»Freunde
Sind da
In der Not
Und auch im Glück
Zusammenhalt.«

Wir saßen am Tisch, tranken Sekt und Whisky und nickten.

»So schön«, schwärmte Hannah.

»Und so wahr«, ergänzte ich.

Die Not hatten wir für heute hinter uns gelassen und vielleicht kapierte Florian es ja, wenn er seinen Bierrausch ausgeschlafen hatte.

Jetzt wurde es Zeit, dass wir uns wieder um das Glück kümmerten und den Zusammenhalt unter Beweis stellten.

»Morgen kommen wir zu dir, Fenja. Ich gehe Jan zur Hand, damit dein Raum schnell einsatzbereit wird. Und morgen Abend lassen wir es endlich mal wieder ordentlich krachen. Die Maus war eine Spitzenidee, Fenja. Maighread und Joshua werden staunen. Hoffentlich vertragen die beiden auch was.«

Kapitel 13

Fenja

Fenja kettete die Yogasocke ab, zog den Faden durch die letzte Masche und vernähte ihn direkt, sehr zufrieden mit sich selbst und ihrer Arbeit.

Sie saß allein im Atelier. Tahmineh hatte vormittags den Laden betreut und war jetzt in der Küche. Sie kochte einen Gemüseeintopf mit Fleischklößchen und Couscous. Bei den Düften, die zu Fenja ins Zimmer wehten, lief ihr jetzt schon das Wasser im Mund zusammen.

Während Tahmineh im Laden gewesen war, hatte Coco Fenja Gesellschaft geleistet. Jetzt hatte sie sich aber selbstverständlich Tahmineh angeschlossen. Man wusste ja nie, was eventuell vom Schneidbrettchen fiel. Wenn es ums Essen ging, war Frau Mops immer vorne mit dabei. Pablo lag wie so oft im Garten in seiner Katzenhängematte, die Fenja inzwischen sogar in ihre Kollektion aufgenommen hatte, weil Pablo sie so liebte. Neben der Hängematte hatte sie Bilder des entspannt schaukelnden Katers ins Regal gestellt. Das kam bei den Kunden sehr gut an und zeigte ihnen, dass es nicht nur eine verrückte Idee einer Designerin war, sondern von den Tieren wirklich angenommen wurde.

Elisabeth und Jan waren auch da. Sie hatten nur kurz gegrüßt und arbeiteten seit Stunden im neuen Ladenraum.

Noch einmal zog Fenja die Nadel zwischen den Maschen hindurch, dann schnitt sie den letzten Faden ab. Sie gähnte und streckte sich ein bisschen. Ihre Wirbelsäule krachte und knackste. Ein deutliches Zeichen, dass sie zu lange nach vorn gebeugt gesessen hatte. Das kannte sie schon. Aber dafür war sie auch gut vorangekommen. Es hatte eben alles seinen Preis.

Fenja schob sich bewundernd den Strumpf über die Hand und drehte ihr Werk. Es war unglaublich, wie flott ihr die Arbeit von den Nadeln sprang. Kaum angefangen, war auch schon wieder abgekettet. Sie war stolz auf sich, auch wenn sie, verglichen mit Maighread, immer noch eine ziemliche Strickschnecke war.

Bei dem Gedanken an das Affentempo, mit dem Maighread die Maschen von einer Nadel auf die andere schob, musste Fenja unwillkürlich den Kopf schütteln. Das war wirklich beeindruckend, zumal Maighread sich dabei auch noch locker unterhalten konnte. Sie sah nur zwischendurch auf das Strickzeug, die meiste Zeit arbeitete sie blind.

Aber auch wenn es auf Fenjas Nadeln deutlich gemächlicher zuging, war sie ziemlich zufrieden mit sich und ihrer Leistung. Ohne Fersen und Spitzen waren Socken wirklich in null Komma nichts gestrickt.

Trotzdem freute sie sich, demnächst auch wieder einmal etwas anderes als immer nur Socken auf die Nadeln nehmen zu können. Sie war schon so gespannt auf die Wolle, die sie bestellt hatte. Und auch auf die neuen Nadeln, die hatte sie sich nach Nicolas Empfehlung nämlich auch noch gegönnt.

Seit Fenja Maighread kennengelernt hatte, war ihre Wollbegeisterung neu entflammt. Sie hatte schon immer gern gestrickt. Gemütliche Abende mit ihrer Tante Trude auf dem

Sofa, jede ihr Strickzeug in der Hand, gehörten zu Fenjas kostbaren Erinnerungen. Besonders an kühlen Abenden, wenn der Wind ums Haus fegte und der Regen gegen die Fenster prasselte, hatten sie es geliebt, sich alte Filme anzusehen, Tee zu trinken, Knopfkekse zu knabbern und zu stricken. Ach Trudehude. Fenja seufzte. Sie vermisste ihre Tante immer noch und hatte manchmal das Gefühl, sie müsste eigentlich jeden Moment zur Tür hereinkommen. Natürlich würde das nicht passieren. Ganz sicher aber freute sie sich, wo immer sie jetzt war, dass es ihrem Fenchen, wie sie Fenja immer liebevoll genannt hatte, so gut ging.

Fenja wanderte mit den Gedanken wieder zum Thema Wolle zurück. So intensiv wie im Moment hatte sie sich nie mit Wolle und den unterschiedlichen Qualitäten befasst. Es gab nicht nur die unterschiedlichen Materialien wie Schafwolle, Alpakawolle, Baumwolle, Seide und vieles mehr, es gab auch innerhalb der jeweiligen Gruppen einen himmelweiten Unterschied. Maighread hatte ihr schon sehr viel erzählt, aber dieses Thema wollte Fenja unbedingt noch vertiefen. Vielleicht hatte sie am Abend in der *Blauen Maus* noch Gelegenheit, weiter mit Maighread zu fachsimpeln.

Maighread hatte Fenja aber nicht nur mit ihrem Wissen über Wollqualitäten begeistert. Sie hatte Fenja auch innig gebeten, immer nur mulesingfreie Wolle zu kaufen. Fenja hatte sie irritiert angesehen, bis Maighread ihr die grausame Prozedur erklärt hatte, bei der bereits den Lämmern um den Schwanz herum Fleisch entfernt wird. Meist passierte dies laienhaft und ohne Betäubung, was zu großen Schmerzen und oft einer schlechten Wundheilung führte. Ziel dieser Vorgehensweise war, dem Befall von Parasiten vorzubeugen, die sich in die Falten am Hinterteil der Schafe einnisteten und schwere Entzündungen hervorriefen, die häufig zum Tod der Schafe führten.

Nachdem Maighread darüber gesprochen hatte, war Fenja neugierig geworden. Sie hatte sich im Internet zusätzlich schlaugemacht. Jetzt war sie ganz auf Maighreads Seite. Mulesingwolle kam ihr ganz sicher nicht ins Haus. Sie war sehr froh, dass sie das erfahren hatte, bevor sie versehentlich solche Ware ins Sortiment genommen hatte.

Als Fenja merkte, wie ihre Gedanken um die Details rund um Wolle kreisten, musste sie kichern. Vermutlich färbte das ab und sie hatte sich bei Maighread mit dem Wollvirus infiziert. Na, besser das als ein anderes Virus, dachte sie.

In den letzten Tagen hatte Fenja so viel Neues gelernt, dass ihr der Kopf schwirrte. Sie fand es absolut spannend und konnte kaum erwarten, ihr Wissen zu vertiefen und ihren Wollhorizont zu erweitern. Aber obwohl das alles so interessant war, musste Fenja schon wieder gähnen.

Der Abend bei Elisabeth steckte ihr in den Knochen. Obwohl sie heute erst um zehn ins Atelier gegangen war, fehlte ihr doch eine ordentliche Mütze Schlaf. Sechs Stunden waren definitiv zu wenig.

Nebenan rumpelte es. Jan und Elisabeth hatten in den letzten Stunden den Raum auseinandergenommen und waren jetzt dabei, ihn wieder neu zusammenzusetzen. In das riesige Loch, das Jan in die Wand geschlagen hatte, setzte er gerade den Türrahmen ein.

Elisabeth arbeitete schon an den ersten Regalen. Sie war heute ziemlich schweigsam und blass um die Nase. Es war offensichtlich, dass das Auftauchen ihres Ex-Mannes ihr ziemlich zu schaffen machte. Sie tat Fenja unglaublich leid. Ausgerechnet jetzt, wo sich alles zum Guten wenden könnte, kam dieser Idiot dazwischen.

»Moin«, schallte es vom Flur zu Fenja hinein. Sie sprang auf und lief zur Tür.

»Moin, Henning«, grüßte sie den Postboten erfreut. »Immer her mit der Post, solange es keine Rechnung ist«, witzelte sie.

»Das kann ich nicht versprechen«, kam es prompt von Henning. »Für Risiken und Nebenwirkungen haftet nicht dein Postbote«, sagte er noch. Er drückte Fenja ein Paket und zwei Briefe in die Hand und hob die Hand zum Gruß.

»Tschüss dann«, hörte Fenja noch, da fiel die Tür auch schon ins Schloss.

Neugierig suchte sie den Absender auf dem Paket. Es war von Heidrun, das mussten die extra für sie gewebten Stoffe sein! Oh wie schön! Fenja jubelte, schlug sich aber gleich die Hand vor den Mund. Sie wollte sich nicht verraten, sonst wurde Elisabeth vielleicht neugierig und würde fragen, worüber sie sich so freute. Aber die Kissen sollten ja eine Überraschung sein.

Eilig trat Fenja den Rückzug in ihr Atelier an und schloss die Tür. Sie stellte das Päckchen auf den großen Arbeitstisch und ging dann zur Tür zurück, wo sie das Ohr gegen das Türblatt legte, um zu lauschen, was Jan und Elisabeth wohl gerade anstellten. Sie hörte ein Maschinengeräusch, es klang wie ein Akkuschrauber oder etwas in der Art. Und jemand klopfte. Gleichzeitig. Das hieß, sie waren beide beschäftigt, die Luft war demnach rein.

Mit der Schere ritzte Fenja das Klebeband auf und schlug den Karton auf. Sie nahm das zarte Papier, das obendrauf lag, ab, und holte den Stoff heraus.

»Ohh«, hauchte sie. Heidrun hatte sich selbst übertroffen. Warme Farben von Orange über Rot bis zu Braun hatte Heidrun zu wunderschönen Mustern gewebt, die sich ganz sicher hervorragend in Elisabeths Yogastudio einfügen würden.

»Fenja, kannst du ...« Die Tür ging auf und Fenja schmiss reflexartig den Stoff in den Karton und warf sich davor. Doch es war gar nicht Elisabeth, sondern Tahmineh.

»Ich habe dich erschreckt?«, wollte sie wissen und hatte sofort das schlechte Gewissen ins Gesicht geschrieben.

»Mach mal die Tür zu«, flüsterte Fenja und wedelte mit ihrer Hand zur Tür, damit Tahmineh schneller reagierte.

»Was ist denn passiert?«, fragte ihre Freundin, schloss brav die Tür und kam mit großen Augen zu Fenja an den Arbeitstisch.

Fenja trat zur Seite und öffnete den Karton, den sie gerade so hektisch zugeknallt hatte, wieder.

»Schau mal. Das ist der Stoff, den meine Freundin Heidrun für uns gewebt hat. Das wird unser Geschenk für Elisabeth. Drei Meditationskissen. Wenn sie ihr gefallen und sie mehr braucht, können wir das später noch machen. Aber zur Einweihung bekommt sie die von uns als Geschenk.«

»Wunderschön.« Tahmineh seufzte. »Aber was schenke ich?«, fragte sie.

Fenja wusste genau, dass Tahmineh nur wenig Geld hatte. Sie schickte jeden Cent, den sie entbehren konnte, in ihre frühere Heimat, um ihre Familie und Freunde zu unterstützen. Tahmineh lebte sehr bescheiden und gönnte sich nur selten etwas über den Grundbedarf hinaus. Genau deshalb hatte Fenja auch sehr bewusst unser Geschenk gesagt.

»Das ist unser Geschenk, Tahmineh. Ich habe den Stoff besorgt und werde den Schnitt für die Meditionskissen erstellen. Du kümmerst dich um das Nähen. Es wird ein Gemeinschaftswerk.«

An Tahminehs Miene konnte Fenja ablesen, dass sie mit sich rang. Sie wollte keine Almosen, das hatte sie schon oft sehr deutlich gemacht.

Doch jetzt strahlte sie und nickte. »Ich nähe. In Ordnung. Aber am Abend, wenn Feierabend.«

Fenja machte den Mund auf, um zu widersprechen, aber Tahmineh hob die Hand und sah ihre Chefin sehr entschlossen an. »So, oder nicht mein Geschenk. Okay?«

»Von mir aus«, gab Fenja nach. Sie wusste genau, wann sie verloren hatte. »Aber nicht heute Abend. Heute sind wir alle zusammen in der Blauen Maus. Und damit keine Missverständnisse aufkommen, ich lade dich ein.« Dieses Mal war es an Fenja, die Hand zu heben und Tahmineh entschlossen anzusehen. »Das ist mein Dankeschön für deine viele Extraarbeit, die du nie bezahlt haben willst. Und ich werde das nicht mit dir diskutieren. Das ist so, und basta.«

»Na das klingt ja sehr entschlossen«, brummte es von der Tür her. Elisabeth war unbemerkt eingetreten.

Blitzschnell ließ Fenja den Stoff im Karton verschwinden und Tahmineh machte einen Satz, sodass sie mit ihrem Körper Elisabeths Sicht blockierte.

»Habt ihr Geheimnisse?«, wollte Elisabeth wissen.

»Ganzes Leben voller Geheimnisse«, erwiderte Tahmineh mit einem breiten Lächeln. »Küche auch. Komm, ich zeige dir. Oh, Fenja, ich wollte sagen: Du kannst zum Essen kommen.«

Elisabeth drehte sich noch mal zu Fenja um und versuchte an ihr vorbei auf den Tisch zu schauen. Aber Tahmineh zog sie mit sich und Fenja sagte: »Geht nur, ich bin auch gleich da.« Sie nickte Richtung Tür.

»Puh«, stöhnte sie dumpf auf, als Elisabeth endlich auf Tahminehs Ziehen reagierte und das Atelier verließ. Schnell sah sie sich um, riss eine der Schubladen auf und verstaute den wunderschönen Stoff darin. Sie streichelte noch einmal darüber und flüsterte: »Um dich kümmere ich mich später.«

***

»Es ist genauso verrückt und wunderbar, wie ich es erwartet habe«, sagte Maighread und sah sich neugierig im Schankraum der *Blauen Maus* um. Sie und Fenja saßen nebeneinander, damit sie sich unterhalten konnten.

Es war nach neun und der Laden schon ganz gut gefüllt. Überall standen und saßen Grüppchen zusammen, unterhielten sich, lachten und tranken. Nachher würde es auch Livemusik geben. Chris und Bo – Folk and Pop, hatte Fenja beim Eintreten auf dem Plakat gelesen. Sie freute sich. Die Abende in der *Blauen Maus* waren immer besonders, aber mit Livemusik bekamen sie einen ganz eigenen Zauber. In solchen Stunden wurden Erinnerungen geschaffen.

An ihrem Tisch war schon ziemlich was los. Das Kennenlernen zwischen den Männern und Maighread und Joshua war kurz und herzlich gewesen. Joshua und Malte hatten sofort einen Draht zueinander gehabt, genau wie Fenja es erwartet hatte.

Jetzt unterhielten die beiden sich angeregt über Umweltschutz und ihre Aktionen, um die Welt in diesem Punkt ein bisschen zu verbessern. Elisabeth, Jan und Tahmineh waren mit den Köpfen noch beim Dogissimo-Ausbau. Tahmineh hatte die beiden tatkräftig unterstützt, deshalb hatten sie heute so viel geschafft, dass sie am nächsten Tag fertig werden wollten. Das kam Fenja gerade recht, denn die Wolle war schon auf dem Weg, Fenja hatte nachmittags eine Benachrichtigung per Mail erhalten.

Die ganze Bande hatte sich am Tisch versammelt, nur Hannah und Lennard fehlten noch. Fenja hatte ihnen zwei Plätze reserviert. Sie sah auf ihre Uhr, schon Viertel nach neun.

Fenja: Wo bleibt ihr?

Hannah: Sorry, kleine Verspätung. Ronja ist gerade gekommen, wir düsen ab.

Fenja lachte. Hannahs Nachricht war genau in dem Moment bei ihr angekommen, als sie ihre an Hannah abgeschickt hatte.

Fenja: Zeitgleich. Wir dürfen uns was wünschen.
Plätze verteidige ich, aber beeilt euch.

Sitzplätze waren immer rar, an Abenden mit Livemusik hatte man im Prinzip keine Chance mehr, wenn man später kam. Das war aber auch gar nicht so schlimm, denn es war immer ein buntes Durcheinander, Menschen tanzten, wechselten die Tische und Gruppen und schrien sich auch mal quer durch den Raum irgendwas zu.

»Morgen kommt schon meine Woolhouselieferung«, erzählte Fenja jetzt und Maighread freute sich.

»Ich habe es dir doch gesagt, die sind super. Und die Wolle wird dich begeistern, da bin ich sicher.«

»Ich bin schon unglaublich gespannt. Und bei der nächsten Bestellung ist auf jeden Fall auch die Alpakawolle dabei, von der du so geschwärmt hast.«

Maighread lachte und zuckte entschuldigend mit den Schultern. »Sorry, ich weiß, ich bin schlimm. Ich schwärme immer so viel. Aber hey, was soll ich denn tun? Immer die Wolle, über die ich gerade spreche oder die ich gerade auf den Nadeln habe, ist meine Lieblingswolle. Und dann muss ich natürlich schwärmen. Kommt eine andere Wolle ins Spiel, geht es von vorn los. Aber Alpaka ist bei mir auf jeden Fall vorn mit dabei bei den Lieblingen«, bekundete sie und bei dem Strahlen in ihren Augen konnte Fenja gar nicht anders, als es ihr zu glauben.

»Die West Yorkshire Spinners haben auch ein Garn mit Alpaka im Sortiment. Die Illustrious. Allerdings nur dreißig Prozent, siebzig Prozent sind Falklandwolle. Das Besondere daran ist, dass es britische Alpakawolle ist.«

»Echt? Wow, ich wusste gar nicht, dass es das gibt.«

»Oh doch, ach, du wirst noch oft staunen, was es alles gibt.« Maighread lachte. »Ich staune selbst immer wieder, obwohl ich schon eine ganze Weile im Geschäft bin. Die britische Alpakawolle finde ich persönlich ziemlich spannend. Ich bilde mir ein, dass sie eine etwas andere Struktur hat, sie ist ein bisschen griffiger als die Qualitäten aus Südamerika, die meist flauschiger und weicher sind. Wobei wir nur von Nuancen sprechen. Flauschig sind sie sowieso alle«, beeilte sie sich zu erklären.

»Flauschig klingt schon mal gut«, sagte Fenja, noch immer beeindruckt, wie wollverliebt Maighread war. Man konnte richtig sehen, wie ihr Herz übersprudelte vor Begeisterung. Und weil Fenja entschlossen war, so viel wie möglich von Maighreads Wissen aufzusaugen, fragte sie: »Worauf muss ich noch achten?«

»Die Herkunft ist nur eine Sache. Auch bei Alpakawolle der gleichen Herkunft gibt es Qualitätsunterschiede. Es kommt darauf an, ob du Baby Royal, Baby Alpaka, Alpaka Superfine oder Alpaka Medium auf den Nadeln hast.«

»Baby Royal klingt wie ein absoluter Kuscheltraum«, tippte Fenja und Maighread nickte begeistert.

»Absolut!«, stimmte sie Fenja zu. »Bei der Auswahl kommt es darauf an, was du stricken möchtest. Für eine etwas festere Jacke ist Alpaka Superfine oder sogar Medium besser als das ganz flauschige Baby Royal. Das ist wie bei der Schafwolle auch. Es gibt enorme Unterschiede. Wobei du bei den Schafen sogar Wolle von speziellen Rassen bekommst.«

Bevor Fenja nachfragen konnte, wurde der freie Stuhl unter dem Tisch hervorgezogen und Hannah ließ sich darauf plumpsen.

»Moin«, japste sie. »Darf ich?« Sie zeigte auf Fenjas Gingerale.

»Klar«, sagte Fenja. »Prost.«

Lennard kam auch an den Tisch und setzte sich neben Hannah. »Moin«, sagte er.

»Moin«, grüßte Maighread zurück und musterte den Neuankömmling neugierig. Auch Joshua und die anderen erwiderten das nordische Moin.

Hannah kippte das kalte Getränk mit zwei langen Schlucken die Kehle hinunter. »Ahh«, sagte sie dann. »Das tat gut.«

Sie sah sich um, was sonst an Getränken auf dem Tisch stand. Malte, Joshua, Jan und Elisabeth hatten sich ein Bier bestellt, Maighread, Fenja und Tahmineh tranken Weißwein und Hannah hatte bis gerade eben noch ein Gingerale vor sich stehen. Das war zur Tradition geworden, nachdem Elisabeth Fenja und Hannah bei ihrem ersten gemeinsamen Kneipenabend gnadenlos unter den Tisch getrunken hatte. Seither spülten Fenja und Hannah immer mit reichlich Gingerale nach und setzten bei vielen Runden einfach aus. Persönliche Erfahrung war eben ein kluger Lehrmeister.

»So«, donnerte Elisabeth über den Tisch. »Da nun endlich alle da sind, wie wäre es mit einer kleinen Willkommensrunde für unsere neuen Freunde? Whisky?«

Schon war sie aufgestanden und bahnte sich zwischen den vielen Gästen ihren Weg zur Theke.

»Arran Marsala Cask«, sagte sie, als sie bald darauf mit einem Tablett zurückkam. »Frucht mit Karamell und Vanille. Im Abgang süße Eiche und kandierte Äpfel. Einer meiner liebsten.« Sie hatte nicht nur neun Gläser auf dem Tablett stehen, sondern auch eine Flasche. »Ich habe keine Lust, mich dauernd um Nachschub zu kümmern«, erklärte sie achselzuckend, als sie Fenjas Blick bemerkte. Die grinste nur und sah unauffällig zu Joshua, der sicher noch nicht ahnte, was auf ihn zukam.

»Slàinte mhath«, rief Elisabeth gleich darauf und erntete für diesen schottischen Trinkgruß Joshuas anerkennenden Blick.

Maighread nahm einen vorsichtigen Schluck, Joshua kippte mutiger, aber trotzdem so, dass der Whisky Zeit hatte, sein Aroma zu entfalten.

»Was sagst du? Kann dein Freund so etwas auch?«, wollte Elisabeth wissen. Sie nahm die Flasche und schenkte nach.

Es war so schön, Elisabeth wieder aufblühen zu sehen. Den ganzen Tag hatte sie sehr geknickt gewirkt, jetzt fiel die Anspannung von ihr ab. Fenja und Hannah hielten ihre Hand über die Gläser. Sie wussten, was gut für sie war. Die anderen nahmen die zweite Runde gern an.

Jan begann sich mit Tahmineh zu unterhalten, während Elisabeth und Joshua in ein Fachgespräch über Whisky versanken. Sie wussten beide erstaunlich viel über die Produktion, Angebot und Aromenvielfalt.

Malte zwinkerte Fenja amüsiert zu und hob vielsagend die Augenbrauen. Er sprach jetzt mit Lennard über die Bilder für Elisabeths Webseite. Fenja erzählte Maighread von der Yogakollektion, die immer mehr Teile und Details bekam.

Elisabeth schenkte Joshua und sich wieder nach. Alle anderen hatten noch etwas in den Gläsern.

»Die wissen nicht, was gut ist«, sagte Elisabeth, lachte dröhnend und hob Joshua zum Prost ihr Glas entgegen.

Ihrem Tisch gegenüber hatten sich Chris und Bo inzwischen platziert. Sie begannen zu spielen. Fenja kannte die beiden noch nicht. Chris spielte Gitarre und Bo Geige. Im Laufe der ersten Konzertrunde stellte sich heraus, dass beide sangen – mal allein, mal zusammen oder als Duett mit verteilten Einsätzen.

Die Musik war klasse. Klassiker und Modernes gemischt. Fenja beobachtete Maighread, die vergnügt im Takt wippte und bei manchen Songs auch mitsang. Es war offensichtlich, wie viel Freude sie an der Livemusik hatte.

Die Stimmung wurde immer gelöster, alle hatten ihren Spaß und Joshua hielt noch immer wacker mit Elisabeth mit.

Maighread hatte längst mitbekommen, dass alle am Tisch immer wieder amüsiert das Whiskytreiben beobachteten. Sie lachte nur. »Ich hoffe, es gibt Kopfschmerztabletten im Hotel. Ich sehe einen Kater anschleichen.«

Malte stand auf. Er kam zu Fenja herüber und gab ihr einen Kuss. Dann ging er zur Toilette.

Als er wiederkam, sagte Chris: »Ladies and Gentlemen, wie mir gerade zu Ohren gekommen ist, haben wir heute besondere Gäste. Heißen wir sie willkommen mit einem Lied, das höchstwahrscheinlich von Kindheit an durch ihre Adern fließt.«

Fenja warf Malte einen überraschten Blick zu. Er grinste zufrieden. Von wegen Toilette, er hatte mit den Musikern gesprochen.

Chris nickte Bo zu und sie begann auf der Geige zu spielen.

Joshua und Maighread hatten nicht mitbekommen, dass Chris von ihnen gesprochen hatte. Jetzt hoben sie beide die Köpfe und lauschten den ersten Tönen.

»Das ist für euch, Maighread und Joshua«, sagte Chris noch, dann setzte er auch schon ein: »By yon bonnie banks and by yon bonnie braes …«

Joshua erhob sich. Er breitete die Arme aus und schmetterte das Lied aus voller Brust mit. Tosender Applaus brandete auf, als die letzten Töne verklungen waren.

Joshua ging zu Chris und Bo hinüber und bedankte sich bei den beiden. Er hielt sich noch ziemlich gut auf den Beinen, auch wenn die Schritte ein wenig an Sicherheit verloren hatten.

Maighread hatte rote Wangen.

»Ihr könnt das nicht wissen, aber das ist tatsächlich so etwas wie unser Lied«, erzählte sie und gab Joshua, der sich gerade wieder neben sie setzte, einen Kuss.

»Auf die Liebe«, schmetterte Joshua und hob sein Glas.

»Was hat es mit dem Song auf sich?«, wollte Lennard wissen. Fenja konnte ihm an der Nasenspitze ansehen, dass er eine gute Geschichte witterte.

»Als ich zum ersten Mal nach Callwell kam, oder sagen wir, als ich zum ersten Mal auf dem Weg nach Callwell war, machte mir ein Sturm einen Strich durch die Rechnung. Eine Böe fegte meinen Wagen von der Straße. Ich konnte zwar einen Unfall verhindern, aber nachdem es mich über eine Kante gedrückt hatte, war ein Reifen platt. Es schüttete und ich hatte keine Ahnung, wo genau ich war. Es ging mir damals ohnehin nicht besonders gut, dazu kam die Kälte und die Ungewissheit, wann mich jemand finden und aus der misslichen Lage befreien würde.«

Nicht nur Lennard hing an Maighreads Lippen. Sie merkte es und nahm einen Schluck Whisky, bevor sie weitersprach.

»Ich war wirklich ziemlich verzweifelt, hatte den Kopf zurückgelegt und die Augen geschlossen. Da hörte ich plötzlich eine Männerstimme, die dieses Lied, den Loch Lomond

Song, über die Wiesen der Highlands schmetterte. Ich riss die Augen auf und ...« Maighread drehte ihr Glas in der Hand und warf Joshua ein Lächeln zu.

»Sie dachte, ich sei Ed Sheeran«, vollendete er die Geschichte.

Lautes Gelächter erschallte. Maighread lachte genauso laut wie alle anderen. Nachdem es wieder etwas ruhiger geworden war, sagte sie: »Und seither singt Joshua bei jeder Gelegenheit Ed-Sheeran-Songs, um mich an diese peinliche Verwechslung zu erinnern, der Schuft.« Mit roten Wangen und funkelnden Augen blitzte sie den Mann an, dem ganz offensichtlich ihr Herz gehörte.

»Was für eine Lovestory«, murmelte Lennard. Fenja war sich ziemlich sicher, dass hier gerade ein neuer Artikel für die Inselzeitung Möwenschiet seinen Anfang gefunden hatte.

»Hey, scheint, dass du öfter singst. Wie wäre es? Willst du uns das Vergnügen bereiten?«, fragte Malte.

Joshua aber schüttelte den Kopf. »Danke, aber das muss wirklich nicht sein. Wir haben wunderbare Musiker hier, lassen wir ihnen ihre Bühne.«

Malte, der sich schon halb erhoben hatte, setzte sich wieder und nickte. »Du hast recht, genießen wir heute lieber einfach.«

»Daraauftrinkenwirnochnglas«, rief Elisabeth. Sie musste sich ziemlich konzentrieren, damit sie beim Einschenken das Glas auch traf.

»Elisabeth, du hast gewonnen«, sagte Joshua und schob den Whisky von sich weg. »Ich glaube, noch einen, und Maighread muss mich nach Hause tragen.«

Er sah Elisabeth an, doch von ihr kam keine Reaktion. Sie hatte sich an Jan gelehnt und war in der gleichen Sekunde eingeschlafen. Sie schnarchte.

»Ich glaube, du bist nicht der Einzige, der heimgetragen werden muss«, sagte Hannah und kicherte. »Unentschieden, würde ich sagen.«

***

Die Band ließ sich von den begeisterten Zuhörern noch zu zwei Zugaben überreden, doch schließlich gab sie ihr letztes Lied des Abends zum Besten und fing an zusammenzupacken. Elisabeth war wieder wach und nach einem großen Glas Wasser auch schon wieder erstaunlich fit. Alle waren sich einig, dass es Zeit war, aufzubrechen.

Fenja trat mit Maighread als Erste vor die Tür und atmete tief die frische, klare Luft ein. Sie blieb einen Moment stehen und ließ ihren Kopf in den Nacken fallen. Der Himmel war tiefschwarz und sternenklar.

»Leute, ich habe eine Idee!«, rief sie plötzlich und alle sahen sie überrascht an. »Das hier ist die perfekte Nacht für einen Besuch am Leuchtturm!« Sie warf Malte einen verschwörerischen Blick zu und grinste selbstzufrieden. »Es ist nicht ganz legal, aber wenn wir uns alle benehmen …«

Malte zögerte, doch sie sah ihm an, wie verlockend er die Idee fand. Alle anderen bis auf Hannah wirkten etwas irritiert.

»Den Leuchtturm haben wir schon gesehen. Tagsüber, damit wir auch hinauf können«, erklärte Joshua. »Aber jetzt ist er doch geschlossen. Willst du etwa einbrechen?«

»Maighread hat mir erzählt, dass ihr oben wart, aber bei Nacht ist es etwas anderes – etwas ganz Besonderes. Aber nein, ich möchte nicht einbrechen. Zumindest nicht in den Turm, nur auf das Gelände. Ich kannte mal einen ziemlich rebellischen, ziemlich scharfen Jungen, der mich an einem Abend wie heute einmal dorthin mitgenommen hat. Er wollte mich rumkriegen und ich muss gestehen, es hat geklappt.« Jetzt war ihr Grinsen noch breiter. Sie machte einen Schritt auf Malte zu und gab ihm einen innigen Kuss.

Malte gab sich geschlagen und nickte. »Wie könnte ich da wiederstehen! Folgt mir ins Abenteuer!«

Kapitel 14

Maighread

Wolken hatten sich vor den Mond geschoben. Ohne das Fahrradlicht war es so finster, dass Maighread die Hand vor Augen nicht sehen konnte.

»Ich bin so aufgeregt«, wisperte sie. »Ich kann gar nicht glauben, dass wir das wirklich machen.«

»Und ich bin total gespannt, wie das Licht von unten betrachtet wirken wird«, antwortete Joshua.

Fenja hatte ihnen auf dem Weg von der Maus zum Leuchtturm erklärt, dass das Leuchtfeuer vom Fuße des Turms aus nicht aus einem einzigen rotierenden Strahl bestand, sondern dass die besonders geschliffene Fresnel-Linse den Lichtstrahl so nah an der Quelle in sechzehn einzelne Strahlen aufspaltete, die um den Turm herum kreisten.

So richtig konnte Maighread sich das noch nicht vorstellen, doch ihre Spannung stieg, je näher sie kamen.

Fenja, die vor ihnen fuhr, bremste langsam ab. »Lasst uns die Räder hier abstellen und den Rest zu Fuß gehen. Wir wollen ja nicht, dass jemand auf uns aufmerksam wird, oder?«

»Gibt es auf Amrum eigentlich ein Gefängnis?«, fragte Maighread übermütig. Bei dem Gedanken daran, vielleicht verhaftet zu werden, wurde ihr allerdings kurz mulmig.

»Im Revier haben wir eine Zelle, um notfalls jemanden ausnüchtern zu lassen oder einen Gefangenen unterzubringen, bis er aufs Festland verlegt werden kann. Aber Leuchtturmgucker saßen da eher noch keine drin, wenn ich mich recht erinnere«, beruhigte Hannah sie.

»Dann soll es bitte auch so bleiben. Ohh, wenn ich das hier Chloe erzähle, flippt sie aus.« Maighread kicherte aufgeregt, bemühte sich aber, nicht zu laut zu sein. »Ganz ehrlich, ich kann mich gar nicht erinnern, wann ich das letzte Mal Regeln gebrochen habe. Ich glaube, es wurde höchste Zeit.«

»Also wirklich«, kam es ebenfalls leise von Joshua. »Kann es sein, dass ich gerade dein wahres Gesicht sehe? Hast du mir die brave Frau bislang nur vorgespielt?«

»Ja«, erwiderte Maighread lässig. »Sei froh, dass du es jetzt erfährst, da kannst du es dir noch mal überlegen, ob du mich tatsächlich heiraten möchtest.«

Joshua zog sie an sich. »Spätestens jetzt hättest du mein Herz erobert. Dieser Hauch des Verruchten steht dir verdammt gut.«

»Hm, wenn du es sagst.« Maighread überlegte. »Heißt das, ich muss jetzt öfter mal etwas Unerlaubtes anstellen?«

»Unbedingt! Aber nur, wenn ich mitmachen darf.«

Sie folgten Fenja und Malte, die halblaut flüsternd diskutierten, wo die Stelle mit dem Loch genau sein müsste.

Über ihnen streute der Leuchtturm regelmäßig seinen hellen Schein in die Welt hinaus. Von hier aus war noch ein Einzelstrahl erkennbar, der aus der Ferne zu einem alle siebeneinhalb Sekunden aufblitzenden Leuchten wurde, wie Lennard ihnen gerade ebenfalls flüsternd erklärte.

»Wow«, hauchte Maighread jetzt, als sie auf einer Dünenkuppe den Kopf in den Nacken legte und zum Himmel hochsah. Dort funkelten wirklich unzählige Sterne. Hier, ohne weitere Lichtquellen, waren sie noch besser zu erkennen als im Biergarten der *Blauen Maus*.

Die Unendlichkeit des Weltalls wirkte verrückterweise so nah, als könnte man danach greifen.

»Unbeschreiblich«, stimmte auch Joshua in Maighreads Überwältigung ein.

Beim Anblick der Sterne in dieser vollkommenen Stille überkam Maighread ein Gefühl des Glücks und gleichzeitig wurde sie sich ihrer eigenen Vergänglichkeit bewusst. Wer war sie denn schon, angesichts dieser Weite? Sie fühlte sich, als wäre sie eins der Sandkörner am Kniepsand. In der schieren Masse von Sandkörnern verlor das einzelne Korn seine Wichtigkeit. Erst wenn man sich vom Gesamtanblick löste und ins Detail zoomte, wurde wieder klar, dass jedes einzelne Körnchen seinen Teil zur Gesamtheit beitrug.

Maighread musste über sich selbst lachen.

»Ha, habe ich doch gesagt!«, hörte sie Fenjas geflüsterten Triumphruf und schon krochen sie einer nach dem anderen durch das Loch, bis sie alle auf der anderen Seite standen.

»Wurde aber auch Zeit«, flüsterte Maighread Joshua zu. »Diese Weite bringt meine Hirnwindungen dazu, sich ausdehnen zu wollen. Ich verfasse gerade gedanklich aberwitzige philosophische Abhandlungen über die Bedeutung eines einzelnen Sandkorns.«

»Klingt spannend. Selbstverständlich ist jedes Sandkorn wichtig«, kam es wie aus der Pistole geschossen von Joshua.

»Und genau deshalb liebe ich dich, Joshua McLoughlin«, stellte Maighread fest und zog ihn an sich, um ihm einen Kuss zu geben. Ihr plötzlicher Stopp führte dazu, dass Elisabeth beinahe in sie hineinlief. Jan fing sie auf und nutzte die Gelegenheit, sich ebenfalls einen Kuss von ihr zu stibitzen. Maighread musste kichern. Die Aufregung des nächtlichen Abenteuers ließ ihre Nerven auf eine wunderbare Art vibrieren.

»Los, weiter«, schimpfte Elisabeth ebenfalls mit einem Lächeln in der Stimme. »Sonst verlieren wir die anderen aus den Augen und finden nie wieder raus hier!« Zusammen kraxelten und stolperten sie gut gelaunt die Dünen hinauf bis zu der gemauerten Plattform, auf der der Leuchtturm stand.

»Herzlich willkommen!«, verkündete Fenja und ließ sich auf den Boden plumpsen. Alle anderen taten es ihr gleich, bis sie in einer Reihe nebeneinander auf dem noch immer warmen Asphalt lagen. Maighread schmiegte sich an Joshua und hob die Augen in den Himmel.

»Fenja, du hattest recht. Es ist absolut atemberaubend und außergewöhnlich«, hauchte sie völlig überwältigt.

Die sechzehn Strahlen bildeten zusammen einen Schirm aus Licht, der langsam um sie herum kreiste. Maighread fühlte sich darunter wunderbar geborgen. Trotzdem schränkte diese Kuppel nicht das Gefühl der Unendlichkeit ein, das sie gerade noch empfunden hatte. Auch von hier waren die Millionen funkelnden Sterne und die Weite des Firmaments zu erkennen. Maighreads Herz schlug schneller vor Glück und Rührung.

Wie vielen Menschen dieses Licht wohl schon das Leben

gerettet hatte? Es war kein Wunder, dass Leuchttürme das Symbol für Hoffnung und Geborgenheit waren.

»Ich liebe dich«, flüsterte Joshua. Er lehnte sich zu Maighread hinüber und gab ihr einen warmen Kuss.

Mein Leuchtturm heißt Joshua, dachte Maighread.

Dieser Moment hier unter der schützenden Lichtkuppel des Leuchtturms bewegte sie so sehr, dass ihre Augen feucht wurden. Mit ihrem Tuch wischte sie sich die Schläfe trocken, an der eine Träne hinuntergelaufen war. Sie griff nach Joshuas Hand und drückte sie. Nach und nach verstummte auch das Wispern und Kichern der anderen und für einige Minuten lagen sie alle schweigend da und beobachteten dieses wunderschöne Schauspiel. Das hier brauchte keine weiteren Worte.

Plötzlich hörten sie Lachen vom Weg unterhalb des Leuchtturms. Sie verharrten ganz still und lauschten den Stimmen, die sich langsam wieder entfernten.

»Puh«, machte Maighread und stieß die Luft aus, die sie unwillkürlich angehalten hatte. »Jetzt dachte ich schon, wir werden erwischt.« Auch allen anderen war die Erleichterung anzumerken.

»Ich glaube, das ist unser Stichwort«, entschied Lennard. »Wir sollten aufbrechen. Kommt ihr auch, oder bleibt ihr noch?« Einstimmig entschieden sie, sich ebenfalls auf den Weg zu machen.

Dieses Erlebnis würde Maighread als ganz besondere Erinnerung mit nach Schottland nehmen.

Auf der anderen Seite des Zauns angekommen, rief Joshua den anderen einen gedämpften Gruß zu und zog Maighread mit sich. »Hey, falsche Richtung«, korrigierte Maighread ihn.

Doch Joshua zog sie mit sich. »Nein, nein, das stimmt schon so. Zum Strand geht es hier entlang.«

»Oh«, kam es über Maighreads Lippen. Doch dann gab sie Joshuas Ziehen nach und folgte ihm durch die Dünen.

Kapitel 15

Elisabeth

Als ich kurz nach sieben barfuß über den Strand lief, war der Sand unter meinen Füßen noch kühl. Die noch tief stehende Sonne konnte ich nur erahnen. Sie hing hinter einer dicken grauen bis dunkelgrauen Wand aus Wolken. So wie das aussah, braute sich da ein ordentliches Unwetter zusammen. Die Nordsee war aufgewühlt, die Wellen rollten mit lautem Rauschen auf den Strand, das Wasser war trüb und voller Seegras und Treibgut. Normalerweise liebte ich die stürmische See, heute weckte sie ein ungutes Gefühl in mir. Obwohl es nicht kalt war, fröstelte mich. Nur drei Stunden Schlaf waren sogar für mich zu wenig.

Bis auf einen einzelnen Spaziergänger mit Hund und einige Seevögel hatte ich den Strand für mich. Das brauchte ich auch, um mich zu sortieren. Als zusätzlichen Schutz vor anderen Menschen suchte ich mir ein Plätzchen zwischen den Dünen. Wer nicht wusste, dass ich hier war, würde mich auch nicht finden. Und so hatte ich hier genau das, was ich wollte: Ruhe.

Ich versuchte mich auf meine Asanas zu konzentrieren, und hoffte, dass mir das helfen würde, meine Gefühle wieder ordnen zu können. Ordnung im Körper bringt Ordnung im Herzen, hatte einer der Yogi in Indien einmal zu mir gesagt.

Heute hatte ich Gelegenheit, diese Weisheit zu testen. Aber noch war ich nicht wirklich bei der Sache. Meine Gedanken wanderten zum Vorabend und unserer Zeit in der *Blauen Maus*.

Dieser Schotte hatte mich doch tatsächlich beinahe unter den Tisch getrunken, ich konnte es kaum glauben. So etwas war mir lange nicht passiert. Nach dem kurzen Powernap an Jans Schulter war ich relativ fit wieder aufgewacht. Laut den anderen hatte ich zehn Minuten geschlafen. Sie hatten sogar behauptet, ich hätte geschnarcht. Ich konnte es nicht beurteilen, war aber geneigt, ihnen zu glauben. Aber wenn, dann hatte es sicher nur an der merkwürdigen Schlafposition gelegen.

Ich erinnerte mich nur noch, dass ich eingeschlafen war und nach dem Aufwachen Joshua mit einem Glas Apfelschorle wahrgenommen hatte. Sein Glas mit dem Whisky stand noch vor ihm.

»Ha«, hatte ich gerufen. »Von wegen trinkfester Schotte!« Einen Moment hatte ich mein eigenes Glas angesehen und überlegt, ob ich als Triumph den einen noch trinken sollte. Dann hätte ich gewonnen.

Doch glücklicherweise hatte mein Verstand das Kommando übernommen. Statt das Glas zu greifen, hatte ich anerkennend Joshua die Hand hingestreckt.

»Nicht schlecht für einen Kerl, der zwischendurch Röcke trägt«, hatte ich gesagt.

Nüchtern hätte ich mir den Spruch vermutlich verkniffen, denn ich wusste nicht, ob Joshua meinen Humor teilen oder vielleicht, in der Ehre gekränkt, sehr eingeschnappt reagieren würde. Das synchrone Einatmen und Luftanhalten um mich herum hatte mir bestätigt, dass ich mich gerade auf dünnes Eis gewagt hatte. Aber da war es zu spät gewesen. Meine flotte Zunge hatte längst gesprochen.

Doch die Anspannung hielt nur kurz. Joshua hatte eingeschlagen und gekontert: »Nicht schlecht für eine toughe Frau, der ein Rock zwischendurch bestimmt auch gut stehen würde.«

Damit waren wir quitt gewesen und hatten gemeinsam über uns lachen können. Den Rest des Abends hatte ich mich vernünftigerweise Joshua angeschlossen und war auch zu Apfelschorle übergegangen.

Dieses Wetteifern war ja sowieso totaler Blödsinn und im wahrsten Sinne des Wortes eine Schnapsidee gewesen. Schließlich trank ich Whisky, weil ich ihn mochte, und nicht, um zu zeigen, was für ein Mordsweib ich war, das Kerle unter den Tisch saufen konnte. Es war ein Späßchen unter Freunden gewesen und wir hatten genau den richtigen Moment gefunden, um es zu beenden.

Dieser Schotte war echt ein patenter Kerl. Und seine Freundin hätte gut die Rolle von Claire übernehmen können, der Sassenach aus den Outlanderfilmen. Sie sah aus wie aus dem Film gefallen. Ich sollte die Serie mal wieder anschauen, kam es mir da in den Sinn. Vielleicht mochte Jan diesen Highlandflair auch, ich würde ihn fragen. Der Besuch von Maighread und Joshua hatte mich wieder daran erinnert, wie gern ich Schottland und die damit verbundene Mystik mochte.

Als ich an Jan dachte, musste ich lachen. Sein ungläubiges Gesicht, als ich die Kopfschmerztablette dankend abgelehnt hatte, die er mir kurz nach sechs zusammen mit einem großen Glas Wasser und einer Tasse Kaffee ans Bett gebracht hatte, war wirklich köstlich gewesen.

»Gibt es irgendwo ein Gesetz, dass man einen Kater zu haben hat, wenn man abends feiern war?«, hatte ich noch etwas verschlafen gebrummt. »Meinem Kopf geht es ganz ausgezeichnet, aber danke für deine Fürsorge, das ist wirklich lieb.«

Den Kaffee hatte ich allerdings dankend genommen. Kaffee ans Bett gebracht zu bekommen – das war etwas, woran ich mich durchaus gewöhnen könnte.

Bei dem nächsten Gedanken an Jan seufzte ich unwillkürlich und mein Magen zog sich zusammen. Was für ein verdammter, verdammter Mist das doch war. Seit Florians Auftauchen gab es diese unsichtbare Wand zwischen uns. Jan war unsicher, ich konnte es fühlen. Dachte er wirklich, ich könnte mich insgeheim zu Florian zurücksehnen und wollte mir nicht im Weg stehen?

Wenn dadurch nicht solch ein Problem zwischen uns entstanden wäre, könnte ich ihn dafür fast noch mehr lieben. Die Welt brauchte Menschen wie Jan, die keinem anderen etwas Böses unterstellten und immer an das Gute glaubten. Aber statt ihn noch mehr zu lieben, war ich schockiert und fühlte mich zurückgestoßen. Ich kämpfte mit den Schatten der Vergangenheit, die Florian wieder heraufbeschworen hatte. Und brauchte einen Jan, der wusste, was er will und mir das zeigte. Ich brauchte einen Fels in der Brandung, einen Anker in diesem elenden Sturm, den Florian entfesselt hatte.

Ach, wie gern würde ich hexen können. Ich würde Florian einen richtig fiesen Fluch auf den Hals zaubern. Meine Gedanken sprangen hin und her. Ich überlegte, was ich ihm anhexen würde. Fußpilz? Mundgeruch? Pickel am Hintern? Haarausfall? Nein, das auf keinen Fall. Es gab genug Frauen, die auf Männer mit Glatze standen. Und alles andere war zwar vielleicht lästig, aber viel zu harmlos. Es musste etwas sein, was ihm das Leben schwer machte und Frauen vor ihm schützte. Ha, jetzt wusste ich es. Ich würde ihn so verhexen, dass er nur noch die Wahrheit sagen könnte. Genau wie in diesem einen Film, dessen Titel mir nicht einfiel. Jim Carrey spielte mit.

Ganz automatisch hatte ich während all meiner Überlegungen bereits angefangen zu trainieren. Normalerweise praktizierten Jan und ich sehr gern zusammen, besonders als gemeinsamer Start in den Tag war das etwas Wunderbares. Heute war er aber direkt in die Werkstatt gefahren, um ein paar letzte Vorbereitungen für Fenjas neuen Ladenraum zu erledigen. Wir wollten uns um halb neun bei ihr treffen.

Eine Gestalt kam über den Sand auf mich zugestapft. Es war ein Mann, ich sah ihn aus dem Augenwinkel und im nächsten Moment wusste ich, wer sich da näherte. Der Dummschwätzer, schoss es mir in den Sinn. Genau das war der Titel des Films gewesen. Ich richtete mich auf und stemmte die Hände in die Hüften.

»Was willst du?«, schrie ich ihm entgegen. »Verschwinde wieder, ich will meine Ruhe.« Wie hatte er mich hier entdeckt?

Ein paar Möwen, die neben mir in der Düne gesessen hatten, flatterten bei dem Donnergrollen, das sich in meine Stimme gelegt hatte, erschrocken auf. Nur Florian stapfte unbeeindruckt weiter auf mich zu.

»Lass dich bei deinem Quatsch nur nicht stören. Ich schau dir gern zu, wie du den Hintern Richtung Himmel reckst.«

Mir wurde schlecht bei seinem süffisanten Tonfall. Das könnte ihm so passen. Einen Teufel würde ich tun, ihm hier eine Show zu liefern.

»Was willst du?«, fragte ich genervt.

»Dich«, kam die Antwort prompt.

»Wieso ausgerechnet jetzt?«, wollte ich wissen. »Wie kommt das? Und erzähle mir nichts von Zufall und Liebe und plötzlicher Weisheit, wer deine für dich bestimmte Frau ist und den ganzen Quatsch. Ich kenn deine gesamte Palette, Florian, und ich gebe keinen Pfifferling auf dein Gesäusel. Also. Sag mir die Wahrheit. Warum bist du hier?«

»Ich liebe dich, Elisabeth. Und weil ich wissen wollte, wie es dir geht, habe ich jemanden gebeten, nach dir zu sehen und mir zu berichten. Ist das denn so ungewöhnlich? Wir waren verheiratet. Das bedeutet doch was.«

Ich schnappte nach Luft. Mir wurde schwindlig vor Zorn. In meinen Ohren brauste es und nur mit Mühe konnte ich den Wunsch unterdrücken, einfach auf Florian loszugehen und auf ihn einzuschlagen. Aber das war seine Art, Dinge zu bewältigen, nicht meine. Auch wenn ich es gerade jetzt gern getan hätte, wusste ich, dass ich mich dadurch nur noch viel schlechter fühlen würde. Also ballte ich nur die Hände zu Fäusten und beschränkte mich darauf, ihm mit meinem Blick meine ganze Abscheu entgegenzuschleudern.

»Du hast einen Dachschaden, Florian. Wenn du einen guten Rat möchtest: Mach eine Therapie. Deine Familie mag stinkreich sein und dir die beste Ausbildung ermöglicht haben, was sie dir aber nicht vermitteln konnte, ist emotionale Intelligenz. Die fehlt dir komplett.«

»Eine Therapie?«, griff Florian den Faden auf. »In Ordnung, Liebling. Wir können zusammen eine Therapie machen. Das wolltest du doch sowieso immer.«

Damit kam er allerdings Jahre und einen heftigen Faustschlag in mein Gesicht zu spät.

»Das, lieber Florian, wollte ich, bevor du mir den Unterkiefer zerschmettert hast. Jetzt will ich nur noch eins: meine Ruhe und ein Leben ohne dich, genau wie ich es mit meiner Unterschrift unter den Scheidungspapieren bestätigt habe.«

Sekundenlang standen wir uns regungslos gegenüber. Das Unwetter, das ich erwartet hatte, nahm Fahrt auf. Es blitzte am Horizont, gleich darauf vibrierte der Himmel unter der Wucht eines lang anhaltenden Donners.

Florian nickte. Ein Schleier legte sich über seinen Blick.

»So ist das also. Du wirfst unsere Beziehung weg. Bist dir zu fein für deinen Mann. Aber weißt du was? Vermutlich kann ich froh sein, dass du mir erspart bleibst. Ich wünsche dir viel Spaß in deinem neuen Leben, Elisabeth.«

Er drehte sich weg und ging zwei Schritte. Beinahe wollte ich bereits erleichtert aufatmen. Da blieb er stehen und wandte sich wieder zu mir um. »Aber, Liebling, glaube nicht, dass du weiter auf meine Kosten leben kannst. Die Zeit der Großzügigkeit ist vorbei. Du willst ohne mich leben? Aber klar, kannst du. Aber dann auch ohne mein Geld. Ich will jeden Cent von dir zurück, den du dir ungerechtfertigterweise von mir erpresst hast. Jeden. Cent.«

»Jetzt drehst du komplett durch. Ich habe mir gar nichts erpresst. Was fällt dir denn ein?«

»Du hast behauptet, ich hätte dich geschlagen, nur um einen Vorteil dadurch zu erlangen. Wenn das keine Erpressung ist, was denn dann?« In seinen Augen loderten Hass und Wahnsinn. Ich schlang fröstelnd die Arme um mich.

»Du hast nur eine Kleinigkeit vergessen«, sagte ich und zwang mich, ganz ruhig zu sprechen. »Es gibt eine Krankenakte, dort sind auch Fotos zu finden. Und die Anzeige bei der Polizei ist auch noch aktenkundig, auch wenn ich sie damals zurückgezogen habe, weil deine Familie alles dafür getan hat, den Namen reinzuwaschen.«

»Dachte ich mir schon, dass du versuchst, mir so zu kommen.« Das Funkeln in Florians Augen machte mir Angst. Er grinste hämisch. »Aber ich muss dich enttäuschen. Was du hier anführst, ist alles längst Schall und Rauch«, sagte er. Um seine Worte zu unterstreichen, zog er ein Feuerzeug aus der Tasche, knipste es an und blies die Flamme kalt lächelnd aus.

Jetzt wurde mir klar, weshalb er so selbstsicher war. Ich war so eine Idiotin. Natürlich. Seine Familie hatte ihre Beziehungen spielen lassen und die Beweise vernichtet. Oder spielte er mir das nur vor, um mir Angst zu machen? Ich wusste es nicht, doch seine Taktik funktionierte.

»Morgen werde ich dich noch einmal fragen. Ich komme vormittags zu dir. Vielleicht bietest du mir einen Tee an und wir können reden. Ich will diese Tür nicht zuschlagen. Du hast noch immer die Möglichkeit, dich umzuentscheiden. Ansonsten wirst du wohl betteln müssen, dass dieses Handwerkerbürschchen dich bei sich aufnimmt. Das Haus wirst du nicht behalten können.«

Ein weiterer Blitz schoss den Himmel entlang, dieses Mal wurde er direkt von Donner begleitet. In der nächsten

Sekunde prasselten dicke Tropfen auf uns nieder, als hätte jemand einen Wasserhahn aufgedreht.

Noch einen Augenblick starrte Florian mich an, dann wandte er sich ab und ging siegessicher davon.

Ich schaffte es noch einige Sekunden, mich zusammenzureißen, dann gab es kein Halten mehr.

Ich war vollkommen außer mir. Heftige Schluchzer schüttelten mich und ich lief ebenfalls los – in entgegengesetzte Richtung. Zuerst war ich ziellos, dann merkte ich irgendwann, dass ich auf dem Weg zum Dogissimo war. Es schüttete noch immer, es war mir gleichgültig.

Ich war zu früh dran, aber auch das war egal. Wie auf Amrum üblich, war die Haustür nicht abgeschlossen. Immer noch heftig weinend trat ich ins Haus und in Fenjas Küche. Tahmineh war schon wach. Sie stand am Herd und rührte in einem Topf. Dabei sang sie leise vor sich hin.

Als sie mich sah, schrie sie vor Schreck auf. Was kein Wunder war. Mit Sicherheit sah ich zum Fürchten aus. Klatschnass und total verheult.

Tahmineh rief mir etwas auf Arabisch zu, rannte aus der Küche und die Treppe hinauf. Ich ließ mich auf den nächstbesten Stuhl sinken und schluchzte. Seit Florian mir seine Drohung vor die Füße geschmettert hatte und weggegangen war, konnte ich nicht mehr aufhören zu weinen.

»Hier«, sagte Tahmineh. Ich hatte gar nicht mitbekommen, dass sie zurückgekommen war. »Du musst ausziehen, trocken rubbeln und das hier an. Das ist fein warm.«

Ich sah sie an und rührte mich nicht. Ich konnte nicht. Ich hatte nicht die Kraft, auch nur den Arm zu heben. Das Schluchzen schüttelte mich.

»Elisabeth«, flehte Tahmineh. »Bitte.«

Da ich noch immer nicht reagierte, begann sie, mich abzutrocknen. »So geht es nicht«, sagte sie aber gleich. »Du musst nasse Kleider loswerden. Hopp. Ich helfe.«

Wie ein kleines Kind ließ ich mich von Tahmineh ausziehen, abtrocknen und in einen weichen rosa Nicki-Hausanzug mit Sternen drauf stecken.

Sterne! Wieso hatte mein Horoskop mich nicht gewarnt. Ich war vollkommen ahnungslos in diese Katastrophe gestolpert. Doch dann fiel mir ein, dass das nicht stimmte. Ich hatte etwas von Herausforderungen gelesen. Und auch die Tarotkarten hatten mich gewarnt.

Und was hatte es mir genutzt?, fragte ich mich selbst im nächsten Moment. Was brachte mir dieser ganze Hokuspokus, wenn ich am Ende trotz aller Weisheit vom Schicksal überfahren wurde?

Ich beobachtete unbewusst, wie Tahmineh an die Küchenzeile trat und Teewasser aufsetzte. Dann nahm sie ihr Handy und tippte etwas.

»Ich schreibe Fenja und Hannah«, erklärte sie mir. »Kommen schnell.« Dann beugte sie sich zu mir hinunter und gab mir einen Kuss auf die Wange. »Alles wird wieder gut, Elisabeth. Ich verspreche.«

Ihre Güte und ihre positive Lebenseinstellung nach allem, was sie durchgemacht hatte, brachen mir das Herz. Es war unglaublich, dass sie es schaffte, zu sagen: Alles wird wieder gut.

Und dennoch. In meinem Fall hatte sie leider keine Ahnung. Das wurde nicht wieder gut. Wer sich mit Florian anlegte, der musste dafür bezahlen. Früher oder später.

Ich hatte gedacht, schon genug für meinen Fehler, mich in ihn zu verlieben, bezahlt zu haben, doch ganz offensichtlich hatte er beschlossen, seine Rache mir gegenüber kalt und gut abgehangen zu genießen. Er hatte in aller Ruhe abgewartet, bis es mir wieder richtig gut ging und ich wirklich viel zu verlieren hatte. Und jetzt war er aufgetaucht wie der Racheengel persönlich.

Von wegen Liebe und mich zurückwollen. Das war alles Teil seines Spiels gewesen, nach und nach wurde mir die Dimension bewusst. Er hatte das alles genau so eingefädelt. Wäre ich auf seine schmeichlerischen Avancen eingegangen, hätte er mir am nächsten Tag mit größter Freude den Todesstoß versetzt. Ich hatte ihm diese Möglichkeit verwehrt und ihn in seiner Wut damit noch mehr angestachelt. Er würde mir alles nehmen, was ich mir aufgebaut hatte.

Tahmineh streckte mir ein Taschentuch entgegen, ich nahm es dankbar an und putzte mir energisch die Nase. Als Nächstes drückte sie mir eine Tasse Tee mit viel Zucker und Milch in die Hand. »Zucker ist gut für Nerven«, erklärte sie. »Du brauchst viel Zucker.«

Als ich nicht reagierte, nahm sie meine Hand mit der Tasse und führte sie an meine Lippen. »Trink!«, befahl sie. »Das tut dir gut. Ganz bestimmt.«

Widerstrebend nahm ich einen Schluck und spürte, wie sich die Wärme den Weg in meinen Bauch bahnte und sich dort ausbreitete. Das tat wirklich gut.

Ich schaffte es, Tahmineh ein winziges Lächeln zu schenken und trank einen zweiten Schluck.

Jetzt hatte Tahmineh Tränen in den Augen. Sie lächelte mich an und nickte. »Siehst du. Wird gut.«

»Tahmineh, was ist denn los?«, rief Fenja schon beim Eintreten. »Moin«, grüßte sie. Coco rannte wie eine Verrückte durch die Küche und versuchte sich an den Möbeln und am Boden trocken zu reiben. »Coco, spinn nicht rum, es waren nur ein paar Tropfen«, sagte Fenja und sah zu Tahmineh. »Jetzt sag doch, was ist denn los? Weißt du, was du mir für einen Schrecken eingejagt …«, mitten im Satz stockte Fenja. Sie hatte mich entdeckt. Mit einem Satz war sie bei mir. »Um Himmels willen, Elisabeth. Was ist denn mit dir passiert?«

»Das möchte ich auch wissen«, sagte Hannah, direkt als sie in die Küche trat. »Moin. Ich habe Leonie bei Lennard gelassen und bin hierher gerast.«

»Elisabeth geht es nicht gut«, erklärte Tahmineh. »Ganz nass. Und ganz viel weinen.«

Meine Tränen flossen schon wieder.

»Florian?«, fragte Fenja prompt. Sie fuhr mit der Faust auf den Tisch. »Dieser Mistkerl. Hat er dir etwas getan?« Erschrocken schlug sie sich die Hand vor den Mund und musterte mich eingehend.

Ich brauchte drei Anläufe, bis ich ein paar Worte sprechen konnte. Doch dann schaffte ich es und nach zwei weiteren Tassen Tee und einem Rührei mit Toast hatte ich meinen Freundinnen und auch Jan, der zwischenzeitlich dazugekommen war, die ganze Geschichte erzählt.

Hannahs Handy klingelte. »Oh, das ist Holke«, rief sie nach einem kurzen Blick aufs Display. »Ich geh kurz ran und sag ihm, dass ich gerade nicht kann.«

Um unsere Unterhaltung nicht zu stören, ging sie nach nebenan.

Es tat mir unglaublich gut, im Kreis meiner Freunde zu sein. Ich fühlte mich nicht mehr komplett ausgeliefert. Aber die Angst, mein Haus und meine Existenz auf Amrum zu verlieren, blieb.

»Hör mal, Elisabeth. So einfach wird das nicht. Selbst wenn er mit gezinkten Karten spielt, muss Florian doch den Rechtsweg einhalten, um das Haus und Geld von dir zurückzufordern.«

»Ich kann mir nicht vorstellen, dass er so weit geht«, meinte Jan. »Das wäre doch Betrug.« Er schüttelte den Kopf bei der Vorstellung, dass jemand tatsächlich bereit wäre, Unterlagen verschwinden zu lassen oder zu fälschen, nur um sich zu rächen.

Ich schnaubte verächtlich. Florian war sich für nichts zu schade, der ging notfalls über Leichen – heute wusste ich das.

»Hört mal her«, rief Hannah, als sie wieder in die Küche kam. »Ich habe gerade mit Holke gesprochen, er kommt heute Nachmittag.«

»Prima«, sagte Fenja. »Einer mehr, um einen Plan gegen deinen Arschloch-Ex zu schmieden.«

Jetzt musste ich trotz meiner Panik sogar ein bisschen lachen. Arschloch war kein Wort aus Fenjas alltäglichem Wortschatz. Offensichtlich hatte Florians Attacke gegen mich sie tief getroffen.

»Besser«, sagte Hannah und pustete ihren Pony aus der Stirn. Dann hob sie vorsorglich besänftigend die Hände. »Also sei mir bitte nicht böse, Elisabeth, aber ich habe Holke gerade in die Geschichte eingeweiht. Ich dachte mir, er als Journalist hat vielleicht eine Idee, was wir unternehmen könnten.«

»Wir bräuchten eher einen Sonderermittler oder so etwas. Die Presse wird da nicht viel ausrichten können«, winkte Fenja ab. »Aber ein weiterer Helfer ist trotzdem prima. Wir werden uns schon was einfallen lassen.«

»Täusch dich nicht, meine Liebe«, sagte Hannah. »Holke hat einiges auf dem Kasten. Und er hatte auch direkt eine ziemlich gute Idee. Pass auf, Elisabeth. Holke schlägt Folgendes vor …«

Hannah erläuterte den Schlachtplan, den sie mit Holke innerhalb kürzester Zeit aus dem Ärmel geschüttelt hatte.

Ich spürte, wie mir die Idee neue Kraft verlieh. Die Tränen versiegten und der Kampfgeist erwachte.

»Donner und Doria, Hannah«, schmetterte ich so laut, dass Tahmineh erschrocken zusammenzuckte. »Ich glaube, das könnte tatsächlich funktionieren.«

Kapitel 16

Fenja

Fenja, Malte und Coco kamen kurz nach halb neun mit etwas Verspätung bei Elisabeth an. Eigentlich hatten sie um acht da sein wollen, aber Coco hatte heimlich Fenjas Schuh stibitzt und unter dem Sofa versteckt und Fenja hatte lange danach gesucht. Da hatte alles Fluchen nicht geholfen, Coco war ihr keine Hilfe gewesen. Aber jetzt waren sie da und gespannt, was der Vormittag bringen würde.

Die drei traten in den Hausflur und gingen den Stimmen nach. Wie immer sauste Coco voraus und schlüpfte durch die einen Spalt breit offene Tür in den Yogaraum. Gleich darauf hörte Fenja Hannah schreien.

»Iiih, Coco, pfui. Ich habe mich doch schon pfzprrr.« Hannah lachte und ächzte. »Ja, Süße, ich freu mich doch auch. Alles gut bei dir?«

»Moin«, grüßte Fenja gleich als sie eintrat. Das Erste, was sie sah, war Coco, die wild mit dem Schwanz wedelnd vor Hannah stand. Und Hannah, die sich mit dem Ärmel ihres Pullis das Gesicht trocken wischte. Fenja grinste.

Ein mehrstimmiges Moin kam als Echo auf Fenjas Gruß zurück. Der Raum war schon gut gefüllt, offenbar waren Malte und sie die Letzten. Keiner wollte sich Florians Auftritt entgehen lassen. Hannah, Leonie, Lennard, Holke und seine Kollegen Dörte und Detlef, Jan und natürlich Elisabeth sahen ihnen entgegen. Nur Tahmineh fehlte. Sie hielt die Stellung im Dogissimo.

»Wir machen ein Sit-in«, erklärte Elisabeth achselzuckend. »Meine Küche ist einfach zu klein für eine ganze Fußballmannschaft. Außerdem habe ich nur vier Stühle.«

»Von wegen Fußballmannschaft«, kicherte Hannah. »So viele sind wir ja nun auch wieder nicht.«

»Na, dann zähl mal durch«, forderte Elisabeth Hannah brummend auf. Die folgte der Aufforderung sofort.

»Sag ich doch«, triumphierte sie gleich darauf. »Zehn. Eine Fußballmannschaft hat aber elf Spieler.« Sie pustete sich zufrieden den Pony aus der Stirn und lenkte ein: »Aber zu viele für deine Küche sind wir trotzdem.«

»Elf«, korrigierte Elisabeth Hannahs Auszählung.

»Hä?«, machte die. »Aber ich …« Sie fing noch mal von vorne an zu zählen.

»Du hast Coco vergessen«, schmiss Fenja sich wie eine Schiedsrichterin zwischen die Freundinnen. »Aber das ist eigentlich auch vollkommen egal, denn heute geht es nicht um Fußball. Wir wollen schließlich gleich ein ganz anderes Spielchen spielen. Da soll, wenn alles so läuft wie geplant, kein Ball, sondern ein Kopf rollen.«

Fenja sah Holke und seine Begleiter kurz prüfend an. Dörte war für den Ton zuständig und Detlef für die Kamera. Nachdem Holke gestern von Elisabeths Problem erfahren hatte, war er kurzentschlossen nicht allein nach Amrum gekommen, sondern mit seinem Team. Abends hatten sie alle zusammen bei Hannah und Lennard im Café gesessen, das Wiedersehen gefeiert und die Details für heute besprochen.

»Und?«, fragte Fenja. »Seid ihr bereit für euren Sondereinsatz?«

»Aber so was von«, bestätigte Holke und rieb sich voller Vorfreude die Hände. »Wir können es kaum erwarten. Mission Inselglück kann von uns aus gern starten. Aber wir warten gern auch noch ein bisschen. Wir haben es hier ziemlich fein und ich habe endlich Zeit mit Leonie.«

Fenja sah sich um. Elisabeth hatte Kissen und ein paar Decken auf den Übungsmatten verteilt, so sah es wirklich ganz gemütlich aus.

»So viele Leute aufs Mal hat dieses Haus lange nicht erlebt«, sagte Elisabeth. »Also seit ich hier wohne jedenfalls nicht.« Ihre strahlenden Augen erzählten, wie sehr sie es genoss, ihre Freunde um sich zu haben. Geteiltes Leid ist halbes Leid, hieß es doch so schön. Und wieder einmal zeigte sich, dass an diesem Spruch wirklich etwas dran war. Allein wäre Elisabeth sicher verzweifelt, mit den Freunden im Rücken wirkte sie kampfbereit.

Mitten im Raum standen je eine große Kanne Tee und Kaffee. Fenja entdeckte Kuchen, Kekse und Sandwiches – das war bestimmt Hannahs und Lennards Werk. Daneben standen auf dem kleinen Tisch Zucker, Milch, Geschirr und Servietten. Jeder konnte sich nach Herzenslust bedienen.

»Hat er denn gesagt, wann er kommen will?«, fragte Fenja und spähte zum Fenster hinaus.

Nach dem heftigen Gewitter am Vortag schien heute zum Glück wieder die Sonne. Draußen war weit und breit keine Menschenseele zu sehen. Also nahm Fenja sich einen Kaffee und ein Sandwich und pflanzte sich zu Malte auf die Matte neben der Tür.

»Vormittags«, antwortete Elisabeth. »Mehr weiß ich nicht, Florian hielt es nicht für nötig, einen Termin zu vereinbaren.«

Fenja hatte so etwas geahnt. Deshalb war sie vorhin noch mit Coco spazieren gegangen, damit sie Ruhe gab, falls sie lange warten mussten. Der Plan ging auf. Nachdem Coco alle begrüßt und die ersten Leckerchen abgestaubt hatte, rollte sie sich auf Fenjas Füßen ein und döste vor sich hin. Vermutlich würde sie längst schlafen, wenn Fenja nicht etwas essen würde. Aber die Chance auf den kleinen Happen, den sie immer abbekam, wenn ihr Frauchen fertig war, wollte sie sich nicht entgehen lassen.

Holke spielte mit Leonie. Er hatte eine Teddyhandpuppe über seine Hand gezogen, mit der er lustige Dinge veranstaltete. Mal hüpfte sie auf seine Nase und mal auf Leonies. Oder sie kitzelte Leonie am Hals. Die Kleine quietschte und lachte vor Vergnügen. Als sie müde wurde, las Holke ihr aus dem Bilderbuch vor, das er ihr mitgebracht hatte.

Es ging um einen kleinen Bärenjungen, der wissen wollte, was fühlen bedeutete und was man alles fühlen konnte. Fenja hatte genauso viel Spaß, Holke zuzuhören, wie Leonie. Sie rutschte sogar ein Stück näher, weil um sie herum Unterhaltungen wie kleine Lagerfeuer zischten und prasselten und sie nicht jedes Wort von Holke verstand.

Das Bärenjunge wanderte durch den Wald und kam an einen Bach. Weil ihm heiß war, streckte es seine Pfote ins Wasser.

»Brrr«, rief der Bär und schüttelte sich. »Das Wasser ist aber eisig kalt!«

Er tapste weiter und weil er irgendwann müde wurde, setzte er sich auf die Wurzel eines riesigen Baumes und lehnte sich mit dem Rücken an den Stamm. Er strich mit der Pfote über die Rinde und sagte: »Oh, die ist ganz rauh.«

Die Sonnenstrahlen funkelten zwischen den Zweigen des Baumes hindurch. Einer tanzte auf der Nase des Bärenjungen und er merkte, wie warm die Nasenspitze wurde. Er saß gemütlich an den Baumstamm gelehnt und döste vor sich hin.

Eine Hummel kam herbeigebrummt und landete auf seinem Kopf. Sie krabbelte ein bisschen hin und ein bisschen her und der Bärenjunge lachte. »Hör auf, du Hummel, das kitzelt«, rief er. Da flog die Hummel …

»Er kommt!«, rief Elisabeth dazwischen. Holke sah sie einen Moment verwirrt an. »Er?«, fragte er. Dann wurde ihm klar, dass Elisabeth nicht die Geschichte meinte, sondern Florian.

»Tut mir leid, Leoschätzchen. Ich lese nachher weiter. Jetzt muss ich erst ein bisschen arbeiten. Es dauert bestimmt nicht lang.«

Leonie hielt ihr rechtes Füßchen in der Hand und sah Holke mit einem Blick an, als hätte sie jedes Wort verstanden. Sie wirkte in diesem Moment sehr, sehr weise.

Holke besprach sich kurz mit Dörte. Detlef hatte seine Kamera geschultert. »Bereit?«, wollte Holke von Elisabeth wissen.

Die schüttelte prompt den Kopf. »Ganz und gar nicht. Aber es bleibt mir wohl nichts anderes übrig.«

»So ist es, Elisabeth. Komm schon. Rücken durchdrücken und los geht's. Du machst das schon. Wir sind da und kommen auf dein Stichwort nach draußen.«

Es klopfte an der Haustür. Elisabeth wischte sich die

Hände an der Jeans trocken, holte noch mal tief Luft und ging in den Flur, um Florian zu öffnen.

»Na, Liebling, hast du schon auf mich gewartet?«, fragte Florian. Er streckte die Arme aus, um Elisabeth mit einer Umarmung zu begrüßen. Fenja beobachtete alles vom Fenster aus. Hannah stand neben ihr und zappelte vor Aufregung. Die anderen standen hinter der verschlossenen Tür zum Flur.

Alle lauschten gebannt.

»Ich konnte es sogar kaum erwarten«, sagte Elisabeth.

Einen Moment brauchte Florian, um zu verstehen, dann rief er hocherfreut: »Na also, wusste ich doch, dass mein Mädchen Vernunft annimmt. Na, dann komm her und gib mir endlich einen Kuss«, verlangte er. Elisabeth machte einen Schritt zurück, jetzt konnte Fenja sie nicht mehr sehen. Aber sie hörte Elisabeths Stimme zum Glück.

»Du hast mich nicht aussprechen lassen«, erklärte sie ihrem Ex-Mann gerade. »Aber das kenne ich ja zur Genüge. Anders ist allerdings, dass ich jetzt keine Angst mehr vor dir habe. Also, was ich sagen will: Ich konnte es kaum erwarten, dich zum Teufel zu jagen, Florian.«

»Und ich dachte, du hättest Verstand«, fauchte der abgewiesene Ex-Mann Elisabeth an.

»Was soll ich sagen, ich denke, du hast ausnahmsweise mal recht. Ich habe durchaus Verstand. Und deshalb weiß ich auch, dass du bluffst. Das Spiel ist aus, Florian. Die Zeiten, in denen du mich einschüchtern konntest, sind vorbei. Geh zurück nach Hamburg oder wohin auch immer es dich zieht, aber bleib mir künftig vom Leib. Falls nicht, werde ich rechtliche Mittel gegen dich erwägen. Wegen Belästigung.«

Holke riss die Tür auf. Belästigung war das vereinbarte Codewort gewesen. Er ging mit großen Schritten und sehr dynamisch auf die Haustür zu. Tonfrau und Kameramann folgten ihm.

»Elisabeth, wie sieht es bei dir aus? Können wir wieder?« Er trat einen Schritt zur Tür hinaus, der Kameramann schlüpfte an ihm vorbei und ging so in Stellung, dass er Florian voll im Bild hatte. Holke tat so, als hätte er Florian jetzt erst gesehen und lächelte ihn breit an. »Ach, Besuch. Darf ich mich vorstellen? Holke Linesch, Nord TV. Wir drehen gerade für meine Sendung ›Norden – Deine Menschen‹ eine Reportage zur Eröffnung der *Yogaschule Inselglück*.«

Elisabeth stellte sich neben Holke. »Darf ich vorstellen? Mein geschiedener Mann Florian. Er ist nach Amrum gekommen, um mit mir etwas Wichtiges zu besprechen. Wir sind zwar mitten im Dreh, aber sag ruhig, was du auf dem Herzen hast, Florian.«

»Wie, was?«, stotterte Florian und hielt sich die Hand vors Gesicht. »Machen Sie sofort die Kamera aus. Was fällt Ihnen ein, mich ohne Erlaubnis zu filmen. Ich verbitte mir das.«

»Wenn ich es richtig verstanden habe, wollte Florian gerade gehen«, erklärte Elisabeth.

Und genau das tat er auch. Er funkelte sie noch einmal wütend an, machte auf dem Absatz kehrt und hetzte die Straße hinunter Richtung Ortsmitte.

Um Fenja herum brach Jubel los. Hannah rannte in die Küche und kam mit Sekt zurück. Sie drückte Lennard und Malte die Flaschen in die Hand und rannte wieder los, um

Gläser zu holen. Während Hannah noch in der Küche war, kamen Elisabeth, Holke und sein Team zurück ins Studio.

»Ich wusste es«, jubelte Elisabeth. »Wenn schlechte Presse droht, nimmt der Feigling die Füße in die Hand. Ist ja auch klar, die Familie würde ihm die Hölle heißmachen, wenn durch ihn der gute Name beschmutzt würde.« Sie schnappte sich Holke und umarmte ihn stürmisch. »Danke, Holke. Vielen tausend Dank. Das werde ich dir nicht vergessen.« Dann bekamen auch Dörte und Detlef eine Umarmung.

Hannah kam herein. Sie hatte ein Tablett mit unterschiedlichen Gläsern zusammengestellt. Es war ein Sammelsurium von geschliffenen Sektschalen, über Weinkelchen bis zu alten Senfgläsern. Das störte aber niemanden.

»Zum Wohlsein«, ertönte es nur wenig später aus neun Kehlen.

Jan hielt Elisabeth im Arm und stieß mit ihr an. »Du warst großartig«, sagte er, und in seinem Blick sah Fenja, dass er Elisabeth die Welt zu Füßen legen wollte, auch wenn diese Welt Pellworm hieß und nicht New York.

Sie feierten Florians überstürzten Abgang ordentlich.

Holke fragte Elisabeth, ob er wirklich eine Reportage über sie drehen dürfte. Die Vorbereitungen für die Inselyogaschule und Elisabeth beim Yoga am Strand wollten sie direkt noch heute Nachmittag drehen, bevor das Team am Abend wieder abreisen würde. Holke wollte bleiben und ein paar Tage Urlaub machen. Zur Eröffnungsfeier sollte sein Team wieder anreisen und die Feierlichkeiten mit der Kamera begleiten.

Elisabeth hatte Tränen in den Augen vor lauter Glück und Dankbarkeit. Fenja lächelte, als sie ihre Freundin beobachtete. Es wurde wirklich Zeit, dass dieses Strahlen in Elisabeths Augen für immer einzog. Sie hatte so viel durchgemacht und sich ihr Glück hart verdient.

***

Als Holke und sein Team mit Elisabeth in Richtung Strand aufgebrochen waren, hatten Fenja, Malte und Coco sich verabschiedet und Lennard hatte sich Leonies Müdigkeit gefügt und war ebenfalls nach Hause gegangen. Der Rest der Gruppe war mit an den Strand gegangen.

Gut gelaunt betrat Fenja das Dogissimo. Tahmineh war wie immer sehr fleißig gewesen und Fenja hatte ein schlechtes Gewissen, weil ihre Freundin so oft die Stellung halten musste.

»Hör mal, Tahmineh. Der Laden ist heute Nachmittag geschlossen und ich muss den Entwurf für die Meditationskissen beenden und die Lampen für Maighread und Joshua fertigstellen. Wie wäre es, wenn du zu den anderen gehst. Vielleicht …«

Aber da schüttelte Tahmineh schon den Kopf. »Ich mache nicht einfach frei, Fenja. Auf keinen Fall. Ich arbeite. Neuer Raum muss gestaubt werden. Und Regale gefüllt. Ich habe immer Arbeit.«

Das war ja eigentlich klar gewesen. Fenja wechselte die Taktik. Sie machte ein besorgtes Gesicht. »Weißt du, Tahmineh, es ist nur wegen Elisabeth. Ich mache mir etwas Sorgen. Sie ist nervös wegen der Kamera. Und sie hatte ja ziemlich viel Aufregung in letzter Zeit, da sind die Nerven dünn. Und weil ihr beide euch so gut versteht und beide Yoga liebt … Ich hätte es schön gefunden, wenn du Elisabeth ein bisschen unterstützt. Ich glaube, sie braucht jemanden, der ihr beisteht.«

»Oh.« Tahmineh kämpfte mit sich, aber es dauerte nicht lange, dann nickte sie. »Wenn Elisabeth braucht Hilfe, ich bin da. Sie hat mir so viel geholfen schon.«

Na also, dachte Fenja. Es ging doch.

Gut gelaunt blieb sie allein zurück und versank sehr schnell in ihrer Welt aus Stoffen und Maßen.

Um sicherzugehen, dass sie sich nicht verrechnet hatte, schnitt Fenja einen Baumwollstoff zu und drapierte ihn um eins der Kisseninlets. Sie war sehr zufrieden, das würde ganz wunderbar werden.

Als es klopfte, zuckte Fenja erschrocken zusammen. Wer konnte das denn sein? Vielleicht Touristen, die nicht glauben konnten, dass geschlossen wirklich geschlossen bedeutete und nicht, *bei Bedarf mache ich für Sie auf*. Hin und wieder kam das vor. Aber normalerweise gab Fenja solchen Bitten nicht nach. Sie würde sich sonst vor lauter Störungen nicht mehr retten können. Und es war wichtig, dass sie ungestörte kreative Zeit in ihrem Atelier hatte. Und wenn es nur Zeit war, in der sie still vor sich hinstarrte. Auch das gehörte zum kreativen Prozess.

Heute war sie allerdings so gut vorangekommen, dass sie sich eine kleine Pause gönnen konnte, außerdem tat es ihr gut, einmal aufzustehen und ihre Gelenke zu strecken. Fenja legte die Schere aus der Hand und ging zur Tür.

Als sie ihren Besucher erkannte, schnappte sie unwillkürlich nach Luft. Vor ihr stand Florian.

»Ja bitte?«, fragte sie forsch und musterte ihr Gegenüber mit einem kalt abschätzenden Blick. Sie spürte ihr Herz bis in den Hals heftig pochen. Verflixt, wieso hatte sie nur Tahmineh weggeschickt. Egal was der Kerl anstellte, sie hätte nicht mal Zeugen. Wenigstens war Coco im Garten und konnte hier nicht zwischen die Fronten geraten. Fenja hatte keine Ahnung, was auf sie zukam. Nach allem, was sie von Elisabeth gehört hatte, war diesem Menschen alles zuzutrauen.

»Moin«, grüßte Florian und seine Stimme war ganz sanft. »Entschuldigen Sie bitte die Störung«, sagte er. »Fenja?«, fragte er.

Sie sah ihn nur an, reagierte nicht auf seine Frage. Er seufzte und nickte. »Natürlich. Entschuldigung. Ich bin unhöflich. Ich bin Florian. Elisabeths Mann. Und …«

»Ex-Mann«, fiel Fenja ihm ins Wort.

Florian zuckte zusammen. »Nun ja, es ist so, also im Grunde genommen, ich meine, Elisabeth ist eine tolle Frau. Es war ein dummes Missverständnis damals, das irgendwie immer weiter hochgekocht ist. Wir waren so jung und dumm. Kinder, die mit der Liebe nicht umgehen konnten. Fenja, bitte. Ich bin hier, um meine Frau zurückzubekommen. Und ich brauche Hilfe.«

»Nach allem, was ich weiß, brauchen Sie einen Therapeuten. Das ist nicht meine Baustelle. Guten Tag.« Fenja machte Anstalten, die Tür zu schließen. Doch Florian machte einen Schritt nach vorn und schob seinen Fuß in den Türrahmen.

»Moment noch. Bitte. Ich habe gesehen, dass Sie einen ganz zauberhaften kleinen Laden haben«, sagte er und zeigte auf das Dogissimo-Fenster. »Ist bestimmt nicht immer leicht, so als Künstlerin, kann ich mir vorstellen. Die Leute wollen doch alle Kunst, aber sie darf nichts kosten. Da darf dann *Made in China* draufstehen, Hauptsache günstig. Ich hätte Interesse an einem Bild von Ihnen. Und glauben Sie mir, ich weiß Kunst zu schätzen und bringe ihr den notwendigen Respekt entgegen.« Bei dem Wort Respekt rieb er Daumen und Zeigefinger gegeneinander.

Jetzt wurde es interessant. Fenja wollte wissen, wie weit er gehen würde. Sie hob die Augenbrauen, als Zeichen, dass er weitersprechen sollte.

»Was würden Sie sagen, wenn ich Ihnen dieses Bild mit der Flaschenpost abkaufe – ich habe es heute Morgen im Laden gesehen, als ich ein paar kleine Einkäufe erledigt habe. Ich bin sicher, wir werden uns über den Preis einigen.«

»Machen Sie mir ein Angebot«, erwiderte Fenja.

»Was sagen Sie zu zwanzigtausend Euro?«, fragte Florian.

»War es das dann?«, fragte Fenja und tat erneut, als wolle sie die Tür schließen.

»Entschuldigung«, kam es hastig von ihrem ungebetenen Besucher. »Ich wollte Sie keinesfalls brüskieren. Natürlich wollte ich fünfzigtausend sagen.« Florian lachte verlegen.

»Nur für das Bild?«, fragte Fenja.

»Für das Bild und ein wenig Unterstützung Ihrerseits, um Elisabeth auf den rechten Pfad zurückzuleiten«, ergänzte Florian.

»Von mir aus können Sie mir auch fünf Millionen zahlen, das ist mir vollkommen egal. Ich werde alles tun, um Elisabeth davor zu bewahren, jemals wieder auf Sie hereinzufallen. Und jetzt verschwinden Sie von meinem Grundstück, sonst rufe ich die Polizei.«

Fenja ging mit zusammengekniffenen Augen auf Florian zu. Der stolperte den Gartenweg zurück und nahm die Beine in die Hand.

Puh. Das war noch mal gut gegangen. Fenja rieb sich fröstelnd die Oberarme. Sie war sich bis zum Schluss nicht sicher gewesen, ob dieser Mensch nicht doch auch ihr gegenüber gewalttätig werden würde.

Aufgewühlt ging sie ins Haus und schloss ausnahmsweise die Haustür hinter sich ab. Jetzt brauchte sie erst einmal einen Tee. Ihre Hände zitterten, als sie den Tee ins Sieb gab und Wasser darauf goss.

Was war nur mit diesem Mann los? Er liebte Elisabeth nicht, so viel war klar. Aber ganz offensichtlich hatte er ein Problem damit, dass sie ohne ihn ein erfülltes und glückliches Leben führte. Er benahm sich wie ein verwöhntes Kind, das sich nicht für ein Spielzeug interessierte, solange es in seinem Spielzimmer herumlag. Wollte aber ein anderes Kind damit spielen, wurde es plötzlich wieder interessant.

Aber sie waren doch nicht im Kindergarten. Hier ging es um das Leben eines Menschen, das Leben ihrer Freundin. Er würde doch nicht nur Elisabeth schaden, sondern letztlich auch sich selbst.

Wer wollte schon mit einem Menschen zusammen sein, den er nicht wirklich liebte. In diesem Punkt der Geschichte konnte Fenja auf eigene ziemlich schmerzhafte und aufwühlende Erfahrungen zurückgreifen. Und sie wusste, dass es nie gut war, an etwas festzuhalten, das nicht richtig war. Dass die Sache zwischen Florian und Elisabeth absolut falsch war, das war so offensichtlich, dass sogar ein blinder Wattwurm es erkennen würde.

Aber Moment. Ein anderer Gedanke beschlich Fenja. Wenn Florian schon hier bei ihr aufschlug, um sie zu kaufen und für seine Belange einzuspannen, dann würde er es doch womöglich auch bei Hannah versuchen. Selbstverständlich würde sie ihn genauso abblitzen lassen, aber es war besser, wenn sie wusste, was da vielleicht auf sie zukam.

Fenja nahm ihr Telefon, um Hannah eine Warnung zu schicken. Als sie auf die App klickte, sah sie, dass Hannah ihr geschrieben hatte.

Hannah: Das glaubst du nicht. Dieser Kerl, Florian, war gerade bei mir und wollte, dass ich ihm helfe, Elisabeth zurückzuerobern. Er hat mir Geld angeboten. Ziemlich viel. Der tickt doch nicht ganz richtig. Habe ich ihm auch gesagt. Aber Achtung, vielleicht kommt er auch zu dir.

Fenja: Schon passiert. Er ist gerade wieder abgezogen. So ein Spinner.

Hannah: Sollen wir es Elisabeth sagen? Sie ist so glücklich und denkt, es ist vorbei.

Fenja dachte darüber nach. Einerseits wünschte sie sich nichts mehr, als Elisabeth ihr Glück zu lassen und keine Schatten darauf zu werfen. Andererseits musste Elisabeth gewarnt sein. Wer konnte schon vorhersagen, was dieser Mensch sich als Nächstes würde einfallen lassen.

Fenja: Gehst du an den Strand? Es ist besser, wenn du es ihr sagst. Erzähl ihr auch, dass er bei mir war. Und nicht nur Elisabeth. Die anderen sollten es auch wissen. Gib Bescheid, wenn du mich brauchst. Ansonsten würde ich jetzt noch etwas arbeiten. Die Bestellungen stapeln sich.

Hannah: Alles klar. Ich krieg das hin.

Kapitel 17

Maighread

Es war noch ziemlich früh, noch nicht einmal neun, als Maighread und Joshua die Fahrräder abstellten und Hand in Hand durch den Wald Richtung Vogelkoje spazierten.

»Wenn wir hier südlich gehen, statt Richtung Strand, kommen wir zu Fenja, oder?«, fragte Maighread. Sie versuchte sich zu orientieren, die Insel hatte so viele Wege, dass sie manchmal noch durcheinanderkam. Aber es war praktisch, weil alles nah beieinanderlag und verloren gehen konnte man auf einer Insel auch kaum.

»Ich schätze, es sind vielleicht eineinhalb Kilometer bis zum Dogissimo«, meinte Joshua. »Fenja hat erzählt, dass sie hier oft spazieren geht.«

Ein Bohlenweg führte mitten durch das Moor. Sie gingen langsam, blieben immer wieder stehen, um die vielen Eindrücke wirken zu lassen. Um diese Uhrzeit war das zum Glück noch kein Problem. Später, wenn viele Spaziergänger unterwegs waren, konnte man schlecht einfach auf dem schmalen Weg stehen bleiben. Damit brächte man den Ablauf zum Stocken. Für Beobachtungspausen gab es deshalb immer wieder Ausbuchtungen mit Sitzgelegenheiten. Lehrtafeln boten allerlei interessante Informationen zur Vogelkoje und der bunten Tierwelt, die man hier mit etwas Glück erleben konnte.

So hatten sie erfahren, dass diese Anlage bis in die Dreißigerjahre des letzten Jahrhunderts eine Fanganlage für Wildenten gewesen war. Maighread schauderte, als sie daran dachte. Wie viel schöner war es doch, das Moor als Naturparadies zu pflegen und den Tieren einen geschützten Lebensraum zu bieten. Wie gut, dass die Zeit des Wildentenfangs hier vorbei war.

Nachts hatte es geregnet, die Welt wirkte wie frisch gewaschen. Es roch intensiv nach Moor, Moos und Wald. Unwillkürlich musste Maighread tief einatmen, um den Duft in sich einzusaugen. Jetzt schien die Sonne und am blauen Firmament zeigte sich keine Wolke. Wo die Wärme der Sonne die Erde erreichte, stiegen kleine Nebelwölkchen auf und verliehen dem Wald und Moor eine ganz besondere Mystik.

Maighread freute sich, dass Joshua es genau wie sie empfand und sich Zeit lassen wollte. Es waren nicht nur die Tiere, die hier besondere Aufmerksamkeit verdienten. Immer wieder stoppte Maighread, um die Bäume zu bewundern, die hier sehr urig wirkten. Es gab sehr viele knorzige Stämme, die zum Teil im Wasser standen oder deren Zweige bis ins Wasser reichten. Abgebrochene Äste, die im Moor steckten, bildeten bizarre Formen. Im dunklen Moorwasser spiegelte sich die Welt und vervielfachte das Bild. Manchmal konnte Maighread im ersten Moment nicht sagen, was Spiegelung und was echt war. Immer wieder nahm sie das Handy hoch und fotografierte.

Chloe wäre begeistert, dachte sie, auch wenn sie hier natürlich nichts sammeln konnte. Dieses Stückchen Welt gehörte den Tieren.

»Wollen wir?«, fragte Joshua und zeigte auf eine Bank.

»Aber klar. Es ist prima, dass wir so früh dran sind«, sagte Maighread. »Noch sind kaum Leute unterwegs. So können wir in aller Ruhe die Stille genießen.«

Gerade als Maighread das sagte, brach lautstarker Krawall los. Zwei Enten schnatterten aufgeregt und schlugen mit den Flügeln. Entweder sie stritten sich um einen leckeren Happen oder sie hatten sich eine wilde Geschichte zu erzählen. Maighread konnte es nicht ausmachen. Das Schnattern der beiden Enten war so etwas wie der Startschuss. Als hätten sie nur darauf gewartet, fielen andere Vögel mit ein. Sie pfiffen, fauchten, klapperten, was das Zeug hielt.

»Stille?« Joshua lachte.

»Eine ziemlich laute Stille«, ergänzte Maighread und lächelte.

Sie hatte sich noch nicht gesetzt, sondern lehnte am Holzgeländer. So hatte sie einen besseren Blick und konnte das lustige Treiben der vielen unterschiedlichen Vögel auf dem Wasser und am Ufer verfolgen. Joshua hatte sich neben sie gestellt.

Gänse, Enten und Schwäne – von ihnen war das Fauchen gekommen – und allerlei Vogelarten, die sie nicht zuordnen konnte, tummelten sich auf dem Wasser oder saßen am Ufer und ließen sich die Sonne auf die Federn scheinen. Sie alle schienen sich am und auf dem kleinen Teich sehr wohl und sicher zu fühlen.

»Falls ich es dir noch nicht gesagt habe, ich liebe Amrum. Das kommt auf die Liste meiner Lieblingsorte direkt hinter Callwell.«

»Ja, so geht es mir auch.« Joshua stand nah bei seiner Liebsten. Doch er beobachtete nicht die Tiere auf dem Wasser, sondern Maighread.

»Hör auf«, sagte sie, als sie seinen Blick bemerkte. »Du machst mich verlegen.«

»Ich?« Joshua nahm Maighreads Hände und zog sie an sich. »Wieso? Was tue ich denn?«

»Du starrst mich an.«

»Nein, Liebling, das verstehst du falsch. Ich starre dich nicht an, ich bewundere dich.«

»Dann starrst du mich bewundernd an, von mir aus. Aber du starrst. Sieh dir lieber die Gänse und Enten an. Was für ein fröhliches Gewusel. Fast ein Wunder, dass es keine Aufschwimmunfälle gibt«, meinte sie und lachte, als ein Schwan ganz nah bei ihnen mit einer geschmeidigen Bewegung seinen Kopf eintauchte. Man sah nur noch das in die Luft gereckte Hinterteil.

»Ich kann Lennard verstehen, dass er so gern die Natur fotografiert. Weißt du, nachdem er mir ein paar Bilder gezeigt hat, bin ich fast selbst auf den Geschmack gekommen. Nicht solche Schnappschüsse, wie ich sie mit dem Handy mache, sondern diese besonderen Momente, die man einfangen kann, wenn man zur richtigen Zeit am richtigen Ort ist. Aber nur fast. Ich glaube, man braucht sehr viel Geduld, um auszuharren, bis dieser perfekte Moment direkt vor der Kameralinse passiert.« Sie seufzte. Nein, das war wohl wirklich nichts für sie. Stundenlang auszuharren schien ihr nicht verlockend. »Wenn man wenigstens dabei stricken könnte, aber …«

Joshua prustete los. »Kannst du meine Gedanken lesen?«, wollte er wissen. »Genau das habe ich gerade vor mir gesehen. Dich auf der Fotopirsch und wenn es zu lange dauert, ziehst du das Strickzeug aus der Tasche und klapperst ein bisschen mit den Nadeln.« Er gab ihr einen Kuss auf die Wange. »Maighread, du bist echt umwerfend. Aber ich glaube, du verwechselst Fotografieren mit Angeln. Beim Angeln kannst du stricken, bis die Nadeln glühen – oder die Rute zuckt. Das stört die Fische nicht, solange du nicht dabei singst.«

»Gar keine schlechte Idee. Vielleicht denke ich drüber nach«, meinte Maighread, schüttelte aber gleich darauf den Kopf. »Nein, vergiss es. Angeln ist grausam. Man rammt den Fischen einen Haken in den Kiefer. Das ist nichts für mich. Ich glaube, ich bleibe einfach beim Stricken in netter Gesellschaft und Plaudern nebenbei. Das ist weniger blutrünstig.«

»Vor allem entstehen dabei immer wieder neue Ideen. Du liebst es doch, dir neue Herausforderungen zu suchen und Aktionen zu planen.«

Joshua kannte sie wirklich gut und er hatte absolut recht. Das gemeinsame Stricken war immer auch für neue Ideen gut. Vielleicht förderte die Bewegung der Hände auch Bewegung im Kopf. Der Körper aktivierte den Geist – Maighread überlegte und kam immer mehr zu dem Schluss, dass es bei ihr wohl tatsächlich so funktionierte. Es gab bestimmte äußere Faktoren, auf die ihre Kreativität ansprach. Wenn sie strickte, war es am deutlichsten. Aber auch Spaziergänge über die Wiesen rund um Callwell oder am Ufer des Loch Lomond wirkten bei ihr oft ganz wunderbar anregend auf die Fantasie. Vermutlich war das eine Kombination aus Bewegung und Kraft der Natur.

»Vielleicht sollte ich wieder öfter fotografieren. Früher habe ich das viel gemacht, irgendwie hat es sich verloren, als ich für mein Studium eine Weile in den Staaten war. Als ich zurückkam, hat mich das Leben so gefordert, da habe ich gar nicht mehr daran gedacht.«

»Das wäre toll. Und dann machen wir Fotoabende mit Chloe und den anderen. So wie Lennard das manchmal macht. Hannah hat mir davon erzählt.« Maighread zog ihr Handy aus der Tasche. »Aber bis es so weit ist, können wir zumindest weiter Handyfotos machen. Die sind ja auch nicht so schlecht. Ich glaube, ich knipse noch ein paar Impressionen von der Vogelkoje und schicke sie nach Callwell. Chloe hat sich schon beschwert, weil ich ihr zu wenig von Amrum erzähle und zeige.«

Maighread: Schöne Grüße von der Vogelkoje. Und gib Molly einen Knuddler von mir.

Es dauerte nicht lange, dann hatte Chloe die Nachricht gelesen. Schon tippte sie.

Chloe: Wow. Das sieht phänomenal aus. Diese Bäume sind der Knaller. So knorzig und eigentümlich. Aus solchen Ästen könnte ich tolle Gestecke machen. Aber was ist denn eine Vogelkoje? Das sieht alles sehr geheimnisvoll aus. Ist das ein Moorgebiet? Auf Amrum?

»Chloe will wissen, was eine Vogelkoje ist. Weißt du das?« Maighread sah Joshua fragend an. Sie wusste zwar inzwischen, dass es eine Anlage für die Entenjagd gewesen war, aber über die Wortbedeutung hatte sie sich noch gar keine Gedanken gemacht.

»Oh, das habe ich da vorne auf dem Schild gelesen. Neben den Informationen über die Entenjagd. Koje ist das niederländische Wort für Käfig. Die Vogelkoje war also ein riesiger Vogelkäfig«, erzählte Joshua.

»Wie gut, dass es heute dem Schutz der Tiere dient.« Maighread war froh, nicht früher, sondern heute hier zu sein.

»Absolut«, stimmte Joshua ihr zu. »Wenn Jagd, dann lieber mit der Kamera. Was ist, gehen wir noch ein Stück?«

»Warte, ich antworte Chloe noch eben, dann stecke ich das Handy weg. Ich möchte die Stille …« Sie kicherte, weil das Hämmern eines Spechtes durch den Wald schallte. »Ich möchte die Zeit hier genießen und Eindrücke sammeln. Pur und direkt. Ohne die Linse der Handykamera dazwischen.«

Sie gingen ein ganzes Stück in schweigender Eintracht und kamen an einem Wildgehege mit Damwild vorbei.

»Wenn wir dem Bohlenweg folgen, kommen wir zum Quermarkenfeuer«, sagte Maighread. »Sollen wir? Durch die Dünen zu spazieren ist toll, ich könnte stundenlang weitergehen.«

»Und ich bin an deiner Seite«, bekräftigte Joshua. »Der Weg führt auch an dem eisenzeitlichen Haus vorbei«, sagte er. »Das möchte ich mir gern ansehen.«

»Es ist so unfassbar schön«, jubelte Maighread nur wenig später, als die Dünen sich vor ihnen erstreckten, durchzogen von beplankten Holzwegen. Strandrosen, Dünengras, Sand und, in eine Mulde geduckt, das eisenzeitliche Haus.

Bevor sie sich in das Auf und Ab der Dünenlandschaft stürzten und dem kleinen Leuchtfeuer einen Besuch abstatteten, betraten sie das Museumshaus und bewunderten die Kunst der Menschen in der Eisenzeit. Der große Raum war dunkel. Hier hatte sich alles abgespielt. Mensch und Tier hatten sich den Raum geteilt, das mochte für die Nase mitunter derb gewesen sein, aber so hatten die Menschen von der Wärme der Tiere und die Tiere vom Schutz der Menschen profitiert.

»Wenn wir jetzt noch ein Stück weitergehen und dann den Strandübergang nehmen, müssten wir bei Fenja landen. Was meinst du?«, fragte Joshua. »Sollen wir sie besuchen und mal sehen, wie weit sie mit unseren Lampen ist?«

»Oh ja, das machen wir. Sie wird sich bestimmt freuen.« Maighread zögerte. »Oder meinst du, wir sollten vorher fragen?«

Doch Joshua schüttelte den Kopf. »Das Dogissimo ist um die Zeit geöffnet, von daher müssen wir uns wohl nicht anmelden. Und wenn sie keine Zeit hat, gehen wir eben wieder. Das ist das Grandiose hier auf Amrum. Es liegt alles so wunderbar nah zusammen. Wir können nachher von Fenja aus auch erst ein bisschen an den Strand gehen. Was meinst du? Wir besorgen uns ein paar Fischbrötchen und Wasser und machen ein Picknick am Kniepsand.«

»Das klingt nach einem fast perfekten Tag«, sagte Maighread.

»Fast?«, hakte Joshua sofort nach. »Und was würde den Tag für dich perfekt machen?«

Maighread lächelte und schob ihre Hand wieder in Joshuas. »Nach dem Strand fahren wir ins Hotel. Sand abduschen, essen, ausruhen. Und wenn es dunkel ist, gehen wir noch einmal los.«

»Guter Plan.« Joshua nickte. »So machen wir es.«

»Moin«, grüßten Maighread und Joshua, als sie das Dogissimo betraten.

»Hey, ihr zwei«, tönte es da auch schon aus dem anderen Raum. »Das ist ja schön. Ihr kommt genau richtig«, rief Fenja ihnen erfreut zu.

»Richtig?«, fragte Joshua.

»Perfektes Timing«, antworte Fenja, die jetzt bei ihnen war. Sie begrüßte zuerst Maighread und dann Joshua mit einer freundschaftlichen Umarmung. »Kommt mit«, forderte sie ihre Besucher auf.

»Oh Fenja, die sind zauberhaft geworden«, rief Maighread begeistert und bewunderte die beiden Strandgutlampen, die im Atelier auf dem Arbeitstisch standen.

Fenja nickte sehr zufrieden. »Ja, oder? Ich hatte wirklich Glück mit den Nixentränen. Dann seid ihr zufrieden und nehmt sie?«

»Was ist das denn für eine Frage?«, kam es prompt von Joshua. »Wir sind nicht zufrieden, wir sind begeistert und ich weiß jetzt schon, dass unsere Grannys vor Freude außer sich sein werden. Aber ich muss dich trotzdem fragen: Was sind Nixentränen?«

Fenja lachte. »Oh Entschuldigung, für mich ist das so selbstverständlich, weil ich damit aufgewachsen bin. Nixentränen nennen wir Glasscherben, die von Meer und Sand matt und rund geschliffen wurden.«

»Was für ein zauberhafter Begriff für so etwas Einfaches«, stellte Maighread fasziniert fest.

»Wirklich toll!«, wiederholte Joshua seine Begeisterung. »Ich hole die Lampen dann am besten mit dem Auto ab. Wir sind heute mit den Rädern unterwegs und die stehen ein Stück den Waldweg hoch, beim Weg zur Vogelkoje.«

»Wart ihr dort? Ich liebe diesen Ort. Das Moor wirkt so mystisch.«

»Ja«, stimmte Maighread Fenja zu. »Wir sind durch die Vogelkoje spaziert und weiter zum Eisenzeithaus und kleinen Leuchtfeuer. Und von dort über die Dünen bis zu dir.«

»Dann habt ihr ja einen feinen Rundweg gemacht. Zeit für eine Pause, oder? In zwanzig Minuten schließe ich den Laden, dann können wir uns in den Garten setzen. Was ist, habt ihr Lust, den neuen Verkaufsraum zu sehen? Tahmineh und ich haben ihn schon eingerichtet. Maighread, die Wolle ist da und ich bin so begeistert. Ich kann dir gar nicht genug danken, dass du mir den Kontakt zu Nicola vermittelt hast. Willst du es sehen?«

»Unbedingt«, stimmte Maighread erfreut zu. »Ich bin total gespannt.«

»Macht ihr zwei nur«, meldete sich Joshua zu Wort. »Ich werde den neuen Raum bestaunen und mich dann noch einmal in Ruhe umschauen. Du hast so viele wunderbare Dinge hier, da findet man bei jedem Besuch etwas Neues.«

»Sieh dich ruhig um. Ich koche uns gleich einen Tee und Sachen für ein paar Sandwichs sind bestimmt auch noch da«, meinte Fenja.

»Wo hast du denn Tahmineh gelassen?«, wollte Maighread wissen.

»Sie ist bei Elisabeth und hilft bei den Vorbereitungen der Eröffnungsfeier«, erklärte Fenja. »Es sind nur noch ein paar Tage und Elisabeth ist ein bisschen durch den Wind.«

Während sie sich unterhielten, waren sie in den neuen Ladenraum gegangen.

»So eine Geschäftseröffnung ist auch anstrengend, ich kann mir gut vorstellen, dass Elisabeth froh ist, Hilfe zu haben«, meinte Joshua.

Fenja sah ihn an. Sie schien zu überlegen, aber bevor sie etwas sagen konnte, stieß Maighread einen Freudenschrei aus.

»Ist das toll geworden, Fenja!«, rief sie und klatschte begeistert in die Hände. Sie ging an dem gut gefüllten Wollregal entlang und nickte immer wieder. »Gut«, sagte sie. »Ja, die hätte ich auch genommen.« Hin und wieder nahm sie ein Knäuel oder einen Strang in die Hand und streichelte bewundernd drüber.

»Ist die nicht fantastisch?«, fragte sie und streichelte über die *Exquisite*. »Ein absoluter Traum.«

Jetzt drehte sie sich zu Fenja um und meinte: »Das hier ist wirklich prima, Fenja. Ich bin davon überzeugt, dass sich das herumsprechen wird und du viel Zulauf bekommen wirst. Vielleicht könntest du auch ein paar Sachen stricken und passend zur Wolle dekorieren. Meiner Erfahrung nach fördert es die Kauflust ungemein, wenn die Kunden ein paar Socken, ein wunderschönes Tuch, einen Poncho oder einen Pullunder aus der Wolle sehen, die im Regal liegt. So können sie direkt fühlen, wie weich das Strickstück werden wird und bei Wolle mit Farbverläufen bekommt man direkt einen viel besseren Eindruck vom späteren Muster.«

Fenja stöhnte. »Wenn ich dir so zuhöre, klingt das, als wäre es ein Klacks, mal eben ein Tuch oder einen Poncho zu stricken. Für mich ist das eine Herausforderung. Ich werde das auf jeden Fall machen, aber das muss wachsen und wird sicher ein paar Monate dauern. Nächstes Jahr zum Saisonstart habe ich hoffentlich ein bisschen was, um die Wolle verarbeitet zu zeigen.«

Maighread lachte und schüttelte den Kopf. »Stell dein Licht nicht unter den Scheffel«, sagte sie. »Ich habe gesehen, wie gut du strickst. Ein bisschen Übung und du wirst ein Tuch nach dem anderen auf den Nadeln haben. Wirst schon sehen.«

»Aber vorher mach ich den Laden zu und koche uns einen Tee«, kommentierte Fenja und Maighread sah, dass sie gewisse Zweifel hegte.

»Wie wäre es denn, wenn ich dir ein paar meiner Stricksachen für den Laden ausleihe. Du könntest meine Anleitungen dazu anbieten«, schlug Maighread etwas später vor, als sie gemütlich auf der Terrasse saßen.

Fenja strahlte. »Echt?«, fragte sie.

»Echt«, bestätigte Maighread. »Internationale Vernetzung der Kompetenzen.«

Fenja hob ihre Teetasse hoch und sagte: »Das ist eine grandiose Idee! Darauf trinke ich. Prost.«

Kapitel 18

Elisabeth

Hannah war nach unserem gemeinsamen Mittagessen mit Leonie zu einem Mittagsschlaf-Spaziergang aufgebrochen. Es würde sicher nicht mehr lange dauern, bis Tahmineh auftauchte. Ich nutzte die Zeit, um in meinem Übungsraum zu sitzen, ein paar Yogaübungen durchzugehen, die ich für die freie Schnupperstunde zur Eröffnungsfeier zusammengestellt hatte, und meine Gedanken fließen zu lassen und dadurch zu ordnen.

Seit Florian klargemacht hatte, dass er nicht so einfach aufgeben würde, hatte ich fast rund um die Uhr wechselnde persönliche Bodyguards. Fenja und Hannah wollten auf keinen Fall, dass ich allein blieb. Am liebsten hätten sie mich gar nicht aus den Augen gelassen, aber das funktionierte natürlich nicht. Schließlich hatten sie beide ein eigenes Leben und Verpflichtungen. Hannah musste sich um Leonie kümmern und zumindest stundenweise um das *Café Inselglück* – auch wenn sie zum Glück ein super Team hatte, das sie auch problemlos allein lassen konnte.

Fenja musste das *Dogissimo* am Laufen halten. Da sie selbst nicht immer bei mir sein konnten, spannten meine verrückten Freundinnen sogar Holke, Malte und Lennard in den Personenschutz ein.

Ich verstand ihre Sorgen. Nach allem, was Florian sich schon geleistet hatte, jetzt und auch in der Vergangenheit, hatten meine Freunde Angst vor dem, was er sich als Nächstes vielleicht würde einfallen lassen. Auch wenn ich es nicht mal vor mir selbst gern zugab, war auch mir nicht wohl bei dem Gedanken an meinen Ex. Deshalb ließ ich mir das Betüddeln bis zu einem gewissen Grad auch gefallen.

Aber ich war nicht mehr so eingeschüchtert wie früher. Ich hatte mich entwickelt, viel dazugelernt und besaß eine durchaus stabile Persönlichkeit, die sich nicht mehr so leicht erschüttern ließ wie damals, während unserer Ehe. Deshalb scheuchte ich meine Aufpasser auch hin und wieder weg, um mir selbst ein bisschen Luft zu verschaffen. Ich war die letzten Jahre so viel allein gewesen, dass mich diese ständige Gesellschaft auf Dauer nervös machte.

Gleichzeitig bemühte ich mich, mich auf meine neu gewachsene Stärke zu besinnen und keine Angst zuzulassen. Ansonsten würde ich Florian wieder Macht über mich geben. Das durfte auf keinen Fall passieren. Er würde es sofort spüren, wenn ich mich klein fühlte. In diesem Punkt war er wie ein Tier. Er witterte die Schwäche des Opfers. Also arbeitete ich an meiner Einstellung und stellte mir vor, wie ich ihm hocherhobenen Hauptes entgegentreten und ihn zum Teufel jagen würde. Von mir aus durfte er wittern, so viel er wollte, ich war kein Opfer mehr. Sollte er es wagen, mich noch einmal zu belästigen, würde er die neue Elisabeth kennenlernen.

Fenja und Hannah gegenüber wurde ich nicht müde zu beteuern, dass ich schon ein großes Mädchen war und all die Jahre ziemlich gut selbst auf mich aufgepasst hatte. Doch trotz meiner Stärke war ich die meiste Zeit über dankbar, meine persönlichen Bodyguards bei mir zu haben. Wenn ich nicht gerade den Lagerkoller bekam, war es ein schönes Gefühl, Menschen um mich zu haben, die mich liebten und bereit waren, mich zu beschützen.

Die Fürsorge meiner Freunde tat mir extrem gut, auch wenn ich sie manchmal anknurrte. Liebe war ja bekanntlich die größte Macht – das wusste ich nicht erst seit Harry Potter.

Wir hatten uns inzwischen auch ganz gut eingespielt. Abends und nachts war Jan bei mir. Wenn Jan arbeiten war, kamen Hannah und Leonie fast jeden Vormittag und nachmittags war manchmal Fenja bei mir. Meistens aber schickte sie Tahmineh. Fenja hielt im Dogissimo die Stellung und arbeitete mit Hochdruck an neuer Strandgutkunst, um die Lücken in den Regalen zu füllen. Und sie nähte wie wild.

»Ich muss Hagrid auch mal wieder ein bisschen fordern«, hatte sie mir erklärt, als wir gestern telefonierten.

Damit meinte sie ihre Nähmaschine, die sie nach dem Wildhüter von Hogwarts in den Harry-Potter-Geschichten benannt hatte. Zuerst hatte ich mich darüber amüsiert, aber Fenjas Erklärung war absolut plausibel. Hagrid konnte zaubern, aber hin und wieder ging dabei auch etwas schief. Und genau so war es auch mit der Nähmaschine. Mit Hagrid zauberte Fenja ganz wunderschöne Sachen – meistens …

Auch wenn ich Fenja sehr in mein Herz geschlossen hatte, kam mir Tahmineh als Ersatz ganz gelegen. Ich genoss die Zeit, die wir zusammen verbrachten. Natürlich hatte auch Tahmineh inzwischen mitbekommen, dass ich Ärger mit meinem Ex-Mann hatte. Aber sie kannte keine Details und stellte im Gegensatz zu Fenja keine Fragen dazu. Stattdessen fragte sie mir zum Thema Yoga Löcher in den Bauch und gab mir so die Möglichkeit, mich als Kursleiterin zu üben. Sie hatte wirklich Feuer gefangen und ich freute mich, dass ich ihr etwas Gutes tun konnte, indem ich ihr Yoga beibrachte.

Zusammen mit Tahmineh machte die Vorbereitung für die Eröffnungsfeier richtig Spaß. Nicht nur, weil sie mir eine ausgesprochen gute praktische Hilfe war. Sie brachte mich auch auf andere Gedanken und lenkte mich von meinen Sorgen ab. Kurzum, Tahminehs fröhliche Gesellschaft war Balsam für meine Seele.

Nach Florians missglückten Versuchen, meine Freunde zu schmieren, hatte ich nichts mehr von ihm gehört. Wir alle nicht. Aber ich wusste, dass er noch da war. Ich konnte spüren, dass er irgendwo auf der Lauer lag und auf den richtigen Moment wartete, um zuzuschlagen. Aber ich hatte keinen Schimmer, was für einen Plan er verfolgte.

Hoffentlich hatte er nicht vor, mir die Eröffnungsfeier zu crashen. Zuzutrauen war es ihm. Auch wenn es sehr dumm wäre, denn seinem Ziel würde es ihn keinen Schritt näherbringen. Ganz im Gegenteil sogar. Mit so einer Aktion würde er sich endgültig ins Abseits schießen, wäre er nicht ohnehin längst aus dem Rennen. Sein Spielzeug – also mich – würde er nie im Leben wiederbekommen.

Sosehr ich mir seit seinem Auftauchen den Kopf zermartert hatte, ich verstand einfach nicht, was in diesem Menschen vorging. Das Aufwachsen mit dem goldenen Löffel im Mund und dieses von klein auf materiell enorm reiche Leben hatte seinen Charakter komplett verkümmern lassen.

Zum Glück war das allerdings nicht mehr mein Problem, auch wenn er das anders sah und immer noch nicht glauben konnte, dass Nein auch für ihn Nein hieß und auch seine Banknoten daran nichts änderten.

»Komm, Elisabeth, wir machen den Raum schön. Leute sollen sich hier wohl fühlen.« Tahmineh war hereingekommen. Sie hatte mehrere Decken auf dem Arm.

»Wo kommen die denn her?«, wollte ich wissen. So viele Decken hatte ich nicht im Haus.

Tahminehs Wangen färbten sich rot, aber sie schlug die Augen nur kurz nieder, dann sah sie mich geradeheraus an und in ihrem Blick funkelte Kampfgeist. »Nicht schimpfen, Elisabeth. Okay?«

Wenn sie so war, hatte ich immer das Bedürfnis, sie in die Arme zu nehmen und ihr einen Kuss auf die Wange zu drücken. Ich liebte dieses Feuer, das in solchen Momenten in ihrem Blick loderte. Es war berührend mitzuerleben, wie aus dieser verschüchterten Frau ein Wesen mit einer Stimme und einer eigenen Meinung wurde. Dass sie einen enorm starken Willen hatte, musste sie sowieso nicht mehr beweisen. Nur so hatte sie die schlimme Zeit und die Flucht überstehen und hier auf Amrum neu anfangen können.

Während meine Gedanken schon wieder spazieren gingen, stand Tahmineh immer noch kampfeslustig vor mir und wartete auf meine Antwort.

Ich rollte mit den Augen, hob die Hände mit den Handflächen zur Zimmerdecke, um zu zeigen, dass ich mich in mein Schicksal ergab, und brummte: »Meinetwegen. Okay. Ich schimpfe nicht.« Dann wiederholte ich meine Frage: »Raus mit der Sprache. Wo kommen die Decken her?«

»Ich habe für dich gemacht. Immer nach Feierabend. Fenja hat mir Reststoff gegeben und ich habe Decken für Yogaraum für dich genäht.« Sie legte die fünf Decken ab und breitete eine auf dem Boden aus. Ich sah harmonisch ineinandergreifende Muster in verschiedenen Rottönen, Gelb, Orange und Braun. Die Nähte waren meisterlich gesetzt und mit Zierstichen versehen. Tahmineh musste nächtelang geschuftet haben.

Ich war überwältigt. Tahminehs Freundschaftsdienst ging mir so unter die Haut, dass ich nicht schnell genug reagieren konnte, mir liefen Tränen über die Wangen.

Tahmineh sah mich an. Sie erkannte mein Strahlen unter den Tränen und nickte zufrieden.

»Gut«, sagte sie. »Ich glaube, du magst.«

***

»Atmen, Tahmineh. Atmen und loslassen. Das sind die Schlüssel. Asanas wollen Aufmerksamkeit. Wenn man Yoga praktiziert, haben die Gedanken Pause. Lass deine Seele mit deinem Körper in Kontakt kommen, dann wirst du die Bewegung spüren. Dann entfaltet die Übung ihre Kraft.«

»Okay.« Tahmineh sog jedes meiner Worte in sich auf wie ein trockener Schwamm Wasser. »Ich bin bereit.«

»Dann setzen wir uns jetzt in den Sand. Die Beine im Schneidersitz, so, dass es angenehm ist. Spüre deine Sitzhöcker, die Kontakt zum Boden haben sollen. Richte dich auf. Zieh deine Wirbelsäule gerade.«

Während ich sprach, führte ich die Übungen direkt auch aus und Tahmineh machte mit.

Ich hatte sie gebeten, mit mir an den Strand zu gehen und einmal die Anfängersequenz durchzuspielen, um mir noch etwas Sicherheit zu erarbeiten.

Falls am Eröffnungstag vielleicht zehn oder zwanzig Teilnehmer vor mir standen, wollte ich keine Pannen riskieren. Ich musste die Sequenz beherrschen und auch das Tempo musste stimmen. Bei Nervosität neigte man ja dazu, schneller zu sprechen, vielleicht bei den Übungen hektisch zu werden. Dem wollte ich durch gute Vorbereitung vorbeugen. Und ich musste das alles so vermitteln, dass auch komplette Yogaanfänger sich wohl fühlten und Lust bekamen, Yoga zu lernen.

Mit Tahmineh hatte ich die perfekte Sparringspartnerin. Sie hatte ein enormes Gespür und eine schnelle Auffassungsgabe. Tahmineh musste mir nur einmal bei einer Übung zusehen, schon schaffte sie es ganz mühelos, sie zu wiederholen. Ihr Körper war biegsam und trotzdem voller Kraft. Nur das Loslassen fiel ihr noch schwer, aber das würde mit der Zeit schon kommen, da machte ich mir keine Sorgen.

Ich zog die Schultern mit Kraft Richtung Ohren und rollte sie mit dem Ausatmen nach hinten unten. Diese Bewegung wiederholte ich mehrere Male. Dann bewegte ich meinen Kopf in sanften Halbkreisen und rollte dabei das Kinn über die Brust. Nebenbei erklärte ich die Übungen mit ruhiger Stimme und beobachtete Tahmineh bei der Ausführung.

Obwohl es Kursvorbereitung für mich war, spürte ich, wie die Ruhe ganz automatisch bei mir ankam. Ich atmete zwischendurch immer wieder tief aus und ließ dabei jedes Mal ein bisschen meiner Anspannung los. Und ich konnte sehen, wie die Ruhe auch bei Tahmineh ankam. Von Minute zu Minute wurden ihre Gesichtszüge weicher. Sie würde das Loslassen lernen, ich war mir sicher.

»Ganz ausgezeichnet, Tahmineh«, lobte ich meine erste Schülerin am Ende der Trainingseinheit. »Du bist eine Musterschülerin«, erklärte ich ihr.

»Ich gehe immer gern zur Schule«, erzählte sie und nickte eifrig. Die Erinnerung ließ sie kurz von innen leuchten. »Ich war eine gute Schülerin. Immer. Bis nicht mehr erlaubt war. Ich bleibe dumm, leider.« Das Leuchten erlosch genauso schnell, wie es gekommen war.

»Tahmineh«, rief ich erschrocken. »Was sagst du denn da?«

Wir saßen uns noch gegenüber, ziemlich nah. Also beugte ich mich nach vorn, schnappte ihre Hand und zog sie mit Schwung in meine Arme. »Hör mal, Liebchen«, sagte ich, während ich sie fest an mich drückte. »Du bist ein wundervolles Wesen, du bist empathisch und klug. Darauf kommt es an. Das sind Werte, die für uns alle wichtig sind. Viel wichtiger, als auf Anhieb sagen zu können, was die Wurzel aus einhundertvierundvierzig ist oder wer der dritte Präsident der Vereinigten Staaten war. Die Welt bräuchte noch viel mehr Menschen wie dich, dann wäre sie ein besserer Ort.« Ich schob sie ein Stück von mir weg und sah sie an. »Alles klar? Ich will nie wieder hören, dass du von dir selbst behauptest, du seist dumm. Ich verbiete dir das, verstanden? Du bist meine Freundin und ich lasse nicht zu, dass jemand meine Freundin beleidigt. Auch sie selbst darf das nicht.«

»Zwölf«, sagte Tahmineh. »Und Jefferson«, fügte sie noch hintendran. Sie grinste und zuckte mit den Schultern. »Ich hatte nicht viel Schule, aber ich lese viel. Jedes Buch, wenn ich es finde, dann lese ich. Und so kann ich ein bisschen lernen.«

»Weißt du, Tahmineh, es ist nie zu spät, um etwas zu lernen. Es gibt heutzutage ein großes Angebot, entweder in der Abendschule oder Volkshochschulkurse, oder auch online. Wenn du möchtest, helfe ich dir, etwas Passendes zu finden.«

Tahmineh strahlte mich an und nickte. »Das wäre schön«, sagte sie. »Ich liebe Lernen.«

In dem Moment wusste ich, wie ich mich für die Decken bedanken konnte. Ich würde ihr Bücher schenken, die ihr Allgemeinwissen stärkten. Aber keine trockenen Sachbücher, sondern unterhaltsame Lektüre, die Wissen nebenbei vermittelte. Ich freute mich schon darauf, bei Quedens zu stöbern. Inselwissen musste auch unbedingt dabei sein, da war ich bei Quedens ohnehin genau richtig.

Am liebsten wäre ich direkt losgespurtet, um meinen Plan in die Tat umzusetzen.

Tahmineh stand auf und zog mich auch auf die Füße. »Komm«, forderte sie mich auf. »Lass uns im Wasser abkühlen, dann muss ich gehen. Ich muss noch arbeiten. Wann kommt Jan?«

»Weiß ich nicht. Moment, ich frage ihn.«

Ich hatte noch gar keine Lust, wieder nach Hause zu gehen. Also zog ich mein Handy aus der Tasche und tippte auf die Nachrichtenapp.

Elisabeth: Jan, wollen wir uns am Strand treffen? In Norddorf an unserer Stelle. Ich bin mit Tahmineh da, sie geht aber demnächst. Wann kannst du da sein?

Jan hatte sein Handy immer an, seit Florian sich auf Amrum herumtrieb. Die Häkchen wurden nur Sekunden, nachdem ich die Nachricht verschickt hatte, blau.

Jan: Das war Gedankenübertragung ☺ Ich wollte mich gleich bei dir melden und dir die gleiche Frage stellen. Ich bin noch kurz bei einem Kunden, aber in dreißig Minuten etwa kann ich da sein. Passt das?

Elisabeth: Perfekt. Bis nachher. Kuss!

»Halbe Stunde. Jan kommt hierher. Auf geht's, Tahmineh!«, rief ich übermütig. »Ab ins Wasser.«

Tahmineh schlüpfte aus ihrer Kleidung. Sie trug einen Badeanzug. Auch ich zog mir das Shirt über den Kopf und die Hose von den Beinen und rannte in die Wellen. Ich lief, so weit ich konnte. Als die Wellen mir um die Hüften schwappten, ging ich in die Knie und begann zu schwimmen.

Tahmineh kam langsam hinterher und blieb stehen, als das Wasser ihr bis zum Bauchnabel reichte. Sie schippte sich mit den Händen Wasser über den Körper, dann sank auch sie in die Knie, bis das Wasser ihr bis zum Kinn ging, verharrte einen Moment und stand wieder auf.

Ich war ein Stück hinausgeschwommen und drehte jetzt wieder um.

»Ich finde herrlich!«, rief Tahmineh mir entgegen. »Aber bis hier ist genug. Weiter muss ich nicht.«

Ich nickte nur und schwamm ein bisschen um sie herum. Es war schon ein Fortschritt, dass Tahmineh überhaupt ins

Wasser ging. Sie hatte von Anfang an großen Respekt vor der Nordsee gehabt. Und wir, Fenja, Hannah und ich, hatten nie nachgefragt, ob sie schlechte Erfahrungen gemacht hatte. Wenn sie darüber würde sprechen wollen, würde sie es von sich aus tun. Und wenn nicht, dann war das vollkommen in Ordnung.

Eine Zeit lang planschten wir vergnügt, doch irgendwann begannen meine Zähne zu klappern.

»Besser gehen wir raus«, meinte Tahmineh. »Ist sowieso spät.«

»Das war ein schöner Nachmittag, Tahmineh«, sagte ich, nachdem wir uns trocken gerubbelt hatten. »Ich danke dir sehr für deine Zeit und die wunderschönen Decken.«

»Ich danke dir für der Unterricht«, erwiderte Tahmineh. »Ich liebe Yoga.«

»Du bist bei meinen Yogastunden immer willkommen, ich hoffe, das weißt du.« Ich sah auf meine Uhr. »Jan müsste jeden Moment hier sein. Tahmineh, du kannst ruhig gehen. Die fünf Minuten allein werden mir guttun. Ich gehe ein bisschen in den auslaufenden Wellen spazieren und suche Muscheln für Fenja.«

Wir umarmten uns zum Abschied. Tahmineh drehte sich noch zweimal um, während sie auf den Strandübergang zuging.

Genau wie ich es gesagt hatte, schlenderte ich gemächlich im auslaufenden Wasser Richtung Norden. Ich war schon lange nicht mehr um die Nordspitze herumgegangen, dachte ich. Vielleicht hatte Jan demnächst Lust auf eine kleine Wanderung mit mir. Sobald die Eröffnung vorbei war und das Leben wieder in ruhigeren Bahnen lief.

Während ich ging, hielt ich den Blick gesenkt und hatte auch schon ein paar sehr hübsche Muscheln gefunden. Gerade hatte ich wieder eine entdeckt, die Fenja sicher gefallen würde.

Jetzt blieb ich stehen und ließ meinen Blick über die sanften Wellen Richtung Horizont wandern. Ach, wie sehr ich diesen Strand doch liebte. Er war perfekt. Für mich war er viel besser als jeder Südseestrand, weil ich das raue Klima liebte. Hier auf Amrum hatte ich alles, was meine Seele brauchte, um glücklich zu sein.

Zwischen den Dünen tauchte eine Gestalt auf. Das musste Jan sein. Ich hob den Arm und winkte. Doch im nächsten Moment zuckte ich zusammen. Es war Florian.

Entschlossen nahm ich die Schultern zurück und hob den Kopf. Es war klar gewesen, dass er irgendwann auftauchen würde. Aber die Art, wie er diesen kurzen Moment abpasste, in dem ich allein war, schnürte mir den Hals zu. Das war sicher kein Zufall. Er musste auf der Lauer gelegen haben.

»Liebling«, rief er und kam strahlend mit ausgebreiteten Armen auf mich zu. »Wie schön, dich hier zu treffen. Warst du schwimmen?«, fragte er mit Blick auf meine nassen Haare.

»Was willst du?«, fragte ich und ließ meine Stimme klingen wie einen knurrenden Rottweiler.

»Das weißt du doch«, antwortet Florian prompt und legte seine Hand unter mein Kinn. Er zwang mich, ihn anzusehen. Dann sagte er eindringlich: »Dich.«

Ich drehte abrupt meinen Kopf weg und haute meinen Vorderfuß in den nassen Sand, um die aufgestaute Energie loszuwerden.

»Seit wann bist du eigentlich so schwer von Begriff?«, fragte ich und funkelte Florian zornig an. »Wie oft muss ich dir sagen, dass ich nichts mehr mit dir zu tun haben will? Hat es dir nicht gereicht, dass Nord TV über dich berichten will?«

»Du bist atemberaubend schön, wenn du wütend bist, Elisabeth. Das macht mich total heiß. Und ich weiß, dass du mich auch willst. Du kannst mit dem Theater aufhören.«

Bevor ich mich wappnen konnte, hatte er mich grob an den Oberarmen gepackt und an sich herangezogen. Er drückte mir einen Kuss auf den Mund. So gewaltsam und heftig, dass ich nach Luft schnappte.

Endlich erwachte meine Gegenwehr. Ich versuchte ihm gegen das Schienbein zu treten, aber ich hatte keinen festen Stand und schaffte es nicht so, dass es Florian beeindruckte. Im Gegenteil, er lachte und nannte mich wilde Tigerin.

»Komm, zeig mir deine Krallen. Ich weiß doch, dass das reine Lust ist.«

Krallen bekam er keine zu spüren, aber als er versuchte, mir seine Zunge in den Mund zu schieben, biss ich zu und er schrie erschrocken auf.

»Du Miststück«, fluchte er und holte aus. Ich dachte, es sei vorbei. Was brachte mir mein ganzes Selbstbewusstsein, wenn ich diesem Menschen körperlich unterlegen war. Ich hätte nicht Yoga, sondern Karate oder Judo lernen sollen. Jetzt war es zu spät. Ich machte mich auf den Schlag gefasst. Auf den Schmerz.

Im Augenwinkel sah ich jemanden auf uns zurennen.

Jan!

Kapitel 19

Fenja

Fenja befestigte die vom Meer geschliffene Glasperle im Wellenkamm ihres neuen Strandgutbildes. Das war die letzte weiße Nixenträne aus ihrem Fundus gewesen. Es hatte gerade noch gereicht, das Kunstwerk war fertig.

Bevor Fenja ihre Arbeit eingehend begutachtete, wischte sie sich mit einem mit Lösungsmittel getränkten Lappen die Klebstoffreste von den Fingern. Dann lehnte sie sich zurück und betrachtete ihr Werk kritisch.

Stimmte die Perspektive? Waren die Konturen klar herausgearbeitet? Gab es Fehlstellen? Sie neigte den Kopf nach rechts und nach links, kniff die Augen zusammen und ließ ihren Blick von unten nach oben, von oben nach unten und quer über das Bild wandern. Soweit sie es erkennen konnte, passte alles sehr gut. Aber um ganz sicher zu sein und wirklich alles erfassen zu können, lehnte Fenja das Bild gegen die Wand, stand auf und prüfte, wie es mit etwas Abstand wirkte.

Erst jetzt atmete sie erleichtert durch. Auch von hier aus sah es gut aus. Das Bild war perfekt und bereit, um im Laden aufgehängt und zum Verkauf angeboten zu werden.

Die Strandszene, die Fenja gearbeitet hatte, wirkte sehr plastisch und lebendig. Die auf dem Bild dargestellte Welle ergoss sich über eine im Sand liegende Herzmuschel. Beim

Betrachten glaubte Fenja fast, das Rauschen zu hören, das die kleine Szene in der realen Welt begleiten würde. Das Bild war eine Kollage aus Farben, Sand, Muscheln, Nixentränen, getrocknetem Tang und Treibholz. Zum Teil hatte Fenja die Muscheln in unterschiedlichen Blautönen gefärbt, um damit das Wasser darstellen zu können. Die vereinzelt zwischen den Muscheln platzierten Nixentränen brachten Funkeln in die Welle.

Wie so oft, seit sie ihr Dogissimo gegründet hatte, durchlief Fenja ein Glücksschauer. Sie liebte ihr neues Inselleben und ihre Arbeit von ganzem Herzen und das alles hatte sie nur ihrer Tante Trude zu verdanken.

»Ach Trudehude, du Liebe, du fehlst mir immer noch«, sagte Fenja leise und wischte sich über die Augen, die feucht geworden waren. Es war eine bittersüße Mischung aus Dankbarkeit, Trauer und Glück.

Wer Fisch will, will Gräten, würde ihre Trudehude jetzt wohl sagen. Sie hatte eine unvergleichliche Art gehabt, ihre Sicht auf die Welt in besondere Wortbilder zu fassen. Und Leben bedeutete nun mal nicht nur Sonnenschein.

Eins war sicher, ihre Trudehude mochte zwar gestorben sein, aber in Fenjas Erinnerungen lebte sie weiter und eines Tages würde sie ihren Kindern von ihr erzählen. Sie hätten bestimmt großen Spaß, wenn Fenja Anekdoten von der wunderbaren Tante zum Besten geben würde.

Während ihre Gedanken hin und her sprangen, fiel Fenjas Blick auf die Muschelkiste. Sie entdeckte, dass nicht nur der Vorrat an Nixentränen zur Neige ging, sondern auch der Bestand an Muscheln ziemlich geschrumpft war. Kein Wunder. In den letzten Tagen hatte sie viel Zeit im Atelier verbracht und sehr fleißig gearbeitet. Sie hatte Bilder, Lampen und Kisten mit dem Strandgutzauber versehen und die Lücken im Laden gefüllt. Bevor sie weitermachen konnte, musste sie dringend an den Strand und für Nachschub sorgen. Wieso eigentlich nicht gleich?

Fenja warf einen Blick auf die Uhr. Es war später Nachmittag und sie hatte lange genug gesessen und vornübergebeugt konzentriert gearbeitet. Ihr Nacken meldete Verspannungen und ihre Füße hatten Langeweile. Strandschlendern wäre jetzt genau das Richtige. Entschlossen durchquerte Fenja das Atelier und trat in den Garten, wo Coco unter dem Holunderstrauch lag und döste. Pablo war nicht zu sehen, der streifte vermutlich in der Nachbarschaft umher.

Solange er nicht auf einen Baum kletterte und gerettet werden musste, war das für Fenja vollkommen in Ordnung. Leider war das eine fatale Angewohnheit des Katers. Etwa einmal im Monat musste Malte als Retter einspringen. Andererseits hatte genau das Malte und Fenja wieder näher zueinander gebracht – damals, als sie sich ihre Liebe noch nicht eingestanden hatte. Als sie an das Bild dachte, wie Malte vollkommen durchnässt den ebenfalls klatschnassen Kater nach Hause gebracht hatte, wurde ihr Herz fröhlich und warm.

»Coco, was ist, wollen wir an den Strand?«, rief Fenja vergnügt und klopfte sich auffordernd auf die Oberschenkel. »Na komm, auf! Ich weiß doch, dass du auch Lust auf Sand und Wellen hast.«

Coco hob den Kopf leicht an, blinzelte zu ihrem Frauchen hinüber, wackelte ein bisschen mit den Ohren und legte den Kopf wieder hin. Offensichtlich teilte sie die Strandlust ihres Frauchens nicht.

»Ach Coco, komm. Du hast den ganzen Nachmittag verpennt, wird Zeit, dass du ein bisschen in Schwung kommst. Und ich brauche auch Bewegung.« Fenja überlegte, jetzt half nur ein Feini, oder ... »Du darfst auch Möwen jagen«, verkündete sie und grinste.

Genau wie sie es erwartet hatte, wirkte das Versprechen. Coco war schlagartig hellwach und sprang auf. Sie sah erwartungsvoll zu ihrem Frauchen hoch. Alle Trägheit war wie weggeblasen. Cocos Ringelschwanz wedelte wild.

Keine zwanzig Minuten später streifte Fenja sich die Schuhe von den Füßen und genoss den feinen Sand, der ihre Fußsohlen bei jedem Schritt sanft massierte. Zusätzlich bekam die Haut ein sehr effektives Peeling. Fenja war mit Coco zum Strandabschnitt bei Nebel geradelt und wanderte nun am Spülsaum entlang Richtung Norddorf.

Weil vereinzelt noch ein paar Urlauber im Sand lagen, ließ Fenja Coco an der langen Leine sausen. So konnte sie schnell eingreifen, falls sich jemand belästigt fühlte. Aber Coco interessierte sich überhaupt nicht für die Menschen.

Sie spielte mit dem Wasser. Übermütig sprang sie den Wellen hinterher, wenn sie ins Meer zurückrollten und vor ihnen weg, wenn sie wieder auf den Strand zuliefen. Manchmal war sie nicht schnell genug und bekam einen Schwall Wasser ab. Dann warf sie sich jedes Mal herum und blaffte die Nordsee anklagend an. Die Mopsdame schien nichts drumherum wahrzunehmen, sie war voll auf die auf- und ablaufenden Wellen konzentriert. Doch sobald eine Möwe in Sichtweite kam, ließ Coco vom Spiel mit dem Wasser ab und jagte laut kläffend mit fliegenden Ohren los. Hatte sie die Möwe vertrieben, trabte sie gemütlich wieder zu Fenja zurück und widmete sich erneut der Nordsee, als sei nichts gewesen.

Fenja kam nur langsam voran. Sie hatte Spaß, Coco beim Spielen zuzusehen, aber die meiste Zeit blieb ihr Kopf gesenkt und ihr Blick wanderte über den Sand. Der Bereich, über den das auslaufende Wasser hinwegrollte, bot am meisten Fundstücke. Immer wieder bückte sie sich, um eine Muschel oder ein Stück Holz einzusammeln. Auch schöne Tangstücke wanderten in die Tasche, die würde sie über die Wäscheleine hängen und trocknen.

»Oh!«, rief Fenja überrascht. Wenn sie sich nicht irrte, hatte sie zwischen einem Knäuel Blasentang einen Bernstein entdeckt. Sie musste sich beeilen, das Wasser würde gleich darüber hinweggehen und ihren Fund vielleicht mitnehmen. Sie ging in die Hocke und schob hastig den Tang beiseite. Gleich darauf hielt sie tatsächlich ein wunderschönes Stück Bernstein in der Hand. Um ihren Fund besser bewundern zu können, klemmte Fenja den Bernstein zwischen Daumen und Zeigefinger und hielt ihn gegen die Sonne, um seinen Zauber zu wecken. Er war karamellfarben und in der Hand matt, im Gegenlicht der untergehenden Sonne schimmerte er aber wie flüssiger Honig.

»Wow«, sagte Fenja leise. Ihr Herz raste vor lauter Freude. »Hast du das gesehen, Coco? Damit hatte ich überhaupt nicht gerechnet. Um diese Jahreszeit findet man selten Bernstein bei uns – vor allem nicht so große Stücke. Ich glaube, ich sollte heute Lotto spielen.«

Coco allerdings hatte keine Zeit, ihrer Fenja zuzuhören. Sie hatte in einiger Entfernung eine Möwe entdeckt und legte einen Schnellstart hin. Fenja sah ihr hinterher und lachte.

Den Bernstein steckte sie in ein Blechdöschen, das sie für solch besondere Funde immer in ihrem Sammelbeutel hatte. Für den Fall der Fälle, dass sie sich trotz aller Überzeugung täuschte und versehentlich Phosphor statt Bernstein aufgehoben hatte. Die Wahrscheinlichkeit war gering, aber sicher war sicher. Fenja wollte kein Risiko eingehen, denn wenn Phosphor trocknete und etwa Körpertemperatur erreichte, entzündete er sich in Verbindung mit Sauerstoff. Deshalb war es ratsam, Bernsteinfunde nicht in die Hosentasche zu stecken, sondern sicher in einer Blechdose zu transportieren. Dort dauerte es länger, bis etwaiger Phosphor die nötige Temperatur erreichte und wenn doch, dann war das Gefahrenpotenzial deutlich geringer.

Fenja entdeckte mehrere Nixentränen und schon waren die Überlegungen über Bernstein und Phosphor vergessen. Schnell ging Fenja wieder in die Hocke und sammelte die unterschiedlich großen blauweißen Glassteinchen auf. Was hatte sie doch für ein Glück. Meistens fand sie braunes geschliffenes Glas, das zwar auch schön, aber verglichen mit dem Blau doch eher langweilig war.

Einen Moment hielt sie inne und ließ sich einem spontanen Impuls folgend einfach in den Sand fallen. Mit angezogenen Knien blieb sie dem Meer zugewandt sitzen. Es war warm und sie trug nur knappe Shorts, die schnell wieder trocknen würden, deshalb genoss sie die Wellen, die sie umspülten und abkühlten und den Wind, der über ihre Haut strich, als wollte er sie streicheln.

Gab es einen schöneren Ort auf der Welt? Für Fenja in diesem Moment jedenfalls nicht. Sie war genau da, wo sie sein wollte und wo sie hingehörte. Die Dankbarkeit war so mächtig, dass Fenja glaubte, vor Glück zu platzen.

»Fundstücke«, sagte sie an die Wellen gewandt.

»Bringen Freude
Erzählen vom Meer
Verbinden sich zu Geschichten
Dankbarkeit.«

Sie hatte es schon in ihrer Jugend geliebt, am Strand Gedichte zu rezitieren. Oft zusammen mit Hannah und meistens Rilke. Seit ein paar Jahren waren sie und mit ihr auch Hannah und Elisabeth aber vom Zauber der selbst gedichteten Nixchen gefangen. Sie hatten Rilke in den Hintergrund geschoben.

Fenja hatte sogar begonnen, die besonders schönen Nixchen aufzuschreiben. Irgendwann würde sie daraus ein kleines Büchlein binden lassen und es Hannah und Elisabeth schenken. Tahmineh würde auch eins bekommen. Vielleicht zu Weihnachten. Das wäre etwas Besonderes. Der Gedanke an die Überraschung und Freude bescherte Fenja mitten im Sommer im Rauschen der Wellen einen Schwall Weihnachtsgefühle. Sie lachte über sich selbst, aber wie von selbst begann sie *Jingle Bells* zu summen.

»Du verdammter Mistkerl!«, tönte es über den Strand. Fenjas sommerliche Weihnachtsstimmung verflog so schnell, wie sie gekommen war. Erstaunt hob sie den Kopf. Die Stimme kam ihr bekannt vor.

Fenja versuchte auszumachen, was da vor sich ging. Nicht weit von ihr entfernt entdeckte sie nahe am Wasser zwei Gestalten, die sich gegenüberstanden. Es sah aus, als würde die eine der anderen drohen.

»Florian, nicht!«, hörte sie auch schon den nächsten Ruf.

Diese Stimme erkannte sie, ohne zu überlegen. Das war Elisabeth! Und es klang gar nicht gut. Offenbar bedrohte ihr Ex sie. Aufgeschreckt sprang Fenja auf und lief los. Aus der anderen Richtung sah sie Jan, der ebenfalls in Elisabeths Richtung rannte.

Florian hob den Arm zum Schlag. Gerade noch rechtzeitig erreichte Jan die beiden und warf sich dazwischen. Er wehrte Florians Angriff ab. Doch Elisabeths Ex-Mann war nicht bereit, sich ausbremsen zu lassen. Erneut holte er aus und versuchte an Jan vorbei Elisabeth zu treffen.

»Lass sie in Ruhe! Verschwinde«, rief Jan und blockte auch den nächsten Hieb.

Doch Florian dachte nicht daran. Im Gegenteil, er wurde noch aggressiver. Fenja war fast bei der Gruppe angekommen und zückte ihr Handy. Schon im nächsten Augenblick sah sie Florians Faust nach vorn schnellen. Dieses Mal war Jan nicht schnell genug. Der Schlag traf ihn mitten ins Gesicht.

»Ahh!« Jans Schmerzensschrei ging Fenja durch Mark und Bein. Aus seiner Nase strömte fast sofort Blut.

»Schluss jetzt!«, schrie Fenja.

Elisabeth warf sich Florian in den erneut nach vorn schnellenden Arm. Sie klammerte sich daran fest. »Hör auf, Florian. Du bist ja verrückt.«

Florian schüttelte Elisabeth ab und baute sich vor ihr auf. Trotz der Schmerzen, die Jan haben musste, handelte er geistesgegenwärtig und zog Elisabeth hinter sich. Aber Florian hatte offenbar genug. Sein Atem ging stoßweise.

»Du blödes Miststück glaubst, mich abservieren zu können. Du hast mich mit dieser Inselpfeife betrogen, das wirst du büßen. Dir werde ich …«

»Gar nichts wirst du«, fuhr Fenja laut, aber mit eiskalter Stimme dazwischen. Sie bebte vor Zorn. Was wagte es dieser Mensch, ihrer Freundin zu drohen? Der würde sie kennenlernen. Fest hielt sie ihr Smartphone in der rechten Hand.

Obwohl Fenja Florian körperlich ganz klar unterlegen war, spürte sie keine Angst. Außerdem war sie nicht allein. Jan und Elisabeth waren auch noch da. Aber die würde sie gar nicht brauchen.

Dieser verdammte Florian würde sich wünschen, er wäre nie nach Amrum gekommen, wenn sie mit ihm fertig war. Er schätzte die Situation allerdings deutlich anders ein. Noch.

»Was willst du denn? Mit dir rede ich gar nicht«, fauchte Florian sie an. »Los, Elisabeth. Du kommst jetzt mit. Das ist deine letzte Chance …«

Er versuchte, nach Elisabeth zu greifen, aber Jan gab ihm einen Stoß, um ihn abzuwehren. Florian stolperte rückwärts und landete im Sand. Fenja machte einen Schritt auf ihn zu.

»Es interessiert mich nicht, ob du mit mir redest oder nicht. Aber ich könnte mir sehr gut vorstellen, dass deine liebe ehrwürdige Familie sich sehr für dieses Filmchen interessieren könnte.« Fenja hielt ihm die Hand mit ihrem Handy entgegen und warf ihm einen verächtlichen Blick zu. »Was meinst du? Sie werden begeistert sein, oder? Und Holke freut sich bestimmt auch. Er braucht doch immer gute Themen für seine Sendung. Ich bin sicher, dass er sich sehr gern mit Elisabeth über ihren gewalttätigen Ex-Mann unterhält und dieses Video mit der Welt teilt.«

Florians Augen sprühten Blitze in Fenjas Richtung, doch dahinter erkannte sie blanke Panik. Der ach so starke Kerl war blass geworden. Sein rechtes Augenlid begann zu zucken.

»Das ist strafbar. Du darfst nicht einfach …«

Fenja ließ ihn nicht aussprechen. Sie lachte laut auf und ließ eine Häme mitschwingen, die sie so noch nie an sich selbst erlebt hatte. Aber es galt, Elisabeth zu verteidigen, da durfte sie nicht freundlich wirken. Dieser unmögliche Kerl würde den kleinsten Hauch von Schwäche ahnen und sofort gegen sie verwenden.

»Bürschchen, vergiss es. Und selbst wenn es verboten wäre. Diese Strafe zahle ich aus der Portokasse und mit größtem Vergnügen. Fragt sich, wer dann am Ende lacht und was deine Familie zu all dem sagen wird. Also? Wie sieht es aus? Du hast zehn Sekunden, um deinen Hintern aus dem Sand zu heben und von hier zu verschwinden. Ab sofort existiert Elisabeth nicht mehr für dich und Amrum ist ein weißer Fleck auf deiner Landkarte. Du kennst die Insel nicht mehr und wirst nie wieder hierherkommen. Solltest du dich nicht daran halten, wird dieses Video dir so um die Ohren fliegen, dass du nicht mehr weißt, wie du heißt.«

»Du bist doch …«

»Zehn«, begann Fenja zu zählen. Sie wollte nicht hören, wer oder was sie Florians nicht geschätzter Meinung nach war. »Neun …«

Florian rappelte sich mühsam auf, stolperte beim Aufstehen, kam erneut auf die Füße. Als er endlich stand, hielt er kurz inne, kämpfte mit sich und gab nach einem Blick in Fenjas entschlossene Miene auf. Laut wehklagend und immer weiter laut schimpfend humpelte er davon.

»Das werdet ihr bereuen!«, rief er, als er etwas Abstand zwischen sich und seine Gegner gebracht hatte. »Bitterlich bereuen werdet ihr das!«

Coco, die bis gerade noch am Wasser gespielt hatte, kam angerannt und jagte bellend ein Stück hinter Florian her, als wäre er eine der verhassten Möwen.

***

Fenja goss Whisky in die Gläser und setzte sich dann. Sie hatten sich bei Elisabeth im Übungsraum versammelt.

»Hat Elisabeth sich schon gemeldet?«, wollte Malte wissen.

»Hoffentlich ist Jan gut«, sagte Tahmineh. Sie war blass um die Nase vor Schreck und wirkte sehr schockiert. Auf Gewalt reagierte sie noch immer äußerst sensibel, was kein Wunder war bei allem, was sie erlebt haben mochte.

»Bestimmt geht es Jan schnell wieder gut«, beeilte Fenja sich, Tahmineh zu beruhigen. »Noch nicht«, sagte sie in Maltes Richtung. »Sie hat versprochen, gleich eine Nachricht zu schicken, sobald Jan untersucht worden ist.«

»Ich kann das noch gar nicht fassen«, japste Hannah. »Die arme Elisabeth. Der arme Jan.«

»Extrem clever von dir, die Szene zu filmen«, lobte Lennard und nickte Fenja anerkennend zu.

Die lachte und nickte. »Ja, finde ich auch. Das wäre echt clever gewesen.«

»Hä?«, kam es prompt von Hannah.

»Du hast geblufft?«, fragte Holke, der Fenjas Antwort richtig deutete. Er lachte laut auf. »Fenja, du bist echt ausgebufft.«

Fenjas Handy meldete eine neue Nachricht.

Elisabeth: Die Nase ist gebrochen, aber muss wohl nicht operiert werden. Jan hat die Tastuntersuchung über sich ergehen lassen und hatte Glück im Unglück. Wir kommen jetzt nach Hause. Ich habe solchen Hunger, ich kipp gleich um.

»Sie kommen«, verkündete Fenja. »Und Elisabeth hat Hunger. Was machen wir denn? Ich glaube, wir brauchen alle etwas zu essen, nur Whisky geht nicht lange gut.« Sie sah die anderen fragend an.

»Ich fahr zur Pizzeria und besorge uns was«, sagte Malte und stand auf.

Holke tat es ihm sofort gleich.

»Ich komme mit und helfe dir tragen. Jemand einen besonderen Wunsch? Sonst bestellen wir einmal die Karte hoch und runter und jeder nimmt, was er mag. Einverstanden?«

»Super Idee«, sagte Fenja und gab Malte einen Kuss auf den Mund. »Ab mit euch. Ich schreibe Elisabeth und kümmere mich um Teller und Besteck.«

»Lass mich«, bat Hannah jedoch und drückte Fenja Leonie in die Hand, die sie gerade auf dem Arm hatte. »Du darfst ein bisschen spielen.«

»Ich helfe«, sagte Tahmineh.

Fenja: Was für ein Glück. Malte und Holke besorgen Abendessen.

»Zeig mal den Film«, bat Elisabeth etwas später, als sie alle in gemütlicher Runde im Yogaraum saßen. Sie nahm sich eine

Ecke der Pizza. »Schade, dass ich dem Arsch nicht zwischen die Beine getreten habe.«

»Oh Elisabeth, bitte. Ich habe so schon Kopfschmerzen, ich will mir dieses Desaster nicht auch noch ansehen. Es reicht doch, dass der Kerl mich erwischt hat.«

»Was redest du denn?«, fragte Elisabeth. »Glaub mir, du warst super und viel stärker und schneller als er. Es war nur Pech, dass er deine Nase getroffen hat. Wie locker du ihn abgewehrt hast, war eins A! Du hast ihm den entscheidenden Stoß versetzt, der ihn zu Fall brachte.« In Elisabeths Augen funkelte Stolz auf ihren toughen Freund.

Ihre Worte taten Jan wohl, das konnte man sehen. Er nahm wieder etwas mehr Haltung an, nachdem er bisher wie ein Häufchen Elend zwischen seinen Freunden gesessen hatte.

»Es gibt nur ein Problem«, verkündete Hannah jetzt und pustete sich den Pony aus der Stirn. »Es gibt keinen Film.«

»Es gibt keinen *was*?«, echote Elisabeth und sah verwirrt zwischen Hannah und Fenja hin und her.

»Ich habe geblufft«, bekannte Fenja und grinste zu Elisabeth und Jan hinüber.

Elisabeth lachte dröhnend los. Sie konnte sich gar nicht mehr beruhigen. Es dauerte nicht lange, und alle Freunde lachten mit, bis ihnen die Tränen kamen.

Nachdem sie sich beruhigt hatten, mampfte Elisabeth noch ein Stück Pizza und ließ sich dann rücklings auf die Matte fallen, auf der sie gerade saß.

»Ich glaube, Florian hat jetzt endgültig begriffen, dass ich nicht mehr das Lämmchen bin, das ich damals während unserer Ehe war.« Sie betrachtete zuerst nachdenklich Jan, dann die versammelte Mannschaft ihrer Freunde. Dann setzte sie sich auf und räusperte sich.

»Also gut, ihr Lieben. Ihr habt für mich gekämpft, mich unterstützt und mehr als einmal bewiesen, dass ihr echte Freunde seid. Es ist an der Zeit für eine nicht sehr schöne Geschichte. Ich spreche nicht gern darüber, aber ihr habt die ganze Wahrheit verdient und deshalb erzähle ich sie euch und hoffe, dass Florian nun endlich aufgibt und ich es dann für immer vergessen kann.«

Fenja sah Elisabeth in die Augen und nickte ihr unmerklich zu. Sie fand es gut, dass Elisabeth endlich reinen Tisch machte und die Heimlichkeiten beendete. Und sie sah in Elisabeths Augen, dass es richtig war. Unübersehbar war darin zu lesen, dass Jan mit seinem mutigen Einsatz Elisabeths Herz endgültig erobert hatte.

Während Elisabeth sprach, lauschten alle gebannt. Sie machte so wenig Worte wie möglich, aber sie schilderte, wie jung und naiv sie gewesen war. Wie beeindruckt von dem charmanten Mann und wie überfordert und eingeschüchtert von dem brutalen Säufer, in den er sich in kürzester Zeit nach der Hochzeit verwandelt hatte. Als sie von ihrem gebrochenen Unterkiefer erzählte, keuchte Jan vor Zorn. Doch Elisabeth lächelte ihm zu und legte ihm beschwichtigend die Hand auf seine.

»Es ist immer alles für irgendetwas gut, Jan«, erklärte sie. »Nur so war es möglich, dass ich hier auf Amrum gelandet bin und wir uns kennenlernen konnten. Florian hat sich teuer aus der Verantwortung gekauft und mir damit ein neues Leben und dieses neue Glück mit dir ermöglicht. Ich habe lange überlegt, ob es richtig ist, das Geld zu nehmen.

Moralisch vermutlich nicht. Doch letztendlich war es für mich der richtige Weg. Ich war am Ende meiner Kräfte und wollte so schnell wie möglich neu anfangen und alles hinter mir lassen.«

»Du willst jetzt aber nicht, dass ich mich bei ihm bedanke«, knurrte Jan und Elisabeth schüttelte lächelnd den Kopf.

»So weit sollten wir dann wohl doch nicht gehen«, meinte sie und lachte dunkel. »Aber wir können das alles jetzt loslassen und uns auf das besinnen, was wir haben. Die Zukunft, unsere Liebe und das Inselglück.«

Jan gab Elisabeth einen vorsichtigen Kuss. Dann setzte er sich neben sie, legte ihr den Arm um die Taille und hob die andere Hand mit dem Whiskyglas in die Höhe.

»Auf Elisabeth. Auf unser neues Leben. Und auf die Eröffnung der *Yogaschule Inselglück*.«

Sie stießen noch etliche Male an.

»Ich bin jedenfalls froh, dass nun nichts mehr zwischen uns steht, Liebling«, sagte Jan irgendwann leise zu Elisabeth. Fenja, die sehr nah neben den beiden saß, konnte es gerade noch verstehen und lächelte leise in sich hinein. »Das war mir sogar die gebrochene Nase wert«, erklärte er.

Kapitel 20

Elisabeth

Heute war der große Tag. Vor lauter Aufregung hatte ich kaum ein Auge zugemacht. Ich würde mir meinen Traum erfüllen und die Yogaschule eröffnen. Bei diesem Gedanken schlug mein Herz so schnell, als hätte ich gerade einen Spurt hingelegt. Ich holte unwillkürlich tief Luft, hielt sie einen Moment an und stieß sie dann langsam durch den Mund wieder aus. Doch selbst die Atemübung half nicht wirklich. Ich war super nervös.

Hoffentlich hatte ich mir nichts vorgemacht und es gab wirklich Menschen, die sich für mein Kursangebot *Yoga am Kniepsand* interessierten.

Hoffentlich funkte Florian mir nicht mit einer Arschlochaktion dazwischen und verdarb mir diesen besonderen Tag. Ich hatte seit dem Zwischenfall am Strand nichts mehr von ihm gehört und immer noch das Gefühl, dass er mir wie ein Teufel im Nacken saß. Andererseits hoffte ich, dass Fenjas Drohung bezüglich des Fakevideos ihm tatsächlich den Rest gegeben hatte. Vielleicht war er schon weg. Zu schade, dass ich nicht wusste, wo er sich eingemietet hatte, sonst könnte ich nachfragen, ob er ausgecheckt hatte. Aber selbst ohne Florian gab es viele Unwägbarkeiten. Es konnte so unfassbar viel schiefgehen, es war zum Haareraufen.

Hoffentlich verhaspelte ich mich nicht bei der kleinen Ansprache, die natürlich fällig war. Ich war froh, dass Fenja bei der Rede an meiner Seite sein würde, sie würde mich notfalls bestimmt retten.

Die Bilder aller möglichen und unmöglichen Pannen spielten Ringelreihen in meinem Kopf. Was, wenn ich das Gleichgewicht bei der Vorführung verlor und strauchelte? Oder gar wie ein gefällter Baum umfiel, statt fest und sicher zu stehen? Damit würde ich mich ziemlich blamieren und meine Glaubwürdigkeit als Yogalehrerin wäre dahin. Was, wenn alles schiefging und aus meinem wunderschönen Traum ein Albtraum wurde?

Ich spürte einen leichten Panikanflug, sah mich schon am Strand stehen, im Kreis meiner Freunde und kein Mensch wollte etwas von mir und meinem Yogaunterricht wissen. Meine Kehle war wie ausgedörrt. Ich schluckte trocken.

Hör sofort mit diesem Unsinn auf, Elisabeth, rügte ich mich in Gedanken energisch selbst. Und ich hatte recht damit. Natürlich hatte ich recht. Ich durfte mich nicht auf diese Angst einlassen. Schließlich war ich kein naives Schaf, das blind ins Verderben lief. Ich hatte mir die Geschäftsgründung reiflich überlegt. Überhaupt war ich ja erst auf die Idee gekommen, weil Menschen ihr Interesse bekundet und danach gefragt hatten. Wieso sollte sich das nun plötzlich ändern, wenn das Angebot tatsächlich bestand?

Seit ich mit dem Strandyoga begonnen hatte, war ich oft darauf angesprochen worden. Immer wieder hatten Menschen – mehr Frauen, aber durchaus auch Männer – gefragt, ob es Kurse gäbe. So war das nämlich. Von wegen, kein Mensch würde sich interessieren. Da durfte sich meine Panik ruhig gepflegt in Luft auflösen, die hatte nämlich überhaupt kein Fundament.

Es gab einen Bedarf und ich würde ab heute Nachmittag das passende Angebot in petto haben. Punkt. Und die Eröffnungsfeier würde sowieso der Knaller werden. Etwas anderes kam nicht infrage.

Kaum hatte ich meine aufsteigende Hysterie zurückgedrängt, ploppte schon wieder ein miesmachender Gedanke in meinem Kopf auf. Was, wenn das Wetter kippte? Der Wetterbericht hatte zwar strahlend blauen Himmel und Sonnenschein vorhergesagt, aber die irrten sich doch oft. Strandyoga im Gewittersturm war nicht das, was mir vorschwebte. Und auch auf durch Regenwasser verdünnte Getränke und aufgeweichte Snacks würde ich liebend gern verzichten.

Vorsichtig, um Jan nicht zu wecken, hob ich den Kopf und blinzelte zum Fenster hinüber. Das Stück Himmel, das ich vom Bett aus sehen konnte, strahlte in wunderbarem Blau. Kein Unwetter in Sicht. Na also. In Gedanken streckte ich meiner Angst die Zunge raus. Dann schielte ich auf den Wecker. Noch nicht einmal sechs. Mit leisem Seufzen ließ ich den Kopf wieder auf das Kissen sinken, drehte mich auf die Seite, schloss meine Augen und versuchte mich zu entspannen. Aber es klappte nicht. Meine Füße kribbelten und zuckten, meine Augenlider flatterten und wollten nicht geschlossen bleiben und überhaupt, ich musste mich …

»Guten Morgen, Liebling«, flüsterte Jan mir von hinten ins Ohr. »Aufgeregt?«, fragte er.

Ich spürte seinen warmen Atem im Nacken. Gleich darauf kribbelte die Haut, wo seine Lippen mich berührten. Auf meinen Armen bildete sich Gänsehaut.

»Guten Morgen«, sagte ich und drehte das Gesicht über meine Schulter zu Jan hin. »Es tut mir leid. Habe ich dich geweckt? Das wollte ich nicht, ich war extra leise.«

Jan lächelte mich an. Und er sah umwerfend aus. Wie ein Held nach einem harten Kampf. Seine Nase war geschwollen. Grüne und blaue Schatten zogen sich über den Nasenrücken und unter den Augen bis über die Wangenknochen. Die Haare standen strubbelig in die Höhe und seine Wangen und das Kinn waren von hellen Stoppeln bedeckt. Jans Blick lag sanft und voller Liebe auf mir und mein Herz machte einen Satz. Seine Augen verrieten mir, wie verliebt und glücklich Jan war und genauso fühlte ich mich auch.

Ich drehte mich ganz zu ihm um und kuschelte mich dicht an ihn heran. Jan hielt mich fest. Seine Arme um mich zu fühlen vertrieb die schlimmste Aufregung. Ruhig war ich deshalb trotzdem nicht, denn mein Herz begann erwartungsvoll zu pochen.

»Ich bin ziemlich froh, wach zu sein«, murmelte Jan und sein Blick wirkte verhangen. »Wenn ich noch schlafen würde, könnte ich nicht das tun …« Er beugte sich zu mir und gab mir einen tiefen Kuss auf den Mund. »Und das …« Er beugte sich weiter hinunter und küsste meine Brust.

Doch trotz aller aufflammenden Leidenschaft blieb er vorsichtig. Ich wusste, dass seine Nase noch höllisch wehtat, denn er zuckte immer mal wieder zurück. Das wollte ich nicht. Deshalb nahm ich Jan an den Schultern und drückte ihn rücklings auf die Matratze.

»Lass mich mal und schone deine Nase. Wolltest du das machen?« Nun war es an mir, mich zu ihm hinunterzubeugen und meine Lippen über seinen Körper wandern zu lassen.

Bei den blauen Flecken, die er von seinem Kampf mit Florian davongetragen hatte, hielt ich mich länger auf und versuchte den Schmerz wegzuküssen und sanft wegzustreicheln.

»Wann kommen die anderen?«, wollte Jan eine gute Weile später wissen, als wir zusammen am Küchentisch saßen, Kaffee tranken, Rührei aßen und dabei die wichtigsten Punkte des Tages noch einmal miteinander durchgingen. Ich fühlte mich wie auf Wolken schwebend. Wie hatte ich nur so lange auf die Nähe zu Jan verzichten können? Ich war wirklich eine Meisterin darin, mir selbst etwas vorzumachen – von wegen *nur Freunde*. Seit ich meine inneren Mauern eingerissen hatte, flogen die Funken zwischen uns und ich genoss jede Sekunde, die ich mit meinem wunderbaren Freund verbringen konnte.

»So ab neun etwa wollten wir uns am Strand treffen. Also Hannah und Fenja. Tahmineh hält vormittags noch die Stellung im Dogissimo und kommt, sobald sie den Laden geschlossen hat. Lennard kümmert sich um die Flyer, die wir heute verteilen wollen. Malte muss vormittags arbeiten und kommt danach. Seine Jungs von der Feuerwehr sind spätestens ab dreizehn Uhr am Strand. Die Veranstaltung beginnt um fünfzehn Uhr.«

»Wo brauchst du mich?«

»Musst du nicht auch zumindest vormittags in die Werkstatt? Ich möchte nicht, dass du meinetwegen deine Arbeit vernachlässigst und dadurch womöglich deine Kundschaft vergrätzt.«

»Ich werde dich dafür morgen bei mir in der Werkstatt ausbeuten, dann hole ich locker auf, was heute liegen bleibt«, erklärte Jan. Er grinste mich spitzbübisch an. Mit so einer

Androhung konnte er mir allerdings keine Angst einjagen und das wusste er auch genau, deshalb grinste er so übermütig. Was in Kombination mit der grünblauen Boxernase ziemlich witzig wirkte.

»Du weißt ja, für Holz lasse ich mich gerne ausbeuten, da werde ich einfach schwach«, kommentierte ich und jetzt war es an mir zu grinsen, als Jan empört nach Luft schnappte.

»Und ich Depp habe mir eingebildet, dass ich diese Wirkung auf dich hätte«, empörte er sich gespielt.

Einen Moment war ich versucht, das Spiel weiterzutreiben, allerdings ahnte ich, wo das enden würde. Ich genoss dieses Frisch-verliebt-sein-Kribbeln, aber ich blieb standhaft. Heute musste die Vernunft siegen, wir hatten noch einiges zu tun.

»Lass uns das heute Abend noch einmal vertiefen«, bremste ich das Turteln deshalb vorsichtshalber ab, bevor die Luft zwischen uns noch intensiver zu knistern beginnen konnte. Ich schob mir den letzten Bissen Ei in den Mund und stand auf.

»Ich mache mich fertig und gehe dann gleich los. So kann ich noch ein bisschen Yoga machen, bevor der Trubel beginnt. Ich glaube, das brauche ich, um die Aufregung ein bisschen abzufedern.« Ich konnte es kaum erwarten, mein Outfit anzuziehen. Es war eine etwas längere Shorts, Shirt, Stirnband und passende Yogasocken aus der neuen Dogissimo-Yogakollektion. Meine Leute, die später die Vorführung mit mir gestalten würden, hatten alle Outfits aus Fenjas Yogakollektion bekommen.

»Gute Idee«, sagte Jan. »Sag mal, Elisabeth, wenn wir alle von heute Morgen an am Strand sind, gibt es dann für die

Helfer einen Mittagsimbiss? Und Getränke? Hast du etwas organisiert?«

»Oh«, machte ich und sah Jan erschrocken an.

Er hatte vollkommen recht. Hannah und Lennard hatten mit ihrem Team das Catering für die Veranstaltung übernommen. Sie stellten ein paar Tische, brachten Kaffee, Tee und Kuchen, kalte Getränke und Fingerfood. Aber an die Verpflegung der Helfer hatte ich nicht gedacht.

Jan nickte und stand ebenfalls auf. »Gut, dass wir noch darauf gekommen sind. Dann weiß ich jetzt, wo ich gebraucht werde. Mach dir keine Sorgen, Elisabeth. Ich organisiere das. Wozu habe ich einen Freund, der einen Imbiss betreibt? Hauke wird mir sicher was zaubern und da ich ihm seinen Tresen, den er schon rauswerfen wollte, gerettet und damit auch einiges an Kosten erspart habe, bin ich sicher, er organisiert auch die Lieferung an den Strand. Getränke, Fischbrötchen und ein paar Sandwiches ohne Fisch – damit kommen wir sicher über die Runden.«

»Jan, du bist super! Das ist perfekt. Und ich springe noch eben zum Frischemarkt rein und besorge ein paar Knabbereien und Süßigkeiten. Nervennahrung.«

Am Strand sein zu können war fantastisch. Ich hatte mir den besten Arbeitsplatz ausgesucht, den ich mir vorstellen konnte. Der Sand unter meinen Füßen fühlte sich warm und weich an. Die Sonne ließ meine Haut sanft kribbeln. Ich atmete tief ein und aus und genoss das Aroma der Nordsee, das der Wind zu mir trug. Es war gerade mal zehn und wir waren mit fast allen Vorbereitungen fertig. Und das, obwohl Coco versucht hatte mitzuhelfen und ein unglaubliches Gespür bewiesen hatte, wo sie am besten im Weg stand. Aber sie brachte uns damit auch immer zum Lachen und sorgte für gute Stimmung.

Viele Hände, schnelles Ende – dieser Spruch, den ich von meiner Großmutter kannte, hatte sich wieder einmal bestätigt. Und ich hatte große Lust, mich kopfüber in die Fluten zu stürzen und mit großen Zügen ein Stück hinauszuschwimmen. Aber das verkniff ich mir. Ich wollte bei meiner Geschäftseröffnung einen guten Eindruck machen und hatte mir zu Hause extra die Haare gewaschen, Lockenmittel hineingeknetet und sie sogar geföhnt – was ich normalerweise nie tat. Ein Abtauchen in die Nordsee würde die ganze Arbeit mit einem Wasserschwall zunichtemachen. Am Ende hätte ich vielleicht sogar noch Seetang zwischen den strähnigen Locken. Nein, das Risiko war mir zu hoch.

»Spitze«, jubelte Fenja. »Dann kann ich noch mal losziehen, Muscheln suchen. Ich brauche dringend Nachschub.«

Sie betonte nicht, dass sie bei ihrer letzten Suche jäh unterbrochen worden war und ich war ihr dankbar dafür. Jans grünblau gefärbte Nase war Erinnerung genug.

»Wuff«, kam es von Coco. Sie hatte sofort verstanden, dass Fenja laufen wollte. »Wuff«, machte sie noch einmal und rannte ein Stück voraus.

»Darf ich dir helfen?«, fragte Joshua.

Er und Maighread hatten uns bei ihrem Morgenspaziergang entdeckt. Nach einem kurzen Plausch hatten sie sich dem Aufbau angeschlossen und tatkräftig mit angepackt.

»Geht ihr mal«, sagte Maighread. »Ich mache es mir hier gemütlich.« Sie wandte sich an mich. »Was ist, Elisabeth? Wollen wir uns ans Wasser setzen?«

Maighread schnappte sich eine von Tahminehs wunderschönen Decken und breitete sie im Sand aus. Einladend klopfte sie neben sich. Sie war wirklich ausgesprochen sympathisch, aber ich hatte gerade keine Nerven, um ruhig zu sitzen und mich zu unterhalten.

»Du setzt dich, und ich gehe noch mal die Übungen durch, die ich nachher zeigen möchte«, bestimmte ich.

»Ich setze mich zu dir«, rief Hannah, die gerade Leonie gewickelt hatte. »Ich packe Leonie in den Buggy, sie braucht dringend eine Mütze Schlaf.«

Leonie kiekste und grapschte nach Hannahs Nase. Sie hielt ihr Bärchen in der Hand und sah zum Anbeißen niedlich aus. Hannah hatte ihr und Bärchen das Erdbeerkleid angezogen, das Fenja für sie genäht hatte. Ich machte ein paar Faxen und Leonie lachte und quietschte.

»Und ich trainiere mit dir«, sagte Jan.

Er war vor ein paar Minuten zu uns gestoßen. Die Helferversorgung hatte er organisiert. Um elf wollte Hauke die Verpflegung für uns vorbeibringen.

Jan und ich stellten uns so, dass Hannah und Maighread uns von ihrem Platz aus zusehen konnten. Hannah hatte eine Packung Gummibärchen zwischen Maighread und sich auf die Decke gelegt und sortierte die gelben für sich heraus. »Das sind die besten«, verkündete sie. »Den Rest überlasse ich euch.«

Maighread hatte ihr Strickzeug in der Hand. Trotzdem beobachtete sie Jan und mich aufmerksam. Die Nadeln bewegte sie fast ohne dass sie hinsah. Masche um Masche wanderte von links nach rechts. Es war beeindruckend.

Ich brauchte ein paar Minuten, um mich von den äußeren Eindrücken und der Ablenkung zu lösen und mich auf mich und die Bewegungen zu konzentrieren. Aber dann ging es wie von selbst. Ich atmete, hob und senkte die Arme, folgte meinem inneren Rhythmus und dem geplanten Übungsablauf mit Leichtigkeit.

Ich fühlte mich wie umhüllt von einer Schutzblase, die das Lachen und Plaudern um mich herum abschirmte und mir die Konzentration ermöglichte, die ich so sehr am Yoga liebte.

Und dann war es schon vorbei. Wir beendeten die letzte Übung. Ich wunderte mich, es war mir so kurz vorgekommen.

Nach einem Moment in der Endposition sah ich fragend zu Jan. Der nickte und sah hochzufrieden aus.

»Die Leute werden begeistert sein«, sagte er. »Das ist wie ein Fluss. Eine Übung geht harmonisch in die nächste über und man lässt sich von der Energie treiben. Du hast wirklich eine sehr harmonische Abfolge zusammengestellt, Elisabeth. Wann kommt denn deine Crew?«

Ich hatte vier Frauen und mit Jan, den ich etwas hatte überreden müssen, zwei Männer, die schon etwas länger Yoga machten und die heute mit mir die Übungen präsentieren würden.

»Um zwei. Dann können wir uns noch etwas abstimmen und um drei starten wir mit der Präsentation.«

Jetzt setzte auch ich mich neben Maighread auf die Decke und schnappte mir ein paar grüne Gummibärchen. Jan ließ sich neben mich in den Sand fallen.

»Ist das nicht herrlich?«, fragte ich mit Blick auf das Meer. Kleine Wellen tanzten verspielt, fingen das Sonnenlicht und ließen es blitzen und blinken.

»Amrum ist sehr besonders«, sagte nun Maighread und auch ihr Blick ging aufs offene Meer hinaus und schien sich in der Endlosigkeit zwischen Himmel und Wasser zu verlieren. »Das waren wundervolle zwei Wochen hier bei euch auf der Insel.«

Einen Moment verharrten wir in einträchtiger Stille. Dann begann Maighread zu erzählen.

»Wisst ihr«, sagte sie. »Als ich in diesem wunderbaren Wollgeschäft war und Nicola mit mir zusammen den Woll-Bobbel entworfen und ihn *Inselglück* genannt hat, meinte sie, ich würde auf Amrum ganz sicher echtes Inselglück finden.« Sie lächelte, lauschte ihren eigenen Worten einen Moment nach und nickte dann. »Ich habe mich auf die Zeit hier gefreut, aber ich hatte keine Ahnung, wie wundervoll es werden würde. Die Insel, der Strand und vor allem die tollen Menschen, die Joshua und ich in den vergangenen zwei Wochen kennenlernen durften, das ist ein großes Geschenk.«

»Ihr habt euch aber auch perfekt eingefügt«, erklärte ich. »Es war von Anfang an, als würden wir uns längst kennen. Also mir ging es jedenfalls so.«

»Ja«, bestätigte Maighread. »So hab ich es auch empfunden. Wir haben uns wohl gefühlt. Angenommen und willkommen. Wir schweben wie in einer Glückswolke, seit wir hier sind.«

Jetzt hob sie ihr Strickzeug hoch, sie hatte schon ein ziemliches Stück gearbeitet und es sah fantastisch aus. Wellen, Wolken, der Strand und das Meer, ich konnte das alles in dem Farbverlauf des Strickstückes sehen.

»Anfangs hat es nicht geklappt, aber jetzt wird es fantastisch. In dieses Tuch stricke ich die Emotionen und Eindrücke, die ich hier auf Amrum gesammelt habe. Es wird ein extra großes Strandtuch werden und ich dachte erst, es müsste einen anderen Namen bekommen als die Wolle, aber *Inselglück* ist einfach perfekt. Ich denke, so werde ich es nennen«, erklärte sie. »Ich möchte, dass man es sich um die Schultern legen kann, um sich vor Sonne oder Wind zu schützen. Oder über der Brust zusammenknoten, wenn man im Bikini flanieren möchte, aber für das eigene Wohlgefühl einen kleinen Blickschutz braucht. Es soll gut fallen und den Körper sanft umspielen.«

»Prima Idee. Ich bin zwar trotz etwas Babybauchspeck um die Hüfte fein mit meinem Körper, aber ich weiß genau, was du meinst. Wenn ich im Bikini über den Strand laufe, fühle ich mich irgendwie nackt«, erklärte Hannah.

Sie nahm vorsichtig das gestrickte *Inselglück* in die Hand und bewunderte das Muster.

»Und das hast du dir einfach so ausgedacht?«, fragte sie, die Augen kreisrund aufgerissen vor Ehrfurcht und Begeisterung.

Maighread lachte. »So schwierig ist das gar nicht. Die meisten Stiche und Muster gibt es ohnehin schon seit Jahrhunderten, es kommt nur auf eine neue Kombination an, auf die Verbindung der Muster, Farben und Wollqualitäten. Das ist am Ende das Design.«

Hannah nickte. Ich konnte sehen, wie beeindruckt sie war und dass *einfach nur* aus ihrer Sicht definitiv die falsche Formulierung war. Und Maighread strahlte. Sie liebte es, über Wolle und Stricken zu sprechen, das wusste ich inzwischen. Wenn sie mit Fenja zusammen war, waren die beiden in ihrer Fachsimpelei meist nicht zu bremsen.

»Und was ist so besonders an diesem Bobbel?«, wollte Hannah nun wissen. »Ist der anders als andere Wolle?«

»Ja, es sind vier einzelne Fäden, die nur gefacht gewickelt werden, also nicht miteinander verzwirnt sind, sondern nur nebeneinanderliegend aufgedreht werden. Für den Farbverlauf werden in bestimmten Abständen bei einzelnen Fäden die Farben gewechselt. Siehst du, das läuft dann ganz sanft von Cremeweiß zu Hellblau zum Beispiel. Das liegt daran, dass nicht alle Fäden gleichzeitig, sondern nach und nach ersetzt werden.«

»Nur bei den roten Streifen hast du alle Fäden an der gleichen Stelle getauscht, richtig?«

Hannah hatte offensichtlich auch Feuer gefangen. Ich ahnte schon, dass es nicht mehr lange dauern würde, bis auch bei ihr die Stricknadeln klapperten. Mir sollte es recht sein. Ich liebte gestrickte Tücher, Pullover, Socken … besonders, wenn ich sie tragen durfte, aber nicht stricken musste. Von daher waren strickende Freundinnen für mich ein echtes Glück.

Versonnen legte ich Jan den Kopf auf die Schulter und träumte ein bisschen vor mich hin, während Maighreads und Hannahs Strickgespräch an mein Ohr plätscherte.

»Ich habe die Muster passend zum maritimen Thema gewählt«, erklärte Maighread gerade. »Ein bisschen Lace, also ein Lochmuster, ein bisschen wellig und im Wechsel auf den Farbverlauf des Bobbels angepasst, der ohnehin perfekt auf das Meer abgestimmt ist.«

»Die Farben sind wirklich wie für Amrum gemacht«, bestätigte Hannah jetzt. »Ich sehe den hellen Kniepsand, der langsam ins Meer übergeht. Und das Blau des Wassers wird immer dunkler, genau wie in Wirklichkeit. Es erstreckt sich bis zum Horizont.«

»Das freut mich, Hannah«, sagte Maighread. »Genau das war die Absicht.«

»Oh, wird das dein *Inselglück*-Tuch?«, fragte Fenja, die gerade von ihrer Sammeltour zurückkam. »Darf ich?«

Maighread nickte und gab ihr das Strickzeug.

Coco kam angesaust und versuchte mich zu küssen. Ich wehrte sie lachend ab und knuddelte sie ordentlich durch. »Na, du Süße«, sagte ich. »Hattest du Spaß? Komm, leg dich zu uns.«

»Wunderschön«, bekundete Fenja, nachdem sie die Muster betrachtet hatte. »Der Name passt perfekt. Und diese Abschlusskante ist klasse. Vielleicht kannst du mir zeigen, wie du das strickst. Das wäre super.«

»Kein Problem. Setz dich. Es ist ein Kordelrand und gar nicht schwer, du wirst sehen.«

Und schon vertieften sich nun Maighread, Fenja und Hannah zu dritt in die Strickerei, bis Hannah sich um Leonie kümmern musste, die gerade aufwachte.

»Moin«, tönte es plötzlich genau im richtigen Moment. Hauke kam mit einem Bollerwagen im Schlepptau zu uns herüber.

»Moin, Hauke«, rief Jan.

Wir standen auf und gingen Hauke entgegen. Er hatte den Wagen vollgepackt mit Leckereien.

»Da kommen wir ja gerade recht«, rief Lennard. Er und Malte stapften durch den Sand auf unser kleines Grüppchen zu.

»Dann lasst es euch schmecken«, sagte Hauke gleich darauf. »Jan, stell mir den Karren später einfach hinters Haus.

Ich muss los, die Hütte brennt.« Mit einem knappen »Viel Spaß euch!« machte Hauke sich wieder auf den Weg.

Die Fischbrötchen waren perfekt, um uns für den Nachmittag zu stärken. Jan hatte Hauke gebeten, auch Sekt und Gläser einzupacken. Da war es gut, dass wir eine Grundlage schaffen konnten, sonst würde mein Schreckgespenst vom gefallenen Baum am Ende doch noch Wirklichkeit werden.

»Lecker«, tönte es von links und rechts.

Alle kauten mit vollen Backen und genossen das gemeinsame Strandpicknick. Auch Coco bekam natürlich etwas ab, schließlich gehörte sie ebenfalls zur Helfergruppe und wenn man berücksichtigte, wie sie sich gebärdete, war sie wahrscheinlich die Einzige, die ernsthaft kurz vor dem Hungertod stand, wenn wir ihr nichts abgäben.

»Elisabeth, deine Eröffnungsfeier ist jetzt schon der Knaller, dabei hat sie noch gar nicht angefangen«, rief Hannah. Sie drückte der quengelnden Leonie ein Stück Brötchen in die Hand, an dem die Kleine sofort begeistert zu lutschen und kauen begann.

»Weißt du, Maighread, ich bin echt froh, dass wir uns kennengelernt haben«, hörte ich rechts von mir Fenja sagen. »Ohne dich hätte ich das mit der Wolle im Dogissimo nie so problemlos hinbekommen. Und vermutlich wäre ich nicht auf die Idee gekommen, englische Wolle ins Sortiment zu nehmen.«

Joshua hob seine Wasserflasche und rief: »Auf die internationale Vernetzung!« Er nickte Fenja und auch Malte zu. »Auf allen Ebenen«, ergänzte er.

»Wir erstellen eine Chatgruppe, damit wir uns weiter austauschen können«, schlug Fenja vor. »Online ist zwar nicht so schön wie live und direkt, aber es ist besser als nichts.«

»Und bei nächster Gelegenheit werden Fenja und ich an den Loch Lomond kommen und euch besuchen«, schlug Malte vor.

»Das machen wir«, bekräftigte Fenja sofort. »Das Land ist sowieso schon lange ein Sehnsuchtsziel von mir. Ich freu mich schon drauf.« Sie wandte sich an mich. »Was ist, Elisabeth. Du und Jan, ihr könntet uns begleiten. Vielleicht triffst du bei der Gelegenheit die Kiltedyogis«, meinte sie und grinste mich frech an.

Das war doch wieder typisch. Ich musste lachen und schüttelte gleichzeitig den Kopf. Man sollte seinen Freundinnen wirklich nicht alle Geheimnisse anvertrauen.

»Kiltedyogis?«, rief Jan und warf mir prompt einen fragenden Blick zu.

»Die zeige ich dir, wenn wir zu Hause sind. Coole Jungs mit Sinn für Humor.«

»Und verflixt durchtrainierten Bodys«, warf Fenja nach. Sie lachte und fiel nach hinten um, als ich ihr einen Stoß gab. »Und ich weiß jetzt, was der Schotte drunter trägt«, kicherte sie.

»Du bist unmöglich«, schimpfte ich und stimmte in ihr Kichern ein.

Die Kiltedyogis waren ziemlich coole Jungs, die ich vor Kurzem auf Instagram entdeckt hatte. Und weil sie Yoga und Spaß mit Schottland in Verbindung brachten, hatte ich Fenja den Account gezeigt.

»Die möchte ich aber auch sehen«, meldeten sich jetzt Hannah und Maighread gleichzeitig. Jan und Joshua nickten sich zu. »Wir auch«, riefen sie.

Ich gab mich geschlagen und zückte mein Handy.

Unter allgemeiner Begeisterung, Lachen, Kichern und Staunen scrollte sich die Bande die nächsten Minuten durch die Bilder. Dann stand Jan auf und holte den Sekt.

»Es ist Zeit, auf deinen Erfolg anzustoßen, Elisabeth. Und auf eine wunderbare Zukunft.« Er öffnete die erste Flasche, drückte mir ein Glas in die Hand und sagte: »Aber glaub nur nicht, dass ich je einen Kilt tragen werde.«

Kapitel 21

Elisabeth

»Hey, moin!«, schallte es zu uns her. Holke und sein Team steuerten auf uns zu.

»Moin«, grüßte ich zurück. »Setzt euch, esst etwas oder nehmt euch ein Glas Sekt. Wir haben noch ein bisschen Zeit.«

»Prima. Ich habe Hunger«, sagte Holke. Er ging vor dem Leiterwagen in die Hocke und wählte sich ein Brötchen mit Käse und Gurke aus. »Vor allem aber muss ich euch was erzählen.« Sein Blick fing meinen ein. »Vor allem dir, Elisabeth.«

Oha. Alarmiert setzte ich mich etwas aufrechter. Wollte er mir doch absagen? Vielleicht hatte er vom Sender kein Okay für den Bericht bekommen.

»Ich habe gerade Florian getroffen«, sprach Holke auch schon weiter und stoppte damit mein Gedankenfeuerwerk.

»Oh«, kam es mir fast tonlos über die Lippen. Mein Herz schlug heftig. »Sag bitte nicht, dass er mir noch mehr Ärger machen will«, flehte ich.

Doch Holke lächelte mich beruhigend an und schüttelte den Kopf. »Im Gegenteil«, verkündete er. »Er hat aufgegeben und ist schon auf dem Weg Richtung Festland. Wir haben gewonnen, Elisabeth. Der geballten Macht von dir und deinen Freunden war dieses Würstchen nicht gewachsen.«

»Aufgegeben?«, fragte ich und konnte nicht glauben, was Holke sagte. »Bist du sicher, dass es keine Finte war?«, hakte ich vorsichtshalber nach.

»Ganz sicher. Er stand mit seinem röhrenden Porsche in der Warteschlange zur Fähre. Ich bin zu ihm hingegangen und habe ihn noch einmal gewarnt. Er lässt dir ausrichten, dass du ein Nichts bist und für ihn nicht mehr existierst.«

»Jaaa!«, schrie ich und entschuldigte mich sofort bei Leonie, die erschreckt zusammengezuckt war und anfing zu weinen. »Nicht weinen, Schätzchen«, sagte ich nicht mehr ganz so laut. »Ich habe mich nur gerade so gefreut.«

Coco war aufgewacht. Sie hob den Kopf, prüfte, ob alles in Ordnung war, und legte sich dann wieder hin, um weiterzuschlafen. Die Strandzeit mit der vielen Bewegung und den vielen Menschen war anstrengend für Frau Mops. Sollte sie ruhig schlafen, der Trubel ging ja gerade erst los.

Lennard nahm Leonie auf den Arm und sie beruhigte sich schnell wieder.

»Darauf müssen wir noch einmal anstoßen und dann wird es ernst«, sagte Hannah. »Meine Mannschaft kommt gerade, dahinten sind sie und bringen den ersten Teil des Caterings. Da müssen wir gleich alle anpacken, damit es fertig wird.«

Und auch meine Yogagruppe kam, sie hatten alle die von Fenja entworfenen Yogaoutfits an. Mein Magen machte einen kleinen Satz. Aber es war keine Panik, sondern freudige Aufregung. Ich konnte es kaum erwarten.

Als auch noch Tahmineh pünktlich auftauchte, waren wir komplett. Und mein Nervositätspegel stieg in bedrohliche Bereiche. Von wegen, keine Panik. Es fühlte sich inzwischen doch stark danach an. Immer mehr Menschen drängten sich um unseren vorbereiteten Platz.

»Bereit?«, fragte Fenja und legte mir aufmunternd den Arm um die Hüfte. Offenbar hatte sie mir angesehen, dass mir das Herz schier aus der Brust sprang vor lauter Klopfen.

»Bereit, die Flucht zu ergreifen«, gab ich etwas kleinlaut zurück. Mein Magen fühlte sich an, als tanzte eine Gruppe Tintenfische darin Tango.

»Das wird grandios, Elisabeth, vertrau mir«, versuchte sie mich zu beruhigen. Aber von grandios waren meine Erwartungen gerade meilenweit entfernt. Ich war schon dankbar, wenn ich die nächsten Stunden überlebte.

»Ich weiß, ich sollte eigentlich als Erste etwas sagen, aber können wir das bitte umdrehen und du fängst an? Mir stecken die Worte im Hals, als wären es Gräten. Ich fürchte, ich werde ersticken.«

»Schäfchen«, sagte Fenja und umarmte mich fest. »Natürlich kann ich. Ich fange an und du übernimmst dann. Kein Problem.« Sie sah auf ihr Handy und nickte. »Noch fünf Minuten, dann starten wir.«

Lennard hatte sich um die Technik gekümmert. Er kam zu uns rüber, umarmte mich und sagte: »Toi, toi, toi!« Dann drückte er Fenja das Mikro in die Hand. »Nur anschalten, dann kannst du loslegen«, erklärte er ihr.

»Hier.« Fenja hielt mir ein Glas Sekt hin. Eins behielt sie selbst. »Auf uns«, sagte sie. »Und auf deine *Yogaschule Inselglück*. Du rockst das.«

Meine Hand zitterte, als ich mit ihr anstieß, aber ich zwang mich weiterzuatmen und nahm einen großen Schluck. Das milderte zwar die Aufregung nicht, aber es tat gut.

»Und jetzt los«, kommandierte Fenja.

Sie nahm meine Hand und ich ließ mich von ihr mitziehen. Wir stellten uns vor meine Yogamannschaft, die sich bereits aufgestellt hatte. Auch Jan. Er lächelte mir aufmunternd zu und nickte.

Ich lächelte zurück. Zumindest gab ich meinem Mund den Befehl dazu. Die Muskeln verweigerten mir allerdings den Gehorsam. Alles, was ich zustande brachte, war eine Grimasse. Doch im nächsten Moment riss ich Augen und Mund auf. Jan hatte keine blaugrüne Nase mehr. Wie war das denn möglich? Er hatte ja wohl kaum einen Gebrochene-Nase-Weg-Zauber gefunden.

»Was …«, setzte ich zu einer halblauten Frage an. Doch Jan ließ mich nicht ausreden.

»Später«, warf er direkt leise dazwischen.

»Meine Damen und Herren, herzlich willkommen an diesem herrlich sonnigen Sommernachmittag auf unserem wundervollen Kniepsand. Ich freue mich sehr, Sie begrüßen zu dürfen und mit Ihnen gemeinsam den Start der *Yogaschule Inselglück* zu feiern. Zum Start der Eröffnungsfeier wird die Inhaberin der Yogaschule, meine von mir sehr bewunderte und geliebte Freundin Elisabeth, mit ihrer Truppe eine kleine Yogavorführung präsentieren. Im Anschluss gibt es einen Überraschungsgast und dann wird der Amrumer Shantychor uns mit einem Auftritt die Ehre erweisen.

Nach diesem kleinen Programm laden wir Sie ein, sich köstlich vom Team des *Café Inselglück* verwöhnen zu lassen und mit uns auf den Start der Yogaschule anzustoßen.

Ich wünsche Ihnen eine unterhaltsame Zeit und gebe nun das Wort an Elisabeth.«

Überraschungsgast? Ich hätte zu gern gefragt, wovon Fenja sprach, aber hier vor all den Leuten war es nicht möglich. Alle Blicke waren neugierig und erwartungsvoll auf mich gerichtet. Fenja reichte mir mit einem vielsagenden Lächeln das Mikrofon und ich nahm es ihr dankbar ab. Sie hatte mich gerettet. Ich räusperte mich noch mal kurz und merkte, wie gut ich mich fühlte. Plötzlich war all die Aufregung wie weggeblasen. Ich fühlte mich leicht und frei und aus tiefster Seele glücklich.

»Träume zu haben ist wichtig«, sagte ich. »Sie leben zu dürfen ist ein Geschenk. Meine *Yogaschule Inselglück* ist ein solches Geschenk an mich selbst. Aber es ist auch ein Geschenk an Sie, denn ich lade Sie ein, mit mir auf diese besondere Reise zu gehen. Und deshalb, liebe Gäste, die Sie heute hier sind, um diesen besonderen Moment mit mir zu feiern, lassen Sie uns dieses Geschenk gemeinsam auspacken und in den nächsten Stunden nicht nur den Start der *Yogaschule Inselglück*, sondern auch das Leben feiern.«

Einen Moment hielt ich inne, holte Luft und fuhr dann fort: »Bevor ich Ihnen mit meiner kleinen Gruppe gleich einige Yogaübungen vorführe, möchte ich noch erwähnen, dass unsere Outfits, die Ihnen sicher schon aufgefallen sind, Teil der neuen Kollektion des Modelabels Dogissimo sind. Meine Freundin Fenja hat die heutige Eröffnung der Yogaschule zum Anlass genommen, eine ganze Yogakollektion zu entwerfen. Am Dogissimo-Stand können Sie die einzelnen Entwürfe nachher bewundern. Und wenn Sie Fragen zu den Kursen haben, beantworte ich die später sehr gern. Aber jetzt erst einmal genug der Worte. Ich wünsche Ihnen gute Unterhaltung und sage: Namaste.«

Fenja, die neben mir stehen geblieben war, nahm mir das Mikrofon ab, schaltete es aus und klatschte, während sie ein paar Schritte zur Seite machte. Die Zuschauermenge hatte sich inzwischen vervielfacht und fiel in den Applaus ein. Ich konnte es schlecht abschätzen, aber es waren bestimmt fünfzig Leute da. Vielleicht sogar hundert. Im Augenwinkel sah ich Holke mit seinem Team. Die Kamera war auf mich gerichtet.

Ich schloss die Augen und legte die Handflächen vor meinem Körper gegeneinander. Die Zuschauer wurden still. Die Welt um mich herum versank. Es gab nur noch mich und den Rhythmus der einstudierten Choreographie.

Begeisterter Applaus brandete auf, als ich mich zu meinen Leuten umdrehte und dankend verbeugte. Die Truppe ging von unserer improvisierten Bühne ab. Jan wollte auch gehen, aber ich hielt ihm die Hand hin und holte ihn neben mich. Das war sein Platz, da gehörte er hin. Ich genoss es sehr, ihn an meiner Seite zu haben.

Schon kam Fenja angelaufen und übernahm die Moderation.

»Wenn ich Elisabeth bei ihrem Yoga beobachte, bin ich immer wieder von Neuem begeistert. Und ich wünsche mir, dass dieser Funke der Begeisterung Sie erreicht, liebe Gäste, und dass Sie Lust bekommen, ebenfalls demnächst mit Elisabeth zusammen hier am Kniepsand Ihre Yogakenntnisse zu vertiefen oder auch ganz neu zu erwerben. Es wird Kurse für Anfänger und Fortgeschrittene geben. Einzelheiten dazu finden Sie auf den ausliegenden Flyern.«

Ich übernahm das Mikrofon, um einen letzten Dank loszuwerden. »An dieser Stelle möchte ich mich sehr herzlich bei meinen Mitstreitern bedanken. Es ist toll, dass ihr euch bereit erklärt habt, mit mir heute diese Vorführung zu machen. Das, liebe Gäste, sind alles Amrumer, die ich in den letzten Monaten über mein Yoga kennengelernt habe. Wir haben schon öfter gemeinsam am Strand praktiziert und es war mir eine Freude, euch an meiner Seite zu haben. Danke.«

Während die Truppe den Applaus dankend annahm, wechselte das Mikrofon wieder zu Fenja. »Kommen wir nun zu der angekündigten Überraschung. Machen wir die Bühne frei für Joshua.«

Joshua? Überrascht sah ich Fenja an, die aber keine Zeit hatte, auf mich zu reagieren. Mein Blick wanderte zu Jan, der nur vielsagend lächelte. Er hatte also gewusst, dass es eine Überraschung geben würde. So ein Schuft. Er hatte kein Wort verraten.

Hinter mir hörte ich Gitarrenklänge und drehte mich überrascht um. Ich traute meinen Augen kaum. Das waren Chris und Bo, die wir neulich in der *Blauen Maus* gehört hatten. Joshua kam mit großen Schritten durch den Sand auf uns zu. Er nahm das Mikrofon und nickte mir mit breitem Lächeln zu.

»Das ist für dich, Elisabeth«, sagte er.

»Kommt, wir stellen uns an die Seite.« Jan hakte Fenja und mich unter und ging mit uns ein paar Schritte seitwärts.

»Ladies and Gentlemen, es ist mir eine Ehre, den Start eines gelebten Traumes musikalisch mit einem Song zu begleiten. Ich wünsche Ihnen viel Vergnügen.«

Kurz drehte er sich zu Chris um. Der nickte, zählte und schon ging es los. Bo setzte etwas später mit der Geige ein, hielt sich im Hintergrund und ließ Gitarre und Stimme ausreichend Raum, um zu wirken.

»There goes my heart beating …«

Joshua sang Calum Scotts *You are the Reason.* Ich erkannte den Song schon nach den ersten drei Takten. Joshuas Stimme war wie ein warmes wohltuendes Bad für meine Seele. Schon die ersten Töne hüllten mich ein und bescherten mir eine Gänsehaut, die meinen gesamten Körper über zog. Ich spürte, wie mir Tränen in die Augen stiegen, aber es war mir egal. Ich stand da, spürte Jan neben mir, der mir Halt und Geborgenheit gab und fühlte mich bewegt und glücklich.

Jan hatte seinen Arm um mich gelegt und hielt mich fest an sich gedrückt. Kurz wandte ich ihm mein Gesicht zu. Jetzt erkannte ich auch, dass seine Nase mit Make-up überschminkt war.

Gleich drehte ich mich aber wieder zu Joshua, fing jede Silbe, jeden Ton auf, den er in das Mikrofon hauchte. Maighread hatte nicht übertrieben, als sie von seinen Gesangskünsten erzählt hatte. Er war umwerfend.

Tosender Applaus brandete auf, als die letzten Töne über den Sand davongetragen wurden. Joshua verneigte sich, lächelte und dankte mehrfach. Doch das Publikum raste vor Begeisterung und so lachte er, zuckte mit den Schultern und sagte: »Okay, überredet. Einen Song gibt es noch.«

Nach einer kurzen Absprache nickte Joshua. Chris zählte ein und Joshua sang: »I close my eyes …«

Mein Herz ging auf, als mir klar wurde, dass es der Song *A million Dreams* von Hugh Jackman war, aus dem Film *The greatest Showmann.*

»Ich liebe dich«, flüsterte Jan mir ins Ohr und ich drehte ihm mein Gesicht zu, sah ihm in die Augen und erwiderte: »Und ich liebe dich. Mehr, als du ahnst.«

Während wir uns küssten, donnerte der Applaus der begeisterten Zuhörer über den Strand. Als ich aufsah, flatterten ein paar Vögel, die sich unweit unserer Veranstaltung aufhielten, erschrocken davon. Ich sah Hannah, die Leonie auf dem Arm hatte und sie schaukelte. Fenja beugte sich zu Coco und kraulte ihr das Kinn. All meine Freunde hatten sich versammelt. Sie hatten meinen Traum geteilt und feierten nun diesen unfassbar schönen Moment mit mir. Noch nie in meinem ganzen Leben hatte ich mich so angekommen und zu Hause gefühlt wie gerade jetzt hier an diesem Strand auf Amrum.

Joshua winkte noch einmal ins Publikum.

»Du musst hin«, sagte Jan und schob mich in Joshuas Richtung. Richtig. Schnell sammelte ich mich und ging mit offenen Armen und einem breiten Lächeln auf Joshua zu.

»Danke!«, sagte ich und umarmte ihn. Ich gab ihm ein Küsschen auf die Wange. »Du warst fantastisch, Joshua. Vielen, vielen Dank!«

Dann nahm ich das Mikrofon, wandte mich dem Publikum zu und rief: »Verabschieden wir Joshua McLoughlin mit einem großen Applaus und heißen damit direkt auch den Amrumer Shantychor willkommen.«

Der Chor hatte bereits gewartet und stellte sich in Windeseile auf. Schon ging die musikalische Unterhaltung in die nächste Runde.

Zurück bei Jan hakte ich mich bei ihm unter und schunkelte zu den Liedern, die zum Meer gehörten wie Schiffe und Seeleute.

Die Gäste hatten Kaffee getrunken, Kuchen gegessen, Yoga getestet, sich informiert und unterhalten. Es waren zwei sehr trubelige Stunden gewesen, aber jetzt hatte sich die Menge zerstreut und wir waren wieder unter uns.

Ich hatte mich in den Sand gesetzt, die Knie angezogen und träumte ein bisschen mit offenen Augen vor mich hin. Ich saß so, dass ich das Meer sah, aber auch meine Freunde beobachten konnte, die sich köstlich amüsierten und ganz offensichtlich noch nicht an ein Ende der Feier dachten.

Gerade versorgte Fenja alle mit neuem Sekt und kam zu mir, um mir auch ein Glas zu bringen. Sogar Tahmineh hatte ein Glas in der Hand, obwohl sie normalerweise nur Orangensaft trank. Heute war eben nichts normal.

»Glücklich?«, wollte Fenja wissen und setzte sich an meine rechte Seite.

»War wie du gewollt hast?«, fragte Tahmineh und nahm neben Fenja Platz. Auch Hannah kam, sie hatte Leonie bei Lennard gelassen und setzte sich an meine andere Seite.

Jan unterhielt sich angeregt mit Holke, der ihm lachend die Schulter klopfte und zustimmend nickte. Ich konnte nicht sagen, weshalb, aber ich war neugierig. Es schien etwas Wichtiges zu sein, was die beiden zu besprechen hatten.

»Und? Alles gut?«, fragte auch Hannah.

Ich sah meine Freundinnen an und nickte.

»Ich bin glücklich, zufrieden und voller Zuversicht. Und vor allem bin ich unglaublich dankbar, dass ich so wunderbare Menschen meine Freunde nennen darf.« Ich hob mein Sektglas. »Danke, dass ihr meine Freundinnen seid und mir die Kraft gebt, alles durchzustehen und alles zu schaffen.«

Jetzt gesellten sich auch die anderen zu uns, bis wir schließlich alle in einem Kreis beieinandersaßen. Nur Jan stand noch. Er schien auf etwas zu warten.

Jeder plauderte mit jedem. Die Worte zischelten und tanzten um mich herum.

»Tahmineh, ich muss dich etwas fragen«, hörte ich Fenja sagen.

»Alles gut?«, fragte Tahmineh sofort. »Du bist zufrieden?«

Obwohl sie nun schon so lange für und mit Fenja arbeitete, war sie noch immer sehr unsicher und lebte in ständiger Angst, dass ihr Lebensglück wie ein angestochener Luftballon zerplatzen könnte. Vermutlich war es nicht so einfach, dem Leben wieder zu vertrauen, wenn man so viel durchgemacht hatte wie Tahmineh.

»Nein«, sagte Fenja jetzt ernst und ich hielt erschrocken die Luft an. Was kam denn jetzt? »Ich bin nicht zufrieden, weil ich spüre, dass du immer wieder mit dieser vollkommen unbegründeten Angst zu kämpfen hast, du könntest deinen Job verlieren. Das macht mich traurig, Tahmineh. Und vor allem macht es dich traurig. Du kannst nie wirklich entspannt und glücklich leben, weil du immer mit Schwierigkeiten rechnest. Die Angst ist dein Begleiter.«

»Ich versuche nicht Angst haben«, sagte Tahmineh. »Ist schwer, aber ich versuche wirklich. Ich strenge mich an. Ich verspreche.«

»Ich glaube, es ist besser, wenn ich dir etwas dabei helfe«, sagte Fenja. »Und ich weiß auch schon, wie. Tahmineh, ich kann dich leider nicht mehr weiter beschäftigen, weil ich möchte, dass du künftig nicht mehr meine Angestellte bist, sondern meine Partnerin. Ich biete dir an, dich in das Dogissimo einzukaufen und es mit mir gemeinsam zu führen.«

Tahmineh schrie auf. »Aber …«

Fenja ließ sie nicht aussprechen. »Ich weiß, dass du kein Geld hast. Deshalb werden wir eine Ratenzahlung vereinbaren. Wir lassen einen Vertrag aufsetzen, der dir garantiert, dass du nie wieder Sorgen haben musst, deine Stelle zu verlieren. Einverstanden?«

»Ich … aber …« Tahmineh rang nach Worten. Dann rief sie: »Einverstanden!« Sie fiel Fenja um den Hals und weinte vor Glück.

Ich hatte die ganze Verhandlung über stocksteif dagesessen und gebannt gelauscht. Jetzt drehte ich mich zu Fenja und Tahmineh um. »Fantastisch. Das ist genial, Fenja. Herzlichen Glückwunsch euch beiden.« Ich umarmte erst Fenja, dann Tahmineh. »Ich glaube, dieser Tag kann nicht mehr schöner werden«, sagte ich.

»Elisabeth, darf ich dich um einen kurzen Moment deiner Aufmerksamkeit bitten.« Das war Jan. Er stand direkt neben mir und wirkte ziemlich bleich um die Nase, als ich zu ihm aufblickte.

»Alles in Ordnung mit dir?«, fragte ich und wollte aufspringen.

Doch Jan hinderte mich daran und kniete sich stattdessen vor mir in den Sand.

»Sobald ich gesagt habe, was ich zu sagen habe, wird es mir besser gehen. Elisabeth. Ich liebe dich. Du bist umwerfend und besonders. Klug, humorvoll und wenn es darauf ankommt auch streitlustig. Du bist wunderschön …«

Jetzt musste ich lachen. »Sag mal, was wird denn das, das klingt ja fast, als …«

»Und manchmal bist du vorlaut«, fuhr Jan mir dazwischen und lächelte mich gleichzeitig entschuldigend an. »Aber jetzt bin ich dran. Elisabeth, ich möchte mein Leben mit dir verbringen. Ich möchte mit dir einschlafen und aufwachen. Ich möchte schlaflose Nächte mit dir teilen, weil unsere Kinder uns brauchen oder einfach weil wir ein Problem haben, das wir gemeinsam lösen müssen, und mit dir hier am Kniepsand Yoga machen, bis wir hundert Jahre alt sind. Deshalb frage ich dich: Möchtest du meine Frau werden?«

Das Meer rauschte, als die Wellen auf den Sand liefen und sich wieder zurückzogen. Hinter mir kläffte Coco und eine Möwe kreischte. Ich sah in Jans Augen und verlor mich in der Liebe, die ich dort erkannte.

»Ja«, flüsterte ich, als ich meine Stimme wieder unter Kontrolle hatte. »Ja, ich möchte deine Frau werden.«

Ich fiel Jan um den Hals. Wir küssten uns und sein Schmerzensschrei, als seine Nase gegen meine Wange stieß, ging im Applaus unserer Freunde unter.

Maighreads Strickanleitungen

Die Begeisterung meiner Leserinnen und Leser für meine Strickladenreihe und die Anleitungen hat mich auf die Idee gebracht, Maighread und Joshua nach Amrum einzuladen und Fenja den Zauber von Wolle spüren zu lassen.

Und so spanne ich mit diesem Anhang den Bogen, indem ich auch an diesen Inselglückroman als besonderes Geschenk für meine Leserinnen und Leser ein paar von mir selbst designte und geschriebene Strickanleitungen anfüge.

Der Anlass für mich, eine besondere Babydecke zu stricken, war ein besonderer. Steffen und Sarah – zusammen die Band Mrs. Greenbird – haben eine Tochter bekommen. Suki. Da ich die beiden sehr mag, war es mir eine Freude, ihnen dieses Geschenk zur Geburt zu machen. Ich wünsche den dreien kuschlige Momente und allen Strickerinnen und Strickern wünsche ich viel Freude beim Nacharbeiten.

Für das Sommertuch *Inselglück* durfte ich zusammen mit Nicola Sieker und dem Woolhouseteam an dem perfekten Bobbel arbeiten. Das waren spannende Diskussionen um den richtigen Farbton des Sandes und die Breite der roten Effektstreifen. Herausgekommen ist – da waren wir uns am Ende alle einig – ein Bobbel, der den Namen *Inselglück* absolut verdient. Es war eine Herausforderung, den Farbverlauf und die Muster so aufeinander abzustimmen, dass alles eine harmonische Einheit bildet und den Strickerinnen und Strickern dabei die Möglichkeit zu geben, gewisse Schwankungen im Wollverbrauch durch festes oder lockeres Stricken auszugleichen. Aber auch das hat am Ende sehr gut funktioniert.

Bilder zu den Strickstücken gibt es wieder auf Instagram, auf meiner Facebook Autorenseite, in der Facebookgruppe »Der kleine Strickladen – mit Susanne Oswald und Nicola« oder auch »Woolhouse – Stricken, Häkeln & mehr«.

Auch auf Youtube bei »Der kleine Strickladen« werde ich die Sachen vorstellen.

Ich wünsche dir ganz viel Spaß beim Nacharbeiten und freue mich, wenn auch du in den sozialen Netzwerken Bilder dazu postest. #derkleineStrickladen

Inselglück – Sommertuch

Wolle: Der kleine Strickladen Bobbel, Spezialwicklung »Inselglück«. Erhältlich bei www.woolhouse.de
Material: 50 % Baumwolle, 50 % Polyacryl
Farbe: Verlaufsgarn Beige, Hellblau bis Dunkelblau, dazwischen etwas Rot
Lauflänge: ca. 1000 m (260 g)
Verbrauch: 1 Bobbel »Inselglück«
Nadelstärke: 3,5
Seillänge: 100 cm oder 120 cm
Zusätzlich: Maschenmarkierer nach Bedarf, in zwei Farben
Form: Dreieckstuch
Größe: Höhe ca. 60 cm, Spannweite ca. 2 m

Abkürzungen:

MM	Maschenmarkierer
re	rechte Maschen
li	linke Maschen
1 kfb	in dieselbe Masche erst von vorn und dann von hinten einstechen (dadurch wird eine Masche zugenommen)
kfbfb	in dieselbe Masche erst vorne, dann hinten, wieder vorne und noch mal hinten einstechen (man hat drei Maschen zugenommen)
MB	ein Bobble (Noppe) (nicht zu verwechseln mit dem gefachten Wollbobbel)

2 M überz. zsm.	Die erste Masche wie zum Rechtsstricken abheben, die zweite Masche rechts stricken, die abgehobene Masche überziehen.
2 M re zsm.	Zwei Maschen rechts zusammenstricken
1 U	Ein Umschlag, der in der nächsten Reihe offen (also nicht verschränkt) gestrickt wird, damit sich ein kleines Loch ergibt.

Das Tuch wird von der Spitze aus gestrickt.

Rahmen des Tuchs:
1. Reihe: 4 Randmaschen (3 abh., 1 re), 1 kfb, Mittelteil je nach Muster, 1 kfb, 4 Randmaschen (re)
2. Reihe: 4 Randmaschen, (3 abh., 1 li), Mittelteil je nach Muster, 4 Randmaschen (li)
Diese beiden Reihen werden ständig wiederholt. Das heißt, immer die 4 Randmaschen stricken und jeweils in der Hinreihe links und rechts neben den RM je 1 M durch kfb aufnehmen.

I-Cord Rand:
Hinreihe:
Die ersten drei Maschen wie zum Linksstricken abheben, den Faden hinter der Nadel. 1 M rechts stricken. Dabei den Faden etwas anziehen.
Die letzten 4 Maschen rechts stricken.

Rückreihe:
Die ersten drei Maschen wie zum Linksstricken abheben, den Faden vor der Nadel. 1 M links stricken. Dabei den Faden etwas anziehen.

Die letzten 4 Maschen links stricken.
Beim Stricken zieht sich der Rand durch das Abheben der ersten Maschen ein wenig zusammen. Es bildet sich eine wunderbar weiche kleine Rolle.

Die Muster:

Herzmuster (9 M für ein Herz, plus 1 Zwischenmasche)
1. R: 4 li, 1 re, 5 li
2. R: 4 re, 3 li, 3 re
3. R: 2 li, 5 re, 3 li
4. R: 2 re, 7 li, 1 re
5. R: 1 li, 7 re, 2 li
6. R: 1 re, 9 li
7. R: 9 re, 1 li
8. R: 1 re, 4 li, 1 re, 4 li
9. R: 3 re, 3 li, 3 re, 1 li
10. R: alle M re

Wellenmuster (13 M)
1. – 4. R: alle M re
5. R: 2 M überz. zsm., 4 re, 1 U, 1 re, 1 U, 4 re, 2 M re zsm.
6. R: alle M li
7. R: 2 M überz. zsm., 3 re, 1 U, 3 re, 1 U, 3 re, 2 M re zsm.
8. R: alle M li
9. R: 2 M überz. zsm., 2 re, 1 U, 2 M re zsm., 1 U, 1 re, 1 U, 2 M überz. zsm., 1 U, 2 re, 2 M re zsm.
10. R: alle M li
11. R: 2 M überz. zsm., 1 re, 1 U, 2 M re zsm., 1 U, 3 re, 1 U, 2 M überz. zsm., 1 U, 1 re, 2 M re zsm.

12. R: alle M li
13. R: 2 M überz. zsm., 1 U, 2 M re zsm., 1 U, 2 M re zsm., 1 U, 1 re, 1 U, 2 M überz. zsm., 1 U, 2 M überz. zsm., 1 U, 2 M re zsm.
14. R: alle M li
15. – 18. R: alle M re

Den Rapport der Muster (Herz und Wellen) so oft wiederholen, wie es zur aktuellen Maschenzahl passt.

Bobble (MB)
Hinreihe (alles in eine Masche): 1 kfbfb, Arbeit wenden, 4 li zusammen, Arbeit wenden, 1 re (diese rechte Masche etwas anziehen, um die Noppe zu stabilisieren)
Rückreihe: li

> Achtung! Beim Zusammenstricken der 4 Maschen muss man aufpassen, dass man nicht versehentlich eine 5. Masche erwischt. Durch das gefachte Garn ist es noch etwas schwieriger, deshalb nicht nur die Maschen zählen, sondern auch die Fäden. Immer schön kontrollieren ☺

Kraus rechts
Hin- und Rückreihen alle Maschen rechts.

> **Tipp**
> Da beide Seiten gleich aussehen, am Anfang der Hinreihe einen Maschenmarkierer setzen. So weiß man immer, welche Seite man gerade strickt.

Glatt rechts

Hinreihe alle Maschen rechts
Rückreihe alle Maschen links

Tipp:

Die Anleitung ist auf den Farbverlauf dieser speziellen Inselglückwicklung abgestimmt. Durch unterschiedliches Stricken (fester oder lockerer) kann es in der Zahl der Reihen Verschiebungen geben.

Jeweils in den kraus rechts gestrickten Abschnitten kann die Reihenzahl problemlos angepasst werden. In diese Abschnitte sollten auch die zwischen den Verlauf geknüpften roten Passagen fallen.

Jetzt geht es los:

Mit dem hellen Ende aus der Mitte des Bobbels beginnen. Den Rahmen schreibe ich nur anfangs zur Orientierung dazu, der wird aber über die gesamte Arbeit immer weitergeführt.

10 M anschlagen

Nach den ersten 4 und vor den letzten 4 Maschen MM setzen.

1. Abschnitt:

14 Reihen glatt rechts

Im Detail, zum besseren Verständnis:

1. R: 3 RM abh., 1 re, 1 kfb, 1 kfb, 4 re
2. R: 3 RM abh., 9 li
3. R: 3 RM abh., 1 re, 1 kfb, 2 re, 1 kfb, 4 re

4. R: 3 RM abh., 11 li
bis Reihe 14

2. Abschnitt (ab hier wird der Rand nicht mehr beschrieben, jedoch über alle Abschnitte weitergestrickt)**:**
20 Reihen kraus rechts

3. Abschnitt:
4 Reihen glatt rechts

4. Abschnitt:
10 Reihen Herzmuster
Die Maschen rechts und links neben dem Muster, die nicht in den Rapport passen, werden kraus rechts gestrickt.

> **Tipp:**
> MM zu Beginn des Herzmusterrapports setzen und gesetzt lassen, dann spart man sich später Zählarbeit und die folgenden Herzmuster sind an der gleichen Stelle und nicht versetzt.

5. Abschnitt:
6 Reihen glatt rechts

6. Abschnitt:
18 Reihen Wellenmuster
In den Reihen 1 bis 4 und 15 bis 18 werden die Maschen rechts und links neben dem Muster, die nicht in den Rapport passen, kraus rechts gestrickt.
Im Mittelteil des Wellenmusters, Reihe 5 bis 14, werden die

Maschen rechts und links neben dem Rapport glatt rechts gestrickt.

Tipp:
MM setzen und gesetzt lassen.

7. Abschnitt:
6 Reihen glatt rechts

8. Abschnitt:
2 Reihen MB **(Hin- und Rückreihe)**
Bobble über die gesamte Reihe verteilt mit jeweils 3 M re dazwischen.

9. Abschnitt:
6 Reihen glatt rechts

10. Abschnitt:
10 (nach Bedarf auch 12 oder 14) Reihen kraus rechts
In diesem Abschnitt muss das Rot verstrickt werden.
Falls die Farbaufteilung nicht passt, weil man lockerer oder fester strickt, kann man hier zwei oder vier Reihen zusätzlich arbeiten.
Falls das Rot schon im vorherigen Abschnitt (bei glatt rechts) aufgetaucht ist, wird der kraus rechts gestrickte Abschnitt entsprechend verkürzt.

11. Abschnitt:
6 Reihen glatt rechts

12. Abschnitt:

10 Reihen Herzmuster

Die Maschen rechts und links neben dem Muster, die nicht in den Rapport passen, werden kraus rechts gestrickt.

13. Abschnitt:

8 Reihen glatt rechts

14. Abschnitt:

32 Reihen Wellenmuster

Gestrickt wird das Muster einmal gesamt (18 Reihen) und in der Wiederholung ab Reihe 5 bis Ende (14 Reihen).

In den Reihen 1 bis 4, 15 bis 18 und 28 bis 32 werden die Maschen rechts und links neben dem Muster, die nicht in den Rapport passen, kraus rechts gestrickt.

Im Mittelteil des Wellenmusters werden die Maschen rechts und links neben dem Rapport glatt rechts gestrickt.

15. Abschnitt:

6 Reihen glatt rechts

16. Abschnitt:

2 Reihen MB über die gesamte Reihe mit jeweils 3 M re dazwischen

17. Abschnitt:

6 Reihen glatt rechts

18. Abschnitt:

10 (nach Bedarf auch 12 oder 14) Reihen kraus rechts

In diesem Abschnitt muss das Rot verstrickt werden.
Falls die Farbaufteilung nicht passt, weil man lockerer oder fester strickt, kann man hier zwei oder vier Reihen zusätzlich arbeiten.
Falls das Rot schon im vorherigen Abschnitt (bei glatt rechts) aufgetaucht ist, wird der kraus rechts gestrickte Abschnitt entsprechend verkürzt.

Weiterer Verlauf:
Die Abschnitte 11 bis 18 noch einmal komplett stricken.
Ein zweites Mal nur die Abschnitte 11 bis einschließlich Abschnitt 14.

Jetzt folgen 12 Reihen glatt rechts, dann wird abgekettet.
Hier braucht es ein wenig Augenmaß, falls die Wolle knapp wird, strickt man nur 10 Reihen glatt rechts – hat man zu viel Wolle übrig, kann man auch 14 Reihen glatt rechts stricken.

> **Achtung:**
> Das Kordelabketten braucht mehr Wolle als einfaches Abketten.

Das Abketten:
Um passend zum gestrickten Rand eine Kordel abketten zu können, müssen rechts vor der ersten Masche drei Maschen aufgenommen werden.
Das funktioniert entweder über Aufschlingen, oder man strickt aus der ersten Masche eine neue Masche heraus, legt sie auf die linke Nadel, strickt aus dieser neuen Masche wie-

der eine heraus und legt sie auf die Nadel. Das noch einmal wiederholen.
Jetzt wird abgekettet:
3 M rechts, 2 M rechts verschränkt zusammen.
Alle Maschen zurück auf die linke Nadel und von vorn, wieder 3 M rechts, 2 M rechts verschränkt zusammen und das wiederholen bis zu den letzten vier Maschen.
Am Ende dann: 2 M rechts, 2 M rechts verschränkt zusammen.
Dann 1 M rechts, 2 M rechts verschränkt zusammen.
Die letzten beiden Maschen überziehen, Faden abschneiden und durch die Masche ziehen.
Geschafft!
Das Tuch baden und spannen. Fäden vernähen.
Aus dem Restgarn des Bobbels (oder falls nicht genug übrig ist, aus einem passenden Garn) kann man Quasten fertigen und an den Ecken des Tuchs befestigen.
Jetzt ist es geschafft.

Herzlichen Glückwunsch und viel Spaß mit deinem Inselglücktuch.

Baby
Zwei in einem: Decke und Schlafsack

Ausgeklappt hat man eine schön große Babydecke, braucht das Baby Wärme, kann man die Decke einfach zusammenklappen und zuknöpfen – schon ist es ein Schlafsack.

Wolle: Bo Peep DK West Yorkshire Spinners, Venla Novita
Material: Bo Peep: 52 % Wolle, 48 % Nylon; Venla: 75 % Wolle, 25 % Polyamid
Farben:
Variante 1: 400 g Carousel DK (Bo Peep) und 200 g Off White (Venla)
Variante 2: 400 g Daydream DK (Bo Peep) und 200 g Apple Blossom (Venla)
Lauflänge: Bo Peep: 50 g ca. 112 m; Venla: 100 g ca. 420 m
Verbrauch: ca. 600 g (400 g Bo Peep und 200 g Venla)
Nadelstärke: 4
Rundstricknadel mit 80 cm

Zusätzlich: 12 Knebelknöpfe und Maschenmarkierer nach Bedarf

Abkürzungen:

MM	Maschenmarkierer
re	rechte Maschen
li	linke Maschen

Erst einmal der Überblick über den Aufbau:
Die Decke wird in drei Ansätzen gestrickt, um die seitlichen Maschen gut aufnehmen zu können, wird ein Knötchenrand gearbeitet.
Gearbeitet werden die beiden Hauptteile mit doppeltem Faden (Bo Peep und Venla), die Mütze nur mit der Bo Peep.
Es beginnt mit dem Hauptteil mit Zopfmuster rechts und links und Herzmuster im Mittelteil.
Dann werden die linken Seitenmaschen aufgenommen (jedes Knötchen eine Masche!) und unten noch 10 Maschen zusätzlich angeschlagen. Diese Erweiterung wird kraus rechts gestrickt und Knopflöcher eingearbeitet. Das wird das Unterteil des Schlafsacks.
Zum Schluss werden an dem kraus rechten Strickteil oben Maschen aufgenommen für ein Mützchen. Das wird nur mit der Bo Peep gestrickt.

Hauptteil:
Anschlag 92 Maschen
Die ersten 10 Reihen werden kraus rechts gestrickt.
Danach folgt die **Aufteilung:**
Am einfachsten ist es, direkt in der ersten Hinreihe Maschenmarkierer zu setzen:

6 M kraus rechts, 3 M glatt rechts, 2 M kraus rechts, 12 M Zopfteil, 2 M kraus rechts, 42 M Herzteil, 2 M kraus rechts, 12 M Zopfteil, 2 M kraus rechts, 3 M glatt rechts, 6 M kraus rechts

Muster

Knötchenrand:
Die erste und letzte Masche immer rechts stricken

Glatt rechts:
Hinreihe rechts, Rückreihe links

Kraus rechts:
Hin- und Rückreihe rechts

Zopfteil:
Den Mustersatz 18-mal wiederholen
1. Reihe: 12 re
2. Reihe: 12 li
3. Reihe: 12 re
4. Reihe: 12 li
5. Reihe: 3 M auf Hilfsnadel (HN) hinter die Arbeit, 3 re, die 3 M von der HN stricken, 3 M auf HN vor die Arbeit, 3 re, die 3 M von der HN stricken
6. Reihe: 12 li
7. Reihe: 12 re
8. Reihe: 12 li

Herzteil:
Den Mustersatz sechsmal wiederholen. Die unterstrichenen Reihen zeigen an, wann im Herzmusterverlauf parallel die Verzopfung rechts und links im Zopfmuster stattfindet – das macht es einfacher beim Zählen.

1. Reihe: 42 li
2. Reihe: 42 re
3. Reihe: 3x (7 li, 1 re, 6 li)
4. Reihe: 3x (5 re, 3 li, 6 re)
5. Reihe: 3x (5 li, 5 re, 4 li)
6. Reihe: 3x (3 re, 7 li, 4 re)
7. Reihe: 3x (4 li, 7 re, 3 li)
8. Reihe: 3x (2 re, 9 li, 3 re)
9. Reihe: 3x (3 li, 9 re, 2 li)
10. Reihe: 3x (2 re, 4 li, 1 re, 4 li, 3 re)
11. Reihe: 3x (4 li, 2 re, 3 li, 2 re, 3 li)
12. Reihe: 42 re
13. Reihe: 42 li
14. Reihe: 42 re
15. Reihe: 3x (1 re, 13 li)
16. Reihe: 3x (1 li, 11 re, 2 li)
17. Reihe: 3x (3 re, 9 li, 2 re)
18. Reihe: 3x (3 li, 7 re, 4 li)
19. Reihe: 3x (4 re, 7 li, 3 re)
20. Reihe: 3x (4 li, 5 re, 5 li)
21. Reihe: 3x (5 re, 5 li, 4 re)
22. Reihe: 3x (4 li, 5 re, 4 li, 1 re)
23. Reihe: 3x (2 li, 2 re, 7 li, 2 re, 1 li)
24. Reihe: 42 re
Hier noch mal die gesamte Aufteilung, das Herzteil liegt in der Mitte:
6 M kraus rechts, 3 M glatt rechts, 2 M kraus rechts, 12 M Zopfteil, 2 kraus rechts, 42 M Herzteil, 2 kraus rechts, 12 M Zopfteil, 2 kraus rechts, 3 M glatt rechts, 6 M kraus rechts

Nach den Mustersätzen folgen noch einmal 10 Reihen kraus rechts.

In der letzten Reihe **elastisch abketten**:

1 re, (1 re – beide Maschen zurück auf die linke Nadel und 2 M rechts verschränkt zusammenstricken) wdh. bis zur letzten Masche

Zweiter Teil (Dieses Teil wird bei Bedarf das Rückenteil des Schlafsacks):

Am linken Rand des Hauptteils aus jedem Knötchen eine Masche aufnehmen – das sind 82 Maschen.

Zusätzlich am unteren Ende 10 Maschen anschlagen.

Im Folgenden kraus rechts arbeiten, bis dieser Teil so breit ist wie der Hauptteil.

Währenddessen werden am unteren Rand wie folgt 7 Knopflöcher eingearbeitet:

Vor der fünftletzten Masche einer Hinreihe einen Umschlag machen. Die folgenden beiden Maschen rechts zusammenstricken.

Das erste Knopfloch wird in Reihe 9 gesetzt und ab da alle 26 Reihen.

Nach dem siebten Knopfloch noch 6 Reihen kraus rechts.

In der nächsten Reihe (Rückreihe) werden über den Knopflöchern 22 Maschen abgekettet, sodass eine Knopflochleiste entsteht.

Über die restlichen Maschen weitere 6 Reihen kraus rechts stricken.

Jetzt werden die seitlichen Knopflöcher gesetzt – alle in einer Reihe:
8 re, 1 U, 2 zusammenstricken, 13 re, 1 U, 2 re zusammenstricken, 13 re ... usw. Bis Reihenende wiederholen – hierbei werden 5 Knopflöcher gesetzt.
Drei Reihen kraus rechts und dann alle Maschen elastisch abketten (s. o.).

Mütze
Die Mütze wird einfädig mit Bo Peep gestrickt.
Am kraus rechts gestrickten Rückenteil des Schlafsacks oben mittig 72 Maschen aus dem Knötchenrand aufnehmen und glatt rechts etwa 30 cm stricken.
Am Ende elastisch abketten.

Die beiden oberen Ecken des Kapuzenrechtecks zusammenlegen und die Naht schließen – so ergibt sich eine kleine Zipfelmütze.
Jetzt die Maschen am vorderen Rand der Kapuze aufnehmen – jede Masche, keine auslassen! –, 2 Reihen kraus rechts stricken und elastisch abketten. Dadurch, dass jede Masche aufgenommen wird, wellt sich diese Borte etwas, was in diesem Fall gewollt ist.

Fertigstellung:
Die Decke baden und spannen.
Alle Fäden vernähen.
Dann auf dem Hauptteil unten und rechts an der Seite in richtigem Abstand die Knöpfe anbringen.
Man kann nun die Decke aufgeklappt hinlegen oder zusam-

menlegen, die Seiten umschlagen und zuknöpfen und als Schlafsack nutzen.

Auf der Mütze kann nach Lust und Laune noch eine gehäkelte Applikation angebracht werden. Ein Blümchen, ein Vögelchen oder einen Marienkäfer, um es noch niedlicher und kindlicher zu gestalten zum Beispiel.

Ich wünsche euch viel Freude mit eurem Werk und dem Baby wunderbar entspannte Kuschelmomente.

Strandlust – Sommershirt

Wolle: Exquisite Lace West Yorkshire Spinners
Material: 80 % Wolle (Falklandwolle), 20 % Seide (Maulbeerseide)
Farbe: Lagoon
Lauflänge: 100 g ca. 800 m
Verbrauch: ca. 120 – 200 g
Nadelstärke: 3,5
Seillänge: Für den Anfang und die Ärmel 80 cm, Passe und Rumpf 100 cm oder 120 cm
Zusätzlich: Vier Maschenmarkierer
Größe: Individuell anpassbar über die Länge der Raglanlinie, von S bis mehrfach-XL ist alles machbar. Man kann auch über die Zunahme für die Arme noch zusätzlich Weite schaffen.

Diese Anleitung ist für Fortgeschrittene oder ambitionierte Anfänger mit schon etwas Strickroutine. Die einzelnen Punkte sind zwar nicht schwierig zu stricken, aber die Kombination aus den Raglanzunahmen, dem erhöhten Rücken mit verkürzten Reihen und dem Webmuster ist etwas anspruchsvoll.

Allgemeine Informationen zu Raglan von oben

Es gibt viele unterschiedliche Herangehensweisen für einen Raglan-von-oben-Pullover oder ein Shirt:
Mit und ohne erhöhten hinteren Halsausschnitt, begonnen mit Hin- und Rückreihen oder auch direkt in Runden und

dafür für die hintere Erhöhung mit verkürzten Reihen.
Der hinten erhöhte Halsausschnitt sorgt für mehr Tragekomfort.
Die Größe des Pullis oder Shirts entscheidet sich über die Länge der Raglanlinie.

Die Maschenzahlen sind nur Richtwerte. Es hängt davon ab, wie fest oder locker du strickst und wie figurbetont oder locker das Oberteil sitzen soll. Am besten ziehst du die Maschen auf eine lange Nadel und probierst das Strickstück an, wenn du das Gefühl hast, die Raglanlinie reicht bis unter deine Achsel und ist lang genug.
Du kannst auch deinen Brustumfang und die Breite der Passe (ohne Ärmel) messen. Dabei musst du aber an die Zugabe denken, die rechts und links zwischen Vorder- und Rückenteil durch die Aufnahme unter den Armausschnitten dazukommt.

Abkürzungen:

MM	Maschenmarkierer
re	rechte Maschen
li	linke Maschen
1 tafM	tiefer gestochen aufnehmen aus der folgenden (noch nicht gestrickten) Masche
1 tavM	tiefer gestochen aufnehmen aus der vorderen (gerade gestrickten) Masche
M vdp	Masche verdoppeln
R	Reihe
Rd	Runde
U	Umschlag

Lizsm	links zusammen
Rezsm	rechts zusammen
Kfbf	Aus einer Masche drei stricken

Maschen verdoppeln

Rechte M: Tiefer stechen, das Füßchen stricken und zur Masche auf die linke Nadel rutschen lassen.

Linke M: M auf die rechte Nadel nehmen. Mit der linken Nadel den Maschenkragen hochholen, stricken und zur rübergehobenen Masche auf die Nadel rutschen lassen

Aufnahme vor dem Maschenmarkierer – tafM

Man arbeitet die Masche aus der Reihe unter der folgenden Masche. Der rechte Fuß der Masche wird mit der rechten Nadel von rechts hinten aufgenommen, auf die linke Nadel gelegt und mit der rechten Nadel rechts gestrickt.

Alternativ kann man auch mit der rechten Nadel von oben vorn hineinstechen und die Masche direkt stricken, ohne sie erst auf die linke Nadel zu holen.

Aufnahme nach dem Maschenmarkierer – tavM

Man strickt die Masche nach dem MM rechts ab. Dann arbeitet man die Masche aus der Reihe unter der gerade gestrickten vorderen Masche. Der kleine Maschenkragen hinten wird mit der linken Nadel von hinten unten aufgenommen und mit der rechten Nadel rechts gestrickt.

Eine Aufnahme aus der vorderen Masche führt zu einer anderen Neigung als aus der folgenden Masche. Durch die Kombination ergibt sich die schöne Zunahmelinie.

Im Unterschied zu der tiefergestochenen Aufnahme werden bei der Verdoppelung die beiden Maschen später als eine Masche gestrickt, dadurch kommt es zu keiner Zunahme.

Jeweils rechts und links der vier Maschenmarkierer liegen die zwei Maschen der Raglanlinie. Aus diesen beiden Maschen wird aufgenommen. Also werden jeweils 8 Maschen aufgenommen.
Die Aufnahme erfolgt in jeder zweiten Reihe/Runde.

Das ist eine der einfachsten Varianten der Raglanlinie. Man kann diese Linie auch breiter stricken, mit einem Muster versehen oder die Zunahmen anders wählen. Statt tiefergestochen kann man mit Umschlag oder aus dem Querfaden aufnehmen. Der Fantasie sind kaum Grenzen gesetzt.
Da das Sommershirt aber von dem einfachen Webmuster lebt, soll die Raglanlinie sich zurückhaltend einfügen.

Webmuster:
Abwechselnd 1 M rechts, dann (in der Hinreihe und in den Runden) 1 M wie zum Linksstricken abheben mit dem Faden vor der Arbeit.
In den Rückreihen abwechselnd 1 M links, dann 1 M wie zum Linksstricken abheben mit dem Faden hinter der Arbeit.
Immer in der nächsten Reihe/Runde das Muster versetzen.

Was sind verkürzte Reihen und wie strickt man sie?
Wie der Name schon sagt, verlaufen die verkürzten Reihen nicht über die gesamte Breite des Strickstücks, sondern werden eingesetzt, um dem Strickstück Form zu geben oder zum

Beispiel Farben über einen bestimmten Bereich einzustricken. Es gibt unterschiedliche Möglichkeiten, die verkürzten Reihen einzubauen. Ich verdopple immer die letzte Masche, bevor ich eine Arbeit wende (wie oben beschrieben). Auf diese Weise entsteht durch das Wenden mitten im Strickstück kein unschönes Loch an der Wendestelle.
Jetzt wird bis zum vorher festgelegten Punkt zurückgestrickt. Wieder verdoppeln, wenden und weiterstricken.
In der nächsten Reihe wird über die verdoppelte Masche hinweg gestrickt und die nächste rechte Masche verdoppelt, wieder gewendet und auf der anderen Seite das Gleiche.

In dieser Anleitung startest du mit zwei Runden Bündchenmuster und einer Runde, in der das Webmuster gesetzt wird. Danach geht es für 20 Reihen mit verkürzten Reihen weiter. Dadurch kommt, wie oben bereits erwähnt, der vordere Halsausschnitt etwas nach unten.

Gleich zu Beginn werden Maschenmarkierer für die 4 Raglanlinien gesetzt.

Jetzt geht es los:
186 Maschen anschlagen und zur Runde schließen.

1. und 2. Rd: 1 re, 1 li
Während der **1. Runde** die Maschenmarkierer wie folgt setzen: Erster MM am Rundenbeginn, zweiter MM nach 31 Maschen, dritter MM nach weiteren 62 Maschen und der vierte MM nach 31 Maschen. Jetzt die Runde mit 62 Maschen bis zum ersten MM schließen.

Auf diese Weise habt ihr die Einteilung Vorder- und Rückenteil mit je 62 Maschen und für die Ärmel je 31 Maschen.

3. Rd:
Webmuster: 1 re, 1 abh (Faden vor der Arbeit), dieses Muster immer wiederholen; die Maschen rechts und links vom MM immer nur rechts stricken.

Achtung: Maschen rechts und links der MM glatt rechts stricken.

4. R: Webmuster (jetzt versetzt): 1 abh. (Faden vor der Arbeit), 1 re, dieses Muster immer wiederholen.
Ab der 4. Reihe beginnen die Raglanzunahmen. In jeder zweiten Runde wird jeweils aus der Masche vor dem MM (tafM) und nach dem MM (tavM) eine Masche tiefergestochen aufgenommen.

Achtung: Jetzt starten die verkürzten Reihen!

Die vierte Reihe nur bis 3 M nach der letzten Raglanaufnahme stricken (die restlichen Maschen des Vorderteils bleiben ungestrickt). Die nächste Masche verdoppeln (M vdp)

Das Strickzeug wenden und im Webmuster (**5. Reihe:** dieses Mal linke Maschen und beim Abheben den Faden hinter der Nadel mitführen) zurückstricken bis 3 M nach der ersten Aufnahme.
Wieder M vdp, Strickzeug wenden.

6. Reihe (verkürzt) stricken. In dieser Reihe wieder an die Raglanzunahmen denken!
Die vorher verdoppelte Masche als eine Masche arbeiten und die nächste rechte Masche verdoppeln. (Nur gestrickte Maschen verdoppeln, keine, die in der Runde vorher abgehoben wurden.)
Nach dem Verdoppeln das Strickzeug wenden und bis über die verdoppelte Masche auf der anderen Seite stricken und folgende linke Masche erneut verdoppeln.

Die verkürzten Reihen über 20 Reihen arbeiten. Danach geht es im Webmuster in Runden weiter.
Mit Aufnahmen in jeder zweiten Runde stricken, bis die Raglanlinie bis unter die Achsel reicht. Bei Größe 44 / 46 sind das etwa 25 cm.

> **Tipp:**
> Ihr könnt das Strickstück auf eine längere Nadel ziehen und jederzeit anprobieren – das ist das Tolle daran, wenn man von oben arbeitet.

Wenn du mit der Raglanlinie unter der Achsel angekommen bist, strickst du bis zum ersten MM, dann legst du die Maschen bis zum nächsten MM still – diese Maschen gehören zum ersten Ärmel. Dazu kannst du ein Nadelseil mit Maschenstoppern verwenden oder einfach nur einen festen Wollfaden.
Bevor Vorderteil und Rückenteil unter den stillgelegten Maschen zur Runde geschlossen werden, nimmst du ein paar Maschen auf. Für das Sommertop, das locker sitzen soll,

habe ich rechts und links zwischen Vorder- und Rückenteil je 30 Maschen zugenommen.

Tipp:
An dieser Stelle kannst du die Weite etwas anpassen. Wenn du eine große Brust hast, der Pulli extra locker oder lieber etwas enger sitzen soll, nimmst du mehr oder weniger Maschen auf.

Nachdem die Maschen aufgenommen sind (gehäkelter Anschlag oder wie du es lieber magst), strickst du das Rückenteil bis zum nächsten MM. Und jetzt genau wie auf der anderen Seite: Ärmelmaschen stilllegen, Maschen aufnehmen und Rückenteil und Vorderteil unter den stillgelegten Maschen hinweg zur Runde schließen.
Ab jetzt geht es rund und rund und rund – immer im Webmuster.
Ich habe bei diesem Top so lange weitergestrickt, bis das erste Knäuel aufgebraucht war. Dann habe ich die Maschen des Rumpfteils stillgelegt und zuerst die Kurzarmärmel beendet.

Ärmel
Die stillgelegten Maschen des ersten Ärmels wieder auf die Nadel nehmen. Jetzt nimmst du auch die Maschen auf, die du vorher zwischen Vorder- und Rückenteil gestrickt hattest. Dabei am Übergang, bei der Raglanlinie, ruhig auch ein oder zwei Maschen zusätzlich aufnehmen, damit es kein Loch gibt. An dieser Stelle muss man ein bisschen testen, evtl. nicht in die Masche ganz am Rand einstechen, sondern etwas tiefer. 30 Runden im Webmuster stricken.

Danach:
1 Runde alle Maschen rechts.

Für den Abschluss muss die Maschenzahl des Ärmels durch 7 teilbar sein. Das lässt sich in dieser Runde leicht anpassen. Einfach die entsprechenden Maschen zu- oder abnehmen. Jetzt kommt das Abschlussmuster, für das die Runden 1 bis 4 zweimal gestrickt werden:

In der ersten Runde hat der Mustersatz 7 Maschen. In Runde 2 und 3 sind es 11 Maschen und in Runde 4 wird wieder auf 7 Maschen reduziert.
1. Rd: 1 re, 1 U, 2 li zsm., 1 kfbf, 1 U, 2 li zsm., 1 kfbf
2. Rd: 1 re, 2 li zsm., 1 U, 3 re, 2 li zsm., 1 U, 3 re
3. Rd: 1 re, 1 U, 2 li zsm., 3 re, 1 U, 2 li zsm., 3 re
4. Rd: 1 re, 2 li zsm., 1 U, 3re zsm., 2li zsm., 1U, 3re zsm.

Es folgt 1 Runde rechts. An dieser Stelle die Maschenzahl kontrollieren und gegebenenfalls anpassen, die Zahl muss durch vier teilbar sein.

Jetzt wird mit Spitzen abgekettet.
Dazu 1 re, dann die nächste Masche rechts anstricken, aber auf der Nadel lassen. Die angefangene Masche abketten, 1 U, abketten, 1 U abketten und jetzt die Masche noch einmal abstricken und abketten. Und von vorn. Erst 1 re, dann die halb gestrickte Masche mit den Umschlägen. Wiederholen, bis alle Maschen abgekettet sind.

Hierzu findest du auf dem Youtubekanal »Der kleine Strickladen« ein Tutorial. https://www.youtube.com/c/DerkleineStrickladen

Nachdem die Ärmel beendet sind, wird der Rumpf weitergestrickt. Bis zur Taille im Webmuster arbeiten. Dann mit gleicher Nadelstärke glatt rechts. Dadurch wird der untere Teil des Shirts ein bisschen rüschig, aber nicht zu sehr.
Wenn du deine Wunschlänge erreicht hast, strickst du eine Runde links. An dieser Stelle die Maschenzahl kontrollieren und gegebenenfalls anpassen, die Zahl muss durch vier teilbar sein.

Dann folgt das Abketten mit Spitze.
1. Rd. 1 Kfbf, 3 li zusammen – ständig wiederholen
2. Rd., jetzt kommt das Abketten. Dabei immer über der mittleren Masche der vorherigen Kfbf-Masche die Spitze herausarbeiten. Die Masche rechts anstricken, aber auf der Nadel lassen. Die angefangene Masche abketten, 1 U, abketten, 1 U, abketten und jetzt die Masche noch einmal abstricken und abketten.

Alle Fäden vernähen, den Pulli baden, in Form ziehen und liegend trocknen.
Herzlichen Glückwunsch. Du hast es geschafft!

Amrumer Yogasocken

Wolle: Woolly Wood
Material: 70 % Modal, 30 % Merinowolle
Farben: Blueberry Milk
Lauflänge: 100 g ca. 225 m
Verbrauch: ca. 80 g
Nadelstärke: 4
Nadelspiel

Größe: Ca. 15 cm Schafthöhe und für Größe 39 bis 42 etwa 12 cm Fußlänge. Die Größe kann angepasst werden.
Bei Yogasocken bleiben Ferse und Zehen ab den Ballen frei, sodass man nicht rutscht und ein guter Stand gewährleistet ist.
Die Socken werden ohne Bündchen gestrickt, es geht direkt mit dem Muster los.

Anschlag 48 Maschen
Muster
Für den Schaft:
1. – 3. Runde: 6 x (4 re, 4 li)
4. – 6. Runde: re
7. – 9. Runde: 6 x (4 li, 4 re)
10. – 12. Runde: li
Den Mustersatz für den Schaft 4 x wiederholen, dann hat man etwa 15 cm Schafthöhe.
Jetzt werden 24 Maschen abgekettet und die nächsten 24 Maschen im Musterverlauf gestrickt. Am Anfang der abgekette-

ten Maschen angekommen, werden 24 Maschen neu aufgenommen (gehäkelter Anschlag).

Tipp:
Beim gehäkelten Anschlag entsteht zu Beginn der Aufnahme ein Loch. Ich nehme deshalb in der nächsten Runde immer eine Masche aus dem Querfaden auf, lege sie auf die linke Nadel zurück und stricke sie direkt mit der ersten neu aufgenommen Masche zusammen.

Nun wird der Fuß gearbeitet.
Dazu den Mustersatz nur über die 24 Maschen auf dem Fußrücken 3 x wiederholen bzw. kann nun die Fußlänge an die Schuhgröße angepasst werden. Die restlichen 24 Maschen der Runde (Fußsohle) werden glatt rechts gestrickt.
Vor dem Zehenballen alle Maschen abketten – Yogasocken sind an der Ferse und an den Zehen samt Ballen offen.
Um den Rändern mehr Stabilität zu geben, werden das Fersenloch und auch der Abschluss vor dem Zehenballen einmal mit festen Maschen umhäkelt.

Fäden vernähen und fertig.

Namaste.

Ge-DANKE-n zum Schluss

Gedanklich auf Amrum spazieren gehen zu dürfen war wieder ein großes Vergnügen. Ich bin kreuz und quer mit dem Rad über die Insel gefahren und habe am Kniepsand dem Meeresrauschen gelauscht und die salzige Seeluft eingeatmet. Das war so intensiv, dass ich am Schreibtisch in meinem Büro in der Ortenau zwischendurch das Gefühl hatte, Sand unter den Füßen spüren zu können. Fantasie ist ein wunderbares Geschenk und sie in Worte fassen zu dürfen und mit Ihnen zu teilen macht es nur umso kostbarer.

Besonders schön war es für mich, Maighread und Joshua Amrum vorzustellen. Ich hoffe sehr, Sie haben beim Lesen ebenso viel Spaß an dieser Querverbindung zwischen meinen Buchreihen wie ich beim Schreiben.

Und jetzt möchte ich Ihnen noch ein wenig von der Vernetzung von Fiktion und Wirklichkeit erzählen und Ihnen die passenden Links dazu geben. So können Sie über das Buch hinaus noch ein wenig auf Entdeckungsreise gehen.

Natürlich darf bei einem Roman, der auf Amrum spielt, die Familie Quedens und besonders die Buchhandlung nicht unerwähnt bleiben. Sollten Sie je das Glück haben, dort sein zu dürfen, denken Sie an mich, wenn Sie stöbern gehen. (www.quedens.de)

In der Geschichte träumt Maighread davon, einen Youtube-Kanal zu starten. Das habe ich für sie übernommen.

Unter www.youtube.com/c/DerkleineStrickladen finden Sie Stricktipps, Musteranleitungen und Erklärungen, Buchvorstellungen, Lesungen und Wollkörbchengeplauder. Ich freue mich, wenn wir uns dort treffen.

Es gibt auch eine Facebookgruppe »Der kleine Strickladen – mit Susanne Oswald und Nicola«. Hier wird sich ausgetauscht, geplaudert und diskutiert, gestrickt und Bilder geteilt.

Leserinnen und Leser meiner Strickladenreihe wissen es bereits, auch das Woolhouse und Nicola Sieker sind aus dem echten Leben in die Geschichte gehüpft (www.woolhouse.de).

Auch Fenjas Freundin Heidrun webt tatsächlich und macht wirklich wunderschöne Sachen (www.heidrunwebt.de).

Und jetzt kommt noch ein besonderes Fundstück. Dazu muss ich aber einen kleinen Bogen schlagen: Das Schriftstellerdasein kann durchaus einsam sein, umso schöner ist es, wenn man sich mit lieben Kolleginnen und Kollegen vernetzen und sich gegenseitig unterstützen kann.

Ein Beispiel dafür sind sieben Autorinnen, die Schottland lieben und deren Geschichten zum Teil auch in Schottland spielen. Sie haben sich zu den #writingsassenachs zusammengeschlossen (www.instagram.com/writingsassenachs).

Carin Müller, eine dieser Schottlandautorinnen, nimmt seit über zwei Jahren zusammen mit ihrem Freund und Schriftstellerkollegen Christian Raabe einen Podcast auf und hatte mich für eine Folge als Gesprächsgast eingeladen (www.literarischer-saloon.de). Das war eine großartige Erfahrung, bei der wir sehr viel Spaß hatten. Thema waren bei unserem Gespräch unter anderem auch die Kiltedyogis, von denen Elisabeth im Roman erzählt. Durch Carin bin ich auf diese lustigen Gesellen und ihren Instagramkanal aufmerksam geworden und liebe ihre Posts.

Ja, ich gebe es zu, ich sehe mir sehr gern durchtrainierte Männer im Kilt an ☺ und da sie auch noch Yoga machen, war die Vorlage perfekt, um auch Elisabeth und dem Rest der Inselbande ein bisschen Vergnügen zu bereiten (www.instagram.com/kiltedyogis).

Die Strickanleitungen in meinen Büchern sind meine eigenen Entwürfe. Um sicherzugehen, dass die Anleitungen möglichst fehlerfrei und gut verständlich sind, habe ich wunderbare Strickerinnen an meiner Seite, die für mich probestricken. An dieser Stelle möchte ich mich von Herzen für euren Einsatz bedanken.

Meine Teststrickerinnen für die Anleitungen in diesem Buch waren Ines Hoppe, Annette Mackowski, Andrea Martin, Christa Preiss, Marion Ruthemeyer, Anne Vogt, Michaele Weike und Hildtrud Willeuthner. Ihr seid spitze!

Aber auch jenseits von Maschen und Wolle hatte ich wieder fantastische Unterstützung. Meine wunderbare Freundin Emma war auch dieses Mal Leserin der ersten Stunde. Oft habe ich ihr nachts um zwei oder drei ein Kapitel geschickt und wenn ich vormittags den Computer startete, lag das Kapitel bereits mit ihren Kommentaren im Postfach. Emma, du bist spitze!

Ein herzlicher Dank geht an das Team von HarperCollins, an meine Lektorin Christiane Branscheid und an meine Agentin Beate Riess. Ohne euch wäre so vieles nicht möglich!

Mein Mann Bernd und unsere Glücksfee Mops Töps haben auch während meiner Arbeit an diesem Buch wieder ihr

Bestes gegeben, um mich zu unterstützen. Ich liebe euch, aber küssen tu ich nur den einen, der andere ist mir zu haarig. ☺

Und am Schluss das Wichtigste: Ich danke Ihnen! Meinen Leserinnen und Lesern. Meinen Mitstrickerinnen und Mitstrickern. All den Menschen, die meine Bücher lieben. Die mir ihr Wohlwollen schenken und mir auf die eine oder andere Weise den Rücken stärken. Sie sind fantastisch!